완벽한 도시
퍼펙트

## 글 헬레나 더건

아일랜드의 신비로운 중세 도시 킬케니에서 태어난 어린이 책 작가이자 그래픽 디자이너이며 삽화가예요. 최근 작가에게는 새로운 일들이 많이 생겼답니다. 어느 날 아침 그녀의 차 앞에 절뚝절뚝 걸으며 나타난 강아지를 새로운 가족으로 맞이했어요. 그리고 부모님의 농장 헛간에서 결혼식을 올렸고 예쁜 아기도 낳았어요. 그녀는 가족과 어울려 사는 데 차츰 적응해 가면서 새로운 추억을 차곡차곡 쌓아 가고 있어요.

## 옮김 노은정

연세대학교 영어영문학과를 졸업하고 늘 감사하는 마음으로 번역을 하고 있습니다. 〈마법의 시간 여행〉 시리즈, 〈마녀 위니〉 시리즈, 〈43번지 유령 저택〉 시리즈 등을 비롯해 《플랜더스의 개》,《완벽한 부모 찾기》,《롤러 걸》,《게이머 걸》,《밀가루 아기 키우기》 등 그간 그 손을 거쳐 거듭 태어난 책이 이루 꼽을 수 없을 만큼 많습니다. 요즘은 번역을 하는 틈틈이 온갖 화초며 채소들과 이야기를 나누는 소소한 마법도 수련하고 있습니다.

완벽한 도시
# 퍼펙트

**초판 1쇄 발행** 2020년 7월 10일
**초판 4쇄 발행** 2022년 6월 15일
**글** 헬레나 더건 | **그림** 칼 제임스 마운트포드 | **옮김** 노은정
**발행인** 금교돈 | **편집장** 문주선 | **편집** 조윤정 | **디자인** 배혜진 | **마케팅** 이종응, 김민정
**발행** 이마주 | **주소** 서울시 중구 세종대로 21길 30
**등록** 2014년 5월 12일 제301-2014-073호
**내용 문의** 02-724-7855 | **구입 문의** 02-724-7851
**블로그** http://blog.naver.com/imazu7850 | **이메일** imazu7850@naver.com
**제조국명** 대한민국 | **사용연령** 8세 이상 | **주의사항** 날카로운 책장이나 모서리에 주의하세요
ISBN 979-11-89044-25-1 43840

A PLACE CALLED PERFECT
First published in the UK in 2017 by Usborne Publishing Ltd, Usborne House,
83-85 Saffron Hill, London EC1N 8RT, England. www.usborne.com
Copyright © Helena Duggan, 2017
Cover illustrations by Karl James Mountford © Usborne Publishing Ltd, 2017
Map by David Shephard © Usborne Publishing Ltd, 2017
All rights deserved
Korean translation copyright © 2020 by IMAZU
Revision of the original cover design by IMAZU
Korean translation copyrights arranged with through EYA.

# 완벽한 도시
# 퍼펙트

헬레나 더건 지음 ┃ 노은정 옮김

이마주

차례

한눈에 둘러보는 퍼펙트 지도     6

1. 보이 또는 소년     9
2. 바이올렛 또는 소녀     12
3. 아처 형제의 고품격 안경점     26
4. 퍼펙트를 빛낸 위인들     39
5. 유령?     49
6. 학교, 숨 막히는 규칙들     58
7. '감기불아' 증후군     73
8. 오락가락하는 마음     77
9. 아이리스 아처     86
10. 수상한 출장     92
11. 소년과의 첫 만남     101
12. 중간 지대     113
13. 왓처: 감시자들     134
14. 밤손님     147
15. 영롱한 유리 단지     156
16. 굴     165
17. 섬뜩하고 싸늘한     175

18. 유령 주택 단지      188

19. 잠겨 있는 방      197

20. 위켐 테라스      209

21. 윌리엄 아처      223

22. 상상력 복원기      241

23. 퍼펙트의 비밀      255

24. 설득      267

25. 지금은 작전 타임      279

26. 아처 차 공장      293

27. 윌리엄의 해독제      307

28. 두려움과 패배감      321

29. 특공대      330

30. 다시 상상력 창고로      347

31. 다시 만난 사람들      372

32. 위기      392

33. 싸움의 시작      405

34. 선택의 갈림길      424

35. 최후의 발악      433

36. 우리들의 도시, 타운      453

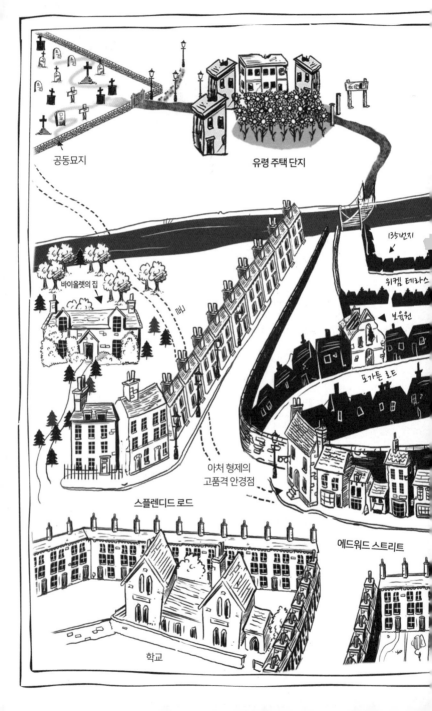

공동묘지

유령 주택 단지

135번지

위컴 테라스

바이올렛의 집

보육원

머니

포가튼 로드

아처 형제의
고품격 안경점

스플렌디드 로드

에드워드 스트리트

학교

# CHAPTER 1 #

## 보이
## 또는 소년

소년은 기다렸다. 정원의 꽃나무들 뒤쪽의 컴컴한 곳에 있는 꺼칠꺼칠한 참나무에 기대어 서서. 눈에 불을 켜고. 그 자리에서는 집도, 빠작빠작 깨부순 잔돌을 깔아 놓은 자동차 진입로도 다 잘 보였다. 눈에 띌까 걱정하는 게 이상할 정도였다.

완벽한 도시 퍼펙트는 유진 브라운 박사가 이사 온다는 소식에 지난 몇 주 동안 생동감이 넘쳤다. 그 사람이라면 도움이 될 거다. 보이는 딱 감이 왔다. 이번에는 그 어느 때보다 느낌이 확실했다. 소년에게는 박사가 변해 버리기 전에 꼭 만나야 할 이유가 있었다.

밤이 이슥해질 무렵, 조지 아처와 에드워드 아처가 당당하게 나타

나서는 그 집 현관 돌계단을 올라갔다. 집 안에 불이 켜졌고, 그들이 왔다갔다하는 모습이 보이가 있는 곳에서도 보였다.

느닷없이 나타난 불빛이 잔디밭을 가로질러서 소년의 발치를 훅 스치고 지나갔다. 보이는 더 컴컴한 곳으로 뒷걸음질쳤다. 빠지락 빠지락 잔돌 짓뭉개는 소리를 내며 은색 자동차가 진입로로 들어와서 멈췄다. 소년의 심장 박동이 빨라졌다. 자동차 엔진이 꺼지자 다시 사방이 고요해졌다.

쌍둥이 아처 형제가 현관문을 열었다. 집 안의 불빛을 등지고 있어서 그들의 윤곽만 보였다. 보이는 조각상처럼 옴짝달싹 못하고 그들을 바라보았다. 등골이 오싹했다.

운전석에서 남자가 내렸고 조수석에서는 여자가 내렸다.

박사에게 일행이 있을 줄은 상상도 못했는데. 여자가 떨리는 듯 자동차 지붕 너머로 남자를 쳐다보았다. 남자는 여자에게 어색한 웃음을 지어 보이고는 쌍둥이 형제에게 가서 악수를 청했다. 여자도 남자를 따라갔고 네 사람은 곧 집 안으로 사라져 버렸다.

용기를 내어 숨어 있던 곳에서 슬쩍 앞으로 나오던 보이는 남자의 외침에 흠칫 놀라 멈추었다. "바이올렛! 차에 있지 말고 들어오렴, 우리 딸. 밖은 춥다."

자동차의 뒷문이 슬쩍 열렸지만, 소년의 머리 위에서 나뭇잎들이 바스락댈 정도로 바람이 불자 차 문은 다시 쾅 닫혔다.

보이는 숨을 죽이고 뒷걸음질을 쳐서 몸을 숨겼다. 차 문이 다시 활짝 열렸다. 이번에는 자그마한 몸집의 소녀가 차에서 나왔다. 소녀는 뭐가 그리 겁나는지 진입로를 후다닥 가로질러 집으로 뛰어갔다.

보이는 자기도 모르게 쿡 웃어 버렸다. 소녀의 걸음이 더 빨라졌다. 마침내 돌계단을 팔짝팔짝 뛰어올라 현관문 안으로 쏙 들어간 소녀는 문을 쾅 닫았다. 뜰은 다시 어둠에 잠겼다.

보이는 부엌 창문 쪽으로 가는 길에 아직 열려 있는 차 문을 툭 닫았다. 창문 너머 부엌으로 쭈르륵 미끄러져 들어가는 소녀가 보였다.

소년은 계단 옆에 쪼그리고 앉았다. 밤이 깊어 갔다. 곧 왓처(주 - watcher, 감시자)들이 순찰을 돌 시간이었다. 또다시 담장 밖에 있다가 걸리면 큰일이었다. 아무래도 아침에 다시 와서 박사에게 말을 하는 게 좋을 것 같았다.

소년은 마지막으로 한 번 더 창문 안쪽을 살폈다. 조금 전 부엌에 있던 그 소녀가 자기 엄마와 아빠 사이에 앉아 있었다. 단란한 가족의 모습이 보통 그렇듯. 가슴이 찌릿해진 소년은 주머니에 손을 넣어 손때 묻고 닳아빠진 종이쪽지를 만지작댔다.

# CHAPTER 2

# 바이올렛
# 또는 소녀

바이올렛은 자동차 바퀴에 진입로의 잔돌들이 빠드득빠드득 짓뭉개지는 소리에 화들짝 놀라서 잠이 깼다. 차가 섰다. 캄캄했다. 따듯한 자동차 시트에 기대고 있던 소녀는 몸을 일으켜서 차의 창문으로 밖을 내다봤다. 집이 컸다. 이제까지 살던 집보다 훨씬 컸고 잡지에서 본 것 같은 느낌이었다. 집 안에 불이 켜져 있었다.

소녀는 헉 하고 놀라서는 차 창문에서 물러났다.

열린 문간에 시커먼 사람의 그림자가 둘 있었다. 하나는 크고 하나는 작았다. 집 안의 불빛을 등지고 있어서 그렇게 밖에는 보이지 않았다. 바이올렛의 아빠가 엄마를 한 번 쳐다보고는 안전띠를 풀고 차에서 내렸다.

"아, 아처 사장님들! 이렇게 직접 맞아 주실 줄은 생각도 못했습니다." 소녀의 아빠가 그 사람들에게 다가가면서 말했다.

"당연히 와 봐야지요, 브라운 박사님. 박사님의 정착을 도우러 왔습니다." 꺽다리 남자가 악수를 하자고 손을 내밀었다.

"하루 종일 준비했습니다. 집은 먼지 한 톨 없이 깔끔하게 치웠고 주전자에 찻물도 끓여 놓았습니다." 작은 남자가 손을 내밀며 꺽다리 남자 앞으로 나섰다. "짐은 차에 그냥 두시고, 들어가서 차나 한 잔 하시지요. 다들 많이 지치셨을 텐데."

"친절도 하셔라! 그럼 그래야죠." 소녀의 엄마가 두 남자에게 인사를 건네며 현관문 쪽으로 다가섰다. "마침 차 한 잔이 그리웠어요."

네 사람은 차 안에 바이올렛이 있다는 걸 깜빡한 듯 집 안으로 들어가 버렸다. 홀로 남겨진 소녀는 화가 나서 씩씩댔다.

"바이올렛! 차에 있지 말고 들어오렴, 우리 딸. 밖은 춥다." 아빠의 목소리가 진입로를 가로질러 들려왔다.

아빠는 딸을 깜빡한 게 아니었다. 그렇다고 그가 자기 딸한테 신경을 쓴다는 뜻은 아니었다. 그는 이번에 맡게 된 일에만 온정신이 팔려 있었다. 그가 이번 일을 제안 받았을 때 소녀의 엄마는 말했다.

"그냥 여러 일자리 가운데 하나일 뿐이잖아." 하지만 소녀의 아빠는 안경사들의 오스카상이라도 탄 듯 감격했다. 아빠는 딱 이렇게 말했었다. "내가 그걸 거절하면 바보지, 아무렴, 바보 천치고말고."

아빠의 직업은 안과 의사였다. 자세히 말하자면 하루 종일 남의 눈에 칼을 대는 일을 하는 외과 의사였다. 바이올렛은 그 일이 끔찍하다고 생각했다. 그래서 남들이 물어볼 때마다 그냥 아빠 직업은 안경사라고 둘러댔었다. 하지만 아빠는 자기 일을 끔찍이도 중요하게 여겼다. 남의 집 엄마, 아빠들은 항상 자기 일이 지긋지긋하다고 말하는 것 같던데 소녀의 아빠는 달랐다. 바이올렛은 그런 아빠가 자랑스러웠다. 그렇다고 아빠의 새 일자리 때문에 짐을 싸서 정들었던 친구들을 떠나오는 게 기분 좋으란 법은 없었다. 소녀는 아빠가 이기적이라고 생각했다. 그래서 아빠가 이사를 할 거라고 선언했을 때 소녀는 뜨거운 눈물을 뚝뚝 흘렸다.

소녀는 묵직한 차 문을 열고 머리를 내밀어 주위를 둘러봤다.

진입로는 큰 나무에 둘러싸여 어두컴컴했다. 뒤틀린 커다란 나뭇가지들이 바람에 흔들렸고, 잔돌들이 깔린 진입로 바닥에 그 나뭇가지의 그림자들이 어른댔다. 나뭇잎들이 찬바람에 바스락대자 부르르 몸이 떨렸다. 소녀는 다시 차 문을 쾅 닫고서 차 안으로 쏙 피했다.

엄마는 소녀에게 상상력이 쓸데없이 좋다고 늘 입버릇처럼 말하곤 했다. 그런데 막상 컴컴한 뜰을 보니 소녀 자신도 상상력이 정말 조금 덜 좋았더라면 하는 생각이 들었다. 주위의 나무들이 꼭 무시무시한 괴물들을 품고 있을 것만 같았기 때문이다.

거기서 달아나야만 했다. 소녀는 일단 숨을 깊이 들이 쉬었다. 그러고는 셋을 세었다. "하나, 둘, 세에엣……."

소녀는 차 문을 홱 열어젖히고 차에서 뛰어내려서는 후다닥 집 쪽으로 달려갔다. 그러고는 주위를 살필 겨를도 없이 곧장 계단을 날듯이 뛰어 문턱을 훌쩍 뛰어넘었다.

막 현관문을 쾅 닫았을 때, 왠지 나무들 사이로 웃음소리가 메아리치는 것 같다고 소녀는 생각했다. 그러고는 다리에 힘이 풀려 현관 벽에 등을 기대고 주저앉아 가쁜 숨을 몰아쉬었다. 분명히 웃음소리를 들은 것 같은데? 아닌가? 그때 자동차 문이 툭 닫히는 소리가 들려왔고 소녀는 그대로 얼어붙었다. 정말 밖에 누가 있었나? 소녀의 심장이 마구 뛰었다.

"바이올렛, 너니, 우리 딸?" 엄마의 목소리가 복도 끝 쪽에서 들려왔다. "이리 들어와서 손님들한테 인사하렴."

바이올렛은 다 바람 소리려니 믿기로 하고 고개를 쌀래쌀래 저어 음침한 생각들을 털어 냈다. '이게 다 쓸데없는 상상력이 또 발동해서 그래.' 소녀는 자신을 탓하면서 앉은 자리에서 일어섰다.

소녀는 우선 구두를 벗어 현관문 쪽으로 던졌다. 복도에는 반들거리는 크림색 타일이 깔려 있어서 양말 바람으로 돌아다니는 게 좋았기 때문이다. 소녀는 도움닫기를 한 뒤 복도 끝에 있는 부엌까지 곧장 미끄러져 들어갔고 식탁에 탁 가로막혀서야 멈추었다.

네 쌍의 눈동자가 소녀를 바라보았다. 두 쌍은 민망해 했고, 나머지 두 쌍은 충격을 받은 듯했다.

"바이올렛! 손님들 계신데!" 아빠가 핀잔을 주었다.

바이올렛은 들은 척도 하지 않았다.

아빠의 마음이 바뀌어서 살던 곳으로 돌아가겠다고 할 때까지는 아빠하고 말을 하지 않기로 전날 밤에 결심했기 때문이다. 물론 아빠를 그 무엇과도 바꿀 수 없을 만큼 사랑하는 소녀로서는 그 결심이 싫었다. 하지만 소녀가 원하는 것은 아빠가 원하는 것과 달랐다. 엄마도 이사를 달가워하지 않았다. 그도 그럴 것이 소녀의 엄마 로즈 브라운은 잘나가는 회계 법인의 회계사였고, 지금까지 살던 곳에 친구도 많았으니까. 하지만 엄마는 바이올렛에게 때로는 내키지 않고 괴롭더라도 옳은 일을 해야만 할 때가 있는 법이라고 말했다. 그러면서 이번 이사는 그들 가족을 위해 옳은 일이 맞다고 했다.

바이올렛은 엄마와도 말을 하지 말까하고 잠깐 생각했다. 하지만 형제자매도 없는 외동이라 새 친구를 사귀기 전까지는 아무도 말할 상대가 없을 테니 그건 좀 곤란했다.

어색한 침묵을 무마하려고 아빠가 얼른 식탁에 둘러앉은 낯선 남자들에게 딸을 소개했다.

"바이올렛, 이분은 조지 아처 사장님이란다."

"그냥 조지라고 불러도 돼." 껑다리 남자가 소녀와 악수를 하겠다고 일어섰다.

소녀는 웃음이 나오려는 걸 꾹꾹 참았다. 부엌 천장이 유달리 낮은 것도 아닌데 남자는 똑바로 서 있기 힘들 정도로 키가 컸기 때문이다. 그래서 그는 귀가 어깨에 닿을 정도로 고개를 삐딱하게 기울이고 있었다. 조지 아처는 전반적으로 다 길쭉길쭉했다. 팔은 뱀 같았고, 손가락은 지렁이 같았으며, 얼굴 중심에 있는 코는 연필처럼 가늘었다. 게다가 머리카락 한 오라기도 없는 그의 대머리는 마치 갓 낳은 달걀처럼 뽀얬다. 그는 확실히 그러고 서 있는 게 불편한 듯 얼른 도로 앉아 버렸다.

"나는 에드워드란다. 만나서 반갑구나, 바이올렛." 이번에는 키가 작은 남자가 소녀와 악수를 하려고 일어섰다.

이번에도 소녀는 웃음이 나오려는 걸 참아야 했다. 바이올렛은 또래 중에서 키가 제일 크지 않은데도, 에드워드라는 어른의 키와 같았다. 그는 남들이 위로 자랄 때 옆으로 자란 듯했다. 전체적으로 몸이 식빵처럼 네모났다. 목은 깜빡하고 자라지 않았는지 머리가 어깨에 바로 붙어 있었고, 두 눈은 얼굴에서 탈출하고 싶은 듯 툭 튀어나와 있었다.

그럼에도 차림새는 똑같았는데, 둘 다 갈색 양복을 입고 반들거리는 갈색 구두를 신고 있었다. 에드워드는 소녀의 아빠가 좋아하는 그림 속의 얼굴 없는 남자가 쓰고 있는 것과 똑같은 위쪽이 동그스름한 신사 모자를 쓰고 있었다. 물론 조지 아처 사장도 같은 모양의 모자를 쓰고 왔다. 하지만 그의 모자는 식탁 위에 놓여 있었다. 아마도 큰 키 때문에 실내에서는 모자를 쓰지 않는 것 같았다.

그런데 똑같은 사각 금테 안경을 쓴 그 두 남자의 눈이 모두 이상하게도 불그스름해서 보기에 섬뜩했다. 어쨌거나 조지 아처가 안경을 벗을 때까지는 그렇게 보였다.

"그냥 안경 탓이었구나! 전 또 아저씨들 눈이 이상한 줄 알았지 뭐예요!" 바이올렛은 쌍둥이 형제 중에 키가 큰 쪽을 보고서 씽긋 웃었다. "근데 왜 안경알이 빨개요?"

조지 아처는 안경을 도로 썼다.

"안경알이 장밋빛이라 그렇다. 우린……." 그는 소녀를 노려봤다.

"바이올렛, 얘야, 그건 말이다……." 에드워드 아처가 얼른 자기 형의 말을 가로챘다. "말하자면 좀 웃기는 사연이 있단다. 우리는 네 아버지가 우리를 도와서 그 문제를 해결해 주었으면 해. 알다시피 우리가 사는 이 작은 도시는 한 가지 특이한 점만 빼면 완벽하단다. 이곳 퍼펙트의 주민들은 너 나 할 것 없이 모두들 안경을 쓰고 있어 요. 여기 조금만 있으면 바이올렛, 너와 네 가족도 앞이 뿌옇게 보이 기 시작할 거다. 그런 다음에는 차츰 시야가 흐릿해지기 시작할 테 고. 그러다가 결국에는 시력을 잃게 되어 있어. 숱하게 많은 과학자 들을 데려와서 어째서 이런 현상이 일어나는지 연구를 해 봤는데, 이곳이 태양과 너무 가까워서 그렇다고 하더구나."

"엄마! 나는 눈이 멀어 버리는 거 싫어요! 나는 눈이 보이는 게 좋 다고요! 어쩐지 여기로 이사 오는 게 싫더라니!" 바이올렛은 터져 나오려는 울음을 꾹꾹 누르느라 몸을 부르르 떨었다.

"아이쿠! 얘야, 바이올렛, 내가 괜한 말로 너를 겁주었구나." 에드 워드 아처가 소녀를 달랬다. "그건 일시적인 증상일 뿐이란다. 이 도시를 떠나면 그런 증상은 싹 사라져요. 물론 나는 네가 이 완벽한 도시 퍼펙트를 떠나고 싶어 하지 않게 될 거라고 확신을 하지만 말이다. 아무도 그런 사람은 없었거든." 이 작달막한 남자는 말을 하다 말고 씨익 웃었다. "사실 우리에게는 그런 사소한 문제점을 피해 갈 똘똘한 비결이 있단다. 바로 이 안경. 이곳 사람들은 누구나 이런 안경을 쓰고 있다는 걸 너도 곧 알게 될 거다. 사람들 말처럼 여기서는 이 안경이 대유행이야." 그러면서 그는 자기 코에 걸린 안경을 살짝 바로잡았다.

"나중에 우리 고품격 안경점에 꼭 와야 할 게다, 얘야. 그래야 우리가 너에게 안경을 맞춰 줄 수 있거든." 조지 아처도 씨익 웃었다.

바이올렛은 엄마의 줄무늬 치맛자락을 꼭 붙잡았다.

"나는 안경 쓰고 싶지 않아요, 엄마. 내 눈은 멀쩡하다고요."

"그래서 네 아버지를 여기로 모신 거란다, 얘야. 덕분에 곧 아무도 안경을 쓰지 않아도 되었으면 좋겠구나." 에드워드 아처가 또 씨익 웃었다.

그러니까 그들 두 사람은 바로 아빠를 고용한 사장들이었다. "헤드헌터가 유진에게 연락을 했더라고. 그래서 뽑혀 가게 됐어." 어느 날 저녁, 엄마는 엄마 친구들에게 자랑을 했었다. 바이올렛은 그 표현부터가 도무지 마음에 들지 않았다. 머리 사냥꾼(주 - head와 hunter 를 이용한 말장난)이 아빠의 머리를 쑥 뽑아 가는 모습이 자꾸만 상상 되었기 때문이다. 아빠는 눈에 대한 연구를 해서 상을 받았고, 잡지 〈아이 스파이〉의 표지에 사진이 실리기도 했었다. 엄마는 온 세상에 그 소문이 자자하다고, 온 세상은 아닐지라도 어쨌거나 눈에 관심이 있는 사람들 사이에선 그렇다고 주장했다. 그러면서 아처 형제가 그 잡지 기사를 읽고서 자기 남편을 찾아서 일자리를 제안했다고 떠벌 렸다.

"오래 걸리지 않을 거야, 바이올렛." 엄마는 딸을 달랬다. 그러고 는 걱정스러운 표정으로 자기 남편을 건너다보았다. "아빠가 꼭 그 문제를 해결해 내실 텐데 뭘."

"그래, 걱정 안 해도 돼, 바이올렛." 아빠는 그렇게 말하며 딸의 머 리를 쓰다듬어 주려고 했다.

하지만 소녀는 아빠의 손길을 피해 냉큼 엄마의 등 뒤로 숨었다.

"우리 애가 많이 피곤한가 봅니다. 하루가 좀 길었어야지요. 그만 재워야 할 것 같아요." 무안해진 아빠가 한숨을 내쉬었다.

"아, 아직은 안 됩니다. 그 전에 우리가 준비한 차를 맛보셔야지 요. 그게 이곳 퍼펙트의 전통이랍니다." 에드워드 아처가 다급하게 말했다.

"그럼요." 조지 아처가 웃음 띤 얼굴로 찻주전자와 찻잔을 가져왔다. "분명히 말씀드리지만 이건 꼭 지켜야 하는 이곳 전통입니다."

그러고 보니 식탁 위에 작은 차 상자가 놓여 있었다. 에드워드 아처가 상자를 열어 큼직한 수저로 차를 연거푸 두 번 떠서 주전자에 넣었다. 남색 바탕에 화려한 황금색 글자로 '아처의 차'라는 상표가 찍혀 있고 그 위에는 동그스름한 신사 모자를 쓰고 흰 앞치마를 두른 쌍둥이 아처 형제의 갈색빛 사진이 떡하니 박혀 있었다.

"사장님들이네요." 바이올렛이 에드워드 아처를 보고 말했다.

"눈썰미가 제법인데!" 쌍둥이 중에 작달막한 남자가 씨익 웃으며 찻주전자에 끓는 물을 졸졸 따랐다. "그래. 우리가 만든 차란다. 이 차를 생산하는 공장도 우리 것이야. 이 지역에 매우 많은 일자리를 제공하고 있지. 우리가 아주 자랑스럽게 여기는 사업이란다."

"난 차는 별로 좋아하지 않는데." 바이올렛이 엄마를 보며 말했다.

"이 차는 달라. 좋아하게 될 거다." 조지 아처가 윽박질렀다.

"이 차는 이 도시 특산품이야. 매일 아침 생산해 낸 신선한 차가 퍼펙트의 모든 집의 문 앞에 배달되고 있어. 우리 도시에만 있는 카멜레온 풀로 만들지. 특히 건강에 좋고 굉장히 독특하단다. 일단 마셔 보면 내 말뜻을 알게 될 거다. 여기 사람들은 대부분 이 차를 최소한 하루에 한 잔은 마신단다. 차에 푹 빠져 버린 도시라고나 할까?" 에드워드 아처가 또 씨익 웃었다.

바이올렛은 원래 차 같은 건 좋아하지도 않았고, 또 왠지 아처 형제가 미덥지 않았다. 그들에게는 뭔가 석연치 않은 구석이 있어 보였다.

식탁에 둘러앉은 유진과 로즈는 서로 눈치를 보았다. 바이올렛은 엄마와 아빠 사이에 앉아 있었다. 쌍둥이 동생인 에드워드 아처가 모두에게 차를 따라 주는 동안 소녀의 맞은편에 앉은 조지 아처가 소녀를 빤히 쳐다보았다.

"이제 가장 좋아하는 맛을 상상하면서 이 차를 한 모금 음미해 봐요." 에드워드 아처가 자기 찻잔을 들면서 말했다.

바이올렛은 어쨌거나 시키는 대로 했다. 소녀는 아빠가 좋아하는 음료를 상상했다. 그 음료는 바이올렛이 좋아하는 것이기도 했다. 바로 오렌지 맛 탄산음료에 차가운 바닐라 아이스크림을 크게 몇 덩이 얹은 아이스크림 선데. 소녀는 유리잔 가장자리를 타고 뽀글뽀글 올라오는 거품을 그려 봤다. 상상만 해도 톡톡 터지는 그 맛이 느껴지는 것만 같았다. 찻잔을 드는 소녀의 입에 침이 고였다. 바닐라

향이 코를 간질였다. 소녀는 입술을 데지 않으려고 조심하면서 차를 한 모금 마셨다. 오렌지와 바닐라의 천국 같은 맛이 나면서 탄산이 톡톡 터지는 그 느낌! 차에서 그런 맛이 날 리 없었다. 소녀는 혹시나 누가 잔을 바꿔치기했나 싶어서 감았던 눈을 떴다. 하지만 찻잔에는 분명 우유를 탄 듯 탁한 갈색 액체가 자신을 보며 웃고 있었다. 소녀는 아빠와 엄마를 번갈아 쳐다봤다. 그들은 여전히 눈을 감은 채 입가에 바보스런 웃음을 머금고 있었다.

"저는 한 잔 더 마셔야겠네요." 조금 있으려니 아빠가 말했다.

"그럴 줄 알았습니다." 아처 형제가 입을 모아 반겼다.

그렇게 브라운 가족은 차 한 주전자를 다 비우고 또 한 주전자를 더 마셨다. 그 사이 에드워드 아처는 그들에게 새로 살게 될 도시에 대한 모든 이야기를 들려주었다.

에드워드 아처는 수다스러운 편이었다. 바이올렛은 조지 아처보다는 차라리 그가 좀 더 편했다. 조지 아처는 눈길도 말투도 사나운 편이었기 때문이다. 그런데 솔직히 말하자면 바이올렛은 그들 둘 다 그다지 좋아질 것 같지 않았다. 조금 뒤에 현관문 밖까지 나가서 돌아가는 아처 형제를 배웅하면서 엄마도 아빠에게 같은 말을 했다.

"나는 저 사람들 왠지 께름칙해, 여보." 엄마는 돌아가는 손님들을 향해 애써 미소를 지어 보이며 분명 그렇게 속삭였다.

그날 밤, 바이올렛은 새 방 새 이불 밑으로 기어들었다. 에드워드 아처의 말대로라면 이곳은 제법 살기 좋은 도시 같았다. 거기에는 아까 마신 차 맛도 한몫을 했다. 그렇기는 해도 이곳에는 여전히 무시할 수 없는 이상한 점들이 있었다. 에드워드 아처는 이 도시에 통행금지 시간이 있다고 했다. 그게 다 퍼펙트 주민들을 잘 자게 하려는 배려라고 했다. "충분한 수면이 이뤄져야 주민들이 행복하고 건강하게 살 수 있으니까."

바이올렛은 통행금지 시간이 있다는 것도, 눈이 보이지 않게 된다는 것도 다 마음에 들지 않았다. 게다가 퍼펙트라는 이름부터가 마음에 들지 않았다. 이곳은 매사에 완벽하기를 바랄 것만 같았다. 차림새도 항상 말끔하고 단정해야만 할 것 같았다. 머리카락 한 올도 흐트러지지 않게 빗질하고, 구두에 먼지도 한 톨도 없어야 할 것 같았다. 그런데 그건 바이올렛에게는 너무 숨막히는 일이었다.

그래서 바이올렛은 결론을 내렸다. 이곳에 오기 전에도 그랬지만 앞으로도 퍼펙트를 좋아하게 될 일은 없을 거라고. 소녀는 엎드렸고 이내 완벽하게 곤히 잠들어 버렸다. 이튿날 아침에 그 어떤 황당한 일들을 겪게 될지 전혀 모르는 채.

# CHAPTER 3 #

# 아처 형제의
# 고품격 안경점

창문으로 들어온 햇살에 얼굴이 따듯해진 덕분에 바이올렛은 꿈 나라에서 스르르 빠져나왔다. 잠자리가 바뀌었지만 소녀는 누가 업어 가도 모르게 곤히 잤다.

기지개를 켜며 일어앉고 나서야 소녀는 뭔가 이상하다는 것을 깨달았다. 방 가장자리 쪽은 그나마 희미하게라도 보이는데, 정면은 마치 둥그런 검은 물체 같은 것으로 덮여 있는 것 같았다. 누가 눈에 잉크라도 흘린 것처럼. 소녀는 눈을 비벼 보았다. 하지만 달라지는 건 없었다. 여전히 앞이 보이지 않았다.

소녀의 심장이 빠르게 뛰었다. 이불 밖으로 발을 뻗어서 디뎠다.

"아얏!" 소녀는 비명을 질렀다. 더듬더듬 방문 쪽으로 걸어가다가 뭔가 단단한 것에 발을 찧었기 때문이다. "엄마!"

"왜, 바이올렛?" 아빠가 잠이 덜 깬 걸걸한 목소리로 대꾸했다.

그때 갑자기 와장창하는 소리가 집 안을 뒤흔들었다.

"여보!" 엄마가 소리쳤다. "왜 그래? 당신 괜찮아?"

바이올렛은 더듬더듬 방을 나가 복도를 따라 엄마 아빠의 방으로 갔다. "엄마, 나 눈이 안 보여요!"

"나도 보이지 않는단다." 하지만 아빠의 목소리가 이상하게 쾌활했다. "소란 피울 것 없어. 우린 이미 이렇게 될 줄 알고 있었잖아."

"그렇지만 이렇게 빨리 될 거라는 말은 못 들었잖아, 여보!" 엄마가 소리쳤다.

"소란 피울 것 없다니까." 아빠는 조금은 격앙된 목소리로 대꾸했다. "바이올렛, 침대로 와서 엄마하고 같이 누워 있어라. 내가 아래층에 내려가서 아처 사장님들에게 연락을 해 볼 테니. 그 사람들이라면 앞으로 어떻게 해야 할지 알고 있겠지."

"여보, 하지만 어떻게? 당신도 안 보이잖아." 엄마가 울먹였다.

"내 걱정 마." 아빠는 카펫이 깔린 침실 바닥을 엉금엉금 기어가는 바이올렛 쪽으로 걸어왔다.

"나랑 부딪히겠어요!" 바이올렛은 급한 마음에 아빠와 말을 하지 않겠다는 결심을 깨트리고 꽥 소리를 지르고 말았다.

"아하, 그런 좋은 방법이 있구나!" 아빠는 엉거주춤 바닥에 엎드리면서 말했다. "내가 도움을 청하고 올게. 나만 믿어라."

아빠를 믿으라고? 아빠는 딸의 믿음을 얻을 자격이 없었다. 이게 다 아빠 탓이었으니까.

"윽!" 침대 모서리에 머리를 찧은 바이올렛이 꽥 소리를 질렀다.

"괜찮니?" 엄마가 침대 위에서 물었다.

바이올렛은 혹시 피가 난 건 아닌지 이마를 더듬었다.

"그런 것 같아요." 소녀는 꿍얼거리면서 침대 위로 기어 올라갔다.

매트리스에는 아빠의 온기가 남아 있었고 이불에서도 아빠 냄새가 났다. 바이올렛은 꼼지락꼼지락 엄마한테 달라붙었다.

"푹 주무셨습니까?" 엄마 아빠의 침실 창문 밑에서 누군가 소리쳤다. "날씨가 참 화창하지 않습니까, 브라운 박사님 가족 여러분?"

"엄마, 밖에 누가 왔어."

"나도 들었어. 너는 여기 있어." 엄마가 속삭이고는 침대에서 일어났다.

로즈는 비틀비틀 방을 가로질러 갔다. 창문이 열리는 소리가 끼익 들려왔고 차가운 바람이 이불 밖으로 삐어져 나온 바이올렛의 발가락을 간질였다.

"누구세요?" 로즈가 소리쳤다.

"아, 안녕하십니까, 브라운 부인? 첫날은 어찌 맞이하고 계신지도 좀 살펴보고 유진을 회사까지 태워 가려고 들렀습니다."

"어머, 아처 사장님이시군요. 마침 잘 오셨습니다. 그러지 않아도 감당하기 힘든 일이 벌어져서 저희 가족 모두 난감해 하고 있었어요. 예상보다 빨리 태양빛의 영향을 받게 되었지 뭐예요." 엄마는 반색하며 하소연을 했다.

"저런. 이거 유감입니다. 종종 그럴 때가 있더라고요. 하지만 걱정 안 하셔도 됩니다. 저희가 곧 정상으로 돌아가게 해 드릴 테니까요."

에드워드 아처 사장(키가 자기하고 거의 비슷한 것으로 봐서 그 사람이 틀림없다고 소녀는 생각했다.)은 부랴부랴 유진과 로즈, 바이올렛을 조심조심 집 밖으로 데리고 나가 차의 뒷자리에 태웠다.

"그럼 이제 우리의 고품격 안경점으로 출발하겠습니다." 그의 말과 함께 자동차 시동 걸리는 소리가 경쾌하게 들려왔다.

안경점 이름이 고품격이라니, 아처 쌍둥이는 뭔가 번드르르한 겉치레를 좋아하는 듯했다.

에드워드 아처가 소녀의 팔을 잡아 천천히 차에서 내리게 도와줬다. 바이올렛은 앞이 보이지 않는 게 정말이지 싫었다. 소녀는 보는 걸 좋아했다. 벌써부터 알록달록 고운 색깔들이 보고 싶었다. 파란색이든 자주색이든, 분홍빛이 감도는 노란색이든, 칙칙하고 흐릿하지 않은 것이라면 뭐든 간절히 보고 싶었다.

"아처 사장님." 소녀는 문득 궁금한 게 떠올라서 물었다. "우리는 여기 와서 아직 햇빛을 쪼여 본 적도 없는데 어떻게 태양이 우리 눈을 멀게 할 수 있어요?"

"아침 내내 네 방 창문으로 들어온 햇볕을 쪼였으니까 그렇지, 얘야." 에드워드 아처가 대답했다.

"그렇지만……."

"유독 햇볕에 민감한 사람들도 있어, 바이올렛." 그는 소녀가 더 이상 묻지 못하도록 딱 잘라 말하면서 소녀의 팔을 잡은 손에 힘을 꽉 주었다. 그러다 팔이 끊어지는 건 아닐까 겁이 날 정도였다.

소녀는 살짝 팔을 빼내려다 단단한 뭔가에 발가락을 찧고 말았다.

"아얏!" 소녀가 꽥 소리치면서 발을 들어올렸다.

"아이쿠, 나 좀 봐라. 계단이 있다는 말을 깜빡했구나." 에드워드 아처가 손의 힘을 빼면서 말했다.

소녀는 에드워드 아처의 팔꿈치를 꼭 잡고서 다섯 계단을 더듬더듬 올라갔다. 그런데 거기서부터 갑자기 앞이 캄캄하다 못해 새카맣게 변했고 소녀는 또 중심을 잃었다.

"아, 겁낼 것 없어요. 실내에 들어와서 그래. 그래서 빛이 살짝 달라졌을 뿐이란다, 얘야." 그가 킬킬 웃었다.

바이올렛은 예의상 미소를 지어 보였다. 하지만 그의 웃음소리를 들은 그 순간, 소녀는 속으로 생각을 굳혔다. 에드워드 아처도 그의 쌍둥이 형만큼이나 싫다는 결론.

"이제 너를 이 의자에 앉힐 거다." 그는 소녀의 손을 잡고 뒤쪽으로 이끌었다.

소녀는 맨다리에 차가운 가죽이 닿자 움찔했다. 바이올렛은 여전히 깡똥하게 짧아진 하트 무늬 플리스 잠옷 차림이었다. 한껏 유치한 분홍 바탕에 빨강 무늬가 떠올라 소녀는 얼굴을 붉혔다. 진작부터 엄마에게 이제는 하트 무늬 잠옷을 입을 나이는 지났다고 주장했지만 엄마 아빠는 아랑곳하지 않았다.

"얘야, 그럼 나는 이만 네 엄마와 아빠를 데려오마." 멀어져 가는 에드워드 아처의 발자국 소리와 함께 그의 목소리가 울려 퍼졌다.

침묵이 상점 안을 채웠다.

조용한 게 좋을 때도 있었다. 하지만 지금은 아니다. 눈이 보이지 않게 되니 조용한 게 무서웠다. 바이올렛은 두 손을 깔고 앉아서 다리를 대롱거리며 즐거운 노래를 생각해 보려고 애썼다.

갑자기 멀리서 상점으로 급하게 들어오는 발자국 소리가 다다다 들려왔다. 소리는 차츰 커졌다. 소녀에게 다가오는 듯했다. 소리가 나는 쪽으로 아무것도 보이지 않는 눈길을 돌렸다.

"너희 아빠한테 꼭 할 이야기가 있어." 웬 목소리가 소녀의 오른쪽 귀에 속삭였다.

"거기 누구예요?" 소녀는 놀라서 소리쳤다.

그때 묵직한 발자국 소리가 상점 안으로 턱턱턱 들어왔다. "이 더러운 녀석, 내 손에 잡히기만 해 봐라!" 이번에는 다른 목소리가 숨을 헐떡이며 소리쳤다.

추격전이 벌어졌다. 누군가 바이올렛의 뒤로 달려가면서 의자를 쳐서 의자가 옆으로 기우뚱거렸다. 곧 두 발자국 소리 모두 상점 문밖으로 이어져 아득하게 멀어져 갔다.

"거기 누구예요?" 소녀는 의자 팔걸이를 꼭 붙잡고 외쳤다.

"바이올렛, 너 여기서 뭐하니?"

귀에 익은 목소리였다. 조지 아처였다.

"누군가 여기 들어왔었어요. 쫓고 쫓기고!"

"진짜냐? 그들을 봤어? 어찌 생겼든?" 뭔가 켕기는 듯 그가 꼬치꼬치 캐물었다.

"못 봤어요. 눈이 보이지 않아서. 근데 목소리는 들었어요. 그중에 한 사람이 제 귀에 대고 속삭였어요!" 소녀가 얼른 대답했다.

"아하!" 조지 아처는 다행이라는 듯 웃었다. "벌써 눈이 안 보이게 되었다고? 시력을 잃으면 청력에 문제가 생길 수도 있단다."

"아니에요, 진짜로 누군가 여기 왔었어요. 제가 상상한 게 아니에요. 맹세할 수 있어요." 바이올렛은 주장을 굽히지 않았다.

"아니, 아무도 들어오지 않았다, 바이올렛." 조지 아처는 소녀가 더 이상 입도 뻥끗 못하게 딱 잘라 말했다.

곧 귀에 익은 목소리들이 상점으로 들어왔다.

"엄마, 엄마 맞아요?" 소녀는 의자에서 몸을 일으키며 말했다.

그러자 누군가 소녀의 어깨를 잡아 다시 의자에 앉혔다.

"애야, 제발 가만히 좀 있어. 안경들 깨뜨릴라." 소녀의 등 뒤에서 조지 아처가 사납게 떽떽거렸다.

"바이올렛, 우리 딸, 걱정 마라. 엄마 아빠 여기 있다." 소녀의 왼쪽 어디선가 다정한 아빠의 목소리가 들렸다.

소녀는 아빠에게 대답을 하고 싶었지만 꾹 참았다. 결심을 깰 수 없었기 때문이다. 잠시 침묵이 흘렀다. 마침내 에드워드 아처가 말했다. "너 먼저 하자, 바이올렛." 그는 소녀의 바로 앞에서 말하는 듯했다. "이게 너한테 딱 맞아야 할 텐데. 뭐 아니면 우리가 조정을 해주면 되고. 근데 너 어린 게 머리가 좀 큰 편이구나."

안경이 콧잔등에 대충 얹히자 바이올렛은 흠칫 놀라 눈을 꼭 감았다. 축축하게 땀에 젖은 뜨듯한 손이 소녀의 얼굴을 받치고 안경테를 조정했다. 귀 뒤에 걸린 안경다리가 두툼한 것이 영 불편했다.

"됐다. 뭐가 보이는지 말해 보렴." 에드워드 아처가 말했다.

바이올렛은 숨을 죽였다. 여전히 앞이 안 보이면 어쩌나, 불안했다.

슬며시 눈을 뜬 소녀는 놀라서 헉 소리를 내고 말았다.

눈앞이 알록달록했다. 상점 벽의 반들거리는 나무판자에서 느껴지는 풍부한 갈색, 발밑에 깔린 두툼한 카펫의 진한 빨간색, 반짝거리는 유리 진열장에 가지런히 진열된 안경들의 밝은 금색. 그곳은 이제까지 소녀가 가 본 곳 중에 가장 번드르르했다.

"왜? 이상해?" 에드워드 아처가 물었다.

"아, 아뇨." 바이올렛은 두리번거리느라 말까지 더듬었다. "그냥, 이런 곳은 처음 와 봐요. 굉장해요!"

쌍둥이 형제는 우쭐해져서 서로 마주 봤다.

"우리가 최선을 다하고 있으니까." 에드워드 아처가 씨익 웃었다.

소녀는 의자에 앉은 채로 쌍둥이 형제가 엄마와 아빠에게 안경을 맞춰 주는 모습을 지켜봤다.

안경은 다 똑같았다. 장밋빛 안경알을 끼운 가느다란 금테 안경이었다. 귀 뒤에 걸리는 안경다리 끝부분은 납작한 직육면체 모양이라서 가느다란 테와 대조가 되었다. 바이올렛은 안경을 추켜올렸다. 안경다리가 머리를 옥조여서 불편했다.

"그냥 가만 좀 둬라, 응?" 소녀가 안경을 매만지는 걸 알아챈 조지 아처가 떽떽거렸다.

소녀는 엉덩이 밑에 손을 찔러 넣고서 잠시 제 엄마와 아빠 곁을 오락가락하는 아처 형제를 지켜보았다. 그러다가 형제가 한눈을 파는 사이에 의자에서 일어나 주위를 둘러봤다.

상점 안의 모든 게 반들반들했다. 바닥부터 천장까지 앞쪽 벽을 꽉 채운 유리 진열장의 금빛 손잡이에 소녀의 모습이 비칠 정도였다. 에드워드 아처는 진열장 맨 꼭대기에 있는 안경을 꺼내려고 엄청나게 커다란 나무 사다리 꼭대기에 올라가 있었다.

왼쪽 벽에는 온통 나무판자가 붙어 있었다. 짙은 나무판 틈으로 새어 드는 한 줄기 실낱같은 빛이 바이올렛의 눈에 띄었다. 소녀는 별 생각 없이 그 벽에 다가가서 반들거리는 나무판을 살며시 밀었다. 그러자 벽이 안쪽으로 열리면서 숨어 있던 방이 모습을 드러냈다.

소녀는 안으로 들어섰다. 그곳은 서재였다. 짙은 색 나무 책꽂이에는 책이 가지런히 꽂혀 있었다. 주로 오래된 책들이었는데 더러는 너무 닳고 닳아서 책등에 쓴 제목조차 읽기 어려웠다. 아빠는 그런 책들을 좋아했다. 아빠는 책을 보면 책의 내용 말고도 그 책의 예전 주인들에 대해서도 알 수 있다고 했다. 하지만 엄마는 그냥 묵은 냄새 나는 중고 책들일 뿐이라고 잘라 말했다.

바이올렛은 책을 몇 권 뽑았다. 첫 번째 책은 《시각적 환상》이었다. 그다음은 《눈 먼 자의 허풍》이었고 마지막 것은 《사물을 본다는 것》이었다. 모두 눈에 대한 책들이었다. 소녀는 다른 책을 더 뽑아 보려고 손을 뻗었다. 그때 뒤편에서 목소리가 들렸다.

"멈춰."

뒤로 돌아선 소녀는 그대로 얼어붙었다. 조지 아처가 소녀의 앞에 서 있었다.

"완벽한 도시 퍼펙트의 시민답게 완벽하게 행동해." 그가 야단을 쳤다.

"조지, 여기 있어?" 에드워드 아처가 나무판자로 된 문 뒤에서 고개를 들이밀었다. "바이올렛을 찾았군. 걱정했잖니, 얘야."

바이올렛은 종종걸음으로 에드워드 아처의 옆을 지나쳐 그래도 자기편을 들어 줄 엄마에게로 갔다. 그러고는 엄마가 앉은 의자 뒤에 서서 아처 형제가 엄마와 아빠에게 안경을 맞춰 주는 모습을 잠자코 지켜보았다.

그런데 이상하게도 에드워드 아처가 별로 작아 보이지 않았다. 머리도 그렇게 커 보이지 않았고 눈도 그다지 튀어나온 것 같지 않았다. 조지 아처 역시 달라 보였다. 별로 커 보이지도 않았고 눈 코 입도 균형이 맞는 것 같았고 또 팔다리도 그다지 나무 막대기 같아 보이지 않았다. 심지어는 고개도 꼿꼿이 들고 있었다. 별로 큰 차이는 아니었지만 이제 보니 아처 형제도 그다지 못나 보이지 않았다. 오히려 그런대로 괜찮게 보였다. 그렇다고 그들이 좋아지기 시작했다는 뜻은 결코 아니다.

마침내 엄마와 아빠도 금테 안경을 맞춰 썼다. 원래도 예쁘다는 말을 듣는 로즈였지만 안경을 쓰니 더 사랑스럽게 보였다. 바이올렛은 언젠가는 자기도 엄마처럼 예쁘다는 소리를 들었으면 좋겠다고 생각했다. 아빠도 잘생겨 보였다. 심지어는 머리숱도 더 많아진 듯

했다. 엄마 아빠는 정말 완벽한 한 쌍이었다. 어째서 바이올렛은 그런 사실을 진작 깨닫지 못했을까?

"바이올렛, 그 안경 정말 너한테 잘 어울린다. 너 참 예뻐!" 엄마가 상점을 나서면서 말했다.

완벽한 도시 퍼펙트는 소녀의 가족을 살짝 들뜨게 만들었다. 그렇긴 해도 바이올렛은 여전히 떨떠름했다. 자기 눈을 멀게 만든 이 도시가 싫었고 쌍둥이 아처 형제는 더더욱 싫었다. 특히 맨날 사납게 떽떽거리는 조지 아처는 정말 싫었다.

소녀는 아처 형제의 고품격 안경점 앞 계단에 서서 안경을 들어 올리고 맨눈으로 주위를 둘러봤다. 모든 것이 흐릿하고 컴컴하니 엉망이었다. 다시 안경을 제대로 썼다. 시력이 되돌아왔다.

소녀는 그런 행동을 몇 번 더 반복하다가 몸서리를 쳤다. 안경이 없으면 세 사람 모두 장님이었다. 그 도시에 사는 모든 사람들이 그럴 게 뻔했다. 그렇다면 이곳은 완벽한 도시가 아니었다.

# CHAPTER 4 #

## 퍼펙트를 빛낸
## 위인들

아처 형제는 바이올렛의 아빠가 본격적으로 일을 시작하기 전에 하루 쉬면서 퍼펙트를 둘러볼 시간을 갖게 해 주었다. 그래서 엄마 아빠와 바이올렛은 시내를 한 바퀴 둘러보기로 했다.

에드워드 아처는 그들을 집에 내려 주면서 퍼펙트를 둘러보는 가장 좋은 방법은 거리를 걸어 다니는 것이라고 했다. 그들은 얼른 잠옷부터 갈아입고 아침을 먹은 다음 집을 나섰다. 딸을 뒤따라 나온 로즈가 진입로 끄트머리에서 걸음을 멈추고서 감탄을 했다. "여보, 너무 아름답지 않아?"

퍼펙트는 산에 둘러싸여 있었다. 앞쪽에 푸르고 야트막한 동산이 도시를 둘러싸고 그 너머로 높다란 산봉우리가 아득한 곳까지 뻗어 있었다. 퍼펙트는 마치 산골짜기를 푹 파서 도시를 세울 자리를 마련한 듯 첩첩산중에 자리잡고 있었다. 간밤에 차를 타고 올 때 깊고 깊은 산골로 들어오는 것 같은 기분이 들어맞았던 거다.

두어 시간 만에 소녀는 어느새 안경에 익숙해졌다. 원래 얼굴에 달려 있었던 것만 같은 느낌이 들어 오히려 이상할 정도였다. 이제는 세상 모든 것이 다 또렷하고 맑게 보인다는 걸 소녀도 인정해야 했다. 솔직히 제법 잘 보였다.

그들의 집은 퍼펙트 변두리, 가로수가 길게 늘어선 길 끝자락에 있었다. 산책을 하면서 바이올렛은 가로수 간격이 매우 일정하다는 걸 알아챘다. 한 나무에서 다른 나무까지의 발걸음 수가 똑같았기 때문이다.

몇 분을 걸어가다가 왼쪽으로 방향을 틀었더니 눈앞에 퍼펙트 시내가 펼쳐졌다. 앞쪽 건물 벽에 붙은 검은 철제 표지판에는 '스플렌디드 로드'라고 씌어 있었다. '완벽한' 도시에 '눈부신' 거리라니.

그다지 넓지 않은 그 길에는 3층짜리 붉은 벽돌 건물들이 나란히 늘어서 있었다. 문은 모두 검은색이었고 창틀마다 꽃 화분이 내걸려 있었다. 길 끝에는 아처 형제의 안경점이 등대처럼 우뚝 서 있었다.

안경점 앞에 다다른 바이올렛은 계단에 발을 찧은 일을 떠올렸다. 이제 보니 돌로 지은 그 건물은 무척이나 화려했고, 남색 문 위쪽에 걸린 번쩍이는 금색 글씨의 간판은 무척이나 위풍당당했다.

상점 오른쪽으로는 또 다른 상점들로 들어찬 석조 건물들이 늘어서 있었다. 이 거리의 이름은 '에드워드 스트리트'였다. 에드워드 아처의 이름을 딴 길이라니!

"참 아름답지 않니, 바이올렛?" 아빠가 환한 표정으로 딸을 바라보았다. "나는 해묵은 담장으로 둘러싸인 이 도시가 마음에 드는구나. 이 담장 하나에도 유구한 역사가 깃들어 있을 거야."

바이올렛은 대꾸하지 않았다. 아빠는 딸이 제일 싫어하는 과목이 역사라는 것도 모른다.

소녀의 가족은 계속해서 에드워드 스트리트를 따라 걸었다. 안경점으로부터 세 집 떨어진 '해치트(주 - hatchet, 손도끼) 패밀리 정육점'에서 한 남자가 나왔다. 흰 모자에 빨간 줄무늬 앞치마를 두르고 역시 금테 안경을 쓴 남자는 인사를 건네면서 소녀 가족의 이름을 하나하나 다 불렀다. 누가 소개해 준 것도 아니고 생전 처음 보는 사람이 이름을 알다니 뭔가 어색하고 이상했다.

"도시가 작아서 그래, 여보. 그러려니 해." 엄마가 어떻게 이름까지 알까 의문을 갖자 아빠가 말했다.

"나는 벌써 익숙해졌어. 이 도시가 고향 같아. 여기야말로 우리가 찾던 곳이야. 당신이 우리를 여기로 데려와 줘서 기뻐."

'뭐래?' 바이올렛은 어이가 없었다. 원래 엄마는 이번 이사를 달가워하지 않았다. 가족의 행복을 위해서 이사하는 것뿐이라고 수도 없이 말했었다. 그래 놓고 갑자기 마음이 저렇게 확 바뀌다니!

"우리가 결정을 잘한 것 같아, 여보." 로즈는 환하게 웃으며 남편의 손을 힘주어 잡았다.

유진은 활짝 웃으며 아내의 이마에 뽀뽀를 했다. 길거리 한복판 '스위트 베이커리' 앞에서! 바이올렛은 닭살이 돋았다.

이 도시는 좀 이상했다. 우선 '누구나' 안경을 썼는데, 하나 같이 사각 금테에 장밋빛 안경알이 끼워져 있었다. 게다가 거리는 깨끗하게 잘 정돈되어 바람에 굴러다니는 사탕 껍질 하나도 없었다. 보도를 따라 놓인 검은 벤치에는 껌 자국 하나 없었고 벽에서는 깨알 같은 낙서도 찾을 수 없었다. 지나가는 사람들도 하나 같이 날씬했고 뭔가 비슷한 느낌을 풍겼다. 번들거리거나 반짝거리는 것 같은 느낌이라고나 할까? 아무튼 모두들 그럴듯했다.

소녀가 그런 생각을 말하자 아빠가 말했다. "다들 건강해서 그래,

바이올렛. 이곳이 세계에서 제일 건강한 도시로 선정되었다고 아처 사장님들이 그러더라."

그 말이 맞기는 맞았다. 소녀가 그렇게도 좋아하는 피시 앤 칩스 (주 - 흰살생선 튀김과 감자튀김을 곁들인 영국 대표 음식)를 파는 노점상이 한 곳도 보이지 않았으니까. 일요일 저녁이면 피시 앤 칩스를 사먹는 게 가족의 전통이었는데. 소녀는 퍼펙트가 마음에 들지 않는 수많은 이유들에 하나를 더 추가했다.

엄마 아빠가 자기들 이름을 이미 알고 있는 주민들과 이런저런 수다를 떠느라 정신없는 사이, 소녀는 몰래 그 자리를 빠져나왔다.

네 개의 돌기둥이 우뚝 선 고풍스런 시청 건물이 보였다. 바이올렛은 걸음을 멈추고 고개를 뒤로 한껏 젖혀서 점판암을 얹은 지붕 위로 당당하게 솟은 시계탑을 올려다봤다. 그곳에 올라가면 퍼펙트 시내와 주위 산들이 다 보이겠다고 생각이 들었다.

시청 바로 옆은 '아처의 찻집'이었다. 그 집은 전날 다 우려 마셔 버려서 이제는 빈 채로 소녀의 집 식탁 위에 놓여 있는 차 상자와 똑같은 남색과 황금색으로 칠해져 있었다.

에드워드 스트리트를 따라 조금 더 내려가다 보니 왼쪽으로 길이 나왔다. 그곳은 '아처스 애비뷰'였다. 이 도시의 길들은 모두 아처 형제의 이름을 딴 것 같았다.

소녀는 말끔한 자갈돌이 깔린 그 길로 접어들었다. 오른쪽으로는
돌로 지은 이층집들이 다닥다닥 붙어 있었고, 왼쪽에는 에드워드 스
트리트의 뒷길로 보이는 좁고 허름한 골목이 숨어 있었다.

'래그(주 - rag, 누더기) 레인'이라는 그 골목은 왼편에 늘어선 건물
들과 오른편의 높다란 돌담 때문에 그늘이 져서 어두컴컴했다. 게다
가 낡고 쇠락한 분위기는 완벽한 도시 퍼펙트의 다른 곳들과 사뭇
느낌이 달랐다.

그 골목이 왠지 소녀를 끌어당겼다.

살짝 두근거리는 마음으로 좁다란 골목으로 접어든 소녀는 꼭 누
군가가 그늘에 숨어서 자기를 지켜보는 것만 같아서 몇 걸음에 한
번씩 멈춰 서서 주위를 살폈다. 심장이 마구 뛰었지만, 소녀는 계속
해서 골목 깊숙이 들어갔다. 완벽한 도시 퍼펙트에서 그다지 완벽하
지 않은 곳은 이곳뿐이었으니까. 골목길은 내리막길이 시작되었나
싶은 곳에서 오른쪽으로 살짝 휘어져 올라가 그대로 끝이 났다.

하는 수 없이 뒤돌아선 소녀는 자기가 있는 곳이 시청 뒤편이라는
걸 깨달았다. 시계탑의 유리창들이 하늘 높이 보였다.

그 골목 입구까지 되돌아 나간 소녀는 오른쪽으로 돌아 에드워드

스트리트로 가는 대신, 왼쪽에 있는 담장을 따라가며 아처스 애비뉴를 탐험해 보기로 했다.

그 길 오른쪽에 늘어선 돌로 지은 집들 중, 어느 집 벽에 검은 철제 표지판이 또 보였다. 소녀는 냉큼 자갈이 깔린 길을 건넜다.

'퍼펙트를 빛낸 위인들, 조지 아처와 에드워드 아처의 생가.'

그런데 그 글자들 위쪽에 덧새겨진 낙서 같은 게 흐릿하게 보였다. 자세히 보니 '그리고 윌리엄'이라는 글씨가 검은 철판 위에 거칠게 휘갈겨져 있었다. 아처 형제의 또 다른 형제인가?

아처 형제가 태어난 집은 도대체 어떻게 생겼는지 호기심이 발동한 소녀는 표지판 옆쪽에 난 창문으로 집 안을 들여다보았다. 소녀가 유리창에 코를 박고 안을 살피는데 컴컴한 집 안에서 사람 얼굴 하나가 창문으로 쓰윽 다가왔다.

얼굴에 뼈만 앙상해서 파란 눈동자가 곧 툭 튀어나올 것만 같은 할머니였다. 할머니도 소녀만큼이나 빗질을 싫어하는 듯 흰 머리카락이 부스스했다. 할머니는 이가 듬성듬성 빠진 입을 헤벌리며 얼굴을 찡그렸다. 하지만 그게 전부가 아니었다. 그 할머니한테는 바이올렛이 딱 꼬집어서 말할 수 없는 그 무언가가 있었다.

깜짝 놀란 바이올렛은 휙 돌아서서 에드워드 스트리트 쪽으로 냅다 도망쳤다. 너무 서두르다가 풀어진 구두끈을 밟는 바람에 휘청하면서 안경이 벗겨져 나갔다. 소녀는 안경을 찾으려고 자갈돌이 깔린 길바닥에 엎드렸다. 소녀 주위에 웃음소리가 메아리쳤다. 전날 집으로 들어가는 길에서 들렸던 정체 모를 웃음소리와 똑같았다.

간신히 안경을 찾아 쓴 소녀는 미친 듯이 큰길로 달려 나갔다. 아처의 찻집 앞에 엄마 아빠가 보였다.

"바이올렛, 거기 있었구나. 우리 차 마실까?" 엄마가 미소를 지으며 말했다.

바이올렛은 숨을 가다듬으면서 고개를 끄덕였다.

엄마가 찻집의 문을 밀어 열자 상점 귀퉁이에 있는 종이 딸랑딸랑 울렸다.

계산대 뒤쪽 벽 진열장에는 아처 형제의 초상화가 그려진 차 상자들이 꽉 들어차 있었다. 찻집 천장을 가로지르는 서까래에는 남색과 금색의 머그잔들과 차 거름망, 찻주전자가 걸려 있었고, 나무로 짠 아름다운 차 상자들을 여기저기 놓아 탁자 삼아 쓰고 있었다.

"창가에 앉아 있으렴." 엄마가 차를 주문하러 가면서 말했다.

바이올렛과 아빠는 예쁜 거리 풍경이 내다보이는 탁자에 자리를 잡았다. 바이올렛은 아빠와 말없이 앉아 있기가 머쓱해서 지나가는 사람들을 구경하는 데 푹 빠져 있는 척했다.

곧 엄마가 한 손에 쟁반을 들고 다른 손에는 화려하게 꾸민 차 상자를 들고 왔다.

"엄마, 그건 뭐예요?" 바이올렛이 상자를 보고 물었다.

"차 배달부를 위한 거. 여기 직원이 그러는데 완벽한 도시 퍼펙트에는 집집마다 이런 게 꼭 있대. 현관문에 이걸 놓아두면 차 배달부가 아침마다 그날 마실 차를 넣어 두고 간다네. 근사하지 않아? 아처 사장님들 말대로 날마다 신선한 차를 배달해 준대. 그러니 차 맛이 그렇게 좋을 수밖에. 여긴 참 괜찮은 곳 같아. 게다가 찻값도 그리 비싸지 않아, 여보." 엄마가 주머니를 탁탁 치면서 미소를 지었다.

엄마가 차를 따르기 시작할 때까지 아빠는 아내의 말에는 귀를 기울이지 않고 창밖만 계속해서 보고 있었다.

"엄마!" 바이올렛이 말을 꺼냈다.

"우리 딸, 왜?"

"저쪽 길에 갔다가 안경을 떨어뜨렸어요." 소녀는 아까 갔던 방향을 대충 가리키며 말했다. "그런데 그때 누가 나를 보고 막 웃는 거예요. 어젯밤에 우리가 처음 여기 도착했을 때 들었던 웃음소리하고 똑같았어요. 누군가 나를 따라다니고 있는 것 같아요."

"바이올렛." 엄마는 딸을 감싸 안으면서 미소를 지었다.

"예, 엄마?"

"네 상상력이 쓸데없이 좋다는 거 너도 잘 알지, 우리 딸? 너는 어쩌면 그렇게 아빠를 쏙 빼닮았니!" 엄마는 여전히 창밖을 보며 공상에 빠져 있는 아빠를 고갯짓으로 가리켰다.

"엄마. 나 정말 들었다고요. 유령이나 괴물이나 뭐 그런 거면 어떡해요? 나는 이 도시가 마음에 들지 않아요."

엄마가 웃었다. "너는 늘 엉뚱한 결론을 내리더라. 괜찮을 거야. 이렇게 아름다운 도시에 무슨 그런 문제가 있겠니?" 엄마는 바이올렛의 이마에 뽀뽀를 해 주고는 귀엽다는 듯 머리를 헝클어 놓았다.

"이제 차를 좀 마셔 보렴, 우리 딸."

바이올렛은 엄마가 시키는 대로 차를 마시며 머릿속에서 그 웃음소리를 지워 버리려고 애썼다. 그러고는 창밖으로 그림처럼 완벽한 사람들이 걸어가는 모습을 물끄러미 바라보면서 차를 한 모금 마셨다. 소녀의 혀 위에 바닐라 천국이 펼쳐졌고 모든 걱정이 스르르 녹아 버렸다. 어쩌면 차가 바로 모든 것에 대한 해답인지도 몰랐다.

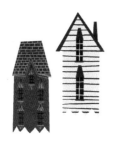

# CHAPTER 5 #

## 유령?

퍼펙트에 이사 온 지 겨우 2주 만에 여름 방학이 끝났다. 바이올렛은 새 학교에 가는 것도, 새 친구들을 사귀는 것도 영 내키지 않았다. 이곳 아이들하고 친해지려고도 해 봤지만 마음대로 잘 되지 않았다.

엄마는 이미 퍼펙트 생활에 적응해 가고 있었다. 한번은 엄마 친구들의 아이들을 소개시켜 준다며, 바이올렛을 어느 독서 모임에 데려간 적이 있었다.

그날 아이들은 차를 마시고 케이크를 먹으며 로알드 달의 《제임스와 슈퍼 복숭아》에 대해서 가벼운 토론을 했다. 바이올렛은 그 책은 읽지 않았지만, 그 작가가 쓴 《멋진 여우 씨》와 《내 친구 꼬마 거인》 같은 책들을 좋아한다고 말했다.

"《제임스와 슈퍼 복숭아》를 읽지 않았다면 너는 토론에 참여할 수 없을 것 같아, 바이올렛." 아이들 중에 하나가 딱 잘라 말했다.

결국 그날 저녁 내내 바이올렛은 잠자코 앉아서 아이들이 등장인물 물컹이 고모에 대해 토론하는 것을 듣기만 했다. 결국 소녀는 얼굴이 새빨개질 정도로 잔뜩 화가 나서 그곳을 나왔다.

"바이올렛, 너는 어땠니?" 가로수가 늘어선 길을 따라 집으로 돌아오며 로즈가 물었다.

"끔찍했어요, 엄마. 애들이 나는 입도 뻥끗 못하게 했다고요!" 바이올렛이 대꾸했다.

"그 책을 읽지 않았으니까 그럴 수밖에!" 엄마는 한숨을 내쉬었다. "그래도 즐거웠지? 애들이 참 괜찮지 않던?"

"너무 괜찮아서 미치겠다고요!" 바이올렛은 생글거리며 고분고분 어른들 말을 따르던 아이들이 떠올라서 더 짜증이 났다.

그러나 엄마는 들으려 하지 않았다. "'너무 괜찮아서 미치겠다'니 무슨 말이 그래? 너도 노력을 좀 해. 너 때문에 내가 다른 부인들 앞에서 얼마나 창피한지 알아?"

'부인들'이라고? 엄마가 언제부터 그런 표현을 썼지? 엄마는 원래 엄마나 아줌마 같은 말을 썼지 '부인'이란 말은 쓰지 않았었다.

전에 살던 곳에서 로즈 브라운은 직접 케이크를 구운 적도 없었고 어쩌다 요리를 한다고 해도 늘 태우곤 했다. 집안 살림을 살뜰히 하지도 않았고, 바이올렛에게도 여자라고 다 집안일을 잘해야 하는 게 아니라고 누누이 말했다. 그녀는 자신의 일을 열심히 했고 남편인 유진보다 더 늦게 퇴근하는 날이 흔했다.

그런데 이 도시에 오고 나서 그녀가 달라졌다.

처음에는 양말을 짝 맞추어 정리하기 시작하더니 두 번째 주부터는 갖가지 모임에 가입했고 급기야 모두에게 '자기야'라고 부르기 시작했다.

또 날마다 새벽에 일어나서 아침을 만들었다. 로즈는 남편을 출근시키고 돌아서면 집 안을 싹 치우고는 새로 사귄 친구들을 만나러 나갔다. 그리고 바이올렛은 그들의 아이들을 좋아하는 척해야 했다. 때로 그것은 독서 모임이 될 수도, 요리 수업이 될 수도, 또는 골프 라운딩이 될 수도 있었다. 퍼펙트에 온 지 얼마 되지도 않았는데 바이올렛의 엄마는 벌써 퍼펙트 제빵제과 모임의 회장이 되었다. 그 소식을 알리는 전화를 받았을 때 로즈는 입이 귀에 걸리도록 싱글벙

글 웃으며 기뻐했고, 밤늦게까지 빵을 굽고 케이크를 만들었다. 로즈가 만든 케이크는 그런대로 먹을 만했다. 하지만 중요한 건 그게 아니었다.

소녀의 엄마는 원래 골프를 싫어했고 독서 모임을 하자고 하면 코웃음을 치던 사람이었다. 그랬던 그녀가 다른 사람들처럼 완벽한 퍼펙트 주민이 되었다는 게 문제였다.

소녀의 아빠도 변했다. 하지만 그는 정반대였다. 오히려 생기를 잃고 멍해졌다. 만날 피곤해 했고 잘 웃지도 않게 되었다. 나이도 부쩍 들어 보여서 단 2주 만에 다섯 살을 더 먹어 버린 듯 했다.

바이올렛은 그렇게 우울한 모습의 아빠를 본 적이 없었다. 어쩌면 거기에는 소녀의 탓도 있는 것 같았다. 여전히 아빠와 말을 섞지 않았으니까. 전에는 서로 못하는 이야기가 없는 사이였었는데, 지난 14일 하고 다섯 시간 동안 소녀는 아빠와 단 한 마디 말도 나누지 않았다. 처음에는 늘 하던 대로 딸에게 계속 말을 시키던 유진도 나흘째가 되자 딸이 입도 뻥긋하려 하지 않는다는 걸 깨닫고 두 손 두 발 다 들었다.

엄마와 아빠가 서로를 대하는 태도도 달라졌다.

전에는 같이 있을 때면 시도 때도 없이 포옹을 하거나 뽀뽀를 해

대서 바이올렛을 민망하게 만들곤 했는데, 이제는 제발 단 1초라도 좀 그래 줬으면 하고 바랄 정도가 되었다. 대신에 엄마는 완벽한 가정주부가 되려고 애썼고 아빠는 거의 집에 붙어 있을 때가 없었다.

그러지 않아도 바이올렛은 퍼펙트에 와서 아직 제대로 된 친구도 사귀지 못했는데, 이제는 엄마 아빠조차 잃어버린 듯 느껴졌다. 이곳에 이사 온 뒤로 소녀는 대부분의 시간을 자기 방에서 홀로 보냈고, 엄마가 듣도 보도 못한 새로운 요리를 차려 주는 저녁 식사 때만 아래층으로 내려갔다.

새 학교에 첫 등교를 하기 전날, 자려고 계단을 올라가던 소녀는 엄마 아빠가 부엌에서 나누는 이야기를 듣게 되었다.

아빠의 목소리에 소녀는 걸음을 멈추었다.

"여보⋯⋯." 아빠가 근심 가득한 목소리로 말하며 한숨을 쉬었다. "제발 그것 좀 집어치우고 여기 앉아 볼래? 당신한테 할 말이 있어."

"여기서도 당신 말은 완벽하게 잘 들려. 나 이 빵을 빨리 완성하고 싶단 말이야." 엄마가 대꾸했다.

"로즈, 제발! 이리 오라고!" 아빠의 목소리는 고함에 가까웠다. 바이올렛은 몸이 굳어 버렸다. 그렇게 역정 내는 목소리는 처음 들었기 때문이다.

"자기야, 잠깐만. 거의 다 끝나가."

"당신 요리하는 거 질색하지 않았었나?" 아빠가 불만을 터트리며 말했다.

"진짜? 어째서 그런 생각을 하게 됐을까? 나는 요리가 좋아. 여기로 이사 온 뒤로 나에게는 전혀 새로운 세계가 열렸다고!"

"여보, 나는 이 도시가 겁나." 아빠가 좀 누그러진 목소리로 중얼거렸다.

"자기야, 뭐라고?"

바이올렛에게까지 아빠의 한숨 소리가 들렸다. 곧이어 의자 다리가 타일 바닥을 긁는 소리가 났고 터덜터덜 맥 빠진 발걸음 소리가 부엌을 가로질렀다. 바이올렛은 꼼짝할 수 없었다.

"로즈." 아빠가 부엌 입구에 서서 말했다.

"응, 자기야?"

"내가 당신 사랑하는 거 알지?" 아빠 목소리는 쓸쓸했다.

"당연하지, 자기야. 근데 당신, 빵 위에 꽃사탕 가루를 뿌리는 게 좋아, 아니면 내가 만든 특제 설탕 옷을 입히는 게 좋아? 저번에 다른 부인들은 설탕 옷을 더 좋아하긴 했는데."

아빠는 대답하지 않고 부엌을 나와 복도를 걸어갔다.

살그머니 계단을 마저 올라간 바이올렛은 자기 방으로 들어가 이불을 뒤집어썼다.

조금 뒤에 아빠가 바이올렛의 방 문간에 나타났다.

"바이올렛, 자니?" 그가 속삭였다.

소녀는 이불을 꼭 붙잡고 잠든 척했다.

아빠가 살그머니 다가와서 침대 귀퉁이에 조심스럽게 앉았다. 소녀는 가슴이 두근거렸다. 그는 딸의 머리를 쓰다듬었다. 아빠의 우울한 마음을 알았기에 벌떡 일어나 안아 주고 싶었다. 하지만 그러지 못했다. 그들을 이런 이상한 곳으로 데려온 사람이 바로 아빠니까.

"바이올렛, 우리 딸. 사랑한다." 딸에게 속삭이는 유진의 목소리가 떨렸다.

그는 허리를 숙여 딸의 이마에 뽀뽀를 해 주고는 이불을 폭 덮어 준 다음 조용히 방을 나갔다. 소녀는 그제야 눈을 떴다.

소녀의 가족은 어쩌다 이렇게 됐을까?

소녀는 우울해 하는 아빠를 보니 마음이 아팠다. 하지만 어쨌거나 아빠 역시 새로 이사 온 도시에서의 생활이 즐겁지 않다는 뜻이고, 아빠가 퍼펙트를 더 싫어하게 될수록 전에 살던 곳으로 돌아갈 날이 더 빨리 올 것 같았다.

바이올렛은 여전히 잠 못 이루고 한참을 누워 있었다. 새로운 학교에 등교할 생각을 하니 걱정되어 잠이 오지 않았기 때문이다.

한밤중에 소녀는 자기 방문 앞을 지나 아래층으로 내려가는 아빠의 맥 빠진 발자국 소리를 들었다. 아빠가 방으로 돌아가는 소리가 들리는지 기다리다가 깜빡 잠이 든 소녀는 바닥에 뭔가 떨어지는 소리에 잠이 깼다.

소녀는 안경을 찾아 쓰려고 얼른 침대 옆 탁자 위를 더듬었다. 하지만 아무것도 없었다. 소녀는 침대 옆으로 손을 뻗어서 바닥을 더듬었다.

"잠이 안 올 거다. 내 말 맞지?"

화들짝 놀란 바이올렛은 이불을 푹 뒤집어썼다. 누군가 웃었다. 전에도 들었던 바로 그 웃음소리였다.

"왜 이불 밑에 숨어? 어차피 네 눈엔 내가 안 보일 건데!"

바이올렛은 이불을 살짝 내리고 빠끔히 방 안을 살폈다. 전체적으로 흐릿했지만 먼 귀퉁이에서 검은 그림자가 움직이는 게 보였다. 소녀는 덜컥 겁이 나서 다시 이불 밑으로 숨었다.

"원하는 게 뭐야?" 소녀는 이불 속에서 간신히 목소리를 짜내서 물었다.

"가진 돈을 다 내놔. 그리고 사탕도 많이 줘. 아니면 네 인형을 가만 안 둘 거야!"

"나는 인형 같은 거 없어. 사탕은 어디서 구하는지도 모르고." 소녀는 여전히 부들부들 떨었다.

소년이 또 웃었다. 분명 소년이 맞았다.

"그냥 장난 좀 쳐 본 것뿐이야! 이크, 그들이 온다!" 소년은 당황한 것 같았다. "난 가야 해!"

발자국 소리가 침대 옆으로 달려왔다. 침입자가 몸을 숙여서 바닥에서 뭔가 줍는 것 같았다.

"여기, 네 안경. 내일 학교 잘 다녀와!"

뭔가가 살포시 이불 위에 놓였다. 소녀는 손을 뻗어 더듬었다. 안경이었다. 소녀는 얼른 안경을 쓰고서 침대 옆에 있는 전등을 켰다.

방에는 아무도 없었다. 심장이 마구 뛰었다. 결국 미쳐 가는 것일까? 퍼펙트의 태양이 유독 소녀에게만 더 나쁜 영향을 끼쳤을까? 소녀는 다시 이불을 머리끝까지 뒤집어쓰고 누웠다. 그러다 어찌어찌하여 잠이 들었고 유령 같은 소년들이 우글거리는 꿈을 꾸었다.

# CHAPTER 6 #

## 학교,
## 숨 막히는 규칙들

밤새 뒤척인 바이올렛은 일찌감치 아침을 먹으러 아래층으로 내려갔다. 부엌 식탁에서 아빠가 서류를 앞에 두고 졸고 있었다. 소녀가 들어가자 그는 얼른 정신을 차리고 종이를 주섬주섬 챙겼다.

"일찍 일어났구나, 우리 딸." 그는 허둥대다가 식은 차가 담긴 잔을 엎을 뻔했다.

"잠을 설쳐서요." 소녀가 대답했다. 짧은 말이었지만 오랜만에 아빠한테 말을 하니 마음이 좀 편해졌다.

"나도 그런데." 유진이 다정하게 미소를 지었다.

"뭐 하고 있었어요?" 바이올렛이 물었다.

"일 때문에 연구 좀 하느라고." 그는 가지런히 모은 종잇장들 위에 공책을 덮었다.

"아처 사장님들이 시킨 일이에요?"

그는 고개를 끄덕이며 일어났다. "시리얼 좀 줄까?"

"아빠는 그 사람들이 좋아요?"

"물론이지. 나한테 월급을 주는 사람들인걸."

"근데, 그게 그 사람들도 이 도시도 뭔가 이상해요. 아빠는 엄마가 좀 이상하게 구는 것 같지 않아요?"

"바이올렛, 엄마에 대해서 그렇게 말하면 못써. 다 이사 스트레스 때문이야. 넌 처음부터 이곳에 불만이 많더구나. 정을 좀 붙여 봐." 그가 짜증을 냈다.

왜 그러는 걸까? 지난밤에는 아빠도 이 도시가 뭔가 못마땅한 눈치였는데.

"아빠, 나는 여기가 싫어요, 이 도시가 싫다고요! 나는 여기로 이사 오는 거 반대했는데 아빠가 억지로 데려왔잖아요!" 소녀는 꽥 소리를 지르고는 부엌에서 나와 버렸다.

"바이올렛, 이리 와!"

원래는 씩씩하게 가 버리려고 했지만 아빠의 목소리가 하도 무서워서 소녀는 결국 슬금슬금 부엌 문간으로 다가갔다.

"다시는 나한테 그런 투로 말하지 마. 나는 우리 가족이 여기서 잘 살게 하려고 애쓰고 있다. 네 나이에 새로운 환경에 적응하는 게 쉽지 않다는 건 나도 알아. 하지만 너도 노력해야 해."

"내 나이가 뭐? 나는 아기가 아니에요. 정을 붙이려고 했는데 그래도 싫은 걸 어떡해요? 친구도 하나 없고 아빠도 엄마도 이상하고. 게다가 어젯밤에는 내 방에 누가 있어서 잠도 못 잤다고요. 그런 말해 봤자 믿어 주지 않을 게 뻔하니까 말 안 하려고 했는데."

"네 방에 누가 있었다니 그게 무슨 소리야?" 아빠가 깜짝 놀라며 물었다.

"목소리가 들렸어요. 웬 남자애가 나한테 말을 시켰다고요."

"또 쓸데없는 상상을 했구나. 새 집이라 그래. 내 말 잘 들어 봐. 우리 모두 이곳에 발붙이고 살려고 애쓰고 있어. 오늘 학교에 가거든 친구들을 많이 사귀어라. 그러면 너도 곧 우리가 이렇게 다툰 적이 있었다는 것도 까맣게 잊게 될 거야."

"아니요, 됐어요! 아빠는 맨날 내 말을 무시해. 괜히 다시 말했어!" 바이올렛은 꽥 소리를 지르고는 부엌에서 달아났다.

아빠가 불러냈지만 소녀는 돌아가지 않았다. 계단을 한달음에 올라가 방문을 쾅 닫고서 침대에 몸을 던졌다.

부엌에서 한참 달그락거리는 소리가 나더니 이내 자동차 시동 소리와 함께 아빠는 가 버렸다.

바이올렛은 이불을 뒤집어쓰고 펑펑 울었다. 엄마에게까지 다 들리도록. 소녀는 내심 엄마가 와서 안아 주고 달래 주기를 바랐다. 완벽한 도시 퍼펙트에 오기 전에 늘 그랬던 것처럼. 하지만 엄마는 끝내 오지 않았고 바이올렛은 일어나서 혼자 등교 준비를 했다.

소녀의 침대 발치에 있는 옷걸이에 치마, 셔츠 그리고 스웨터가 걸려 있었다. 모두 회색이었다. 새 학교의 교복이었다. 소녀는 교복을 입고 침대에 걸터앉아 회색 양말까지 신은 다음, 반들반들하게 닦은 검은 구두를 신었다. 거울 앞에 선 소녀는 저절로 한숨이 나왔다. 너무나 칙칙했다.

엄마 말을 따라 소녀는 최대한 단정하게 빗질을 했다. 그러고는 칙칙한 차림에 생기를 주려고 자주, 분홍 그리고 노란색 머리끈으로 머리를 쫑쫑 묶고 아래층으로 내려갔다.

"바이올렛, 너 오늘 아침에 아빠하고 싸웠니?" 엄마가 부엌으로 와서 물었다.

"아뇨." 바이올렛은 울먹울먹 대답했다.

"괜찮니, 애야?"

소녀는 붉어진 눈시울을 들어 엄마를 바라보았다.

"괜찮아요."

"잘됐구나." 엄마는 딸의 기분도 모르고 환하게 웃었다. "햄 샌드위치 쌌으니까 점심에 먹어. 그나저나 바이올렛, 머리 좀 단정히 빗어. 다른 학부모들 앞에서 네가 너저분하게 하고 있는 거 난 싫어."

"머리 빗었다고요!"

엄마는 혀를 끌끌 차더니 알록달록한 머리끈들을 다 빼 버리고 빗으로 우악스럽게 바이올렛의 머리를 빗어 댔다. 게다가 회색 머리끈 하나로 머리를 묶어 버리자 소녀의 눈에는 또다시 눈물이 차올랐다.

엄마와 딸은 말없이 스플렌디드 로드를 따라 걸어갔다. 그들은 아처 형제의 고품격 안경점을 지나 에드워드 스트리트로 접어들었고 곧 학교가 있는 오른쪽 방향으로 모퉁이를 돌았다. 거기서부터는 오르막길이라, 씩씩하게 걸어가는 엄마를 따라가는 소녀는 숨이 찼다.

그들은 큰길에서 조금 안쪽에 있는 넓고 큰 회색 건물 앞에서 멈추었다. 양쪽으로 솟은 뾰족 지붕이 마치 마녀 모자 두 개를 얹은 것 같았다. 교문 역시 높고 장식이 뾰족해서 학교라기보다는 꼭 교회처럼 보였다. 바이올렛은 진저리를 쳤다.

운동장에는 줄을 딱딱 맞추어 서서 종이 울리기를 기다리는 학생들로 가득했다. 아이들은 모두 회색 교복을 완벽하게 갖추어 입고 있었다. 떠드는 아이 하나 없었지만 바이올렛이 지나갈 때 예의상 미소를 지어 주는 아이들은 더러 있었다.

"봐, 이 학교에서 좋은 친구들을 사귀게 될 거야. 평생 우정을 이어 갈 친구들!" 위압적인 건물 입구를 지나 복도로 들어가면서 엄마가 속삭였다.

교장실에서 짤막한 인사를 주고받은 바이올렛은 엄마와 떨어져서 교장 선생님을 따라 자기 교실로 갔다.

소녀가 떨리는 마음으로 교실 앞쪽에 서 있는 동안, 말쑥하게 차려입은 교장 선생님이 새 담임 선생님에게 귓속말을 했다. 전에 다니던 학교에서는 담임 선생님이 잠시 한눈을 팔았다 하면 아이들이 너 나 할 것 없이 소곤소곤 이야기를 주고받고 쪽지를 돌리고 때로는 자리를 바꿔 앉기도 했었다. 그런데 이 학교는 달랐다. 학생들이 가만히 앉아 있었다. 미소조차 짓지 않았다.

담임인 무디(주 - moody, 서글픈, 쓸쓸한) 선생님은 키가 작고 동글동글하게 생긴 할머니였다. 다른 사람들과 마찬가지로 금테 안경을 쓰고, 흰 블라우스와 파란 치마에 빨간 카디건 차림이었다. 역시 퍼펙트 주민답게 완벽했다. "얘야, 저기가 네 자리다." 교장 선생님이 나가자 무디 선생님이 말했다.

바이올렛은 교실 끄트머리로 가서 머리카락을 뒤로 묶은 소녀와 곱슬머리 소년 사이에 앉았다. 두 아이들 모두 자리에 앉는 바이올렛을 미소로 맞이했다.

"자, 여러분, 바이올렛에게 인사합시다."

"안녕, 바이올렛!" 아이들이 입을 모아 합창했다.

바이올렛은 얼굴이 붉어졌다. 그때 선생님이 바이올렛에게 퍼펙트에 오기 전의 이야기를 들려 달라고 시켰다. 반 전체가 소녀에게 집중했다. 연필을 잘근잘근 씹는 아이도, 소곤소곤 이야기를 나누는 아이도, 꼼지락거리는 아이도 없었다. 소녀가 이야기를 마치자 무디 선생님은 아이들에게 과제를 내 주고 바이올렛에게 왔다.

"얘야, 우리 학교에 새로 온 학생은 몇 가지 시험을 봐야 해. 너를 어떻게 분류할지 결정해야 하거든." 선생님이 바이올렛에게 소곤소곤 말했다.

"예?" 소녀는 자기가 왜 분류되어야 하는지 이해되지 않았다.

"별것 아니야. 얘야, 걱정할 것 없어요. 우리는 그냥 모든 학생을 평가하고 등급을 매기려는 것뿐이야. 네가 어떤 기준에 도달했는지,

너한테 부족한 점, 말하자면 문제는 없는지 우리가 알아야 하니까."

"어, 없어요, 무디 선생님. 저는 아무 문제없어요." 바이올렛은 짐짓 착한 미소를 지었다.

"내가 말하는 건 그런 문제가 아니야. 우리 학교에서는 그저 완벽한 학생을 기르려는 것뿐이란다. 우리 학교 학생들 모두가 처음부터 완벽했던 것은 아니야. 저기 마이클의 경우에는……." 선생님은 수학 문제를 열심히 풀고 있는 금발 소년을 가리켰다. "처음에는 단 1분도 얌전히 앉아 있지 못할 정도로 설쳐댔는데, 우리가 그런 버릇을 싹 고쳐 주어서 이제는 흠잡을 데 없는 완벽한 학생이 되었단다."

"저 얌전히 앉아 있을 수 있어요." 새 담임 선생님의 말이 못마땅해진 바이올렛이 주장했다.

"얘야, 바이올렛. 너는 물론 할 수 있겠지. 하지만 학생들한테는 해결해야 될 갖가지 어려움들이 있단다. 이야기를 지어 내는 아이들도 있었고, 하루 종일 낙서를 하는 아이들도 있었고, 마이클처럼 얌전히 앉아 있지 못하는 아이들도 있었어. 그런 문제 말고도 무수히 많아. 물론 너에게는 아무런 문제도 없을 수 있다, 그래도 우리는 알아야 해. 별로 오래 걸리지는 않을 거야."

무디 선생님은 소녀의 책상에 얼른 종이 한 장을 내려놓고는 연필 한 자루를 내밀었다. 바이올렛은 연필과 선생님 얼굴을 번갈아 쳐다보았다. 선생님은 미소를 지어 보이며 고개를 끄덕였다.

"받아야지."

바이올렛은 손을 뻗어서 연필을 잡았다.

"어머, 왼손잡이네. 내 그럴 줄 알았어." 선생님은 혀를 끌끌 차며 돌아갔다.

바이올렛은 복잡한 마음으로 책상에 놓인 종이를 내려다보았다.

이름이 무엇인가요?

소녀는 웃음이 나오려는 걸 참으며 빈칸을 채웠다.

그런데 갈수록 더 한심한 질문들이 이어졌다.

처음 키웠던 반려동물의 이름은 무엇이었나요?

할머니를 자주 찾아뵙나요?

도대체 학교에서 이런 걸 알아서 뭘 하려고 그러지?

그다음 질문들은 더 이상했다.

집에서 도망치고 싶은 충동을 느낀 적이 있나요?

어른들에게 말대답을 하나요?

소녀는 뭐라고 적어야 할지 몰라서 겨우 몇 개만 답을 적었는데, 차 마실 시간이 되었다고 했다.

흰 머리카락을 돌돌 말아 머리에 딱 올려붙이고, 퍼펙트에서 누구나 쓰는 금테 안경을 쓴 할머니 하나가 수레를 밀고 교실로 들어왔다. 수레에는 아처 형제의 차 상표가 옆에 떡하니 붙어 있는 커다란 은색 차 통이 실려 있었다.

아이들은 각자 연필을 내려놓고 책상에 놓인 머그잔을 들었다. 그러고는 질서정연하게 줄을 서서는 차 통 옆에 달린 손잡이를 당겨 자기 머그잔에 차를 채웠다.

"바이올렛, 너는 머그잔을 가져오지 않았니?" 무디 선생님이 소녀를 굽어보며 물었다. "이거 쓰렴." 선생님은 바이올렛이 뭐라 대꾸를 하기도 전에 머그잔 하나를 대뜸 손에 쥐어 주었다. "퍼펙트 사람들은 차를 아주 사랑한단다!"

바이올렛은 자기 손에 들려 있는 남색 머그잔을 내려다보았다. '아처의 차는 완벽한 차'라는 글귀 위에서 아처 형제의 초상화가 씨익 웃으며 소녀를 쳐다보고 있었다. 소녀는 머그잔을 창밖으로 냅다 던져 버리고 싶었다. 하지만 이곳에서 마음에 드는 것이라고는 그 차밖에는 없다는 생각이 들어서 꾹 참았다.

소녀는 차 한 잔을 다 마시고 하던 것을 다시 했다. 질문은 갈수록 더 이상해졌다.

비밀이 있나요? 있다면 상세히 적어 보세요.

예술을 좋아하나요?

점심시간을 알리는 종이 칠 무렵 바이올렛의 머릿속은 뒤죽박죽이 되어 버렸다. 소녀는 어서 빨리 교실에서 나가고 싶었다.

소녀는 줄지어 움직이는 학생들을 따라 운동장으로 나갔다. 운동장 둘레에는 회색 돌담이 빙 둘러 서 있었고 그 돌담을 따라 커다란 나무 벤치가 빼곡하게 놓여 있었다.

학생들은 모두 빠짐없이 벤치에 앉더니 도시락을 먹기 시작했다.

햇살은 빛나고 있었지만, 모든 것이 회색이었다. 학교 운동장마저 생동감이라고는 없었다. 고함 소리도, 비명 소리도, 웃음소리도 들리지 않았다. 전에 다니던 학교에서는 그런 게 당연했는데. 뛰어다니는 아이도, 축구를 하는 아이도, 술래잡기를 하는 아이도 없었다. 같이 놀던 옛 친구들은 무엇을 하고 있을지 궁금했지만, 바이올렛은 애써 그런 생각을 털어 내고 빈자리에 앉았다.

도시락을 다 먹은 아이들이 하나둘 일어서기 시작했다. 땅바닥에 놀이판을 그리거나 줄넘기 줄을 꺼내는 아이들이 보였다. 이곳 아이들도 놀기는 하는 것 같았다.

"안녕, 바이올렛?"

소녀는 고개를 들었다. 같은 반 빨간 머리 여학생이었다.

"나는 베아트리체야. 같이 줄넘기 할래?" 아이가 말했다.

"어……. 그, 그래. 좋아!"

베아트리체가 미소를 지었다. 바이올렛은 새 친구와 함께 기다란 줄넘기를 가운데 두고 둘러서 있는 여자아이들 쪽으로 갔다.

"바이올렛이야. 오늘 처음 온 전학생이야." 베아트리체가 말했다.

"안녕, 바이올렛?" 아이들은 하나같이 착한 미소를 지으며 합창하듯 인사했다.

"누가 먼저 잡을래?" 베아트리체가 물었다.

바이올렛이 나서려는데 빨간 머리 소녀가 손을 들어 막았다.

"아직은 안 돼. 줄넘기 돌리는 법부터 배워야지."

바이올렛은 무안해서 뒤로 물러났다. 줄 잡는 법 정도는 바이올렛도 알았다. 어쨌든 놀이는 시작되었고 아이들은 한 사람씩 줄로 뛰어들어서 정확하게 세 번 뛰고 나왔다. 웃음도, 장난기 어린 말도 없었다. 놀이 규칙이 아주 엄격해 보였다.

드디어 바이올렛의 차례가 왔다. 바이올렛은 잔뜩 긴장을 하고 줄로 뛰어들었다. 처음 두 번을 잘 넘기자 긴장이 풀렸다. 그래서 세 번째 줄을 넘을 때는 재미를 더하려고 예전에 그랬던 것처럼 재주를 부리기로 했다. 줄이 다가오자 바이올렛은 다리를 꼰 채로 줄을 뛰어넘었다.

곧바로 줄이 멈췄다. 아이들의 눈길이 모두 바이올렛에게 쏠렸다.

"그건 규칙에 없어." 베아트리체가 소리쳤다.

"미안해." 바이올렛은 쭈뼛쭈뼛 대꾸를 했다.

"그건 규칙에 없어, 바이올렛. 규칙에 없는 행동은 하면 안 되는 거야. 지키지 않을 거면 규칙이 왜 필요하니?" 베아트리체는 같은 말을 하고 또 했다.

바이올렛은 뭐라고 해야 좋을지 몰라 잔뜩 성이 난 아이들 얼굴을 둘러봤다. 그런데 갑자기 베아트리체가 줄넘기 줄을 돌렸다.

"바이올렛 너는 그냥 밖에서 구경을 하는 게 좋겠다." 베아트리체는 아무 일도 없었다는 듯 상냥하게 웃으면서 말했다.

바이올렛은 시키는 대로 뒤로 물러나서 구경했다. 아이들은 종이 울릴 때까지 로봇처럼 같은 동작을 반복했다. 종이 울리자 학생들은 동시에 하던 것을 멈추고 조용히 줄을 맞춰서 교실로 돌아갔다.

퍼펙트는 학교도 정말 이상했다. 이곳은 어린이들에게는 완벽하게 완벽하지 않은 곳이었다.

교실로 들어간 바이올렛은 질문지의 빈칸을 계속 채워 나갔다. 상상 속의 친구가 있었는지, 공상을 자주 하는지 학교에서 그걸 왜 알려고 할까? 소녀는 공상은 좋아하는 일 중에 하나라고 써 내려가다가 연필을 손에서 놓치고 말았다. 슬그머니 책상 밑으로 기어들어 연필을 주우려는데, 책상 밑에 새겨진 글귀가 눈에 띄었다.

'두려움을 모르는 활기찬 윌리엄 아처 이곳에 다녀가다.'

소녀는 거칠게 휘갈겨 쓴 글씨를 손으로 더듬어 봤다.

또 그 이름이었다. 윌리엄.

아처 형제도, 엄마 아빠도 윌리엄이라는 이름을 한 번도 말한 적이 없었다. 윌리엄 아처는 왠지 모르게 성격이 좋을 것 같은 느낌이 들었다. 에드워드 아처나 조지 아처라면 책상 밑이나 표지판에 자기 이름을 새겨 넣지는 않았을 테니까. 퍼펙트 주민 그 누구도 그런 행동을 하지는 않을 테니까.

소녀는 다시 의자에 앉았다. 질문지에 답을 쓰려는데 분위기가 싸했다. 소녀는 천천히 고개를 들었다. 그날 들어 두 번째로 모든 눈길이 소녀에게 쏠려 있었다.

"다시 앉아 있기로 했나 보구나." 무디 선생님이 인상을 썼다.

"연필을 떨어뜨려서 그랬어요." 소녀는 연필을 들어보였다.

"그전에 허락을 받아야 한다는 생각은 못했고?"

"아, 그게. 저……." 연필 하나 줍는 것도 허락을 받아야 한다니 어처구니가 없었다.

"얘야, 바이올렛. 규칙을 지켜야지. 베아트리체한테 줄넘기 놀이할 때 규칙을 어겼다는 이야기 들었다. 그런데 또! 아무래도 부모님을 학교에 좀 오시라고 해야겠다." 선생님이 야단을 쳤다.

부모님을 학교에 부른다고? 줄넘기 할 때 장난 좀 쳤다고? 수업 시간에 연필 좀 주웠다고?

"하지만 저는 그냥……."

"변명은 그만하렴, 바이올렛. 얘야, 너 그러다 큰일난다. 여러분, 이제 다시 공부합시다." 무디 선생님은 표정을 싹 바꾸더니 아이들을 보고 미소를 지었다.

충격을 받은 바이올렛은 한동안 멍하니 앉아 있다가 겨우 다시 질문지를 보았다.

**퍼펙트를 생각하면 가장 먼저 떠오르는 것은 무엇인가요?**

심통이 난 소녀는 빈칸에 떡하니 개똥을 그렸다. 이 도시에서 뛰쳐나가고 싶은 마음이 정말이지 굴뚝같았다.

# CHAPTER 7 #

## '감기불아' 증후군

그날 오후, 바이올렛은 숙제를 하려고 식탁에 앉았다. '세상에 규칙이 필요한 이유'라는 주제의 글짓기 숙제였다.

세상에는 많은 규칙이 필요하지 않다고 느꼈던 소녀는 그날 학교에서 반 아이들과 그 주제로 토론을 하다 무디 선생님을 심장 마비로 보내 버릴 뻔했다. 도무지 알 수 없는 이유로 아이들은 소녀의 주장에 찬성하지 않았고, 그 숙제는 순전히 소녀만을 위한 것이었다.

"네 담임 선생님하고 이야기 나눴다, 바이올렛." 소녀의 엄마가 한숨을 쉬면서 부엌으로 들어왔다. "선생님 말씀이 네가 교실에서 버릇없이 굴었고 다른 학생들하고 어울리지 못해서……."

엄마는 말꼬리를 흐렸다. 바이올렛이 변명을 하려고 했지만 로즈가 손을 들어서 막았다.

"학교에서 네 검사 결과를 분석했어. 내가 왜 진작 너한테 그런 문제가 있는지 몰랐을까? 다 내 탓이야. 다 내 책임이지."

"엄마, 그게 무슨 말이에요? 무슨 검사요?"

"바이올렛, 제발. 병 때문에 네가 그러는 줄은 알지만 엄마 말에 말대꾸 좀 하지 마."

"엄마, 어제 그 검사 때문에 그래요? 근데 나 그런 한심한 질문지는 처음 봤어요. 좋아하는 양말 색깔까지 물어봤다니까요. 엄마도 봤으면 웃었을 거예요. 여기는 진짜 이상한 곳이에요, 엄마. 나는 이 도시가 소름 돋……."

"그만, 얘야. 한마디도 더 듣고 싶지 않아. 좋아하는 색깔을 보면 그 사람의 됨됨이를 알 수 있어. 특히 양말 색깔은! 얘야, 바이올렛……." 엄마는 이야기를 계속했다. '얘야'라는 말이 입에 붙은 걸 보면 엄마는 무디 선생님을 닮아 가고 있었다. "지금 너는 감기불아증후군을 앓고 있어. 풀어서 말하면 '감정 조절 기능 장애적 불복종 아동 증후군'이라는 건데. 내가 왜 진작 너한테 그런 병이 있는 줄 몰랐을까 모르겠다, 얘야. 이제껏 그런 증상이 너를 괴롭혀 왔을 텐데." 엄마는 주머니에 손을 넣으며 말했다, "그래서 우리가 너에게 이걸 주려고."

로즈는 작은 갈색 병을 꺼내서는 바이올렛 앞에 놓았다.

"앞으로는 아침에 한 알을 먹을 거야." 그녀는 자기 손바닥에 병의 입구를 대고 병을 톡톡 쳐서 노란색 알약을 꺼냈다. 그러더니 유리 잔에 물을 따라 딸 앞에 알약과 같이 놓았다. "저녁부터는 두 알 먹고. 의사 선생님이 네 증상이 심하다면서 아침 약을 당장 먹이라고 하셨어. 저녁 약은 내가 돌아와서 줄게. 무디 선생님께서 친절하게 도 내가 시간 맞춰 약을 줄 수 있게 이 알람 시계를 주셨단다." 엄마 는 식탁 한가운데에 작은 시계를 내려놓았다. "네가 학교에서 잘 지 낼 수 있도록 정말 배려하고 계셔."

"하지만, 엄마, 나 이제 학교에 겨우 이틀 다녔어요! 무디 선생님 이 나에 대해서 뭘 알아요? 그건 정말 한심한 검사였고 나는 버릇없 이 굴지도 않았어요. 연필 떨어뜨리고 줄넘기 놀이할 때 다리를 엇 갈려서 뛴 게 전부예요. 엄마, 제발요, 나 그 약 먹기 싫어요. 난 멀쩡 하다고요!"

"바이올렛, 당장 그만두지 못하니! 네가 병 때문에 그러는 거 이해 하지만, 가끔씩은 너 때문에 못 살겠어."

"하지만, 엄마……."

"됐어, 애야! 당장 이거 삼켜. 난 독서 모임이 있어서 가 봐야 해. 네가 약을 먹지 않았을까 봐 걱정하고 싶지 않다."

바이올렛은 노란 알약과 엄마를 번갈아 바라보았다. 엄마는 금세라도 폭발할 것 같았다. 소녀는 신경질적으로 알약을 집어서 혀에 놓고서 물을 한 모금 벌컥 마셔 약을 삼켰다.

엄마는 그제야 다정한 웃음을 지어 보이며 딸의 머리를 쓰다듬어 주고는 자리에서 일어났다.

"벌써 기분이 좀 나아졌을 거야. 그럼 엄마는 나간다. 이따가 저녁에 리소토 해 줄게."

로즈는 분해서 씩씩대는 바이올렛을 식탁에 그냥 남겨 두고 사뿐사뿐 부엌을 나가 버렸다.

방금 소녀와 대화를 하던 그 여자는, 엄마처럼 생겼을 뿐, 분명 엄마가 아니었다. 그녀는 엄마 행세를 하는 가짜였다.

바이올렛은 터덜터덜 부엌을 나섰다. 뭔가 아주 잘못되었다. 소녀는 다시 아빠와 얘기해 봐야겠다고 마음먹었다.

그 시간에 아빠는 직장에 있을 게 뻔했다. 소녀는 외투를 집어 들고 있는 힘을 다해 아처의 안경점까지 달려갔다.

# CHAPTER 8

# 오락가락하는
# 마음

바이올렛은 안경점의 번쩍이는 간판 아래 잠깐 멈춰 서서 숨을 가다듬었다. 막 문을 열려는 순간, 소녀는 벽돌에 머리를 맞은 듯 갑자기 정신이 번쩍 들었다.

엄마 말이 옳았다.

소녀는 감기불아 증후군을 앓고 있는 게 틀림없다. 처음 듣는 병이긴 하지만, 자기가 100퍼센트 그 병에 걸렸다는 확신이 들었다. 무디 선생님 말도 옳았다. 소녀는 버릇없이 굴었다. 어떻게 감히 학교 운동장 한가운데서 줄넘기 규칙을 어겼을까? 참 부끄러웠다! 연필도 그랬다. 선생님 허락을 받을 생각조차 하지 않고 무턱대고 책상 밑으로 기어들다니, 반 아이들이 어떻게 생각했을까? 무디 선생님은 진심으로 소녀를 도와주고 싶은 마음에 규칙에 대한 글짓기 숙제를 내 주었던 거다. 소녀는 왜 진작 그런 것들을 몰랐을까? 바이올렛은 자기가 정말 건방진 아이라는 걸 깨달았고 앞으로는 달라지리라 결심했다.

소녀는 그길로 돌아서서 스플렌디드 로드를 따라 집 쪽으로 걸어갔다. 하지만 한걸음 한걸음 내딛을 때마다 마음이 흔들렸고 집 앞에다 와서는 다시 마음이 바뀌었다. 스스로도 몹시 혼란스러웠다.

소녀는 건방진 아이가 아니었다. 그냥 놀이를 더 재미있게 하고 싶었을 뿐이고, 전에 다니던 학교에서는 떨어진 연필을 주울 때 아무도 선생님의 허락을 받지 않았다!

바이올렛은 집 앞 돌계단에 쪼그리고 앉았다. 마음이 너무나 확확 변해서 무서웠다. 도대체 무엇이 소녀의 생각을 그런 식으로 조종하는 걸까? 소녀는 엄마가 늘 얘기하던 대로 자신의 행동을 되짚어 봤다. 특별히 다른 일을 한 게 있었나?

"그 약!" 소녀는 벌떡 일어나면서 꽥 소리를 질렀다. 너무나 급하게 일어서는 바람에 안경이 벗겨져 떨어졌다.

눈앞이 캄캄해지고 뿌옇게 변했다. 소녀는 얼른 엎드려서 더듬더듬 안경을 찾았다. 근처에 깔려 있는 잔돌 조각들 위에서 움직임이 느껴졌다. 발자국 소리가 빠작빠작 났다.

"나야. 네 부모님들이 변하고 있다는 거 나도 알아." 어느덧 익숙해진 목소리가 다급하게 말했다.

또 그 소년이었다.

소녀는 목소리가 들리는 쪽으로 돌아섰다. 잔돌 조각들 위를 달리는 묵직한 발자국 소리들이 들렸다.

"너! 내가 다시는 담장 바깥으로 발을 디밀지 못하게 만들어 주겠어!" 웬 남자가 으르렁댔다.

달음질치는 소리가 났다. 겁이 난 바이올렛은 일어서서 집 안으로 들어가려고 했다. 하지만 발을 헛디디는 바람에 잔돌 조각들이 깔린 바닥에 엎어져서 손바닥과 무릎이 까졌다.

"여기 있어, 네 거." 소년이 소녀의 손에 안경을 놓으며 말했다.

소녀는 두근거리는 마음으로 안경을 다시 썼다. 하지만 주위엔 아무도 없었다. 뜰도 텅 비어 있었다. 소녀는 손을 뒤집어 봤다. 손바닥과 무릎에는 피가 났고 회색 치마에는 돌가루가 묻었다.

결국 미쳐 가고 있는 걸까?

하지만 이번에는 분명 그 소년과 손이 닿았다. 그러니까 분명 소녀가 꾸며낸 게 아니었다. 그런데 왜 소년이 보이지 않는 걸까? 그 소년은 누구고 왜 소녀를 따라다닐까? 그 소년에게 무슨 사정이라도 있을까? 소년을 뒤쫓는 남자는 누구일까?

그 모든 궁금증들이 소녀의 머릿속에 둥둥 떠 다녔다. 소녀는 다시 아빠를 찾아가야겠다고 마음먹었다. 완벽한 도시 퍼펙트에서 뭔가 이상한 일이 일어나고 있었다. 아빠한테 어서 그곳을 떠나자고 해야 옳았다. 이제 소녀에게는 주장을 뒷받침할 증거도 있다. 피가난 무릎과 손바닥을 보면 아빠도 그냥 무시하지는 않을 테니까.

소녀는 그날 오후 들어 세 번째로 큰길을 지나 씩씩하게 아처 형제의 고품격 안경점으로 다시 갔다.

이번에는 안경점 앞에서 멈추지 않고 반들거리는 청동 손잡이를 돌려 문을 열었다. 위에 달린 종이 땡그랑땡그랑 울리며 소녀의 도착을 알렸다.

"아처 사장님!" 소녀가 소리쳤다.

대답이 없었다. 상점 안은 비어 있었다. 소녀는 반짝이는 유리 진열장들을 왼쪽에 두고 상점 안쪽에 있는 벽으로 다가가 나무판자를 더듬었다. 반들반들한 체리목 판자에서 드디어 손에 익은 볼록한 자리를 찾아냈다.

소녀가 나무판을 밀자 비밀 문이 안쪽으로 열렸고, 서재가 모습을 드러냈다. 소녀는 안으로 얼른 들어갔다.

비밀 문 맞은편에도 문이 하나 있었는데, 그 뒤에서 두런거리는 소리가 들려왔다. 소녀는 살금살금 그쪽으로 다가갔다.

"지금 무슨 이야기를 하는 겁니까?"

"우리가 당신한테 괜히 그런 돈을 주겠소?"

"하지만 그것은 옳지 않습니다, 에드워드 사장님. 나는 그런 짓은 못합니다!"

"시키는 대로나 해! 그게 당신이 할 일이야!"

목소리를 들어 보니 아처 형제였다. 그들이 아빠를 몰아붙이고 있었다.

말다툼이 오고 갔다. 소녀는 어른들이 싸우는 게 싫었다. 어른들은 싸울 때 서로에게 못할 말들을 해댔다. 하지만 아빠가 불만에 차 있는 건 그나마 잘된 일이다. 어쩌면 이 도시를 떠날 생각을 하고 있을지도 모르니까.

감히 어른들을 방해할 용기가 나지 않아서 소녀는 다시 비밀 문으로 살금살금 다가갔다.

"바이올렛 브라운!"

소녀가 깜짝 놀라서 홱 돌아보니 바로 코앞에 에드워드 아처가 서 있었다.

"잘못했어요, 아처 사장님. 사람 목소리가 들려서 그만. 아빠를 만나려고 왔어요." 소녀는 더듬더듬 말을 했다.

"여기는 네가 들어올 곳이 아니야, 꼬마 아가씨." 에드워드 아처가 고갯짓으로 나가라는 표시를 했다. "그리고 남의 말을 엿들으면 못써."

"일부러 엿들은 거 아니에요. 우연히. 아빠를 찾아 왔다가. 아빠가 이 안에 있을 것 같아서."

"아빠는 방금 나갔다, 바이올렛. 길이 엇갈린 것 같구나."

"하지만 분명히 저 안에서 사장님하고 이야기하는 아빠 목소리를 들었는데요." 소녀는 에드워드 아처 뒤편에 있는 문을 가리켰다.

"무디 선생 말이 맞군. 너 진짜 골칫거리구나." 에드워드 아처가 한숨을 내쉬었다.

"저, 그게……. 잘못했어요, 아처 사장님." 바이올렛은 쭈뼛쭈뼛 매장 쪽으로 뒷걸음질을 치면서 말을 했다. "제가 또 쓸데없는 상상을 했었나 봐요."

"그런데 너 무슨 일 있었니, 바이올렛?" 에드워드 아처가 소녀의 흐트러진 매무새를 알아채고는 다그쳐 물었다. "애야, 너 다쳤니?"

"넘어졌어요. 별일 아니에요."

"그 약은 먹었니, 애야?"

소녀는 몇 발자국 더 뒷걸음질을 쳤다. 그가 어떻게 알았을까?

"너희 엄마가 말해 줬다." 그는 소녀의 생각을 읽은 듯 씨익 웃었다. "감기불아 증후군은 아주 심각한 병이야. 꼭 치료 받아야 해."

소녀의 심장이 마구 뛰었다.

"도대체 무슨 일이야?" 조지 아처가 뒷방에서 서재로 쓱 들어오면서 짜증을 냈다.

"별일 아니야. 바이올렛이 제 아빠를 찾아 여기까지 들어왔더라고. 막 돌려보내려던 참이야." 에드워드 아처가 또 씨익 웃었다.

"네 아빠는 여기 없다." 소녀를 보는 조지 아처의 눈길이 사나웠다.

"알아요, 에드워드 사장님이 말해 주셨어요." 바이올렛은 더듬더듬 말하고는 도망치듯 그곳을 나왔다. 조지 아처는 왠지 좀 분위기가 싸했다. 그 사람이 근처에만 있어도 소녀는 마음이 불안해졌다.

한참을 도망친 소녀는 멀찍한 곳에 서서 숨을 가다듬었다.

에드워드 아처는 바이올렛이 먹는 약에 대해서 어떻게 그렇게 훤히 다 꿰고 있을까? 그 사람은 왜 소녀의 일에 그렇게까지 관심을 두고 있을까? 그리고 아빠, 그들은 왜 소녀의 아빠에 대해 거짓말을 했을까? 아빠가 그 문 뒤에서 화를 내는 걸 소녀가 분명히 들었는데. 왜 그들은 소녀에게 진실을 말해 주지 않았을까?

소녀는 집 쪽으로 가지 않고 에드워드 스트리트를 따라 걸었다. 지난 몇 시간 동안 겪은 일들이 머릿속에서 영화처럼 지나갔다. 처음엔 엄마와 약, 그다음에 마음이 이상하게 오락가락했던 일, 안경, 그 목소리, 아처 형제 그리고 그들의 이상한 행동과 아빠. 아빠한테 무슨 일이 있는 게 분명했다.

해치트 패밀리 정육점 앞에서 수다를 떨던 한 무리의 여자들이 소녀를 보자 갑자기 조용해졌다. 그중에 하나가 감기불아 증후군이라고 수군대는 소리가 들려왔다.

소녀는 시청 앞에서 길을 건너 아처의 찻집까지 갔다. 아름다운 찻잔들이 창가에 새로이 진열되어 있었다. 찻잔을 구경하려고 걸음을 멈춘 소녀는 찻집 안 사람들 모두가 고개를 돌려 자신을 빤히 쳐다보고 있다는 걸 알아챘다.

소녀는 걸음을 재촉했고 에드워드 스트리트에 있는 사람들의 눈길을 피해서 아처스 애비뉴로 접어들었다. 높다란 돌담 근처의 벤치 하나가 눈에 띄었다. 소녀는 그곳에 앉아서 생각을 정리하기로 했다.

퍼펙트에서는 무슨 일이 벌어지고 있는 걸까?

엄마한테는 말해 봤자 소용없을 것이다. 엄마는 더 이상 바이올렛의 말에 귀를 기울여 주지 않을 게 뻔했다. 아빠도 마찬가지다. 그는 딸이 안경점에 몰래 얼씬거렸다고 화를 낼 게 뻔했다. 분명 에드워드 아처가 아빠에게 다 일렀을 테니까. 아빠는 예의를 따지는 사람인데, 소녀가 에드워드 아처에게 공손하지 않았으니 할 말이 없었다.

소녀는 고개를 들었다. 전에도 온 적이 있는 길이었다.

아처 형제의 생가가 있는 곳. 표지판에 낙서처럼 덧새겨진 윌리엄의 이름이 눈에 들어왔다. '퍼펙트를 빛낸 위인, 조지 아처와 에드워드 아처의 생가'라고 찍혀 있고 그 위에 '윌리엄'이라는 글자가 낙서처럼 덧새겨진 표지판이 보였다.

소녀는 정말 윌리엄 아처가 그 표지판과 학교 책상 밑에 자기 이름을 새겨 넣었을지 궁금해졌다. 그게 사실이라면 그 역시 소녀처럼 골칫거리 취급을 받았을 것이다. 그런데 어째서 소녀는 그에 대한 이야기를 단 한 번도 들어 보지 못했을까? 그가 퍼펙트를 떠나서? 그도 소녀만큼이나 이 도시가 싫어서 떠나 버렸을지도 모를 일이었다.

윌리엄 아처에게 무슨 일이 있었을까 생각하다 보니 소녀의 몸에 소름이 쫙 돋았다.

# # CHAPTER 9 #

# 아이리스 아처

바이올렛은 가슴이 철렁했다. 그 집을 엿봤을 때 눈이 마주쳤던 할머니가 이번에도 창문 안에서 소녀를 지켜보고 있었다. 바이올렛은 얼른 눈길을 피했다. 하지만 곧 용기를 내서 다시 쳐다봤는데 할머니가 보이지 않았다.

몇 분 뒤에 그 집 문이 조용히, 하지만 활짝 열렸다. 그러고는 조금 있으니 할머니가 창가에 다시 모습을 나타냈다.

들어오라는 뜻일까?

바이올렛은 벤치에서 일어나 그 집 쪽으로 걸어갔다.

"저기요." 소녀는 열린 현관문 앞에서 걸음을 멈추고 사람을 불러

봤다.

아무런 대꾸가 없었다. 소녀는 그냥 집 안으로 들어섰다.

실내는 거의 완벽했다. 하지만 그 집 앞과 마찬가지로 뭔가 살짝 어긋나 있었다. 마룻바닥은 약간 울퉁불퉁했고 밟을 때마다 삐걱댔다. 때가 낀 레이스 커튼 사이로 비치는 햇빛이 그 집 안의 유일한 빛이었고, 눈길 가는 모든 곳에 먼지가 소복하게 덮여 있었다. 닦은 지 꽤 오래된 것 같았다. 먼지 청소가 올림픽 종목이라도 되는 듯 어디든 반질반질 윤이 나는 퍼펙트에서는 보기 힘든 광경이었다.

복도 저편에 왼쪽으로 나 있는 문이 빠끔 열려 있었다.

"계세요?" 소녀는 열린 문 안쪽을 슬쩍 들여다보면서 큰소리로 말했다.

할머니가 창가에 앉아 있었다. 몸에 그늘이 반쯤 드리워져 있었다.

"할머니가 문을 열어 두셨어요?" 바이올렛은 조심스럽게 그 방으로 들어섰다.

"그랬다."

"괜찮으세요? 뭐 좀 도와드려요?"

"됐다." 할머니가 껄껄한 목소리로 대꾸했다.

하얀 머리카락이 할머니 머리 위에 꼭 새둥지처럼 얹혀 있었다.

할머니는 아무 무늬도 없는 검은 원피스 차림이었는데, 레이스가 달린 치맛자락 밑으로 구두는커녕 양말도 신지 않은 앙상한 맨발이 드러나 있었다. 할머니의 표정은 온화했지만 눈빛이 슬펐다.

"정말 괜찮으신 거 맞아요?" 바이올렛이 물었다.

할머니는 대답 대신 고개를 돌려서 창밖을 내다보았다. 그때 바이올렛은 문득 깨달았다.

"할머니는 안경을 안 쓰셨네요?" 소녀가 놀라 물었다.

"원래 눈이란 게 안경이 없어도 보이는 법이다. 눈은 영혼의 창인데, 왜 내가 그걸 커튼으로 가려야 하지?" 할머니가 대꾸했다.

"할머니는 어떻게 태양 빛에 눈이 멀지 않았어요?" 바이올렛이 조심스럽게 물었다.

"나한테는 아들들이 강도야."

바이올렛은 안으로 조금 더 들어갔다.

"눈이 미쳤어." 할머니는 경고하듯 매섭게 말했다. "눈이 미쳤어. 아들들이 눈을 미치게 만들어. 다들 나보고 '아이리스 아처, 그 아들은 쓸모없어.'라고 해. 나는 아놀드한테서 윌리엄을 지켜 냈어, 알 사과 같은 우리 윌리엄. 그랬더니 에드워드하고 조지가 샘이 나서 내 알 사과를 먹어 버렸어."

"윌리엄 아처요? 그 사람이 할머니 아들이에요? 그 사람은 어떻게 됐어요?" 바이올렛이 물었다.

"우리 아들, 나한테는 달이고 별인데." 아이리스의 눈에 눈물이 그렁그렁 차올랐다.

"죄송해요. 할머니 마음을 아프게 하려던 건 아니에요." 바이올렛이 말했다.

"그 아인 여기 없어." 아이리스는 중얼중얼 말을 했다. "걔들은 그 아이가 얼굴에 철판을 깐 듯 뻔뻔하고 두 얼굴을 가졌다지만, 나는 그 아이에게 올곧은 마음이 있다는 거 알아. 그게 없는 아이는 별이 하나도 없는 하늘이야. 우리 윌리엄한테는 별이 많았어. 별이 가득한 세상이었어. 혹시 너 그 아이하고 같은 학교 다니니?"

바이올렛은 고개를 저었다.

"아뇨, 아닐 거예요. 저는 전학 왔어요. 저희 아빠는 조지 사장님하고 에드워드 사장님 밑에서 일해요. 그분들도 할머니 아들이죠?"

"조지와 에드워드, 에드워드와 조지? 걔들이 내 눈에서 빛을 빼앗아 갔어. 걔들은 제 애비를 닮은 구석이 있어. 모든 게 다 질서 정연해야 돼. 반듯하고 반지르르 하지 않은 건 못 참아."

바이올렛은 복도 쪽으로 뒷걸음질을 쳤다. 할머니는 제정신이 아닌 게 분명했다. 그렇지 않아도 마음이 아픈 할머니를 더 마음 아프게 하기 싫었다.

"어……. 아, 엄마가 차를 우리고 있어서 저는 이만 가 볼게요. 그게 리소토요." 소녀는 횡설수설 얼버무렸다.

"그 차 마시지 마." 아이리스가 다급하게 소리치며 의자에서 벌떡 일어나 소녀 쪽으로 훅 다가왔다. "마시지 마, 내 말 들어!"

"알았어요, 안 마실게요, 약속해요." 바이올렛은 더듬더듬 대답을 하며 비틀비틀 뒤로 물러났다.

복도로 나간 소녀에게 할머니가 다시 입을 열었다. 이번에는 맑은 정신으로 이야기하는 것 같았다.

"너를 보니 그 아이가 생각나는구나, 바이올렛. 너를 보니 우리 윌리엄이 생각나. 네 안에도 올곧은 마음이 있구나. 그 정신 빼앗기지 말고 잘 지키거라."

"하, 할머니가 제 이름을 어떻게?"

"그 사내아이가 말해 줬지. 그 녀석이 네 올곧은 마음을 지켜 주고 있어. 너는 그 녀석과 영혼이 서로 맞닿아 있어."

"어떤 사내아이요?" 바이올렛이 퍼펙트에서 아는 사내아이라고는 자기 반 남자아이들뿐이었다. 그리고 그 애들은 소녀를 지켜 준

적이 전혀 없었다.

아이리스는 대답 대신 자신만의 세계로 다시 빠져들었다. 한 번 더 물어봤지만 대답이 없자, 바이올렛은 햇빛이 화사한 밖으로 나와서 마지못해 터덜터덜 집으로 돌아갔다.

# # CHAPTER 10 #
## 수상한 출장

엄마가 와 있었다. 로즈한테서는 퍼펙트 특유의 쾌활함이 넘쳐났
다. 그녀는 지치지도 않고 비코리 부인의 애플파이 이야기를 늘어놓
았다.

"내가 맛본 애플파이 중에 최고야, 바이올렛. 후식으로 만들어 줄
게. 레시피를 받아왔거든. 그 집안 대대로 내려오는 비법을 나한테
알려 주는 거래. 하여튼 이 도시 사람들은 어쩜 그리 다들 착한지!"

바이올렛은 고개를 끄덕이면서 교과서를 꺼냈다. 엄마가 미소를
지었다. "약이 효과가 있네. 네가 그렇게 공부에 열심인 모습은 처음
본다, 얘야."

바이올렛은 아무런 대꾸도 하지 않았다. 전에 비해 공부를 더하고 싶지도, 덜하고 싶지도 않았다. 다만 어서 엄마를 만족시켜서 약을 그만 먹고 싶은 마음만 간절했다.

"여기, 애야." 엄마가 노르스름한 알약 두 개를 탁자 위에 놓았다. "약 먹을 시간이야."

"하지만, 엄마, 아까 준 약 먹고 이제 괜찮아졌어요. 나는 퍼펙트가 좋아요." 바이올렛은 애서 착한 미소를 지어 보였다.

"참 잘됐구나, 바이올렛, 엄마도 기뻐. 하지만 그 정도로는 네 감기불아 증후군이 낫지 않는단다. 너도 얼른 다 낫고 싶지? 안 그러니, 애야?"

"아빠가 올 때까지 기다리면 안 돼요? 예?"

"알았어. 하지만 그때는 꼭 먹어야 한다. 네 아빠도 나하고 같은 생각이니까. 엄마 아빠는 네 병을 싹 낫게 해 주고 싶어. 그 병이 너를 괴롭히고 있잖니. 그 병만 아니면 네가 얼마나 많은 것들을 이룰 수 있을지 생각해 보렴."

바이올렛은 다시 미소를 지어 보이고는 공부하는 척 교과서를 들여다보았다. 그 사이 로즈는 휘파람을 불면서 리소토와 애플파이를 만들었다. 이 완벽한 도시 퍼펙트에 오기 전까지 바이올렛은 리소토가 뭔지도 몰랐는데, 이제는 엄마가 자랑하는 요리가 되어 버렸다.

6시가 넘었는데도 아빠는 퇴근하지 않았다. 저녁 식사 시간을 놓친 적이 없었는데. 그는 딸이 태어나고부터 지금까지 가족에게 알리지 않고 다른 곳에서 저녁 시간을 보낸 적이 없었다.

엄마가 음식을 차리는 동안 소녀는 흘깃흘깃 시계를 살폈다.

"바이올렛, 더는 못 기다리겠다, 얘야. 내가 만든 애플파이가 다 눅눅해지겠어." 엄마가 한숨을 쉬었다.

"하지만 아빠는 어쩌고요?"

"아빠 걱정은 마. 아빠 몫의 후식은 남겨 둘게."

"지금 그게 중요해요, 엄마? 아빠가 어디 있는지 엄마는 알아요? 이렇게 늦는 건 아빠답지 않아요. 무슨 일이 있으면 어떡해요?"

"바이올렛, 여기는 퍼펙트야." 엄마는 코웃음을 쳤다. "네 아빠는 아무 일 없을 거야. 아무렴. 나는 그냥 일 때문이라고 봐. 네 아빠는 세상에서 가장 좋은 일자리를 잡았어. 아처 사장님들 밑에서 일하다니 말이야."

"하지만 엄마, 엄마도 원래는 아처 사장님들 별로 안 좋아했잖아요. 처음에 우리가 여기로 이사 왔을 때 엄마는 그 사람들이……." 바이올렛은 엄마를 설득해 보려고 했다.

"바이올렛!" 로즈가 사납게 소리를 질렀다. "쓸데없는 소리 그만 해. 애야, 네가 병이 있어서 그러는 건 알겠지만 해도 너무 하는구나. 나는 아처 사장님들에 대한 험담을 한 적도 없고, 앞으로 할 생각도 없어."

로즈는 노란 알약 두 알을 집어서 바이올렛에게 내밀었다. 소녀는 알약과 엄마를 번갈아 바라보았다.

"당장!" 엄마가 명령했다.

소녀는 마지못해 노란 알약을 혀 밑에 넣었다. 엄마가 물을 한 잔 따라서 바이올렛한테 주었다.

"삼켜!" 그녀가 버럭 소리쳤다.

바이올렛은 시키는 대로 했다. 로즈가 웃으며 저녁 식사를 마저 준비했다. 엄마가 돌아서자마자 바이올렛은 얼른 알약을 뱉어서 주머니에 쑤셔 넣었다.

"이제 기분이 좀 나아졌지?" 조금 뒤에 리소토를 먹으며 엄마가 물었다.

바이올렛은 그릇에 코를 박고서 그냥 고개만 끄덕였다.

섣불리 말을 했다가는 울음이 터질 것만 같아서였다. 하지만 아무것도 모르는 엄마는 저녁을 먹고 후식을 먹는 내내 자기가 그날 하루 어디서 무엇을 했는지 수다를 늘어놓았다. 식사가 끝나면 항상 차를 한 잔씩은 꼭 마셔야 했지만 바이올렛은 낮에 그 할머니의 경고가 떠올라 마실 수가 없었다.

밤이 되어도 아빠가 돌아오지 않자, 소녀는 마음이 불안해졌다. 아처의 상점에 갔던 일을 생각하니 속이 울렁거렸다. 분명히 아빠 목소리였는데. 왜 그 자리에서 아처 형제한테 더 캐묻지 않았을까? 왜 그냥 그곳을 나왔을까? 뭔가 잘못되어도 단단히 잘못되었다. 아빠에게 심각한 문제가 생긴 게 분명했다.

소녀는 찜찜한 마음으로 자러 가려고 계단을 올라갔다. 마지막 계단에 다다랐을 때 전화벨이 울렸다. 소녀는 그대로 난간에 바짝 붙어 앉아 귀를 기울였다.

"여보세요, 브라운 가입니다." 이사 오기 전에는 그러지 않았던 엄마가 우아하고 세련된 말투로 전화를 받았다.

"어머, 아처 사장님. 어쩐 일이세요?"

"예, 그럴 줄 알았어요. 바이올렛은 걱정을 했지만."

"그랬어요? 어머, 이를 어째! 저한테는 아무 말도 안 했어요."

"기분이 상하셨다면 제가 사과드릴게요, 아처 사장님. 감기불아 증후군 때문일 거예요."

"예. 약은 먹고 있어요. 오늘 저녁에도 제가 지켜보는 앞에서 먹게 했어요."

"어머, 물론이죠, 아처 사장님. 애들이 어떨지는 저도 알아요. 다음에는 제가 잘 감독할게요."

"유진의 소식 알려 주셔서 고맙습니다, 아처 사장님. 그이가 사장님들 연구에 도움은 되고 있겠지요?"

"듣던 중 반가운 소리예요. 출장은 얼마나 오래 가 있게 될까요?"

"어머, 완벽해요."

"예, 아이에게는 제가 말할 게요. 그럼 들어가셔요, 아처 사장님."

어째서 아빠가 출장을 갔다는 소식을 아처 사장이 전화로 알려 주었을까? 아빠가 직접 전화를 해도 될 일인데?

"바이올렛! 너 엿들은 거니?" 엄마가 계단에 있는 소녀를 발견하고 야단을 쳤다.

"그게 아니고 난 그냥……. 아빠 전화인가 해서."

"에드워드 아처 사장님이야." 엄마는 미소를 지었다. "아빠는 며칠 출장 갔다 온대. 안경사들 회의에 참석해야 돼서. 굉장히 중요한 일인가 봐."

"왜 아빠가 직접 전화하지 못했대요?" 바이올렛의 목소리가 높아졌다. "짐도 싸 가지 않았잖아요!"

"바이올렛, 제발, 너 때문에 내가 골치가 아파. 에드워드 아처 사장님이 일부러 우리에게 전화를 해서 알려 준 걸 고맙다고 하지는 못할망정 너는! 급하게 출발하느라 그랬다고 하잖아. 긴급했대."

"긴급한 안경사들 회의라고요?"

"바이올렛! 너 병이 정말로 깊어지고 있나보다. 이젠 엄마도 지친다, 애야. 에드워드 아처 사장님은 그래도 친절하게 네가 괜찮은지 물어보셨는데. 이 도시 사람들이 다 너를 도와주려고 하는데 고마워하지는 못할망정 그게 무슨 태도야? 너 오늘 안경점에는 도대체 왜 갔어?"

"아빠를 찾으러 갔어요." 바이올렛이 퉁명스럽게 대꾸했다.

"갈 데 안 갈 데도 모르고 들쑤시고 다녔구나. 에드워드 아처 사장님이 그쯤에서 덮는다고 약속하셨으니 다행인 줄 알아."

"그쯤에서 덮어요? 내가 뭘……." 바이올렛은 억울했다.

"바이올렛!" 엄마는 한숨을 내쉬었다. "엄마도 더는 못 참아. 그나마 아처 사장님들이 너그러운 분들이니 망정이지. 아빠가 집에 돌아오시면 단단히 혼날 줄 알아."

바이올렛은 대꾸하지 않았다. 말해 봤자 소용이 없었다. 소녀가 뭐라고 하던 엄마는 비꼬아 생각할 것이 뻔했다.

소녀는 자리에서 일어나 카펫이 깔린 복도를 따라 자기 방으로 갔다. 그러고는 방문을 꼭 닫고 침대에 푹 쓰러졌다.

세상이 와르르 무너져 내리고 있었다. 엄마는 소녀의 말을 귀담아 들어 주려 하지 않았고, 아빠는 사라져 버렸다. 지난 몇 주 동안 못되게 굴면서 아빠를 괴롭히기만 했는데, 이제 다시 볼 수나 있을지? 소녀는 이 모든 이상한 일들에는 아처 형제가 관련되어 있다고 믿었다. 하지만 소녀가 그 사실을 증명한다고 해도 그 말에 귀 기울여 줄 사람이 없었다. 퍼펙트 사람들 모두 마법에 걸린 것 같았으니까. 소녀는 눈물이 났다. 이제는 도무지 참을 수 없어서 눈물이 한 방울도 남지 않을 때까지 펑펑 울고 또 울었다.

울다 지친 소녀는 이불 밑으로 들어가서는 잠이 오기를 기다렸다. 그렇지만 소용없었다. 그날 밤에는 아무리 뒤척여도 잠자리가 불편했다. 침대가 이상하게 불룩 튀어나와 있었다. 결국 몇 시간을 그렇게 뒤척이다가 소녀는 안경을 쓰고 일어나서 살펴보기로 했다.

침대 매트리스를 탁탁 쳐서 펴 봤다. 하지만 여전히 불룩 튀어나와 있었다. 혹시 엄마가 침대 정리를 할 때 뭐가 들어갔나 싶어서 매트리스를 들고 아래를 살폈다. 아무것도 없었다. 아무래도 속이 문제인 것 같았다. 어쩌면 스프링이 튀어나와서 그런 건지도 몰랐다.

짜증이 난 소녀는 침구를 다 벗겨 내고서 매트리스를 꼼꼼하게 살펴봤다. 매트리스 윗면에 가늘게 찢어진 곳으로 솜이 조금 비어져 나와 있었다. 소녀는 그 틈으로 손을 넣고 매트리스 안쪽을 더듬었다. 뭔가 단단한 것이 손에 걸렸다. 손을 조금 더 안으로 넣었다. 그러자 뭔가 손에 딱 잡혔다. 소녀는 그것을 끄집어냈다.

# CHAPTER 11

# 소년과의 첫 만남

소녀의 손에 쏙 들어갈 정도로 작고 납작한 상자였다. 짙은 파란색 바탕에 구불구불한 사다리 무늬 같은 것이 그려진 것이었다. 소녀가 상자를 뒤집자 사다리 무늬에 빛이 반사되어 은빛으로 반짝였다. 금색으로 '맞춤 제작'이라는 말이 씌어 있었고, 많이 닳아 있었다. 덮개가 닫힐 수 있게 앞쪽에는 작은 자석이, 뒤쪽에는 녹슨 경첩이 달려 있었다.

소녀는 살며시 상자를 열었다. 짙은 파란색 벨벳 안감 위에 안경 한 개가 당당히 자리잡고 있었다.

소녀가 쌍둥이 형제에게서 받은 것 같은 금테에 장밋빛 알을 넣은 사각 안경이 아니라, 그냥 나무를 깎아서 만든 밋밋한 테에 투명한 알을 끼워 넣은 동그란 안경이었다. 안경다리 끝도 귀 뒤에 제법 편안하게 걸릴 수 있게 자잘한 조각을 이어서 잘 구부러지게 만들어져 있었다.

안경집 뚜껑 안쪽 가운데에 있는 상표는 오래되어 누렇게 색이 바랬어도 읽을 수는 있었다. '맞춤 제작 안경 공방, 위켐 테라스 135번지'라고 되어 있었다. 위켐 테라스가 어디였지? 퍼펙트에 있는 거리 이름치고는 낯설었다.

소녀는 금테 안경을 벗고서 그 나무테 안경을 써 보았다.

놀랍게도 그 안경을 껴도 앞이 잘 보였다. 소녀에게 완벽하게 맞았다. 커튼 쪽을 휘 둘러보는데 웬 사람 모습이 눈에 띄었다.

"으악!" 소녀는 비명을 지르며 나무테 안경을 벗었다.

방 안이 다시 흐릿하게 보였다. 소녀는 더듬더듬 금테 안경을 찾았다.

"내가 보였구나, 그렇지?"

바이올렛은 이불을 얼른 뒤집어썼다. 하지만 곧 그 이불이 벗겨져서 바닥에 떨어졌다.

"내가 보였지?" 그 목소리가 다시 물었다.

"아냐! 아니라고!" 바이올렛은 바들바들 떨면서 소리쳤다. "나는 아무것도 못 봤어. 나는 아무하고도 이야기하고 있지 않아. 다 내 상상일 뿐이야."

"봤구나! 나를 봤어." 그 목소리가 흥분해서 떠들어 댔다. "너는 분명 커튼 옆에 있는 나를 봤어!"

발소리가 침대 쪽으로 달려왔다. 누군가 침대 위에서 팡팡 뛰는 듯 바이올렛의 몸이 이리저리 들썩였다.

"그 안경, 분명히 그 안경 때문이야!" 그 목소리가 다시 떠들었다.

갑자기 침대의 들썩임이 멈추더니 쿵 하는 소리가 들렸다. 그러더니 방 저쪽으로 쪼르르 달려갔다 다시 오는 소리가 났다.

"자, 이거 다시 써."

목소리의 주인은 소녀의 손을 억지로 벌리고 나무테 안경을 쥐어 줬다.

"약속해. 난 너를 해치지 않아."

전에도 들은 적 있는 소년의 목소리였다. 말투가 진지했다.

소녀는 천천히 나무테 안경을 얼굴로 가져가서 꼈다. 하지만 눈은 여전히 꼭 감은 채였다.

"제발." 목소리의 주인이 다시 말했다.

가벼운 바람이 소녀의 콧등을 스쳤다. 누군가 소녀의 코앞에서 손바람을 일으키고 있는 것 같았다. 소녀는 서서히 눈을 떴다.

웬 소년이 소녀의 침대 가장자리에 서서 미친 듯이 손을 휘젓고 있었다.

소년은 소녀를 똑바로 쳐다보았다. 나이는 열둘 아니면 열세 살쯤 되어 보였고, 머리끝부터 발끝까지 검은색 옷을 입고 있었다. 새카만 머리카락은 귀 있는 데만 동그랗게 파여 있었다. 하얀 얼굴에 주근깨가 제법 돋았는데, 콧잔등 쪽에 주로 몰려 있었다. 눈동자는 짙은 남색이라 거의 검은색으로 보였다. 밤하늘 같은 색이라고나 할까? 그 눈빛을 보자 왠지 소녀의 마음이 흔들렸다.

"너 정말 보이는구나, 내가 보여!" 소년이 펄쩍 뛰며 말했다.

소년의 얼굴에 웃음이 피어나자 바이올렛은 자기도 모르게 싱긋 웃었다. 태어나서 이제껏 단것이라고는 먹어 본 적이 없는 듯한 소년의 하얀 치아가 반짝거렸다. 소년의 미소에는 보는 사람마저 미소 짓게 만드는 엄청난 힘이 있었다.

둘은 잠자코 서로 멀뚱멀뚱 쳐다보았다. 방 안에는 어색한 분위기가 넘쳐났다. 바이올렛은 얼굴을 붉히지 않으려고 애썼다. 밤이라 멍해진 머리를 열심히 굴리면서 아무 말이라도 생각해 내려고 했다.

"나는 보이야." 낯선 소년이 마침내 침묵을 깨고 말했다.

"나는 바이올렛." 소녀는 소년이 내민 손을 잡고 악수를 하면서 물었다. "근데 네 이름이 정말 비 오 와이, 보이야?"

"응." 보이는 고개를 끄덕였다.

"에이, 무슨 이름이 그래?"

"이름 맞아. 나는 늘 보이라고 불려 왔어. 네가 바이올렛이라고 불리듯이."

"네 부모님은 너를 뭐라고 부르는데? 너한테도 톰이나 제이크 같은 이름이 있을 거야. 내가 전에 살던 곳에 친한 남자애들이 몇 명 있었는데, 걔들한테도 다 진짜 이름 같은 이름이 있었어. 보이라고 불리는 애는 없었다고."

"나는 부모님이 없어." 소년이 해맑게 웃었다.

"아!"

잠시 침묵이 흘렀고 소녀는 뭐라고 말을 해야 좋을지 몰라서 어른들이 장례식장에서 하는 말을 흉내 냈다.

"상심이 크겠구나."

"난 부모님을 잃은 게 아니야. 그냥 원래 부모님이 없었어!" 소년이 피식 웃었다.

"세상에 부모님이 없는 사람이 어디 있어? 누구나 낳아 준 부모님은 있어!" 바이올렛이 대꾸했다.

"근데 나는 없어. 그리고 차라리 없는 편이 낫지 뭐야. 네 엄마 아빠가 너한테 어떻게 하는지 봐!"

"야! 우리 엄마 아빠에 대해서 그렇게 말하지 마! 우리 엄마 아빠처럼 좋은 부모님이 또 어디 있다고!" 바이올렛이 발끈했다.

"아이쿠, 그래서 그렇게 몇 시간 동안이나 서럽게 울어 댔어? 내가 다 봤거든, 발뺌할 생각 마."

소녀는 아무 대꾸도 못하고 눈길을 피했다.

"바이올렛, 너를 속상하게 만들려는 뜻은 없었어. 내가 너를 한동안 지켜봐 왔거든. 그래서 네 부모님이 변하고 있다는 것도 알게 됐어." 보이가 말했다.

"그게 무슨 뜻이야?"

"그분들이 변하고 있다고. 이곳이 문제야. 이 도시가 사람들을 변하게 만들어. 한참 지나면 안 변하는 사람이 없어."

"그렇지만 '변한다'니 그게 무슨 뜻이야?" 바이올렛은 이미 소년의 말뜻을 짐작하고 있으면서도 확인하고 싶었다.

"내 기억으로는 퍼펙트로 새로 이사 온 사람들이 몇 명 안 되었는데, 처음에 여기 왔을 때는 그 사람들 모두 정상이었어. 처음에는 그들도 나를 볼 수 있었다고. 그중에 한 남자하고는 이야기도 나눴어. 그런데 하루나 이틀이 지나면 눈이 보이지 않게 되었어. 그러면 그들은 안경을 맞췄고 그 뒤부터 그들은 변하기 시작했어. 처음에는 나를 못 본 척했고, 차차 옷차림이나 머리 모양, 말투, 심지어 걸음걸이까지도 바뀌어 갔지. 그러다 어느 순간 이 도시의 다른 사람들과 똑같아져 버렸어." 소년이 대답했다.

"알아. 우리 엄마도 여기 이사 온 뒤로 엄청 변했어. 이제는 엄마한테 속마음을 말할 수도 없어." 바이올렛이 중얼거렸다.

"그게 다 장밋빛 안경 때문이야." 보이가 불만을 터트렸다. "그 안경이 뭔가 현실을 바꾸어 버리는 작용을 해서 그래."

"무슨 뜻이야? 그 안경이 없으면 나는 앞이 안 보여."

"아니. 안경이 없어도 볼 수 있어. 현실을 볼 수 있다고. 그냥 많이 흐릿할 뿐이야. 이거 벗어 봐." 보이가 말했다. 바이올렛은 여전히 나무테 안경을 쓰고 있었다.

소녀는 소년을 쳐다보았을 뿐 시키는 대로 하지는 않았다.

"내 말을 믿어." 소년이 말했다.

소녀는 천천히 안경을 벗어 손에 꼭 쥐었다. 눈앞이 컴컴하고 희미했다.

"이제 이거 보여?" 소년이 말했다.

뭔가 두툼하고 단단한 것이 소녀의 눈앞에서 휙 움직였다. 몹시 흐릿하기는 해도 아예 안 보이지는 않았다.

"응." 소녀는 고개를 끄덕였다. "너 지금 내 앞에서 손이나 뭐 그런 걸 움직이고 있어?"

"거 봐!" 보이가 말했다. "안경이 없어도 너는 아직 나를 볼 수 있어. 현실을 볼 수 있다고. 그냥 몹시 흐릿할 뿐이지. 이번에는 금테 안경을 써 봐."

소년은 소녀의 손에 금테 안경을 놓아 주었다. 소녀는 그 안경을 썼다. 귀에 걸린 안경다리가 걸리적거리고 불편했다.

소녀는 방 안을 둘러보았다. 보이가 사라지고 없었다. 소녀는 몸을 숙여서 침대 밑을 살폈고, 옷장도 열어 봤다. 하지만 소년은 어디에도 보이지 않았다. 정말 이상했다. 소년이 홀연히 사라진 것만 같았다.

나무테 안경은 침대 위에 그대로 놓여 있었다. 소녀는 금테 안경을 벗고 나무테 안경을 다시 썼다.

"거 봐라." 보이가 말했다. 원래 있던 그 자리에 보이가 있었다.

"내가 감쪽같이 사라졌었지?"

"그런데 지금은 어떻게 네가 내 눈에 보이지?" 바이올렛은 어리둥절해서 말을 더듬었다.

"그 나무테 안경 때문이야. 나도 어떻게 해서 그렇게 되는 건지는 몰라. 아무튼 그 안경이 효과가 있어. 나는 그걸 알아보고 싶었어. 남의 눈에 안 보이는 건 되게 불편하거든." 소년이 말했다.

"근데 너는 어쩌다 다른 사람들에게 안 보이게 됐어? 왜 나는 이 안경 없이는 너를 못 봐?"

"나도 모르겠어!" 보이는 한숨을 쉬었다. "난 너희 아빠가 그 이유를 밝혀내길 바랐어. 그래서 너희 가족이 이사 오던 날 밤에 너희 아빠한테 나하고 내 친구들을 좀 도와달라고 부탁하려고 여기 왔었어. 사람들 눈을 보이게 해 주러 너희 아빠가 여기 오는 거라고 들었거든. 그래서 너희 아빠라면 우리가 어째서 눈에 보이지 않는지 알아 낼 수 있을 거라고 생각했어. 근데 하필 아처 형제가 함께 있더라고. 거기 내가 나타났다가는 그들이 너희 가족은 제정신이 아니라고 생각할 것 같았어."

"우리 가족은 제정신이 아닌 거 맞아." 바이올렛은 고개를 푹 숙이고 중얼거렸다.

보이는 소녀의 말뜻을 다 알겠다는 듯 해맑게 웃었다. 어쩌면 이 소년은 소녀의 친구가 될 수 있을 것 같았다.

"상상해 봐, 만약에 너희 아빠가 나하고 이야기를 나누는데, 쌍둥이 형제 눈에는 아무것도 안 보인다면 너희 아빠는 그 자리에서 일자리를 잃을 거 아냐." 소년은 이야기를 이어갔다. "그래서 나는 밤이 깊도록 그들이 돌아가기를 기다리고 또 기다렸어. 그러다가 아무래도 붙잡힐 것 같아서 돌아갔지. 그래서 이튿날 아침 일찍 다시 왔는데, 벌써 너희 아빠 눈이 보이지 않게 되었더라고. 너희 가족 모두."

"그렇지만 계속 나를 따라다녔잖아." 바이올렛이 말했다. "나 그 상점에서 네 목소리를 들었어. 그때 누구한테 쫓기고 있었던 거니?"

"왓처. 우리는 원래 퍼펙트에 들어오면 안 되는 사람들이거든." 보이는 한숨을 쉬었다.

"왓처가 뭔데?"

"퍼펙트를 지키는 사람들. 나 같은 사람들이 담장을 넘어서 이 도시로 들어오지 못하게 막는 일을 해." 보이가 대꾸했다.

"담장?"

"그래, 바이올렛. 내가 사는 곳과 너희들이 사는 곳을 가로지르는 거대한 담장."

"그런데 왜 넘어왔어?" 바이올렛은 여전히 뭐가 뭔지 아리송했다.

"너한테 그걸 주고 싶었어." 소년은 소녀가 쓰고 있는 안경을 가리켰다.

"왜 나야?"

"너는 달랐으니까." 보이가 해맑게 웃었다. "너는 쉽게 변하지 않았으니까."

"하지만 내가 뭘 할 수 있는데? 나는 과학자도 아니야. 나는 안경에 대해서 아무것도 몰라. 왜 네가 눈에 보이지 않는지, 네가 어디서 왔는지, 나는 하나도 몰라. 이 퍼펙트에 대해서도 잘 모르고." 바이올렛은 머리가 아파 왔다.

"모르지. 그래도 너희 아빠한테 말을 해 줄 수는 있잖아. 그 나무테 안경을 보여 주고 내 이야기를 해 줄 수 있잖아. 너희 아빠라면 도와줄지도 몰라." 보이는 간절한 마음을 털어놓았다.

"내가 너를 언제 봤다고? 네가 어떤 아이인 줄 알고?" 소녀는 주먹으로 매트리스를 내리치면서 쏘아붙였다.

보이는 고개를 떨어뜨렸다. 방 안은 침묵에 잠겼다.

"미안해." 바이올렛의 얼굴이 살짝 붉어졌다. "나도 너를 도와주고 싶어. 그런데 우리 아빠가 지금 안경사 회의에 가고 여기 없어.

아무튼 아처 형제가 우리 엄마한테 말한 내용으로는 그래."

"근데 너, 그 말을 믿지 않는 눈치다?"

"안 믿어. 내 말은 잘 모르겠다고. 하지만 아빠가 진짜로 출장을 가게 되었다면 직접 전화를 했을 거야."

"부모라면 당연히 그래야지!" 보이는 괜히 자기가 더 발끈했다.

"문제는 우리 엄마 아빠가 아니야. 아까 말했잖아. 우리 엄마 아빠는 좋은 분들이라고. 어쨌든 최소한 여기 오기 전까지는 그랬다고."

다시 침묵이 내려앉았다.

보이의 한숨 소리가 그 침묵을 깼다. "우리는 눈에 보이지 않게 된 지 워낙 오래돼서 조금 더 기다리는 건 괜찮아."

"우리가 누군데?" 바이올렛이 물었다. 물어보기는 했지만 소녀는 어떤 답이 나올지 좀 걱정이 되었다.

"가자, 보여 줄게." 보이가 소녀의 손을 잡고 매트리스에서 일으켰다. "우리가 사는 곳을 보여 줄게!"

"아침까지 기다렸다 가면 안 돼?"

"아니, 안 돼. 꼭 밤이어야 돼. 낮에는 왓처들이 순찰을 돌아."

"어디를 순찰하는데?"

"가 보면 알아." 보이가 해맑게 웃었다.

# CHAPTER 12 #

## 중간 지대

마침내 바이올렛이 아래층으로 내려오자 보이가 말했다. "준비 시간이 제법 걸리네."

"내가 뭘!" 바이올렛은 툴툴대며 소년을 따라 복도를 지나갔다.

"서둘러야 돼! 곧 왓처들이 일을 시작할 거야. 내가 여기 있다가 그 사람들한테 잡히면 큰일 나."

"네 말만 들어서는 정말 무시무시한 사람들 같아. 나한테 무슨 일이 벌어지고 있는 건지 다 말해 주지 않으면 너랑 아무 데도 같이 안 갈래."

"쉬잇! 목소리 낮춰, 바이올렛." 보이가 속삭이며 현관문을 살펴시 닫았다. "잘 들어, 왓쳐는 말이야, 나 같은 사람들하고 내 친구들이 퍼펙트에 얼씬거리지 못하게 하는 일을 해. 너희 퍼펙트 사람들이 우리가 존재한다는 걸 아는 게 싫은 거지."

"그럼 너 같은 사람들이 더 있다고?" 소녀가 물었다.

"많지." 보이는 눈을 찡긋했다. 그들은 가로수가 늘어선 큰길을 따라서 시내 쪽으로 달려갔다.

그들은 재빨리 스플렌디드 로드를 따라 아처 형제의 고품격 안경점 쪽으로 움직였다. 보이는 바이올렛을 이끌고 계속해서 에드워드 스트리트를 달려가다가 정육점 앞에서 갑자기 멈추었다. 그러고는 소녀를 컴컴한 정육점 입구로 홱 잡아끌었다.

"여기서부터는 정말 조심해야 돼. 나는 담장 이쪽 편에서 잡히면 안 되고, 너는 담장 저쪽으로 넘어가는 걸 들키면 안 돼. 그러니까 나를 잘 따라오고 내 말 잘 들어야 돼. 알았어?" 소년이 속삭였다.

바이올렛은 소년을 보며 진지하게 고개를 끄덕였다. 목이 탔다. 솔직히 겁이 났지만 소년한테 그런 소심함을 들키고 싶지 않았다. 살금살금 소년을 따라 어두운 곳에서 나와 시청 쪽으로 갔다.

나무테 안경을 쓰고 보니 완벽한 도시 퍼펙트도 그다지 완벽하지 않았다. 어둠 속에서도 군데군데 헐거나 칠이 벗겨져 나간 건물이 눈에 띄었고, 창문에 내걸린 화분의 꽃들도 전에 보았을 때처럼 탐스럽거나 곱지만은 않다는 걸 알게 됐다. 인적 없는 거리에는 심지어 작은 쓰레기도 굴러다녔다.

"도시가 다르게 보여." 소녀가 보이 옆에 달라붙으면서 말했다.

"사실 같은 곳이라고 할 수 없을 정도지. 같은 곳이면서도 같은 곳이 아니라고나 할까?" 소년이 대꾸했다.

시청에 거의 다 왔을 무렵, 보이는 다시 걸음을 멈추고는 어느 어두컴컴한 건물 입구로 바이올렛을 손짓해 불렀다.

"밤에는 왓처들이 저기 앉아서 우리 중간 지대를 감시해. 지금도 저 위에 왓처 몇 명이 있을 거야. 너 혹시 그 사람들 보이니?" 소년이 시청 꼭대기에 있는 시계탑을 가리켰다.

바이올렛은 목을 길게 빼고 보이의 손가락 끝이 가리키는 곳을 올려다보았다. 캄캄한 밤하늘과는 대조적으로 유리창에서는 은은한 불빛이 새어 나오고 있었다. 그리고 그 빛에 그림자 하나가 움직였다.

"저기 하나 있다." 소녀가 속삭였다.

"잘 찾았네. 나는 항상 저 탑 꼭대기를 잘 살피다가 아무도 얼씬거리지 않을 때만 움직여. 보통 왓처들은 퍼펙트 시내는 감시하지 않거든. 통행금지 때문에 사람들이 집 밖에 나돌아 다니지 않으니까. 그들이 주로 감시하는 곳은 담장이야. 그래도 조심해서 손해 볼 건 없잖아?" 보이가 말했다.

탑 꼭대기에 있던 왓처가 탑 안으로 들어갈 때까지 소년과 소녀는 몇 분을 기다렸다.

"갔어. 빨리!" 보이는 숨어 있던 곳에서 바이올렛을 데리고 나와 시청 앞을 지났다.

소녀는 겁이 나서 감히 뒤도 돌아보지 못했다. 유령 같은 존재가 그 위에서 그들을 지켜보고 있다는 걸 상상하니 소름이 오싹 돋았다.

보이는 왼쪽으로 접어들어 아처스 애비뉴 입구에서 딱 멈췄다. 보이가 갑자기 서는 바람에 허겁지겁 움직이던 바이올렛이 소년에게 부딪힐 뻔했다. 소년은 소리를 내지 말라고 손짓을 한 다음 래그 레인으로 접어들어 시계탑을 올려다보았다.

"가자, 아직 괜찮아." 소년이 잽싸게 걸어가면서 속삭였다.

너무 캄캄해서 바이올렛은 소름이 오싹 돋았다. 바로 앞에 있는 보이가 잘 보이지 않을 정도였다.

"보이, 우리 어디로 가는 거야? 이 길로 가면 막다른 골목이야. 나 여기 와 본 적 있다고!" 소녀는 소곤소곤 말을 했다.

보이는 대꾸도 않고서 곧장 막다른 골목 쪽으로 걸어갔다. 바이올렛은 갑자기 걸음을 멈추었다. 앞쪽에 있는 돌담 위쪽에 둥그스름한 커다란 나무 대문이 달려 있었다.

"지, 지난번 여기 왔을 때는 문이 없었는데. 진짠데!" 소녀는 말을 더듬었다.

"아처 형제가 만든 안경 때문이야. 그걸 쓰면 안 보여. 이 대문 너머에 내가 사는 도시가 있어. 나 같은 사람들이 모여서 사는 곳이지." 보이가 말했다.

"'너 같은 사람들'은 도대체 어떤 사람들이야?" 바이올렛이 혼란스러운 듯 물었다.

"추방자들. 버림받은 사람들. 우리를 가리키는 이름은 많아." 보이가 또 해맑게 웃었다. "하지만 주로 중간 지대 사람들이라고 불리지. 너도 보면 알겠지만 우리는 분명 완벽하지 않아."

보이는 대문 한가운데에 달린 큼직한 쇠고리를 얌전히 하지만 리듬감 있게 문에 부딪혀 소리를 냈다. 그게 무슨 암호인 듯했다. 안에서 몹시도 성가시다는 듯 툴툴거리며 콧방귀를 뀌는 소리가 들렸고 누군가 어기적어기적 움직이는 소리도 났다. 기다리는 그 몇 분이 마치 몇 백 년 같았다. 마침내 쇠고리 옆에 있는 작은 창구가 스르륵 열리더니 새빨갛게 핏발이 선 눈동자가 길 쪽을 살폈다.

"너 거기 밖에 서서 뭐하니, 보이? 구슬이라도 잃어버린 거야? 근데 너하고 같이 있는 쟤는 또 누구니? 낯선 사람은 들일 수 없다."

"내 친구인데 길을 잃었어요! 중간 지대에 새로 들어왔는데 어쩌다 실수로 담장 밖으로 나가게 됐어요. 내가 얘를 데려다 줘야 돼요!"

딸깍 하는 소리가 나더니 대문이 안쪽으로 벌컥 열렸다. 머리끝에서 발끝까지 자주색으로 맞춰 입은 얼굴이 붉고 동글동글한 여자가 소년과 소녀를 맞이했다.

"보이, 너 그렇게 자꾸 들락날락하면 내가 곤란해져. 그런데 네 친구는 누구니?" 여자는 보이가 대답할 틈도 주지 않고 바이올렛한테 대뜸 물었다. "꼬마 아가씨, 여기는 언제 들어왔어? 너를 잊어버린 게 누구야?"

바이올렛은 멍한 표정으로 보이를 쳐다보았다.

"이 친구는……. 이 친구는…… 성이 하퍼예요." 보이는 바이올렛을 끌고 대문 안으로 들어갔다.

"아하!" 여자는 알겠다는 듯 피식 웃었다. "하퍼 집안 딸은 완벽한 운명을 타고났을 줄 알았는데! 집집마다 특이한 애가 하나씩은 있는가 보구나. 아무튼 하퍼 집안 따님, 이제 여기가 네가 살 곳이려니 해. 관에 들어가기 전에는 여기서 나갈 수 없을 테니까."

여자의 웃음소리가 높다란 돌담이 만들어 낸 좁은 골목 안에서 메아리쳤다. 소녀는 몸서리를 쳤다. 소녀와 소년이 서 있는 길은 여전히 래그 레인이었다. 다만 대문 안으로 들어섰을 뿐이었다. 바이올렛은 이전에는 그런 큰 문을 보지 못했다는 게 신기했다. 나무테 안경을 쓰니 온갖 놀라운 것들이 다 보였다.

"저 여자는 누구야?" 소년과 함께 걸어가면서 소녀가 물었다.

"문지기." 소년이 말했다.

"혹시 일러바치면 어떡해? 왓처들한테 말하면?"

"아니, 그러지는 않을 거야. 네가 새로 온 아이인 줄 알 테니까. 그리고 내가 원래는 저 대문을 사용하지 않기 때문에 의심하지도 않을 거야." 보이가 대꾸했다.

"그런데 왜 이번에는 저 대문으로 들어왔어?"

"다른 길은 네가 따라올 수 없을 테니까." 소년이 해맑게 웃었다.

"나도 할 수 있거든!" 바이올렛은 살짝 마음이 상해 쏘아붙였다.

"아, 그러셔?" 보이는 머리 위로 높다랗게 솟아 있는 돌담 꼭대기를 가리켰다. "저기까지 기어 올라갈 수 있어?"

바이올렛은 배 속이 꿀렁거려서 대꾸를 하지 않았다. 대신 '당연하지! 저 정도는 나도 타 넘을 수 있다고!' 하고 큰소리를 쳤다. 속으로만.

소녀는 보이를 따라갔다. 내리막길이 나왔다. 둘은 돌로 만든 아치 밑으로 좁다란 계단 몇 개가 이어진 곳에 다다랐다.

"여기부터 진짜 중간 지대야. 환영해!" 보이가 무슨 발표라도 하듯 자랑스럽게 말했다. 바이올렛은 그렇게 그 아치 밑을 지나 다른 세상으로 들어갔다.

✳   ✳   ✳

그들이 서 있는 길은 퍼펙트에 있는 길과 별로 다르지 않았다. 폭도 같았고 양쪽에 늘어선 건물 양식이나 벤치, 가로등 모양도 비슷했다. 사실, 모든 게 다 똑같아 보였다. 다만 완벽한 게 하나도 없을 뿐이었다. 가로등도 깨져 있었고 건물에도 금이 간 유리창이 제법 많았다. 어떤 집은 현관문이 아예 없었고, 창틀에 걸린 화분은 비어 있었으며, 어느 것 하나 똑바로 걸려 있지도 않았다. 칠은 군데군데 찍히고 벗겨진 데다 건물 주위에는 잡초가 무성했으며 자갈돌이 깔린 길바닥도 여기저기 움푹움푹 패여 있었다. 모든 것이 다 허물어지고 망가진 상태였다.

"여기가 어디야, 보이?" 바이올렛이 주위를 둘러보며 물었다. "내가 아직 퍼펙트에 있는 것 같으면서도 아닌 것 같아서. 뭔 말인지 네가 알아들을 수 있을지는 모르겠지만."

"너는 퍼펙트에 있기도 하고 아니기도 해." 보이는 바이올렛이 헷갈려 하는 게 재미있어서 웃었다. 소년은 다시 담장을 올려다보며 설명했다. "너희 퍼펙트는 저 담장 너머에 있어. 그리고 우리 중간 지대는 그 퍼펙트 한가운데에 저런 담장에 둘러싸여 있어. 다만 퍼펙트 주민들은 아무도 여기에 이런 곳이 있고 우리가 여기 있다는 사실을 모르지."

"퍼펙트는 나하고 상관없어." 바이올렛이 얼른 말했다.

"하지만 너 거기 살잖아!"

바이올렛은 보이의 말을 못 들은 척 주위를 둘러보았다. 사람들이 바삐 돌아다니고 있었다. 마치 그때가 한밤중이 아니라 한낮이라도 되는 것처럼.

"저 사람들은 뭘 하고 있어?" 소녀가 나직이 물었다.

"당연히 일을 하고 있지."

"이 한밤중에?"

"응. 너희의 밤은 우리의 낮이니까. 이 중간 지대에서 우리가 일을 할 수 있는 시간은 밤뿐이거든. 해가 뜨면 우리 중간 지대 사람들은 집 밖으로 나오면 안 돼. 그리고 왓처들이 순찰을 돌면서 감시를 해."

"어째서?" 바이올렛이 물었다.

"낮에는 퍼펙트 주민들이 나와서 활동을 하니까. 만약 실수로 퍼펙트 사람의 안경이 벗겨졌는데, 담장 너머로 이상한 소리를 듣게 되면 어쩔 거야? 퍼펙트 주민들은 자기들이 미친 줄 알걸! 네 안경이 떨어져서 네가 내 목소리를 들었을 때처럼 말이야!"

바이올렛은 그때 그 기분이 또렷이 기억났다. 하지만 이렇게 여기, 있는 줄도 몰랐던 중간 지대에 떡하니 서 있으면서도 소녀는 자기한테 또 쓸데없는 상상력이 발동한 게 아닐까 좀 불안했다.

"그렇다면 왜 왓처들은 이 중간 지대 사람들이 밖에 나오게 놔둬? 그렇게 비밀로 하고 싶다면 막았어야지." 바이올렛이 물었다.

"그건 나도 잘은 모르겠어. 그렇지만 전해 들은 이야기들은 좀 있어. 이 중간 지대가 처음 만들어졌을 때는 달아나다가 잡힌 사람들을 왓처들이 가두었대. 나는 어려서 기억을 못하지만. 그래서 중간 지대 사람들이 한동안 저항을 계속했고, 결국 양쪽이 합의를 했대. 더 이상 탈출하려고 들지 않고 담장 안에서만 사는 조건을 받아들이면 벌을 중지하고 중간 지대 사람들이 밤에 활동할 수 있는 자유를 주기로."

"그래서 퍼펙트에 통행금지가 있는 거구나. 그래서 우리가 밤에 이곳에서 나는 소리를 듣지 못하는 거고." 바이올렛은 머릿속에 불빛이 반짝 켜진 듯 상황이 대충 이해가 되었다.

보이가 고개를 끄덕였다.

"근데 어째서 중간 지대 사람들은 그 조건을 받아들였을까? 그래 봤자 교도소하고 뭐가 달라? 여전히 이 담장 안에 갇혀 있잖아." 바이올렛이 물었다.

"그래도 이곳 사람들은 그런 협상을 이뤄 낸 걸 자랑스러워해. 이제는 거의 벌을 받지 않아도 되니까. 그리고 일을 할 수 있잖아. 낮밤이 뒤바뀐 것 말고는 우리도 정상적으로 살 수 있어. 밤에 일하고 낮에 자면서." 보이가 살짝 토라져서는 말했다.

"어, 그건 잘 됐네……." 바이올렛은 보이의 기분을 상하지 않게 하려고 대충 얼버무렸다.

보이는 잠시 아무 말도 하지 않았다. 그러다가 고개를 푹 숙인 채로 이야기를 꺼냈다.

"전에 어떤 사람이 투지는 파괴되기 쉽다고 나한테 그랬어." 소년은 살짝 얼굴을 붉혔다. "아마도 여기 중간 지대 사람들이 그런 일을 당한 것 같아. 왓처들이 그들의 투지를 없앴다는 말이지. 아마 그래서 여기 사람들이 이제는 저항도 하지 않고 탈출을 하려고도 하지 않게 됐나 봐. 하지만 어떤 식이든 그래도 자유는 자유잖아?"

"그럴지도 모르지." 바이올렛은 자신 없는 목소리로 말했다. "하지만 모두 여기 갇혀 있잖아. 그것부터가 일종의 벌 아냐? 왜 중간 지대가 존재하는 건데? 이 안에 있는 사람들은 모두 범죄자야?" 소녀는 말을 하다 보니 등골이 오싹해졌다.

"아니거든!" 보이가 버럭 화를 냈다. "우리는 범죄자들이 아니라 그냥……. 나도 모르겠다. 우린 그냥 달라. 그게 다야. 우리는 퍼펙트 사람들하고 달라."

"그러니까 다르다는 이유만으로 이렇게 가둬 놨다고?"

보이는 자기도 모르겠다는 듯 어깨를 으쓱했다.

"그건 나도 솔직히 답 못하겠다, 바이올렛. 네가 왓처들한테 직접 물어봐. 아무튼 여기 사람들은 퍼펙트 주민들과 같지 않아. 너도 알게 되겠지만……."

바이올렛은 복잡해진 머릿속을 정리하려고 주위를 둘러보았다.

맞은편에 다 쓰러져 가는 집이 있었다. 유리가 깨진 자리를 나무 판자로 막아 놓았지만, 그것마저 비바람에 시달려 버석버석했다. 그래도 그나마 그 나무판자들이 있어 그 집이 무너지지 않고 버티는 듯 보였다. 무성한 잡초 사이로 멋대로 피어난 데이지와 민들레가 꽃밭을 대신하고 있었다. 문에는 분필로 멋들어지게 꼬부려 쓴 '천사 카드 점'이라는 간판이 붙어 있었다. 밤이라 그런지 유리 없는 창문으로 밝은 자주색과 분홍색을 띈 연기 같은 것이 모락모락 피어오르는 모습이 마치 유령처럼 보였다.

깨진 가로등마다 그래도 촛불이 켜져 있어서 어둠을 따듯하게 녹여 내렸고, 덕분에 바이올렛은 주위의 건물들이 어느 것 하나도 제대로 된 것이 없다는 걸 알 수 있었다. 급할 때마다 나무판자에 페인트를 칠해서 땜질한 탓에 건물들이 마치 갖가지 색깔의 반창고를 붙인 듯 보였다.

한 남자가 급하게 소녀의 앞을 지나갔다. 한 손에는 부러진 지팡이를 들고 다른 손에는 엄청나게 커다란 나뭇가지를 들고 있었다. 그 남자 뒤로 색이 바래고 해진 무도회 드레스를 입은 부인이 숨을 헐떡거리며 애들이나 타는 세발자전거의 페달을 열심히 밟으며 지나갔다. "실례해요, 극장에 늦었어요!" 그녀가 목청껏 소리쳤다.

바이올렛이 이런저런 풍경을 넋 놓고 보고 있는데 보이가 소맷자락을 잡아끌었다.

"재미있는 거 해 봐야지. 가자, 여기도 할 건 많아. 시간이 별로 없다고." 소년이 해맑게 웃었다.

"여기는 포가튼(주 - forgotten, 잊힌) 로드야." 보이가 앞장서 뛰어가며 소녀에게 알려 주었다.

그 길은 담장 너머 에드워드 스트리트와 나란히 자리한, 중간 지대에서는 가장 큰 길이었다. 그리고 그 사이사이로 자갈돌이 깔린 좁고 짤막한 길이 세 군데 뻗어 있었다.

바이올렛이 하고 싶다는 대로 둘은 첫 번째 길로 접어들었다. 그 골목에는 그림도 가르치고 중고 캔버스(창문에 '겨우 세 번 쓴 물건'이라는 안내문까지 붙어 있었다.)도 파는 만물상부터 부러진 대바늘과 뜨개실을 파는 수예점까지, 갖가지 상점들이 있었다.

그 골목을 반쯤 따라가던 소년과 소녀는 왼쪽으로 돌아서 두 번째 길로 통하는 비좁은 골목으로 쑥 들어갔다.

그곳에는 보통 사람들이라면 쓰레기라고 부를 만한 자질구레한 잡동사니들이 쌓여 있었다. 찌부러진 농구공과 구멍 뚫린 스탠드 갓을 놓고 모자로 쓰면 좋다고 하는 가게도 있었다.

중간에 들어가 본 서점에서는 표지가 없는 책이며 책장이 찢겨나간 책들도 버젓이 팔리고 있었다. 그 와중에 자갈돌이 깔린 길바닥에 내놓은 못 쓰는 여행 가방과 자동차 타이어를 의자 삼아 깔고 앉아서 책을 읽는 사람들도 있었고, 문간에 서서 목청껏 시를 외우는 여자도 있었다.

두 번째 길 끝에 이르자 너른 광장이 나타났다. 그곳은 노점을 펼쳐 놓고 온갖 것들을 다 파는 꼬질꼬질한 차림새의 사람들로 발 디딜 틈이 없었다.

"여기는 장터야. 우리 중간 지대의 중심지. 이곳 사람들은 대부분 여기서 돈벌이를 해." 사람들 틈바구니를 헤쳐 나가며 보이가 말해 줬다.

노점상들 사이에서는 말 대신 눈짓과 고갯짓이 오고 갔다. 옷도 얼굴도 온통 흙투성이인 아이들이 그런 사람들 틈바구니를 맨발로 뛰어다녔다. 혼자 돌아다니는 아이도 있었고, 무리를 지어 다니는 아이들도 있었다. 모두 보이를 아는 것 같았다.

자그마한 맨발의 여자 아이가 쪼르르 달려오더니 바이올렛의 코앞에서 과일 수레에 있는 사과를 한 알 훔쳐 쌩 달아났다. 땀범벅에 둔한 몸집의 과일 노점상이 그 아이를 쫓아가면서 중간에 걸리적거리는 것은 다 쓰러트리고 엎어 버렸다.

"저 애 잡히면 어떻게 돼?" 깜짝 놀란 바이올렛이 보이의 소맷자락을 잡았다.

"이곳에는 거리의 규칙이라는 게 있어. 법으로 정해진 건 아니지만 누구나 아는 그런 규칙. 아까 그 아이는 과일 주인한테 잡히면 거기에 맞는 죗값을 치르게 될 거야."

"설마 애를 때리진 않겠지?"

"너 상상력이 대단하다, 바이올렛!" 보이가 짓궂게 웃었다.

소년은 보란 듯이 노점 수레들을 쓰윽 훑으며 달려갔다. 그렇게 길모퉁이를 돈 소년은 벽에 등을 기대고서 숨을 헐떡이며 주머니에서 파삭한 설탕 옷을 입힌 빵 두 덩이를 꺼냈다.

"도둑질을 하다 잡혀도 죽지 않기를 빌자." 소년은 장난스럽게 말하고는 빵 하나를 바이올렛에게 내밀며 자기도 한 개를 허겁지겁 먹어치웠다.

"하지만 이건 도둑질이야. 너 그러면 안 돼!" 바이올렛이 열을 내며 소년을 야단쳤다.

"그러니까 너도 완벽한 도시 퍼펙트의 아이 같다." 보이가 빵을 우물거리며 말했다.

"아니거든!"

"그럼 먹든가." 소년은 소녀를 놀렸다.

소녀는 빵과 새 친구를 번갈아 봤다. 소녀는 소년이 더는 놀리지 못하게 할 작정으로 빵을 크게 한 입 베어 물었다. 빵이 제법 폭신폭신했다.

"여기서는 누가 누구를 돌봐 주지 않아, 바이올렛. 그러니까 혼자 힘으로 살아남아야 돼." 보이가 말했다.

바이올렛은 생각만 해도 몸이 떨렸다. 그래서 그냥 잠자코 빵을 마저 먹었다. 그때 장터 저편에 뭔가 반짝이는 게 눈에 들어왔다.

"저게 뭐야?" 소녀가 장터 한가운데 서 있는 좀 별난 나무를 가리켰다. 축축 늘어지고 메말라 잎사귀 하나 없는 그 나무는 꼭 죽은 것 같았다. 그런데도 가지마다 뭔가 반짝이고 있었다.

소녀는 사람들을 이리저리 피해가며 그 나무로 다가갔다. 보이는 잠자코 소녀를 따라갔다.

가까이 가서 보니 그 나무가 그렇게 보인 이유를 알 수 있었다. 금화와 은화를 비롯해서 유리 조각, 종이, 말린 꽃, 리본 그 밖에도 온갖 종류의 자잘한 장식들이 가지마다 주렁주렁 매달려 있었다. 더러는 새로 매단 듯 색깔이 고운 것도 있었지만, 대부분은 너덜너덜 해어지고 색이 바래고 많이 닳아 있었다.

그중에서도 밤바람에 팔랑대는 색이 바랜 붉은 리본 하나가 소녀의 눈에 들어왔다. 가만 보니 한 땀 한 땀 손바느질로 새긴 글귀가 있었다.

퍼펙트에 두고 온 내 추억들을 위하여.

엄마, 그래도 나는 엄마를 영원히 잊지 않을 거예요.

엄마를 사랑하는 딸, 피파.

"피파 무디의 리본이야." 보이가 중얼거렸다.

"성이 무디야?" 바이올렛은 깜짝 놀랐다. "그럼 우리 무디 선생님 하고 관련 있을까?"

"응. 피파는 그 선생님 딸이었어. 이 나무를 우리는 '래그 트리' 라고 불러. 전에는 중간 지대 사람들이 여기에 헤어진 사랑하는 사람들에게 보내는 글을 적어서 매달아 놓곤 했어. 자기 가족들이 언젠가 찾아와 주었으면 하는 소원을 담아서. 하지만 정작 그들은 이런 곳과 이런 사람들이 존재하는지도 모르는데, 그런 일이 일어나긴 어렵지. 그래서 이제는 더 이상 여기에 물건을 매달지 않게 돼 버렸어." 보이가 말해 줬다.

"중간 지대 사람들의 가족이 아직 퍼펙트에 살고 있다고?"

보이가 고개를 끄덕였다.

"여기 사람들 거의 모두가 한때 퍼펙트에 살았으니까."

"그럼 피파는 몇 살이야?" 바이올렛은 뭔가 이해가 되지 않았다.

"퍼펙트에서 잡혀 올 때 나이가 열두 살이었을 거야. 지금은 스무 살이나 뭐 그쯤 됐을걸. 여기는 피파 같은 사람이 아주 많아."

"그런데 아이들은 왜 잡아 와? 그 집 엄마 아빠는 뭐해? 애들이 없어져도 몰라?" 바이올렛이 물었다.

"몰라. 네가 말했듯이, 부모들은 더 이상 예전 같지 않으니까. 우리가 모르는 일이 퍼펙트 사람들에게 벌어지고 있어. 내 생각에는 그게 다 안경하고 관련이 있는 것 같아. 그 안경을 쓰고 보면 중간 지대 사람들의 모습도 목소리도 사라지니까. 우리는⋯⋯." 소년은 장터에 있는 사람들을 가리키며 손가락으로 동그라미를 그렸다. "⋯⋯ 말하자면 모두 살아 있는 유령인 셈이야."

바이올렛은 마른침을 삼켰다. 소녀는 최근 들어 엄마 아빠가 얼마나 이상하게 변했는지 생각하지 않으려고 노력했다.

"피파한테는 무슨 일이 있었는데?" 소녀가 물었다.

"규칙을 어겼대. 심각한 건 아니고. 하지만 퍼펙트에서는 작은 것도 크게 보잖아. 어느 날 밤에 왓처들이 피파의 집에 들이닥쳐서 잠자는 피파를 납치해서 여기로 데려왔대. 피파도 가만히 있었던 것은 아니야. 몇 번이나 여기를 몰래 빠져나가서 자기 가족들에게 도움을 청해 보려고 했지만, 눈에 보이지를 않으니 어떡해? 게다가 그들은 금세 피파를 까맣게 잊어 버렸어."

"나도 그렇게 되면 어떡해? 혹시 어린이들만 잡아 오나? 우리 아빠도 여기 잡혀 온 거 아닐까?" 바이올렛은 더듬더듬 말을 했다.

"너는 그렇게 되지 않을 거야. 뭐 어쨌든 아직까지는." 보이가 소녀를 다독였다.

"그렇지만 우리 아빠는? 우리 아빠도 혹시 여기 있을까?" 소녀가 사람들을 훑어보면서 말했다.

"그건 아닐 거야. 처음에 왓처들이 이 담장 안에 사람들을 가두기 시작했을 때부터 여기 살게 된 어른들은 좀 있어. 하지만 그건 특별한 경우야. 대부분 중간 지대의 어른들은 어릴 때 여기로 잡혀 와서 여기서 자란 사람들이라고. 있잖아, 어린이들보다는 어른들이 퍼펙트의 마법에 쉽게 걸려드는 것 같아. 규칙을 좋아해서 그러나?"

"그렇다고 왜?" 바이올렛은 진저리를 쳤다.

"난들 아니?" 보이는 장터에서 나와서 다시 어떤 길로 접어들면서 말했다. "가자, 늦었어."

"어디를?"

"너를 집에 데려다 줘야지. 곧 해가 뜰 거야. 그러면 곧 왓처들이 중간 지대로 들어와서 나돌아 다니는 사람이 없는지 확인하러 순찰을 돈다고. 너 여기서 꾸물대다 잡히면 큰일 나."

# CHAPTER 13

# 왓처: 감시자들

보이는 바이올렛의 손을 잡고 자갈돌이 깔린 좁은 길을 지나 다시 포가튼 로드로 나가서 석조 아치까지 달려갔다. 아치 밑을 지나 조금 전 들어온 대문 쪽으로 나갈 때에는 하늘이 벌써 조금씩 밝아 오기 시작했다.

허리를 숙이고 주섬주섬 짐을 챙기는 문지기가 보였다. 딱 달라붙는 자주색 원피스 때문에 그녀의 모습이 마치 거대한 포도송이처럼 보였다. 대문 열쇠 구멍에는 큼직한 열쇠가 그대로 꽂혀 있었다. 소년이 바이올렛에게 담장 밑 그늘진 곳에 숨으라고 나직이 말했다.

"내가 문지기 아줌마 관심을 끌게. 너는 그 틈에 빠져나가. 그리고 래그 레인 입구에서 기다려."

바이올렛이 막 싫다고 하려는데 보이가 그냥 문지기 여자한테 쓱 가 버렸다.

"장터에서 시끄러운 일이 있었던 거 들었어요? 스나우트(주 - snout, 돼지코) 부인?" 보이가 대문 쪽으로 걸어가면서 말했다.

그 여자가 흘깃 소년을 쳐다봤다.

"보이구나. 난 또 누구라고. 너 이제 그만 보육원으로 돌아가야 하 잖아?"

"가는 길에 잠깐 아주머니 보러 들렀어요. 맨날 혼자 대문만 지키 고 있으니까 심심하실까 봐서."

"역시 우리 보이는 달라!" 스나우트 부인의 발그레한 뺨에 함박웃 음이 번졌다. 틈새가 벌어진 이가 씨익 드러났다. "그러니까 내가 보 육원 아이들 가운데 너를 제일 좋아하는 거야! 에구, 안쓰러운 녀석 들! 그건 그렇고 뭐가 시끄러웠다고?"

보이는 일부러 바이올렛과 마주 서서 스나우트 부인이 대문을 등 지고 있게 만든 다음, 그날 밤 바이올렛은 본 적도 없는 시끄러운 일 들에 대한 이야기를 늘어놓기 시작했다. 여자는 소년의 이야기에 쉽 게 빠져들었다. 대문 앞 골목에는 '어머나!', '세상에!' 하는 그녀의 탄성과 웃음소리가 메아리쳤다.

보이는 스나우트 부인의 어깨 너머로 바이올렛에게 어서 대문으로 가라는 신호를 보냈다.

바이올렛이 머뭇거리자 보이는 눈동자를 이리저리 바삐 움직여 나무 대문 쪽으로 가기를 재촉했다.

"근데 너 괜찮니, 보이? 눈을 왜 자꾸 그래?" 스나우트 부인이 물었다.

"아, 그게 아마도……. 저기, 눈에 뭐가 들어간 것 같아요." 보이가 얼른 얼버무렸다.

"어디, 내가 좀 봐 주마."

스나우트 부인이 보이에게 바짝 다가서서는 그 커다랗고 두툼한 두 손으로 소년의 머리를 턱 잡았다.

바이올렛은 일단 두려움을 꾹꾹 누르고 살금살금 열쇠 구멍 앞에 가서 섰다. 그러고는 천천히 열쇠를 돌렸다. 딸깍 소리가 났다. 소녀는 문에 달린 큼직한 쇠고리를 잡아당겼다. 하지만 문이 꿈쩍도 하지 않았다. 바이올렛은 당황했다.

소녀는 보이와 스나우트 부인 쪽을 흘깃 살폈다. 스나우트 부인은 허리를 굽혀 소년의 눈을 열심히 들여다보고 있었다.

바이올렛은 몸무게를 모두 실어 쇠고리를 다시 잡아당겼다. 육중한 나무 대문이 소녀가 간신히 빠져나갈 정도로 열렸다.

대문 밖으로 나간 소녀는 살며시 문을 다시 닫아 두고서 그늘진 곳을 골라 래그 레인과 아처스 애비뉴가 만나는 곳까지 달려갔다. 소녀는 거기 서서 보이를 기다리고 또 기다렸다. 백만 년은 지난 듯 한참만에야 두 눈이 시뻘겋게 충혈된 소년이 아처스 애비뉴 끄트머리에 모습을 나타냈다.

"왜, 이제 와?" 신경이 곤두선 바이올렛의 목소리가 갈라졌다.

"문지기 아줌마가 내 눈을 뽑아 버리는 줄 알았지 뭐야. 아무것도 없는 것 같다고 해서 좀 더 자세히 보라고 했지. 아무튼 열심히 살펴 봐 주긴 하더라!" 보이는 허리도 펴지 못하고 숨을 헐떡였다.

바이올렛은 웃음이 나오려는 걸 꾹꾹 참았다.

"그나저나 넌 어떻게 그 아줌마 몰래 빠져나왔어?" 소녀는 웃음을 감추려고 소년에게 질문을 했다. "그러고 보니까 너 그 대문 쪽에서 오지 않았구나!" 소녀는 소년의 뒤편에 있는 아처스 애비뉴를 가리키며 말했다.

"아까 말했잖아. 나는 원래 그쪽으로는 잘 다니지 않는다고." 소년이 눈을 찡긋했다.

보이는 더 이상의 설명은 하지 않았다. 소녀는 소년이 거친 숨을 고를 때까지 잠자코 기다렸다. 다시 출발할 준비가 되자 소년은 바이올렛에게 그 자리에 가만히 있으라는 신호를 보내고는, 아처스 애비뉴 모퉁이에 숨어서 시계탑 위를 살폈다. 마침내 소년이 조용히 하라는 듯 손가락을 입술에 대고서 자기 쪽으로 오라고 손짓을 했다.

"조용히 해야 해. 가끔 밤에 퍼펙트를 돌며 순찰하는 왓처들이 있거든. 숫자가 많지는 않아도 돌아다니긴 해. 전에 한 번은 남의 집에 들어가는 걸 본 적도 있어. 가까이 가 볼 수가 없어서 그자들이 거기 들어가서 무엇을 했는지는 못 봤지만." 소년이 소곤소곤 말했다.

소녀는 왓처들이 자기 집에 들어오면 어떨까 상상을 해 봤다. 오싹 소름이 돋았다. 소녀는 살금살금 소년을 따라갔다. 심장이 마구 뛰었다.

소년과 소녀는 되도록 그늘을 골라, 되도록 소리 나지 않게 새벽빛이 밝아 오는 에드워드 스트리트를 빠져나갔다. 사방이 고요해서 소녀는 살짝 긴장이 풀렸다. 아처 형제의 고품격 안경점에 거의 다 다다랐을 때 보이가 소녀를 어느 건물 입구로 홱 잡아끌었다.

"꼭두새벽부터 사람 열 받게 하네! 이 자식은 맨날 늦어. 꼭 사람을 기다리게 만든단 말이지!" 누군가 걸걸한 목소리로 투덜댔다.

바이올렛이 모퉁이 너머를 훔쳐봤다.

"피스츠라고 왓처들의 우두머리야." 보이가 귓속말을 해 줬다.

이름처럼 주먹이 세 보이는 덩치 큰 남자가 안경점 앞을 서성이고 있었다. 싸늘한 새벽 공기에 손이 시렸는지 두툼하고 커다란 손을 오므려 호호 불고 있었다. 키는 바이올렛의 아빠만 했지만 몸이 벽돌처럼 네모지고 다부졌다. 근육은 또 어찌나 울퉁불퉁한지 머리 끝부터 발끝까지 덮은 남색 옷이 터질 것 같았다. 붉은 수염과 송충이 같은 눈썹이 험악한 인상을 더 험악하게 만들었다. 니트 모자 밑으로는 텁수룩한 빨간 머리카락이 부스스하게 뻗쳐 있었다.

그때 스플렌디드 로드 쪽에서 한 남자가 어기적어기적 걸어오고 있었다. 키는 피스츠보다 좀 작은 듯했지만 그 역시 몸집이 다부졌다. 반질반질한 대머리가 막 떠오르는 햇빛을 받아 번뜩였다.

"야, 벙갈로! 왜 이렇게 오래 걸렸어? 늦었잖아!" 피스츠가 잡아먹을 듯 소리쳤다.

벙갈로라는 남자는 좀 아둔하고 미련하게 보였다. 그는 꽤나 무거워 보이는 이상한 기계에 끈을 꽉 조여서 등에 착 달라붙게 메고 있었다. 벙갈로는 겨드랑이에 꼈던 가죽 수첩을 피스츠에게 넘겨주면서 고개를 절레절레 저었다.

"'결석'이라니 무슨 뜻이야?" 피스츠가 수첩을 펼쳐 보고는 버럭 소리를 질렀다.

"미안해, 피스츠. 근데 걔가 거기 없는 데 어떡해? 몇 시간이나 기다렸는데도 안 왔어!"

"걔가 왜 거기 없어? 거기가 걔네 집인데. 거기 산다니까! 쌍둥이가 이 소식을 들으면 난리를 칠 텐데! 걔는 명단 맨 꼭대기에 있다고. 그 둔한 머리를 좀 굴려 보라고! 걔는 흡입을 해 줘야 된다고!"

'흡입해? 뭘 흡입해?' 바이올렛은 눈을 똥그랗게 뜨고 보이를 쳐다봤다.

"알아, 근데 걔가 거기 없는 데 나더러 어쩌라고? 그래도 걔 엄마 것은 해치웠어. 그러니까 제발 이번만 좀 봐 줘라." 벙갈로가 동료한테 빌었다.

"흡입기 내놔. 하는 수 없지, 내가 직접 나서는 수밖에!" 피스츠는 동료가 짊어진 묵직한 배낭 같은 것을 잡으며 말했다.

"하지만 날이 거의 밝았는데……."

"너는 닥치고 시계탑으로 출근이나 해. 나는 지금이 몇 시든 상관없으니까. 내가 가서 걔를 처리하겠어. 그러면 쌍둥이도 이 문제에 대해서 잔소리를 못하겠지!" 피스츠는 씩씩대며 스플렌디드 로드를 따라갔다.

소년과 소녀는 조금 더 그대로 기다렸다. 마침내 벙갈로가 시청 쪽으로 갔다. 그러자 보이가 바이올렛을 돌아보았다.

"가자, 얼른. 거리를 좀 두고 가면 돼." 소년이 속삭였다.

그들은 피스츠 뒤에서 적당한 거리를 두고 스플렌디드 로드로 접어들었다. 바이올렛은 검지와 중지 두 손가락을 꼬며 그 왓처가 중간에 다른 집에 들어가 주기를 간절히 빌었다. 하지만 그가 길 끄트머리에서 모퉁이를 돌아서 곧장 가로수 길을 따라가자 소녀의 '혹시나'는 '역시나'가 되었다.

"저 남자, 너희 집으로 가는 것 같아." 보이가 소녀에게 말했다. "내가 관심을 끌어 볼 테니까 너는 집 안으로 들어가서 되도록 자연스럽게 행동해. 안경 바꿔 쓰는 것도 잊지 말고. 원래 쓰던 안경을 써야 돼. 퍼펙트 안경. 그렇게 하면 피스츠가 너를 찾아가더라도 너는 아무것도 모를 거야."

"하지만 실수로 눈이 마주치면 어떡해?"

"그럴 일은 없어. 퍼펙트 안경을 쓰면 네 눈에 내가 보이지 않듯이 왓처들도 보이지 않아. 그러니까 피스츠도 안 보일 거야. 나만 믿어!"

"그런데 저 남자는 우리 집에 왜 갈까? 생각만 해도 싫어. 저 남자가 원하는 게 뭘까?" 바이올렛은 겁이 나서 어쩔 줄을 몰라 했다.

"그건 나도 몰라, 바이올렛. 시간이 없어, 그냥 내가 하라는 대로 해!" 보이는 단호하게 말하고는 앞쪽으로 쌩 달려 나갔다.

길모퉁이를 돌자 바이올렛의 집 진입로를 걸어 올라가는 피스츠가 보였다. 소년과 소녀는 야트막한 울타리를 훌쩍 뛰어넘어서 조용조용 그의 뒤를 따라가서는 잔돌 조각들을 깔아놓은 뜰 가장자리에 심어 놓은 나무들 밑에 숨었다.

"됐어. 지금이야! 가!" 보이가 바이올렛을 집 쪽으로 밀었다.

소녀는 현관 앞 계단 쪽으로 달려갔고 보이는 피스츠에게로 달려갔다.

등 뒤에서 소름 돋는 비명이 울려 퍼졌지만 소녀는 감히 뒤돌아볼 수가 없었다. 소녀는 다리가 화끈거리도록 달렸고 숨이 차서 가슴이 벌렁거렸다. 현관문 앞까지 간 소녀는 화분 밑을 더듬어 엄마가 숨겨 놓은 열쇠를 찾았다. 너무 떨려서 열쇠가 열쇠 구멍에 한 번에 들어가지 않았다.

등 뒤에서 또다시 비명이 들렸다.

마침내 열쇠가 열쇠 구멍에 들어가자 소녀는 자기도 모르게 환호성을 질렀다. 문이 열렸다. 소녀는 날듯이 집 안으로 들어가 문을 살며시 닫았다. 그러고는 현관문에 기대어서 잠시 떨리는 가슴을 진정시켰다.

그때 현관문 열쇠 구멍에서 한 번 더 딸깍 소리가 들려왔다.

소녀는 그 길로 곧장 부엌으로 달려 들어가 냉장고 문을 열고 뭔가를 찾는 척했다. 뒤에서 발자국 소리가 들려왔다. 소녀는 몸이 굳어 버렸다. 소녀는 가슴을 졸였다.

자연스럽게 행동해야 했다.

소녀는 애써 침착하게 우유를 꺼낸 다음, 냉장고 문을 닫고 식탁쪽으로 가려고 돌아섰다.

그런데 바로 그곳에 피스츠가 버티고 있었다. 그의 검은 눈동자가 소녀의 눈을 뚫어져라 노려보았다. 소녀는 가슴이 철렁했다. 안경! 소녀는 안경을 바꿔 쓰는 걸 깜빡했다.

소녀는 그냥 앞만 보고서 식탁으로 갔다. 피스츠가 앞을 가로막고 서 있었지만 소녀는 그를 피해서 갈 수가 없었다. 소녀는 곧장 걸어가면서 제발 그가 비켜 주기를 빌었다. 한 걸음만 더 가면 부딪치겠구나 싶을 때 피스츠가 슬쩍 비켜섰다. 하지만 그는 여전히 바이올렛한테서 눈을 떼지 않았다.

소녀는 티 나지 않게 안도의 한숨을 내쉬고서는 식탁에 앉아 그

143

릇에 시리얼을 부었다. 그런 다음 시리얼 상자를 들고서 뒤에 적힌 것을 읽는 척했다. 들고 있는 상자가 와들와들 떨렸다. 소녀는 얼른 상자를 내려놓았다. 소녀는 한 글자도 눈에 들어오지 않았지만 그래도 눈으로 상자에 적힌 글귀를 훑었다. 피스츠가 얼굴을 훅 들이밀었다. 그의 고약한 입냄새가 소녀의 코를 찌를 정도로 가까웠다.

피스츠는 소녀의 귀에 입김을 훅 불었다. 그래도 소녀는 움찔하지 않았다.

그는 뭔가 생각난 듯 구시렁거리며 뒤로 물러났다. 그러더니 부엌에서 나가 위층으로 올라갔다. 바이올렛은 발자국 소리에 귀를 기울이면서 긴 숨을 내쉬었다. 피스츠는 덩치에 비해 발걸음이 가벼워서 그가 어느 방으로 들어갔는지 알 수 없었다.

조금 있으려니 그가 다시 부엌으로 들어왔다. 그는 문 가까이에 자리잡고 앉아서 소녀를 지켜봤다. 소녀는 자연스럽게 행동했다. 긴장이 돼서 체할 것 같았지만 그래도 최선을 다해서 자연스럽게 굴었다. 소녀는 자리를 정리하고 교과서를 꺼내 읽는 척했다. 물론 글자가 눈에 들어올 리가 없었다.

한참 그러고 있었더니 참다못한 피스츠가 짜증을 내며 소녀의 집에서 나갔다.

바이올렛은 그가 확실히 갔다는 확신이 들 때까지 조금 더 부엌에서 버텼다. 그러고는 재빨리 계단을 올라가 엄마 방으로 갔다.

"엄마, 엄마! 괜찮아요?" 소녀는 로즈를 흔들어 깨웠다.

"바이올렛! 지금 몇 시니?" 엄마가 잠결에 말했다.

"아, 다행이에요." 바이올렛은 엄마를 끌어안았다. 눈물이 뺨을 타고 흘렀다.

"무슨 소리니, 애야. 대체 또 뭣 때문에 이러니?"

"아무것도 아니에요, 엄마. 그냥 나쁜 꿈을 꿨어요."

"하여튼 너도 참. 그 상상력이 문제야." 엄마는 다정하게 웃으며 딸의 머리를 쓰다듬어 줬다. "그런데 우리 딸, 그거 새 안경이니?"

"아, 예. 어…… 학교에서 얻었어요. 내가 엄마 아침을 만들어 줄게요." 바이올렛은 아차 싶었지만 일단은 그렇게 둘러댔다.

자기 방으로 돌아온 소녀는 금테 안경을 찾아 썼다. 눈에 보이는 모든 것이 다시 번드르르하게 보였다. 나무테 안경은 안경집에 넣어서 원래대로 매트리스 속에 숨겼다. 교복으로 갈아입은 소녀는 엄마에게 아침을 차려 주러 아래층으로 내려갔다. 우유를 따르는데 입이 찢어지도록 하품이 나왔다. 수업 시간에 꾸벅꾸벅 조는 소녀를 보고 난리를 칠 무디 선생님의 모습이 상상됐다.

소녀는 안경을 벗고 보이의 소리가 들리지 않는지 귀를 기울였다. 아무 소리도 들리지 않았다.

바이올렛은 왓처와 중간 지대에 대한 보이의 이야기들을 하나하나 전부 떠올려 봤다. 도대체 퍼펙트에서는 무슨 일이 벌어지고 있는 것일까? 어째서 왓처들은 보이와 그 친구들을 중간 지대에 가둬 놓았을까? 왓처들은 무엇을 가지러 소녀의 집에 들어왔을까? 소녀는 자기를 처다보던 피스츠의 눈빛이 떠올라 몸서리가 쳐졌다.

소녀는 다시 한 번 보이의 소리가 들리는지 귀를 기울였다. 역시 아무 소리도 들리지 않았다. 소년은 어디 있을까? 소녀는 한 번 더 손가락을 꼬고서 새 친구에게 별 일이 없기를 빌었다.

# # CHAPTER 14 #

# 밤손님

그날 오전 내내, 바이올렛은 학교 공부에 집중할 수가 없었다. 자꾸만 전날 겪은 일들이 생각났다.

장밋빛 알을 끼운 안경은 어떻게 해서 퍼펙트 사람들을 이상하게 만들고, 중간 지대 사람들을 보이지 않게 만드는 걸까? 왓처들은 왜 쌍둥이 어쩌고 하는 이야기를 했을까? 그 쌍둥이는 아처 형제가 분명하겠지? '흡입'은 뭐고, 왓처들은 소녀의 집에서 무슨 짓을 했을까? 퍼펙트에서는 뭔가 수상한 일이 벌어지고 있었다.

소녀는 그게 무엇일지 생각하면 할수록 아빠에 대한 걱정이 커져만 갔다. 아빠는 도대체 어디에 있을까?

소녀가 딴생각에 골똘히 빠져 있는 모습을 본 무디 선생님은 노란 알약을 더 먹이려고 했다. 하지만 소녀는 선생님이 돌아서자마자 약을 뱉었다. 물론 그날 아침에 엄마가 카나리아 새처럼 노란 알약을 먹으라고 했을 때에도 소녀는 그렇게 했다. 마침 금요일이라 앞으로 이틀 동안은 학교에 안 와도 되고 무디 선생님도 보지 않아도 돼서 소녀로서는 참 다행이었다.

시간이 흐를수록 소녀는 아빠에게 무슨 일이 생겼다는 의심이 굳어졌다. 아빠는 쌍둥이 아처 밑에서 일했고, 이 모든 일의 뒤에 그들이 있을 것 같았다. 그 둘이 뭔가 일을 꾸미고 있는 게 분명했다. 소녀의 아빠는 출장을 간 게 아니었다. 그날 안경점에서 소녀는 분명 아빠 목소리를 들었다. 소녀는 보이와 이야기를 하고 싶었다.

그날 저녁, 바이올렛은 엄마에게는 피곤해서 쉬고 싶다고 말하고는 평소보다 일찍 위층 방으로 갔다. 그런 다음 나무테 안경이 들어 있는 안경집을 주머니에 챙겨 넣고 아래층으로 몰래 내려갔다. 로즈는 부엌에서 다음 날 아침 바자회에 내놓을 케이크를 만드느라 정신이 없었다. 소녀는 들키지 않게 복도를 지나 현관문을 빠져 나갔다. 쌀쌀한 저녁 바람에 몸이 떨렸다. 소녀는 집 앞 계단에 자리잡고서 기다렸다.

보는 사람이 없는 것을 확인한 소녀는 안경을 슬쩍 바꿔 쓰고서 퍼펙트 안경은 안경집에 넣었다.

뜰은 금세 캄캄해졌다. 보이는 어디 있을까? 소녀는 소년이 꼭 올 거라고 믿었다.

밤은 자꾸 깊어지는데 소년은 코빼기도 보이지 않았다. 혹시 피스츠한테 끔찍한 일을 당한 걸까? 보이가 내 도움이 필요하면 어쩌지? 그렇다고 해도 소녀는 중간 지대에 들어가서 소년을 찾을 길이 없었다. 혼자서는 중간 지대로 들어갈 방법이 없으니까. 이제 겨우 생긴 친구가 죽었거나 갇혔으면 어쩌지? 다시는 소년을 볼 수 없으면?

잠이 부족했던 바이올렛은 기다리다 지쳐서 현관 앞 계단에 앉은 채로 깜빡 잠이 들었다가 차가운 밤공기에 놀라 깼다. 몸이 부르르 떨렸다. 소녀는 결국 집 안으로 들어갔다.

집 안에는 불이 다 꺼져 있었다. 소녀는 복도를 지나 살금살금 계단을 올라갔다. 막 계단 꼭대기에 다다랐을 때, 현관문에서 딸깍 소리가 났다. 심장이 철렁했다. 소녀는 난간을 붙잡고 슬쩍 아래를 내려다 봤다. 숨이 콱 막혔다. 누군가 천천히 복도를 걸어오고 있었다. 보이라고 하기에는 몸집이 너무 컸다. 조금 더 가까이 오자 그의 정체가 보였다! 소녀는 놀라서 숨을 쉴 수가 없었다. 왓처, 병갈로였다.

온갖 생각들이 소녀의 머릿속에서 난리를 피웠다. 소녀는 일단 자기 방으로 숨어들어 갔다. 소녀는 나무테 안경을 쓴 채로 주머니에 있던 퍼펙트의 장밋빛 안경을 꺼내 침대 옆 탁자에 놓았다. 그런 다음 얼른 침대로 들어가 이불을 머리끝까지 뒤집어썼다.

소녀는 가만히 누워 있었다. 하지만 심장이 너무 쿵쾅거려서 벙갈로에게 들릴 것만 같았다. 방문이 끼익 소리를 내며 열렸다. 이불 사이로 벙갈로의 형체가 보였다. 위험하기는 해도 나무테 안경을 쓰고 있어야만 왓처를 볼 수 있고, 그래야만 그가 무엇을 하려는지 알 수 있었다. 잘은 모르겠지만 그렇게 하면 어떤 식으로든 아빠를 찾는 데 도움이 될 것 같았다.

벙갈로는 조용히 돌아다녔다. 그렇게 덩치가 큰 사람이 어떻게 아무 소리도 내지 않을 수 있는지 신기했다. 그는 소녀의 침대 곁으로 와서 멈춰 섰다. 그가 침대를 뚫어져라 노려보고 있는 게 느껴졌다. 소녀는 제발 벙갈로가 공포의 냄새를 맡지 못하게 해 달라고 빌었다. 벙갈로가 안경집을 집어 들었다. 안경집 뚜껑이 열리는 소리가 희미하게 들렸다. 그는 팔을 뻗어서 어깨 너머에서 뭔가를 잡아당겼다. 코 훌쩍거리는 소리 비슷한 츠르릅 소리가 짧게 들렸다. 벙갈로가 다시 안경을 안경집에 넣었다. 딸각하고 안경집 닫히는 소리가 났다. 벙갈로는 그 길로 돌아서서 엄마 방으로 갔다.

바이올렛은 귀를 기울였다. 엄마 방에서도 좀 전처럼 츠르릅 소리가 났다. 이어서 벙갈로가 살그머니 계단을 내려가는 소리가 들렸다.

바이올렛은 금테 안경을 집어서 살펴봤다. 달라진 게 없어 보였다. 안경알을 통해서 주위를 살펴보기도 했다. 역시 다르지 않았다. 소녀는 얼른 침대에서 나와 운동화를 대충 신고서 조용히 방문을 열었다. 소녀는 왓처가 현관문을 나서기를 기다렸다가 살금살금 그를 따라서 시내로 들어가는 큰길까지 나갔다.

소녀가 아처 형제의 고품격 안경점이 보이는 곳까지 벙갈로를 따라갔을 때 누군가 소녀를 딱 붙잡았다.

"너 지금 뭐 하는 짓이야?" 보이가 속삭였다.

"보이! 놀라서 죽을 뻔했잖아. 네가 멀쩡해서 정말 다행이야!"

"겁도 없이. 이런 밤 시간에 거리를 나돌아 다니는 게 얼마나 위험한지 몰라?" 보이가 소녀를 나무랐다.

"벙갈로를 뒤쫓고 있었어. 저 남자가 우리 집에 또 들어왔어. 내 방에 들어와서는 안경에다 무슨 짓을 하더라고. 도대체 그게 뭔지 알아내야겠어."

"무슨 짓을 했는데?"

"저 남자가 등에 지고 다니는 기계에 내 안경을 넣었어. 그랬더니 그 기계에서 이상한 소리가 나더라. 그러고는 내 안경을 꺼내서 제자리에 놓고 가더라고. 엄마 방에 가서도 같은 짓을 했어. 뭘 하는 건지 통 모르겠지만, 배후에 아처 쌍둥이가 있는 건 분명해. 왜냐면 그 남자들이 안경을 만드니까⋯⋯. 그리고⋯⋯ 아무래도 아빠한테 나쁜 일이 생긴 것 같아. 아빠가 쌍둥이 형제하고 말싸움하는 소리를 똑똑히 들었거든. 근데 그러고 나서 아빠가 사라졌어!"

"회의 때문에 출장 갔다며?"

"응. 에드워드 아처가 엄마한테 그렇게 말했어. 하지만 나는 그 사람 안 믿어."

"그래서 네 아빠가 중간 지대에 있을지도 모른다는 거야? 그래도 이건 위험해서 안 돼. 왓처들 근처에 얼씬거리지 말라고." 보이는 걱정스런 표정을 지었다.

소녀의 친구는 더 이상 말이 없었다. 그제야 바이올렛은 소년의 시퍼런 눈두덩과 티셔츠 소매 밑으로 보이는 멍을 발견했다. 아무래도 호되게 맞은 듯했다.

"미안해, 보이." 소녀는 소년의 눈을 향해 손을 뻗었다.

소년은 반사적으로 몸을 피했다.

"위험해, 바이올렛. 왓처들하고 엮이면 안 돼. 아무것도 모르면서 설치지 마."

"그래도 누군가는 그들한테 맞서야지, 보이. 네가 원하는 게 그게 아니라면 우리가 이사 오던 날 왜 우리 집에 왔어?"

"내가 원하는 게 그게 맞긴 해. 하지만 너는 거기 휘말리면 안 돼!" 소년이 따끔하게 말했다.

"이젠 너무 늦었어. 너야말로 내 방에 들어오기 전에 그런 생각을 했어야지!" 바이올렛도 지지 않고 쏘아붙였다.

둘은 입을 꾹 다물었다. 바이올렛은 보이의 말을 무시하고 계속 벙갈로를 지켜봤다.

"봐!" 소녀가 의기양양하게 보이의 어깨 너머를 가리켰다. "내 그럴 줄 알았어, 알았다고. 벙갈로한테 열쇠가 있어. 이제 곧 아처의 안경점에 들어갈걸. 아처 형제하고 연관이 있을 줄 알았다니까. 우리도 들어가 보자. 퍼펙트에서 도대체 무슨 일이 벌어지고 있는지 알려면 그 방법밖에 없어."

"어째서 아처 형제가 관련이 있다는 거야, 바이올렛? 벙갈로는 너희 집 열쇠도 갖고 있었잖아!"

"꼬집어 설명할 수는 없지만 그냥 느낌이 그래, 보이. 감이 왔다니까! 피스츠가 어젯밤에 아처의 상점 앞에서 쌍둥이라는 말을 했는데 지금 병갈로가 상점 안으로 들어가잖아. 나는 처음부터 에드워드 아처와 조지 아처가 수상했어. 이 모든 일들 뒤에 그들이 있다니까. 틀림없어!"

"바이올렛, 왓처들이 아처의 상점 안에서 무슨 일을 하든, 상관하지 마. 이건 추리 놀이가 아니야."

"누가 이게 놀이래? 아처 형제가 아빠를 어딘가에 가둬 놓았을 거야. 난 알아. 무디 선생님이 피파를 까맣게 잊어 버렸듯이, 엄마가 아빠의 존재를 잊기 전에 아빠를 찾아와야겠어."

보이의 표정은 살짝 누그러졌지만 바이올렛은 여전히 씩씩댔다.

"쌍둥이 형제에 대한 네 생각, 나도 이해해. 내가 봐도 그 사람들 뭔가 느낌이 안 좋으니까. 하지만 퍼펙트 사람들은 다 그들을 사랑해. 그 사람들이 문제라고 하면 여기 사람들은 아무도 곧이듣지 않을 거야." 보이가 나직이 말했다.

"그래도 밝혀내야 돼, 보이. 기억 나? 네가 그랬잖아. 중간 지대 사람들은 더 이상 도전하려고 하지 않는다고. 벌써 포기해 버렸다고. 하지만 너는 포기하지 않았잖아. 그랬으니까 아빠를 찾아왔던 거잖아! 아빠가 우리를 도와주실 거야. 그러면 너와 네 친구들도 투명 인간 신세를 벗어나게 될 거야. 중간 지대 사람들도 자기 가족들한테 돌아갈 수 있어. 생각해 봐. 래그 트리를 생각해 보라고."

보이는 여전히 내키지 않는 눈치였다. 그러다 소년의 까만 눈동자가 갑자기 반짝했다. "위험해, 바이올렛, 나는 경고했다."

"알아, 하지만 우리 둘이 하면 더 안전할 거야." 소녀는 많이 누그러진 투로 말했다.

보이는 잠시 바이올렛을 물끄러미 바라보았다. 그러더니 숨을 깊이 들이 쉬었다. "좋아. 하지만 내 말에 잘 따라야 돼."

바이올렛이 고개를 끄덕였다.

시계탑의 종이 자정을 알렸다. 보이는 소녀의 손을 잡았다. 이제 상점 안으로 들어가 볼 참이었다.

# CHAPTER 15 #

## 영롱한
## 유리 단지

바이올렛은 잠자코 보이를 뒤따라갔다. 그들은 잰걸음으로 아처 형제의 고품격 안경점으로 갔다. 소년은 소녀에게 뒤로 물러서 있으라고 신호를 보냈다. 하지만 바이올렛은 그냥 소년의 옆으로 가서 섰다. 안경점 문은 잠겨 있었다.

"이제 어쩌지?" 소녀의 속삭임에 소년이 흠칫 놀랐다.

"물러나 있으라고 했잖아!"

"우리 아빠를 찾으러 왔거든!"

"혹시 머리핀 있어?" 보이는 딴소리를 했다.

소녀는 자신의 머리에 꽂았던 실핀을 뽑아 줬다. 보이는 머리핀을 열쇠 구멍에 넣고 이리저리 움직였다. 조금 있으려니 딸까닥 하고 소리가 났다. 소년이 손잡이를 돌려 문을 열었다.

"너 감옥에도 갔다 왔지?" 소녀가 신기해 하며 속삭였다.

"뭐? 아니거든! 아니라고!"

"난 또 감옥에나 가야 그런 걸 배우는 줄 알았지."

"아니면 중간 지대에 가거나." 보이가 눈을 찡긋했다.

상점 안에는 아무도 없었다. 소년과 소녀는 살며시 들어가서 문을 닫았다. 어두운 밤인데도 안경들을 넣어 둔 진열장에서는 빛이 났다. 두툼한 카펫 덕에 발자국 소리가 덜 났다.

"아무도 없어. 병갈로도." 얼른 안을 살펴본 소년이 나직한 소리로 말했다.

"어디로 사라진 거야? 안으로 들어가는 걸 너랑 내가 똑똑히 봤는데. 어떻게 우리 모르게 나갈 수가 있어?" 소녀가 속삭였다. "잠깐만! 한 가지만 확인해 보고. 그러고 나면 꼭 나갈게." 문득 뭔가 생각난 소녀가 말했다.

바이올렛은 재빨리 상점 안쪽으로 들어가서는 나무판을 눌러 서재로 가는 비밀 문을 열었다. 그러고는 보이를 돌아보며 의기양양한 미소를 짓고는 그 안으로 들어갔다.

서재에는 창문이 없어서 매장보다 더 캄캄했다. 하지만 더 안쪽에 있는 방으로 통하는 문 밑으로 가느다랗게 빛줄기가 새어 나와서 바닥의 카펫을 따뜻하게 밝혔다. 그런데 그때 웬 그림자가 그 빛줄기를 가로질렀다. 바이올렛은 살그머니 다가가 빨간 나무 문에 귀를 바짝 붙였다.

귀에 익은 소리가 들려왔다. 츠르릅 뭔가 빨아들이는 소리. 소녀는 보이를 불러 그 소리를 들려주었다. 소리는 곧 멈추었고 방의 불도 꺼졌다.

소년과 소녀는 얼른 숨을 곳을 찾아봤다. 문 오른쪽에 오래된 가죽 의자가 있었다. 둘은 그 뒤에 숨어서 누군가 나오기를 기다렸다.

"그 소리가 뭔지 알겠어?" 바이올렛이 속삭였다.

보이는 고개를 저었다.

"우리 집에서 들은 바로 그 소리야. 벙갈로가 등에 지고 다니는 기계에서 나는 소리. 우리 저 안에 들어가서 그게 뭔지 알아내자."

"아직은 안 돼, 1분만 더 기다려 보자, 바이올렛. 너는 이게 얼마나 위험한지 몰라. 내가 아까도 왓처들을 조심해야 된다고 했잖아. 그자들은 아주 위험하다고." 보이가 반대했다.

"보이, 잔소리 그만해. 너는 내 맘 몰라. 너는 엄마 아빠가 없으니까! 아빠는 내가 이 세상에서 제일 좋아하는 두 사람 중에 하나야. 나는 아빠가 나쁜 일을 당하게 가만 두고 보지 않아. 도대체 어떤 일이 벌어지고 있는지 꼭 알아야겠다고." 바이올렛의 마음은 간절했다.

보이의 표정이 확 변했다. 몹시 화가 난 것 같았다. 바이올렛은 입술을 깨물었다. 괜한 말을 했구나 싶었다. 보이가 제 입으로 엄마 아빠 따위 필요 없다고 하긴 했지만, 마음은 그렇지 않을 수도 있는데. 아빠가 말을 할 때는 늘 주의하라고 했었는데. 소녀가 보이의 마음을 상하게 한 게 분명했다.

"미안해. 그럴 뜻은 아니었어. 나라도 엄마 아빠가 없으면 되게 싫을 거야." 소녀가 중얼거렸다.

보이는 바이올렛의 눈길을 피해 제 발끝을 쳐다봤다. 둘 사이에는 어색한 침묵이 흘렀다.

"나는 왓처 따위 무섭지 않아. 나는 그자들이 나한테 어떻게 하든 감당할 수 있다고." 한참 만에 보이가 말했다. 그러고는 자기도 모르게 손을 오므려 팔에 난 멍 자국을 덮었다.

"알아."

"우리 정말 조심해야 돼, 바이올렛. 앞으로는 내 말 잘 듣겠다고 약속해. 장난 아니야."

"그럴게. 맹세해." 소녀는 진지하게 고개를 끄덕였다.

소년과 소녀는 캄캄한 어둠 속에 숨어서 조금 더 버텼다. 하지만 뒷방에서는 아무도 나올 생각을 하지 않았다. 보이가 아까처럼 문으로 가서 귀를 대 봤다. 바이올렛도 따라 했다. 문 너머에서는 아무런 소리도 나지 않았다. 소년은 손잡이를 돌린 다음 몸무게를 실어서 조심스럽게 문을 밀었다. 문이 살짝 열렸다. 보이는 소녀까지 들어오자 그 문을 살그머니 닫았다.

실내는 좁고 길었다. 양쪽 벽을 따라 철제 선반이 2미터 높이쯤 되는 천장까지 세 줄씩 걸려 있었다. 대부분 나무로 고급스럽게 꾸민 매장과는 대조적이었다. 선반마다 유리 단지들이 빼곡했다. 정말 많았다. 그리고 각 단지마다 어둠 속에서도 빛을 내는 묘한 색깔의 기체가 들어 있었다. 그 빛들 때문에 분위기가 상당히 괴기스러웠다.

"이게 다 뭐람?" 바이올렛이 유리 단지 하나를 집어 들며 중얼거렸다.

단지에 든 탁하고 검푸른 빛의 기체가 스멀스멀 움직였다. 보이는 살짝 더 밝아 보이는 단지를 하나 집었다. 그 안에는 검푸른 빛과 초록빛, 노란빛 기체가 뒤섞여 있고 빨간빛이 한 줄기 뻗어 있었다.

"이것 좀 볼래?" 보이는 들고 있던 유리 단지 뚜껑에 붙은 스티커를 가리켰다. '존 범스베리. 남성. 2005년 12월 9일 완료. 마지막 보완 시기, 2016년 12월 9일.'이라고 적혀 있었다.

바이올렛은 친구를 쳐다봤다.

"나는 무슨 뜻인지 전혀 모르겠어." 소년은 어깨를 으쓱했다.

소녀는 조금이라도 더 밝은 쪽을 찾느라 자신이 들고 있는 유리 단지를 보이 앞으로 내밀었다. 그 단지 뚜껑에도 딱지가 붙어 있었는데 '샤로트 코츠, 여성. 2006년 3월 24일 완료. 마지막 보완 시기, 2017년 3월 24일.'이라고 되어 있었다.

바이올렛은 놀라서 숨이 막혔다. "나 이 사람 알아. 퍼펙트에 사는 사람이야. 우리 엄마가 나가는 독서 모임 회원이거든." 소녀가 나직이 말했다.

"가자." 보이는 들고 있던 유리 단지를 내려놓고는 반대편 끝까지 멈추지 않고 걸어갔다. 그쪽 선반은 입구 쪽 선반과는 분리되어 있었다. 게다가 그곳에 있는 유리 단지들은 좀 달랐다. 일단 꽉 차 있지 않았다. 안에 들어 있는 기체 색깔도 밝고 환했으며 아주 빠르게 움직였다. 뒤엉켜 있는 색깔들도 몹시 고왔다. 보이가 그중 하나를 들고 딱지를 읽었다. '짐 조이너스, 남성. 미완료. 마지막 흡입 시기 2006년 6월 14일. ㅈㄱ ㅈㄷ.'

"나 이 사람 알아. 중간 지대에 살아." 보이의 목소리가 떨렸다.

소년은 얼른 그 단지를 내려놓고서 다른 단지를 집어 들었다. '레이먼드 스플린터스, 남성. 미완료. 마지막 흡입 시기 2006년 8월 1일. ㅈㄱ ㅈㄷ.'

"이 사람도 알아."

바이올렛도 다른 단지를 살펴보려는 그때, 무슨 소리가 들려서 둘은 흠칫 놀랐다. 서재 쪽에서 발소리가 났다. 누군가 이쪽으로 오고 있었다.

소년과 소녀는 숨을 곳을 이리저리 찾았다. 마침 소녀의 발치에 있는 맨 아래 선반에는 유리 단지들이 그다지 많지 않았다. 바이올렛은 거기로 기어 올라가 벽에 등을 딱 붙이고 숨었다. 그러느라고 유리 단지 하나를 넘어뜨릴 뻔했지만, 다행히 문이 열리고 불이 켜지는 순간 바로 잡을 수 있었다. 소녀는 숨을 죽이고 부들부들 떨리는 팔에 의지해서 위태롭게 균형을 잡았다.

소녀가 숨은 쪽으로 발소리가 점점 더 다가왔다. 그러더니 하필 소녀가 웅크린 곳 바로 앞에서 갈색 가죽 구두 한 켤레가 걸음을 딱 멈추었다.

"바이올렛 브라운, 아아, 나는 네가 착한 어린이이길 바랐다." 불쑥 조지 아처의 목소리가 들렸다.

　소녀는 심장이 멎는 것 같았다. 소녀는 들켰구나 생각하며 새파랗게 질려서 다음에 닥칠 일을 기다렸다. 하지만 조지 아처는 위쪽 선반에 놓인 것에 정신이 팔려 있는 것 같았다.

　"빌어먹을 왓처 자식! 아직도 충분하지 않군. 내가 직접 나서야 하나?"

　딸그락거리는 소리가 나더니 조지 아처가 그대로 돌아서서는 들어온 곳과 반대쪽에 있는 방 끄트머리로 씩씩대며 걸어갔다. 불이 먼저 꺼지고 문이 쿵 닫혔다. 유리 단지를 모아 둔 방은 다시 어두워졌다.

　"그 남자가 저 유리 단지를 살펴봤어." 보이가 숨어 있던 데서 뛰쳐나와서 말해 줬다.

　소년은 조금 전까지 껑다리 조지가 서 있던 자리로 얼른 달려왔다. 바이올렛도 바들바들 떨면서 기어나와 소년 옆에 섰다. 보이가 유리 단지 하나를 집어 들었다. 환한 빛의 기체가 4분의 1쯤 차 있었다. 그런데 그 안에 든 기체는 유독 빠르게, 빛의 속도로 움직였다. 소년은 잠자코 그 유리 단지를 바이올렛에게 내밀었다. 소녀는 단지 뚜껑이 붙어 있는 반들거리는 새 스티커를 물끄러미 바라봤다. '바이올렛 브라운, 여성, 미성년, 진행 중.'

다리에 힘이 풀린 소녀는 유리 단지를 보이에게 주고서 바닥에 풀썩 주저앉아 버렸다.

"뭐야?" 소녀의 목소리가 몹시도 떨었다. "왜 거기에 내 이름이 있어?"

"나도 몰라. 하지만 우리 함께 꼭 알아내자, 바이올렛." 보이가 소녀 옆에 쪼그려 앉으며 다짐했다.

# CHAPTER 16 #

## 굴

"어떻게 된 걸까?" 바이올렛의 목소리는 들릴 듯 말 듯 희미했다.

너무 떨려서 소년과 소녀는 아무것도 못하고 그냥 어둠 속에 나란히 앉아 있었다. 보이는 내내 아무 말이 없었다.

"저 유리 단지에 든 게 뭘까?" 소녀는 혼잣말처럼 중얼거렸다.

"나도 모르겠어." 보이는 고개를 절레절레 흔들었다. "아까 네가 네 안경을 갖고 벙갈로가 뭘 했다고 그러지 않았어?"

소녀는 맥없이 고개를 끄덕였다. "벙갈로가 내 안경을 기계에 넣었어. 그랬더니 기계에서 그 소리가 났어. 네가 좀 전에 나하고 같이 들었던 그런 소리."

"그러니까 왓처들, 안경, 이 유리 단지들 그리고…… 아처 형제가 다 무슨 연관이 있다는 건데." 보이가 중얼거렸다.

바이올렛은 생각에 빠져서 아무 대꾸도 하지 않았다. 유리 단지에서 나온 빛이 그러지 않아도 암울한 소년과 소녀의 마음에 불길한 생각을 더해 주었다.

"다들 아처 형제를 얼마나 철석같이 믿고 있는데. 얼마나 아끼고 존경하면 그들의 이름을 따서 길 이름까지 다 지었겠어. 그래서 나는 한 번도 그들이 수상하다고 생각해 본 적 없어. 석연치 않은 구석이 좀 있기는 해도 나는 모든 게 다 왓처 탓이라고 생각했어. 아니 어쩌면 왓처들과 그들이 한패거리일까?"

"나는 쌍둥이 아처 형제가 우리 아빠를 납치한 거라고 생각해." 바이올렛은 진저리를 쳤다.

"가자. 그냥 이렇게 죽치고 있으면 뭐가 해결돼?" 얼마 뒤 보이가 말했다.

"어쩌면 네가 옳을지도. 근데 이렇게 염탐하고 다니는 거 너무 위험하긴 하다." 자기 이름이 적힌 유리 단지를 보고 마음이 흔들린 바이올렛이 말했다.

"그렇다고 여기서 그만둘 수는 없어. 조지 아처를 따라가 보자. 혹시 너희 아빠가 어디 있는지 알 수도 있잖아. 그럼 너는 아빠를 다시 만나게 될 테고 가족이 함께 퍼펙트를 탈출할 수 있을 거야." 보이가 주장했다.

"그럼 너는? 너는 어디로 갈 건데?"

"나는 괜찮을 거야." 보이가 피식 웃었다. 하지만 보이다운 해맑은 웃음은 아니었다.

바이올렛은 고개를 끄덕였다. 소녀는 소년을 믿었다. 보이는 이미 소녀에게는 둘도 없는 친구나 다름없었고, 소심해진 소녀에게는 소년의 격려가 필요했다.

❄    ❄    ❄

조지 아처는 분명 유리 단지를 모아 둔 창고 끝에 있는 문으로 사라졌는데, 어리둥절하게도 소년과 소녀 앞에는 벽돌을 쌓아 놓은 벽뿐이었다.

"막혔는데?" 보이가 당황해서 말했다.

"그 남자가 나갈 때 분명히 문이 쿵 닫히는 소리를 들었어." 바이올렛이 말했다.

"나도 들었어." 보이도 맞장구쳤다. 둘은 멍하니 벽을 쳐다봤다. 잠깐 생각을 하던 소년이 자세를 가다듬더니 벽으로 달려들었다. 딱딱한 벽돌 벽에 쾅 부딪힌 소년은 터져 나오는 비명을 입술을 깨물며 참아 냈다.

"참 똑똑도 하셔!" 바이올렛이 놀렸다.

"그러는 너는 무슨 수가 있어?" 보이는 제 어깨를 붙잡고서 쏘아붙였다.

"방법이 있어." 바이올렛은 손으로 벽을 더듬었다. "아까 매장에서 서재로 들어올 때 지났던 비밀 문하고 비슷할 거야……."

더듬어 보니 정말 헐거운 벽돌이 하나 있었다. 소녀가 살짝 밀었더니 그 벽돌이 튀어나왔다. 딱 손잡이 같았다. 바이올렛은 보이를 슬쩍 쳐다보며 여봐란듯이 씽긋 웃었다. 소녀가 손잡이를 돌리자 벽이 스르르 열렸다. 소년과 소녀는 얼른 문 밖으로 나가서 문을 다시 조심스럽게 닫았다.

그곳은 꽤 오래된 통로 같았다. 네모반듯한 돌들을 쌓아 만든 굴이었다. 벽에 걸려 있는 횃불의 일렁거리는 불빛에 빙글빙글 돌아서 내려가는 나선형 계단이 보였다. 그 계단 끝에서 통로가 왼쪽으로 꺾어졌다. 보이가 얼른 벽에서 횃불을 내려 들고서 계단을 내려가기 시작했다.

"여기로 내려가는 길밖에 없어." 소년이 속삭였다.

바이올렛은 고개를 끄덕였고 소년의 바로 뒤를 쫓았다. 바이올렛은 두둑했던 배짱은 다 어디 가고 마음이 흔들렸다. "컴퓨터 게임 속에 들어온 것 같아." 소녀는 불안한 마음을 감추려고 그렇게 말을 해 보았다.

"컴 뭐?"

"있잖아, 컴퓨터 게임! 너도 퍼펙트에 살 때 해 봤을 것 아냐!"

보이가 아무 대꾸도 하지 않았다. 이번에도 말실수를 한 걸까? 컴퓨터 게임을 해 봤을 거 아니냐는 말이 그렇게까지 마음이 상할 일인가?

"내 말이 또 잘못됐어? 너는 컴퓨터 게임 싫어해?" 까닭을 모르는 소녀는 어리둥절했다.

"나는 컴퓨터 게임이 뭔지도 몰라."

"난 또 뭐라고. 근데 퍼펙트에서는 컴퓨터 게임도 금지해?" 바이올렛은 씽긋 웃었다.

"나는 퍼펙트에 살아 본 적이 없어." 보이가 중얼거렸다. 너무 작게 말해서 바이올렛이 거의 알아듣지 못할 정도였다.

"그러면 너는 어쩌다 중간 지대에 들어가게 됐어?"

"몰라. 아마 아예 거기서 태어났을걸? 다른 데 살았던 기억은 없거든."

"나는……." 바이올렛은 뭐라고 말해야 좋을지 몰랐다.

"중간 지대에 있는 내 또래 아이들은 다 퍼펙트에 가족이 있어. 다 그곳에서 왔으니까. 근데 나는 아니야. 왜 그렇게 된 건지도 난 몰라." 보이의 목소리가 침울했다.

"그러니까 보육원에서 태어났다고?" 바이올렛이 물었다.

"아니. 거기 두고 갔대. 누가 두고 갔는지도 나는 몰라." 보이가 고개를 저었다.

"뭐 어떻게 보면 잘됐네. 안 그래? 너 원래 엄마 아빠 따위 필요 없다며. 나를 봐, 엄마도 아빠도 다 문제가 있잖아." 소녀는 소년을 어떻게든 달래 주고 싶었다.

"그래, 그럴 수도 있지. 누가 맨날 이래라저래라 하는 잔소리를 듣고 싶어 하겠니?" 소년은 한숨을 쉬었다.

말을 하던 보이가 갑자기 흠칫 놀라며 바이올렛을 차가운 돌 벽 쪽으로 밀어붙였다. 소년은 횃불을 자기 얼굴 가까이 대고는 잠자코 손가락을 제 입술에 갖다 댔다. 그러더니 계단 아래쪽을 가리켰다.

아래쪽에서 섬뜩한 비명이 울려 퍼졌다.

"약속합니다. 다음엔 제가 그 아이를 꼭 처리하겠습니다, 사장님."
징징거리는 목소리가 들려왔다.

"이번에도 제대로 못하면 내가 너를 어디로 보내 버릴지 말 안 해
도 알지?"

조지 아처의 목소리였다.

"중간 지대에 새 주민이 생기지 않게 해. 거긴 이미 인간들이 너무
많아. 유진 브라운의 딸은 퍼펙트에 남겨 둬야 돼. 그러지 않아도 그
자가 일을 빨리 못해서 답답한데. 딸이 없으면 일을 더 안 하려고 들
테니!"

바이올렛은 숨이 막혔다. 소녀의 생각이 옳았다. 그들이 아빠를
잡아 두고 있었다.

"이해합니다, 사장님." 징징거리는 목소리가 이어졌다. "근데 그
바이올렛이라는 애는 영 마음대로 안 돼요. 아무래도 너무 많이 갖
고 있는 것 같습니다요. 다른 사람들한테 할 때처럼 그대로 하는데,
벌써 거의 한 달이나 되었는데, 게다가 약까지 쓰는데 도무지 달라
지지가 않아요."

"그 아이가 얼마나 많이 가졌든 난 모르겠으니까 변명만 늘어놓

지 말고 해결을 하라고, 해결을!"

"알겠습니다, 존경하는 아처 사장님. 이놈 최선을 다하겠습니다."
징징대던 목소리가 벌벌 떨렸다.

"맡은 일 똑바로 못하면 가만 안 둬!"

발자국 소리가 통로 바닥을 쿵쾅거리며 지나갔다. 잠깐 잠잠한가
싶더니, 갑자기 웃음소리가 터져 나왔다.

"이놈 최선을 다하겠습니다, 존경하는 아처 사장님!" 세 번째 목
소리가 징징대던 목소리를 대놓고 비웃었다.

"그럼 내가 뭐라고 말해? 이번에도 제대로 못하면 흡입팀에서 쫓
겨나 들에 나가서 그 끔찍한 풀이나 기르게 될 텐데."

"사랑해요, 존경하는 아처 사장니임." 이번에는 다른 목소리가 흉
내를 내며 놀려 댔다.

보이는 바이올렛에게 꼼짝 말고 있으라고 귓속말을 하고는 횃불
을 발로 밟아서 끈 다음 더듬더듬 난간을 잡고 계단을 내려갔다. 바
이올렛은 어둠 속에 덩그러니 서서 아래쪽에서 들려오는 옥신각신
하는 소리에 귀를 기울였다.

조금 뒤에 보이가 소녀 옆으로 돌아왔다. "밑에 병갈로 말고도 왓
처가 두 명 더 있어. 말하자면 숙소 같은 게 저기 있더라고. 아마도

밤에 일을 해야 하니까 낮에 자려고 준비를 하고 있는 것 같아. 그러니까 곧 뻗어 버릴 거야. 그때 좀 더 살펴보자."

"조지 아처는? 그 사람은 어디로 갔어?"

"왓처들 숙소 입구 맞은편에 나가는 길이 또 있었어. 거기로 빠져 나갔을 거야. 일단 왓처들이 잠들기를 기다렸다가 우리도 그쪽으로 따라가 보자."

계단에서 기다리는 동안 온갖 무서운 생각들이 머리 주변을 둥둥 떠다니는 바람에 바이올렛은 몸서리를 쳤다. 왓처가 한 이야기가 무슨 뜻일까? 소녀에게 뭐가 너무 많다는 걸까? 아처 형제는 아빠한테 무슨 일을 시킨 걸까? 더러는 풍부한 상상력이 소녀에게는 가장 큰 적이기도 했지만, 때로는 가장 큰 재산이기도 했다. 아무튼 소녀의 엄마는 그렇게 말했었다.

이제 소녀는 마냥 걱정만 하고 있을 수가 없었다. 엄마 아빠를 구하려면 강해져야 했다. 엄마는 퍼펙트에서 딴 사람이 되어 가고 있었고, 아빠는……. 소녀의 아빠는 어디 있는지도 알 수 없었다.

보이가 초조한 듯 소녀 옆에서 다리를 꿈지럭거렸다. 소녀는 차가운 돌을 더듬어 소년의 손을 찾았다. 소년의 손 위에 손을 포개자 조마조마하던 소녀의 마음이 좀 가라앉았다.

"있잖아, 우리 엄마 아빠가 너희 엄마 아빠 해 주면 돼. 두 분이 원래대로 돌아오면." 소녀가 속삭였다.

한동안 보이는 아무 대꾸도 하지 않았다. 캄캄해서 소년의 표정이 보이지 않았다. 혹시 또 소년의 기분을 상하게 한 건 아닌지 소녀는 불안했다. 그때 소년이 소녀의 손을 더 힘주어 꼭 잡았다.

"가자, 다 잠든 것 같아." 소년이 속삭였다.

# CHAPTER 17

# 섬뜩하고 싸늘한

바이올렛은 소년을 따라 일어서며 왼손으로 계속해서 벽을 짚으며 살금살금 계단을 내려갔다. 거의 맨 밑바닥까지 내려왔을 무렵 왓처들의 숙소 입구에서 빛이 새어 나왔다. 소녀는 숨을 죽였다. 조금만 소리가 나도 잠자는 왓처들이 깰지 모르니까.

보이가 먼저 냉동실 같이 싸늘한 방으로 들어갔다. 다리가 말을 듣지 않았지만 바이올렛도 가까스로 용기를 내어 안으로 들어갔다.

그곳은 꽤나 널찍했다. 천장에 박힌 못에 묶어 놓은 밧줄에 대롱대롱 매달려 있는 손전등 하나가 그나마 가운데 쪽에 빛의 동그라미를 그리고 있었다. 돌 벽 위쪽에 박아 놓은 쇠갈고리들에 걸린 그물 침대도 스무 개쯤 보였다. 그중 세 군데에만 왓처들이 자고 있었고 나머지는 다 비어 있었다.

바이올렛은 살금살금 그물 침대를 피해서 손전등 바로 밑에 엎어 놓은 궤짝 옆을 지나갔다. 언제든 게임을 할 수 있게 카드가 펼쳐져 있었다. 바닥에는 냄새가 풀풀 나는 가죽 부츠들이며 꼬질꼬질한 왓처의 제복이 어지러이 나뒹굴고 있었다. 소녀는 코를 틀어쥐고 조심 조심 그것들을 건너다녀야 했다.

"이쪽이야." 보이가 몸을 낮추고 반대편 통로로 들어가면서 나직 이 말했다.

굴속은 몹시 깜깜했지만 보이는 들고 있는 횃불에 불을 밝히지 않았다. 대신 되도록 벽에 가까이 붙어서 잽싸게 움직였다. 좀 더 안 으로 들어가자 벽을 짚은 손의 느낌이 달라졌다. 축축하고 미끈거렸 다. 돌을 타고 아주 조금씩 흘러내린 물기가 넓적한 돌판을 깔아 놓 은 바닥 여기저기에 고여 있었다. 얼어 죽겠다 싶을 정도로 추워서 바이올렛은 최대한 몸을 웅크리고 제 팔로 몸을 감싸 봤다. 하지만 점점 뚝뚝 떨어지는 온도와 싸우기에는 턱도 없었다.

"들어 봐. 저 소리 들려?" 앞에 가던 보이가 갑자기 멈춰 섰다.

"무슨 소리?" 바이올렛이 물었다.

"저 소리. 물 흐르는 소리 같지 않아? 지금 우리는 강 밑에 있는 게 분명해." 소년이 속삭였다.

"무슨 강?"

"중간 지대 끝에 있는 강. 중간 지대는 세 면이 담장으로 막혀 있고 나머지 한 면은 강으로 막혀 있어. 바로 그 강 밑에 우리가 있는 것 같아. 확실해."

"강 밑! 우리 머리 위에 강이 있다고? 굴이 무너지면 우리는 어떻게 되는 거야? 저 벽이 터져서 물이 차오르면 어떡해?" 바이올렛은 겁에 질려 숨이 콱 막혔다.

"바이올렛!" 보이가 답답한 듯 살짝 목소리를 높였다. "호들갑 좀 떨지 마! 너는 이 굴이 새것으로 보여?"

소녀는 마구 날뛰며 소용돌이치는 마음속 공포를 애써 가라앉히며 고개를 저었다.

"그래. 이 굴은 아마 몇 백 년은 되었을 거야. 그렇게 오랜 세월 강물을 막아 낸 굴이 하필 지금 무너질 일은 없다고 봐."

제법 그럴듯한 말이었다. 바이올렛은 마음을 다독이면서 계속해서 소년과 함께 앞으로 나아갔다. 겁 없던 소녀는 어디로 갔을까? 조금 전까지만 해도 병갈로가 무슨 짓을 하려는 건지 꼭 알아내고야 말겠다는 결의에 차 있었는데, 이제는 너무 깊이 발을 들인 것 같아 겁이 났다. 소녀는 어서 아빠를 찾아서 떠날 수 있게 해 달라고 빌었다.

"너, 혹시 강을 건너서 중간 지대 밖으로 나가 본 적 있어?" 바이올렛은 잡생각들을 털어 내려고 소년에게 말을 걸었다.

"아니. 그건 되게 힘들어. 출렁다리가 있긴 한데, 그것도 거의 허물어졌거든. 그 건너편에서 왓처들이 순찰을 돌기도 하고. 그 다리를 건너 탈출하려던 사람들에 대한 끔찍한 소문을 들은 적도 있고."

"그 사람들은 어떻게 되었는데?"

"왓처들한테 잡혀갔지. 그 뒤로 아무도 그들을 다시 보지 못했대."

바이올렛은 더 이상 아무것도 묻지 않았다. 그렇게 묵묵히 가다 보니 땅 위로 올라가는 듯 완만한 오르막길이 나왔다.

바람이 소녀의 발목을 간질였다. 안개가 굴 안쪽까지 자욱하게 밀려 들어와서 서릿발 같은 혓바닥으로 소녀의 맨살을 핥아 댔다. 소녀는 어둠 속에서 손을 뻗어 더듬더듬 보이의 손을 잡았다. "괜찮아?" 소녀가 속삭였다.

소년은 아무 대꾸가 없었다.

"보이, 네가 그러니까 내가 겁나잖아. 여긴 어디야?"

"저 소리들 들려?" 보이의 목소리에 힘이 없었다.

"무슨 소리?" 바이올렛은 소년에게 다가가 어깨동무를 했다. 누군가 소년과 소녀를 보고 있는 듯한 기분이 들었다. 돌아봤지만 뒤는 새카만 어둠뿐이었다.

"저 목소리들 들리느냐고, 바이올렛?"

보이가 다그쳐 물었다.

"무슨 목소리들? 바람 소리잖아. 너 때문에 더 겁난다고."

"울음소리. 울고 있잖아, 바이올렛."

"울긴 누가 울어? 보이, 제발, 그만해!"

그때 뒤에서 부스럭거리는 소리가 났다. 새파랗게 질린 바이올렛은 보이를 뿌리치고는 굴속까지 새어 들어온 빛으로 어슴푸레하게 윤곽이 드러난 돌계단을 향해서 죽어라고 달려갔다.

허겁지겁 계단을 올라가다 보니 머리 위에 뚫린 구멍으로 밤하늘이 보였다. 소녀는 먼저 팔을 구멍 바깥으로 뻗은 다음 팔꿈치로 땅을 받치고 이리저리 몸을 꿈틀대면서 축축하게 젖은 풀밭으로 기어나왔다. 보이도 곧 그 구멍을 빠져나와서 소녀 곁으로 왔다.

"여긴 어디야?" 소녀가 속삭였다.

소년은 대답하지 않았다. 소년의 얼굴은 마치 엄마가 빳빳하게 풀을 먹여 놓은 침대 시트처럼 새하얗게 보였고, 소녀는 그래서 더욱 겁이 났다. 소녀는 뛰는 가슴을 진정하기 위해서 그런 보이를 못 본 척 주위를 둘러보았다. 그런데 소녀가 다시 고개를 돌렸을 때 보이는 사라지고 없었다.

"안 돼, 제발 가지 마! 보이! 그러지 마. 여긴…… 여긴 공동묘지라고!" 소녀는 자리에서 일어섰다.

조금 떨어진 곳에 돌이 깔린 오솔길이 보였다. 공동묘지를 가로지르는 그 오솔길 양쪽으로 높다란 십자가들과 나지막한 묘비들이 안개 속에 둥둥 떠 있는 듯 보였다. 그리고 안개에 가려 회색 그림자만 드러난 보이가 그곳에 있었다! 소녀는 무작정 소년 쪽으로 다가갔다. 달리 방법이 없었다. 조심조심 무덤가를 돌고 돌아 오솔길로 나갔다. 오솔길에 깔린 쩍쩍 갈라진 돌 사이로 풀꽃들이 무성했다. 소녀는 떨리는 마음을 가라앉히려고 땅바닥에 핀 풀꽃을 세었다.

"민들레 하나, 데이지 둘, 민들레 둘…… 아얏!"

뭔가 날카로운 것이 소녀의 이마를 할퀴었다. 오래된 나무 말뚝에 튀어나온 녹슨 못이었다. 고개를 들어본 소녀는 꺅 비명을 질렀다. 그 말뚝 꼭대기에 인간의 해골이 콱 박혀 있었다. 그 밑에는 거칠게 휘갈겨 쓴 나무판이 못 박혀 있었다.

이곳에 들어오지 않는 게

당신 신상에 좋을걸!

"보이! 제발! 우리 여기서 나가면 안 돼?" 소녀는 소리를 질렀다.

소녀의 목소리에 서린 공포가 뭔가 골똘한 생각에 빠져 있던 보이의 정신을 돌아오게 만들어 준 듯했다. 소년이 곧 안개를 뚫고 되돌아와 모습을 드러냈다.

"바이올렛, 너 괜찮아? 무슨 일이야?" 소년이 숨을 헐떡였다.

소녀가 막 표지판을 가리키는데, 저 앞쪽에서 딸그락거리는 소리가 났다. 보이가 소녀의 팔을 잡고 돌 십자가 뒤로 확 끌어당겼다.

"여기 딱 있어." 소년이 속삭였다.

소녀는 목소리가 나오지 않아 고개만 끄덕였다. 보이가 어디론가 가려 하자 소녀가 소년의 소맷자락을 잡았다.

"나는 저 목소리들이 어디서 들리는지 확인해야 해." 소년은 살며시 소녀의 손길을 뿌리쳤다. "저 중에 하나가 조지 아처일 수도 있어! 1분 안에 돌아올 게. 약속해."

소년은 그렇게 가 버렸고 소녀는 홀로 남았다.

"다 괜찮을 거야. 다 괜찮을 거야." 소녀는 자꾸만 중얼거렸다.

뒤쪽에서 부스럭 소리가 났다.

소녀는 눈을 질끈 감았다. 온몸의 근육이 바짝 긴장을 했다. 꼼짝

달싹할 수가 없었다. 뭔가 쪼르르 소녀의 발을 넘어갔다. 소녀는 비명을 지르며 펄쩍 뛰었다.

십자가 밑에서 뼈다귀를 갉아먹는 커다랗고 시커먼 쥐가 보였다.

소녀는 파랗게 질려서 앞뒤 가리지 않고 냅다 뛰었다.

공동묘지를 둘러싼 담장이 안개 속에서 모습을 드러냈다. 소녀는 그 담장을 향해 무덤들 사이를 가로질러서 허둥지둥 엎어질 듯 말 듯 달려갔다. 담장을 기어오른 소녀는 담장 너머 폭신한 풀밭 위로 떨어졌다.

소녀는 간신히 돌담에 등을 기대어 앉았다. 몸도 마음도 부들부들 떨렸다. 어쩌면 보이가 옳았을지도 모르겠다. 소녀는 처음부터 끼어들지 말았어야 했는지도 모르겠다. 퍼펙트에 아예 오지 않았더라면 얼마나 좋았을까 싶은 마음이 그 어느 때보다도 절실했다. 이 모든 일들이 다 상상이라면 정말 좋을 것 같았다. 엄마가 소녀를 더 이상 사랑하지 않게 되면 어쩌나? 다른 가족이 생겼거나, 더 이상 소녀를 사랑하지 않게 돼서 아빠가 작정을 하고 사라져 버린 거라면? 어쩌면 아빠가 사라진 일은 퍼펙트와 관련이 없을지도 몰랐다. 모든 게 소녀 탓인데 괜히 아처 형제를 원망해 온 것일 수도 있다. 소녀는 가슴이 철렁했다. 마음이 무거웠다. 온갖 끔찍한 상상들이 야금야금 소녀를 좀먹었고, 결국 소녀는 깊은 절망에 빠져서 눈 뜬 장님처럼 허우적거리게 되었다.

소녀는 두리번거리며 보이를 찾았다. 안개가 더 자욱해져 있었다. 소년도 결국 소녀를 떠났다. 소녀에게 소중한 사람들은 다 떠났다. 모두 소녀를 버렸다. 소녀는 이 무서운 곳에서 자신을 어떻게든 지켜보려고 두 무릎을 꼭 끌어안았다. 안개가 애벌레의 고치처럼 세상으로부터 소녀를 격리시켰다. 소녀는 엉엉 울었다. 엄마와 아빠, 두고 온 친구들 그리고 보이가 보고 싶었다. 엄마 아빠 없는 보이처럼 살게 될까 봐 겁이 났다. 학교에서 들었던 집 없는 사람들이나 굶주림에 고통받는 아프리카 어린이들의 안타까운 이야기도 떠올랐다. 그들의 불행이 남의 일 같지 않았다. 그들이 불쌍하고 지금 자신의 처지가 불쌍해서 소녀는 펑펑 울고 또 울었다. 그런데 그 울음소리를 듣고 보이가 찾아왔다.

"바이올렛." 소년은 숨을 헐떡이며 소녀 옆에 주저앉았다. "얼마나 찾아다녔는지 알아?"

소녀는 소년을 쳐다보지 않았다. 화도 났고, 눈물 콧물이 범벅된 얼굴을 보이기도 싫었다.

"어디 있었어? 나만 두고." 소녀는 더듬더듬 볼멘소리를 했다.

"미안해. 너를 버려 둔 게 아니야. 그 목소리들이 어디서 들리는지 확인하러 갔던 거야. 조지 아처가 거기 있을 거라고 생각했거든." 보이가 진지하게 대답했다.

"그렇다고 공동묘지에 나만 두고 가 버리면 어떡해?"

"미안해. 거기까진 미처 생각 못했어." 보이는 멋쩍어 했다.

"그래서 찾았어? 그 목소리가 들리는 곳을?"

"아니." 보이는 한숨을 폭 내쉬었다. 얼굴은 여전히 백짓장처럼 핏기가 없었다. "이제는 그게 진짜 사람 목소리였는지도 잘 모르겠어."

소년과 소녀는 서로 어깨를 기대었다. 바이올렛은 몸이 떨려 왔다. 안개비가 내리기 시작했다. 먼 하늘에는 번개까지 내리꽂혔다.

"바이올렛, 나 좀 봐봐." 잠시 후, 보이가 속삭였다. 보이의 눈이 빨갰다. 소년은 눈가의 눈물을 쓱 닦아 냈다. "네가 어떻게 느끼는지 나도 알아. 괜히 여기까지 왔나 봐. 여기에 오면 사람들 마음속에 있는 나쁜 생각들이 스멀스멀 모두 기어 나온다는 이야기를 들은 적이 있어. 그때는 그냥 무시했는데."

"그게 무슨 말이야?"

"보여 줄게. 대신 너 조용히 해야 돼. 진짜 시끄럽게 굴면 안 돼." 소년이 먼저 일어나 축축한 풀밭에 앉아 있는 바이올렛의 손을 잡아

일으켰다.

앞쪽의 동산 꼭대기에 서 있는 가로등이 깜빡깜빡하면서 안개를 노랗게 물들였다. 소년과 소녀는 풀이 덮인 언덕에 나 있는 좁다란 오솔길을 따라서 비탈을 올라갔다. 사람들이 꽤 자주 오르락내리락 했는지 풀밭에 길이 나 있었다.

"우리 말고도 꽤 많은 사람들이 이 길을 지나간 것 같은데?" 바이올렛이 속삭였다.

보이는 잠자코 고개만 끄덕거렸다. 언덕 꼭대기에 거의 다다르자 보이가 바닥에 엎드리더니 소녀에게도 손짓을 했다. 그러고는 소리가 나지 않게 낮게 기어서 나머지 비탈길을 올라갔고 가로등 옆에서 멈추었다.

바이올렛도 소년처럼 팔꿈치와 무릎으로 기어서 그 옆까지 갔다. 팔꿈치와 무릎에서 물이 뚝뚝 떨어질 정도로 옷이 젖었다. 언덕 꼭대기에서 보니 아래쪽에 그리 넓지 않은 골짜기가 있었다.

오래되어 쩍쩍 갈라진 시멘트 길을 따라 녹슨 가로등이 점점이 서서 그 근처를 희미하게나마 밝히고 있었다. 그 뒤쪽으로는 짓다 만 시멘트 블록의 주택들이 몇 채 보였다. 거의 다 지어져서 문과 창문만 달면 되는 집도 있었고, 지붕도 없이 뼈대만 세워 놓은 집도 두 채 있었다. 반쯤 마무리된 주택들의 앞뜰에는 잡초가 무성했고 철제 울타리와 낡은 기계들이 장식물처럼 서 있었다.

역사가 깊은 중세 도시 느낌을 풍기는 퍼펙트나 중간 지대와는 달리 이곳은 현대적이었다. 완성되었더라면 바이올렛이 퍼펙트에 오기 전에 살았던 마을과 비슷한 풍경을 이뤘을 것 같았다.

시멘트 길의 반대편 끝은 검은 아스팔트가 깔린 도로와 연결되어 있었는데, 그 도로는 짓다 만 주택들 한가운데 있는 녹지를 빙 돌아 멀리까지 뻗어 있었다.

그 녹지에는 이상하게 생긴 식물들이 자라고 있었다. 해바라기만 큼이나 키가 크고 굵직한 핏빛 줄기 끝에는 흰 꽃봉오리가 있었는 데, 내리는 비를 피하려는 듯 고개를 숙이고 있었다.

"우리가 있는 데가 어디야?" 바이올렛이 소곤소곤 물었다.

보이가 녹지 너머를 가리켰다. "저기를 보면 알아."

바이올렛은 소년이 가리키는 곳을 보았다. 주택 단지 입구로 쓰려 고 한 듯 시멘트 블록을 쌓아 만든 기둥 두 개가 서 있었다. 세월에 부슬부슬 부서진 그 두 기둥 옆에는 희미해지고 색도 바랜 단란한 가족의 모습을 담은 광고판이 서 있었다. 엄마와 아빠가 각각 아이 에게 목말을 태워 주택 단지를 향해 걸어가는 모습이 담긴 그림판이었다. 다만 그림 속 집들은 다 완성된 모습이라는 게 실제와 달랐다. 그 광고판 꼭대기에는 흐릿하기는 했어도 이런 글귀가 적혀 있었다.

우리 가족의 평생 보금자리

바이올렛은 고개를 끄덕였다.

"저 기둥들 사이를 지나서 도로를 따라 계속 가면 내가 아까 말했던 그 허물어져 가는 출렁다리가 나와. 중간 지대와 통하는 그 다리. 그러니까 우리가 강 밑을 지나온 게 맞아."

"그건 그렇다 치고 지금 우리가 있는 여기는 어딘데?"

"중간 지대에 비밀스런 소문으로 떠도는 이야기가 있어."

"무슨 소문?" 바이올렛은 괜히 오싹 소름이 돋았다.

"불행이 가득한 곳이라고. 반란이 일어났을 때 왓처들이 사람들을 고문한 곳이라는 이야기도 있고 이 공동묘지와 여기 서린 핏빛 역사에 대한 더 음침한 이야기들도 있어. 근데 대부분은, 그러니까……."

"그러니까 뭐?" 공포가 바이올렛의 등줄기를 타고 올라왔다.

"유령 이야기야. 그래서 사람들은 이곳을 유령 주택 단지라고 불러!" 보이가 작은 소리로 말했다.

# CHAPTER 18

# 유령 주택 단지

"유령?"

보이가 고개를 끄덕였다. "어떤 사람이 하필 여기를 주택 단지로 개발해서 새 집을 짓고 있었는데 마무리를 짓기 전에 살해되었대. 공동묘지 바로 옆이기도 하지만 이 동네에 대한 음침한 이야기들이 되게 많아. 돌보는 이 없는 해묵은 무덤 위에 집을 지어서 혼령들이 들고 일어났다고 수군거리는 사람도 있어. 그래서 여기 오면 불행해진다고들 해."

바이올렛은 진저리를 쳤다. "그래서 내가 공동묘지에 있을 때 그렇게 우울해졌던 거고, 너는 그런 이상한 울음소리들을 들었던 거구나, 보이? 그게 다 유령들 때문이었던 거야?"

보이는 자기도 모르겠다는 뜻으로 어깨를 으쓱했다. "그냥 말이 그렇다고, 바이올렛. 네가 유령 따위를 믿는다면 유령들 탓일 수도 있겠지."

"아빠는 내가 무섭다고 할 때마다 유령 같은 건 없다고 했어. 유령의 존재가 아직 과학적으로 증명되지 않았다고 아빠가 그랬다고." 바이올렛은 자신 있게 말하려고 했지만 자꾸만 말을 더듬었다.

"그럼 그 소문들은 사실이 아니겠네. 그냥 떠도는 이야기들일 수도 있겠어." 보이는 소녀를 안심시켰다. "아무튼 좀 봐봐." 소년이 가리킨 곳은 주택 단지까지 이어진 오솔길이었다. "이 길로 사람들이 계속 지나다닌 건 확실해." 풀도 별로 없이 길이 잘 다져져 있었다.

바람이 거세어지고 머리 위에서는 천둥까지 쳤다. 천둥소리에 바이올렛이 질겁했다.

"괜찮아, 바이올렛. 네 말처럼 유령 따위는 없어. 그리고 조지 아저씨도 분명히 이쪽으로 왔을 거야. 너 아빠를 찾고 싶다며? 가자." 보이가 소녀를 똑바로 보면서 말했다.

바이올렛과 보이는 묵묵히 언덕을 조심조심 내려갔다. 시멘트가 깔린 샛길로 막 접어들었을 때 텅 비어 있어야 할 주택 단지에서 철커덩 소리가 아주 크게 울려 퍼졌다.

보이가 소녀의 팔을 잡았다. 둘은 어느 집 뜰에 있는 담장 뒤로 달려가 몸을 숨겼다.

"철제 울타리 소리야. 원래 첫소리가 좀 시끄러워. 바람에 철제 울타리가 쓰러졌나 봐." 소년은 가쁜 숨을 몰아쉬었다.

둘이 다시 움직이려는데 바이올렛이 갑자기 몸을 숙이며 보이를 끌어당겼다.

"집 안에 뭔가 있어." 소녀가 속삭였다. "뭔가 움직였어. 맹세해."

소녀는 몸을 숙이고 재빨리 뜰을 가로질러 가서는 그 집에서 제일 큰 창틀 아래에 쪼그리고 앉았다.

"뭐 하는 거야?" 보이가 소녀 옆으로 가서 같이 쪼그려 앉으며 속삭였다.

"한 번 보고 싶어. 왠지 느낌이 이상해." 소녀가 말했다.

소녀는 창틀 가장자리를 붙잡고 살그머니 일어서서 창문 안쪽을 살펴보았다.

천장 한가운데 매달린 빨간 전구가 벽을 핏빛으로 물들이고 있었다. 시멘트 바닥에는 줄지어 놓인 작은 화분들이 빼곡했다. 녹지에 있던 그 이상한 식물하고 똑같았다. 다만 많이 작았을 뿐.

보이가 소녀의 다리를 툭툭 쳤다.

"뭐?"

"뭐가 좀 보여?"

"모르겠어……." 소녀가 뭔가 골똘히 바라보며 중얼거렸다.

화분의 식물들은 하나같이 빨간 전구 쪽으로 고개를 들고 있었다. 전구의 열기를 빨아들이고 있는 것 같았다. 짙은 색 토분에 박힌 핏빛줄기는 마치 사람의 정맥 같았고, 그 끝에는 반투명한 꽃잎을 가진 꽃 같은 것이 달려 있었다. 그뿐이 아니었다. 마치 피처럼 보이는 끈끈한 붉은 액체가 바닥에 흥건했다. 방 저쪽 구석에 드럼통만큼이나 커다란 통에서부터 가느다란 플라스틱 관을 타고 각 화분의 옆구리로 흘러든 진한 액체가 부글부글 끓어 넘치는 바람에 그렇게 된 것 같았다. 말하자면 그 식물들은 그 커다란 통에서 영양을 공급받는 듯했다.

소녀가 멀쩡히 두 눈으로 보고도 이해가 안 되어서 한참을 뚫어져라 쳐다보고 있는데, 화분의 식물들이 서서히 창문 쪽으로 고개를 돌려서 소녀를 쳐다보았다!

소녀는 흠칫 놀라 급히 몸을 숙였다. 심장이 마구 뛰었다.

"바이올렛, 뭔데 그래? 네 얼굴이 침대보처럼 새하얗게 질렸어!"

"그게……그게."

"그게 뭐?"

"눈동자야. 눈동자가 많아. 눈동자들이 나를 쳐다봤어! 화분마다 눈동자가 하나씩 자라고 있어. 희번덕거리는 눈동자가!" 바이올렛은 진저리를 쳤다.

소년은 소녀가 헛소리를 한다고 생각하고는 직접 살펴보기 위해 살그머니 몸을 일으켰다.

"눈동자 맞네!" 기겁한 보이가 소녀 옆에 다시 쪼그리고 앉았다. "말도 안 돼! 식물인 줄로만 알았는데! 눈동자라니! 누가 왜 눈동자들을 키우고 있을까?"

할 말을 잃은 소녀와 소년은 창틀 밑에 쪼그리고 앉아 미친 듯이 머리를 굴렸다. 마침내 바이올렛의 머릿속에 이런저런 낱말들이 떠오르기는 했는데, 그걸 조리 있게 말로 정리하는 건 영 쉽지가 않았다. '아처 형제, 퍼펙트, 안경, 아빠…….'

"아빠가……." 용기를 되찾은 소녀가 허리를 쭉 펴며 말했다. "아빠가 여기 있어, 보이. 이 주택 단지 어딘가에 우리 아빠가 있다고."

"쉬잇. 작게 말해." 보이가 주위를 두리번거리며 속삭였다. "왜? 왜 그렇게 생각하는데?"

"저 눈동자들! 아처 형제가 우리 아빠한테 퍼펙트에 와서 일을 해 달라고 한 건, 아빠가 〈아이 스파이〉라는 잡지에서 주는 상을 받았기 때문이야. 내가 그 잡지를 봤는데 눈동자를 길러서 이식하는, 되게 징그러운 연구를 해서 우리 아빠가 상을 받았더라고."

"그렇지만 어째서 아처 형제한테 이식할 눈동자들이 필요하지? 그것도 저렇게 많이?"

"다 모르겠고 난 아빠가 여기 있다는 것만 생각할래. 틀림없이 아빠는 여기 있어. 그러니까 우리가 아빠를 구해야 돼. 보이, 부탁인데, 내가 이 주택 단지를 샅샅이 볼 수 있게 도와줘. 나는 이쪽을 살펴볼 테니까 너는 저쪽을 맡아."

"진짜로? 너 혼자 괜찮겠어?"

"응, 나 겁쟁이 아니거든!"

"그럼 아까는 왜?" 보이가 씽긋 웃더니 그대로 돌아서서 몸을 낮추고 뜰을 가로질러 갔다.

소년의 뒷모습을 보며 소녀는 진저리를 쳤다. 또 혼자 남았다. 하지만 아빠가 여기 있고, 아빠를 도와줘야 하니까, 소녀는 무서움을 털어 냈다.

바이올렛은 몸을 낮추고 뜰을 가로질러 그 집과 옆집 사이에 있는 낮은 울타리를 넘었다. 두 번째 집도 처음 집과 사정이 같았다. 집 안에 눈동자 풀들이 줄줄이 자라고 있었다.

'우욱, 징그러워.' 소녀는 토할 것만 같았다. 쓴 물이 목구멍까지 치밀어 올라왔다. 소녀는 잠시 창틀에 기대어 마음을 안정시켰다. 아빠를 찾으러 왔으니까 아빠를 찾는 일에만 신경을 쓰자고 스스로 다독였다.

세 번째 집으로 건너갔다. 이상한 소음이 들렸다. 창문으로 안을 살폈다. 소름이 돋고 어깨가 떨리도록 몸서리가 쳐졌다.

안에서는 왓처들이 맨바닥에 드러누워 코를 골며 자고 있었다. 집 안 전체에 왓처들이 득시글득시글했다. 그런데 다들 서 있던 자리에 그대로 쓰러져 잠들기라도 한 것 같았다. 입은 옷 그대로였고 더러 는 흙투성이 장화를 신고 있었다. 그러고 보니 콘크리트 바닥에 점 점이 흙 발자국도 보였다. 그 발자국들은 그 집 현관을 지나서 아스 팔트가 깔린 도로를 지나 눈동자 풀들이 우거진 녹지까지 이어져 있 었다. 그 집에 잠들어 있는 왓처들은 녹지에서 일하는 일꾼들이 분 명했다. 소녀는 보이에게 그 사실을 말해 줘야겠다고 마음먹었다.

소녀가 막 소년을 찾아가려는데 그 집 현관문이 벌컥 열렸다. 바 이올렛은 창틀 밑 벽에 몸을 바짝 붙이고 죽은 듯 가만히 기다렸다.

맥박이 요동쳤다.

조지 아처였다! 그는 곧장 녹지로 향했다. 소녀가 건너편을 보니 보이가 무릎을 꿇고서 어느 집 창문으로 집 안을 살피고 있었다. 껑다리 조지가 자기에게로 오는 줄도 까맣게 모르고!

바이올렛은 속이 타서 숨을 쉴 수가 없었다. 소녀의 친구는 들켰다. 딱 잡히게 생겼다. 소녀는 최대한 소리를 내지 않고 일어나서 안전거리를 두고 껑다리 쌍둥이를 따라가면서 보이를 구할 방법을 궁리했다. 비명을 지르거나 뭔가 던지면 보이뿐 아니라 소녀까지 잡힐 게 뻔했다. 그러니까 그건 옳은 방법이 아니었다.

조지 아처는 곧장 보이에게로 가고 있었다. 소녀의 친구는 뒤를 돌아보았고 커다란 남자가 소년을 굽어보고 있었다. 조지 아처는 주머니에서 뭔가 꺼내더니 보이의 얼굴에 훅 뿌렸다. 소년은 곧바로 의식을 잃고 풀썩 쓰러졌다.

조지 아처가 축 늘어진 보이를 어깨에 짊어지고서 돌아섰다. 그는 바이올렛이 몰래 지켜보는 가운데, 바로 그 옆집으로 가더니 문을 열었다.

바이올렛은 얼른 그쪽으로 달려갔다. 다리가 후들거렸지만 소녀는 강해져야만 했다.

앞쪽 창문으로는 아무것도 보이지 않았다. 소녀는 집 뒤편으로 돌아갔다. 조지 아처가 위층으로 올라가는 게 보였다. 거인의 등판에서 소년의 다리가 대롱거렸다. 조금 있으려니 조지 아처 혼자 아래층으로 내려와 곧장 현관문 밖으로 나가 버렸다.

소녀는 그가 어디로 가는지 보려고 열심히 집 앞쪽으로 달려 나왔다. 꺽다리 쌍둥이는 이미 녹지를 지나 왓처들이 곯아떨어져 있는 집으로 가고 있었다.

바이올렛은 조지 아처가 보이에게 무슨 짓을 했을지 걱정이 됐다. 소녀의 친구는 위험에 빠져 있었다. 지금은 소녀가 아니면 누구도 소년을 구할 사람이 없었다.

# # CHAPTER 19 #

# 잠겨 있는 방

우선 무엇보다도 소녀는 소년이 잡혀 간 그 집으로 들어가야만 했다. 바이올렛은 이 문 저 문 다 열어 봤다. 모두 잠겨 있었다. 창문! 집 뒤편으로 2층에 난 창문에는 유리가 없었다. 비바람을 막기 위해 창틀을 비닐 같은 것으로 가려 놓았을 뿐이었다.

소녀는 그 집 근처를 살금살금 돌아다니면서 2층 창문으로 타고 올라갈 만한 것들을 찾아봤다. 빈집들 가운데 어떤 집의 뒤뜰에 마침 낡은 작업대가 하나 있었다. 그리고 그 작업대 뒤편에는 갖가지 장비와 부러진 쇠파이프 같은 것들이 흙먼지에 덮인 채 녹슬어 가고 있었다. 그 가운데에 금세라도 폭삭 주저앉을 듯 보이는 낡은 사다리가 하나 보였다. 2층 창문에 닿을 만큼 제법 길어 보였다.

주택 단지의 다른 곳들처럼 그 뜰도 뭔가 으스스해서 소녀는 갑자기 등골이 오싹해졌다. 보이가 해 줬던 유령 이야기가 떠올랐다. 하지만 소녀는 고개를 살살 흔들어서 잡생각을 털어 냈다. 한가하게 유령을 걱정할 때가 아니었기 때문이다.

소녀 혼자서도 옮길 수 있을 만큼 사다리는 가벼웠다. 소녀는 사다리를 보이가 갇혀 있는 집 벽에 간신히 기대 세웠다. 팔도 다리도 저려 왔다.

소녀는 일단 큰 숨을 들이 쉰 다음 사다리 한 칸을 밟고 올라섰다. 쇠로 된 사다리가 철커덕 소리를 냈다. 소녀는 아무도 듣지 못했기를 빌며 잠시 그대로 있었다. 그러다 이내 용기를 내어 흔들거리는 사다리를 꼭대기까지 타고 올라갔다. 소녀의 다리가 와들와들 떨렸다. 소녀는 몸을 최대한 벽에 붙이고 창턱 끄트머리를 향해 손을 있는 대로 뻗었다.

그때 사다리가 슬쩍 미끄러지더니 벽을 북 긁으며 소리를 냈다. 소녀는 가슴이 철렁했다. 심장은 마구 뛰었다.

소녀는 용을 쓰며 창턱을 붙잡고 기어 올라갔고, 뚫린 틈을 통해 안쪽으로 굴러 들어갔다. 차가운 시멘트 바닥에 쿵 떨어진 소녀는 잠깐 동안 드러누워 있었다. 온몸이 후들거렸다.

천둥소리가 들려왔다. 이어 번개가 번쩍하면서 텅 빈 바닥을 비추었다. 번개가 칠 때마다 여기저기 검은 그림자들이 생겼다가 이내 사라졌다.

집 안은 고요했다. 쥐 죽은 듯.

그곳에는 서로 마주 보는 문이 두 개씩, 모두 네 개가 있었다. 소녀는 얼른 첫 번째 문으로 기어갔다. 그 방은 비어 있었다. 소녀는 어둠을 헤치고 두 번째 문으로 갔다. 처음 것보다는 컸고 아주 캄캄했다. 창틀을 비닐로 막아 놓아서 더 캄캄한 듯했다. 바람에 비닐이 펄럭펄럭 소리를 냈다. 바이올렛은 그 방 안으로 들어가 더듬더듬 앞으로 나아갔다. 번개가 한 번 더 번쩍했다. 그 빛 때문에 쓰러진 사람의 몸이 드러났다. 보이였다!

소녀는 엉금엉금 기어서 소년에게로 갔다. 목이 메었다. 소년의 목에는 가죽으로 된 목줄이 채워진 채였고, 목줄은 쇠사슬로 바닥에 고정되어 있었다. 쇠사슬은 도저히 끊을 수 없을 만큼 굵었고 목줄에는 자물쇠까지 채워져 있었다. 소녀는 미친 듯이 두리번거리며 목줄을 끊을 만한 것들을 찾았다.

그때 갑자기 아래층에서 쿵 하고 문 닫히는 소리가 났다. 바이올렛은 그대로 얼어붙었다. 웅성웅성 사람 목소리도 들려왔다. 묵직한 발걸음들이 현관에서 복도를 지나 집 뒤쪽에 있는 방으로 향했다.

"우리를 깨우다니 하여튼 조지 아처, 그 인간! 그것들만 죽어라고 돌보면 됐지 우리한테 너무한 거 아냐?"

"여튼 위층에 있는 놈을 지키는 동안은 잡초 안 뽑아도 되잖아."

"조지 아처가 그 녀석을 어떻게 할까?" 첫 번째 남자가 물었다.

"실험용으로 쓰지 않을까나?" 두 번째 남자가 킬킬 웃었다.

"네 생각은 그렇단 말이지? 하긴 그래도 싸. 그놈이 우리를 좀 골탕 먹였냐고? 도무지 잡혀야 말이지. 미꾸라지 새끼 같으니! 빌어먹을 중간 지대 자식!"

"니가 올라가서 확인해. 이번에는 절대로 빠져나가지 못하게 단단히 감시해야 되니까."

계단 쪽으로 다가오는 발자국 소리가 났다. 하지만 그 방에는 아무것도 없어서 숨을 데라고는 없었다. 바이올렛은 건너편에 있는 세 번째 문으로 가서 손잡이를 돌려봤다. 잠겨 있었다. 겁에 질린 소녀의 입에서 자기도 모르게 헉 하는 소리가 새어 나왔다.

"보이, 너 우냐?" 계단을 거의 올라온 왓처가 킬킬댔다.

갑자기 바이올렛 앞에 있는 문이 열렸다. 그 왓처가 2층으로 막

올라왔을 때, 그 문 안쪽에서 손 하나가 쑥 나와서 소녀를 안으로 끌어들였다.

묵직한 발자국 소리는 소녀가 방금 끌려 들어온 문 바깥에서 멈추었다. 바이올렛을 구해 준 사람은 머리카락이 검고 고운 아름다운 여자였다. 그녀는 바이올렛에게 구석의 낡은 옷장으로 들어가라고 손짓했다. 소녀는 잠자코 그녀가 시키는 대로 따랐다.

"분명 무슨 소리가 나긴 났는데, 이 녀석은 여적 정신 못 차리고 뻗어 있는데!" 문 바깥에 있던 왓처가 아래층을 향해 소리쳤다.

"한심하고 모자란 얼간이! 그럼 그 여자는 어쩌고 있나 확인해 봐봐!" 아래층에서 소리쳤다.

방금 바이올렛이 들어온 그 방문이 삐걱하고 열렸다. 컴컴한 곳에 숨어 있는 소녀의 심장이 마구 뛰었다.

"이봐, 뭐 하고 있어?" 다그치는 왓처의 걸걸한 목소리가 들렸다.

"카드." 검은 머리 여자가 도도하게 대꾸했다.

"나랑 한 판 할 거야? 내가 아작을 내 줄 수도 있는데." 그가 이죽거렸다.

"전혀 고맙지 않아!"

"시건방지긴!" 화가 치민 왓처가 말했다. "다시는 웃지 못하게 만들어 버릴까 보다."

"하, 하, 하! 네가 그렇게 말했다고 내가 아처 형제한테 전할까?"
그녀는 침착했다.

"이게 보자 보자 하니까⋯⋯." 그 왓쳐가 분통을 터트렸다.

"뭐? 내가 못할 것 같아?" 여자는 왓쳐한테 지지 않았다.

문이 쾅 닫혔다. 왓쳐가 아래층으로 내려가는 발자국 소리가 쿵쿵
울렸다.

"어디 두고 보자고!" 그 왓쳐가 아래층에서 위를 보고 버럭 소리
를 질렀다.

검은 머리의 여인이 쿡쿡 웃었다.

바이올렛은 숨어 있는 곳에 그냥 꼼짝 않고 있었다. 소녀는 그 여
인이 존경스러울 정도로 대담하다고 생각했다. 그리고 왠지 모르겠
지만, 그녀가 나오라고 할 때까지 벽장 안에 있어야 할 것 같았다.

"이제 나와도 돼."

소녀는 나무로 짠 옷장 문을 밀었다. 문이 열리면서 조금씩 조금
씩 방 안 풍경이 드러났다.

아까는 제대로 볼 겨를이 없어서 몰랐는데, 그 방은 그 집에 있는
나머지 공간들과는 확연히 달랐다. 일단 촛불이 켜져 있어서 불꽃이

일렁일 때마다 무늬가 고운 벽지에 빛과 그림자가 아른거렸다. 아처의 안경점에서 본 나무 느낌의 짙은 갈색과 고운 빨간색이 방 안에 가득했다. 소녀는 옷장 밖으로 한 걸음 내디뎠다. 바닥의 카펫이 푹신했다. 벽에는 바다 풍경과 전원 풍경을 담은 금색 액자들도 걸려 있었다. 그림을 그린 이가 자유를 그림에 담으려 한 듯 그림들이 힘차고 생동감이 넘쳐 났다. 하지만 그 방 자체는 전체적으로 아늑하고 편안한 느낌을 주었다.

"꼬마 아가씨, 앉아요." 여인은 고풍스러운 나무 탁자 옆에 놓인 의자를 가리켰다.

바이올렛은 그 의자에 앉았다. 의자가 소녀에게는 좀 높아서 다리가 대롱거렸다.

"무슨 일로 여기 왔을까?" 여인이 물었다.

뭐라고 대답하면 될까? 바이올렛은 잠시 멍하니 그 방의 주인을 바라보았다.

그렇게 우아한 여인은 처음 보았다. 처음 생각했던 것보다는 나이가 있어 보였다. 바이올렛의 엄마 나이쯤 되는 것 같았다. 무대에 드리우는 막처럼 머리카락이 새카맸다. 그걸 보니 바이올렛도 문득 머리를 길러 보고 싶다는 생각이 들었다. 의자 등받이 뒤로 흘러내린 머리카락은 바닥에 탐스럽게 똬리를 틀 만큼 길었다. 얼굴은 하얗고 커다란 눈동자는 봄날의 풀밭 같은 초록빛이었다. 목에 걸린 목걸이의 초록색 보석이 그녀의 눈동자 속에서도 반짝였다. 그녀는 내내 엄지와 검지로 목걸이에 달린 보석을 만지작거렸다. 아름답다는 표현이 정말 잘 어울렸다. 그녀에게는 왕족 같은 기품이 있었다. 바이올렛은 나중에 딱 그녀 같은 어른이 되면 좋겠다고 생각했다.

"괜찮니? 고양이가 네 혀를 물어 가기라도 했어?"

"여기 고양이가 있어요?" 바이올렛이 어리둥절해서 물었다.

"말이 그렇다고. 네가 너무 말이 없어서." 그녀가 환하게 웃었다.

바이올렛은 의자에 앉은 채로 자세를 고쳐 앉았다.

"무슨 어려운 일이라도 있니?"

이 여인에게 사실대로 말을 해도 될까? 나쁜 사람 같아 보이지는 않지만 정말 믿을 수 있는 사람일까? 소녀는 어쨌든 다급하게 누군가의 도움이 꼭 필요했다.

"좀요. 그게요, 저한테도 큰일이 생기긴 했는데, 제 친구 보이한테는 엄청 큰일이 났어요." 바이올렛이 대답했다.

"보이?"

"예, 이름이 좀 웃기죠. 그 친구는 중간 지대 아이예요. 그 애가 그게 자기 이름이라고 했어요." 바이올렛이 멋쩍게 웃었다.

"그 아이는 지금 어디 있니? 중간 지대?"

"아뇨. 옆방에 목줄을 찬 채 묶여 있어요. 그 아이를 구해서 우리 아빠를 찾으러 가야 돼요."

"네 아버지한테 무슨 일이라도 있니?"

"예. 그런 것 같아요. 아무래도 아처 형제한테 붙잡혀서 억지로 실험 같은 걸 하고 있는 것 같아요."

여인의 표정이 변했다. 그녀는 잠자코 돌아서서 목걸이를 매만지며 주택 단지가 내다보이는 창문 쪽으로 갔다. 그녀는 말없이 물끄러미 창밖만 바라봤다. 바이올렛은 왠지 그 침묵을 깨면 안 될 것 같아서 눈길을 돌려 책상 쪽을 바라봤다. 책상 위에 반쯤 쓰다만 편지가 놓여 있었다. 세련되게 둥글려 쓴 손 글씨가 참 고왔다. 선생님은 늘 바이올렛에게 글씨가 엉망진창이라고 했는데. 소녀는 남의 편지를 읽는 게 예의가 아닌 줄은 알고 있었지만…….

내 마음의 소년들에게

오늘도 그날이 그날 같은 하루야. 나는 방에 앉아 잃어버린 모든 것들을 생각하며 흐느낀다…….

"꼬마 아가씨, 네 이름은 뭐니?" 그녀가 홱 돌아서며 물었다.

바이올렛은 얼굴을 붉히며 편지에서 억지로 눈길을 돌렸다.

"바, 바이올렛이에요." 소녀는 말을 더듬었다.

"아름다운 이름이구나. 네게 그렇게 아름다운 이름을 지어 주신 걸 보면 네 부모님도 훌륭한 분들이겠구나." 그녀가 환하게 웃었다.

"어……. 예."

바이올렛의 머릿속에 엄마 아빠의 모습이 가득 차올랐다. 목이 메었다.

"네 아빠가 너를 찾고 있어." 여인이 알쏭달쏭한 말을 했다.

바이올렛은 그녀 쪽으로 조금 다가앉았다. "보신 적이 있어요?"

"아니, 안타깝지만 보지는 못했다, 바이올렛. 하지만 아이를 잃어 버린 부모의 마음은 알지. 네 아빠는 너를 찾는 그날까지 쉬지 않을 거야."

"아빠가 저를 잃어버린 게 아니에요. 제가 아빠를 잃어버렸어요."

"부모한테는 그게 그거란다, 바이올렛. 네 아빠가 너를 찾으러 올 거야."

"부인은 저 소년들을 찾았어요?" 바이올렛은 곧바로 그 질문을 한 걸 후회했다.

"아니." 검은 머리 여인은 눈길을 돌렸다.

다시 한 번 침묵이 찾아왔다.

"나는 오래전에 내 가족을 포기했단다, 바이올렛. 그래도 나는 언제까지나 그들을 사랑할 거야. 때가 되면 다시 볼 수 있겠지."

"미안해요. 제가 괜한 질문을 해서……."

"괜찮아. 그건 그렇고 네 친구를 풀어 주고 싶지?" 그녀가 미소를 지었다.

바이올렛은 고개를 끄덕였다.

그녀는 서랍 깊숙한 곳에서 칼을 한 자루 꺼냈다. "받아. 이거면 그 목줄을 자를 수 있을 거야."

"우리하고 함께 도망치실래요?"

"아니, 바이올렛, 너희에게 행운을 빌어 주마."

"여기 잡혀 있는 거 아니에요?"

"어떤 의미에서는."

"하지만 사슬에 묶여 있지는 않잖아요?"

"물리적으로는 아니지. 바이올렛, 하지만 세상이 달라졌어. 이제는 저 바깥에 나를 위한 것이 아무것도 없단다."

"하지만 이 좁다란 방에서……."

"내 방이야, 바이올렛." 부인이 불쑥 대구했다.

"미안해요, 이렇게 많은 질문을 퍼부은 걸 알면 버릇없이 굴었다고 아빠한테 많이 혼날 거예요." 바이올렛은 여인에게서 칼을 받아 문 쪽으로 갔다. "고마워." 소녀가 막 방문 손잡이를 돌리려는데 여인이 덧붙였다.

"바이올렛, 나는 되도록 창가에서 오래 시간을 보내지는 않는데, 저쪽에서 계속 뭔가가 움직이는 게 보여. 아마도 네 아버지가 저 안에 있을지도 몰라." 그녀는 왓처들이 곯아떨어진 집의 옆집을 가리켰다.

"고맙습니다!" 바이올렛은 갑자기 생기를 되찾았다. 소녀는 조용히 그 방을 나와 보이를 구하러 갔다. 하지만 언제라도 계단을 올라온 왓처에게 들킬 수 있다는 생각에 가슴이 조마조마했다.

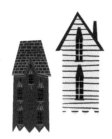

# CHAPTER 20 #

## 위켐 테라스

바이올렛이 처음 칼질을 시작했을 때 보이는 아직 정신이 없었다. 가죽으로 된 목줄은 쉽게 끊어지지 않았고, 그 사이 소년은 서서히 정신을 차렸다.

"쉬잇." 소년이 앓는 소리를 내자 소녀가 속삭였다. "나야, 바이올 렛. 내가 풀어 줄게. 조용히 있어. 아래층에 왓처들이 있거든."

보이는 눈을 게슴츠레 뜨고 얼굴을 찡그렸다.

"아무 소리도 내지 마. 우리 얼른 여기서 도망치자."

아래층에서 의자가 바닥을 긁는 소리가 났고 바이올렛은 더 열심 히 칼질을 했다. 드디어 목줄이 끊어졌다. 소녀는 칼을 바닥에 내려

209

놓고 보이를 일으켰다. 소년은 몸을 가누지 못하고 휘청댔다. 소녀는 소년을 부축해서 간신히 문 쪽으로 갔다. 소녀는 혹시 누가 있지는 않은지 방문 바깥을 살폈다. 아무도 없었다.

"고마워요." 바이올렛은 건너편 방 앞을 지나면서 속삭였다.

"뭐가?" 어리둥절해진 보이가 웅얼거렸다.

"너한테 한 말 아니야." 소녀는 조용히 창문 쪽으로 갔다.

창문을 가려 놓은 비닐이 바람에 부풀었다 꺼졌다 하면서 끊임없이 펄럭펄럭 소리를 냈다. 덕분에 소녀가 소년을 데리고 사다리를 내려가는 동안 사다리에서 나는 덜커덕거리는 소리도 덮었다. 바이올렛은 아직도 몸을 제대로 가누지 못하는 보이가 사다리에서 굴러 떨어지지 않기를 빌며 손가락을 꼬았다. 드디어 땅에 내려선 소녀는 소년을 이끌고 그 집의 옆쪽으로 갔다. 둘은 그곳에서 벽에 등을 기대어 앉아 한숨을 돌렸다.

"어떻게 된 일이야?" 여전히 눈빛이 몽롱한 보이가 물었다.

"너, 조지 아처한테 붙잡혀 왔어. 그 남자가 네 얼굴에 뭔가 뿌리더라고. 근데 내가 뭘 어쩔 수가 있어야 말이지."

"아, 뭔가 기억이 나는 것 같아."

"나 어떤 여자분을 만났어. 그분이 아빠가 있는 집을 알려 줬어."

마음이 급했던 바이올렛은 얼른 말을 해 버렸다.

"네 아빠가 여기 있다고?" 보이가 정신이 확 들었는지 똑바로 일어나 앉았다.

바이올렛은 고개를 끄덕였다. 소녀는 소년이 정신을 잃고 있을 때 일어난 일들을 모두 이야기했다. 보이의 다리가 덜 후들거리고 좀 더 빨리 움직일 수 있게 되자, 소녀와 소년은 주택 단지를 가로질러 그 부인이 가리켜 준 집 쪽으로 몰래 가 보기로 했다.

혹시 들킬지 몰라서 그들은 도로를 건너지 않고 빙 돌아서 기둥이 서 있는 주택 단지 입구를 지나 소녀의 아빠가 있을지도 모르는 집까지 갔다. 둘은 기다시피 뜰을 지나 그 집 창틀 밑에 웅크리고 앉았다.

"네가 살펴봐. 나는 왓처들이 오는지 망을 볼게." 바이올렛의 목소리가 떨렸다.

"네 아빠잖아, 너는?"

"아냐, 됐어, 혹시라도 아빠가 없을까 봐 그래."

"하지만 그 여자분이 네 아빠를 봤다고 했다며?"

"정확히 아빠를 본 게 아니라 그냥 저 안에서 많은 일들이 벌어지고 있으니 그럴지도 모른다고 했어. 그러니까 제발 시키는 대로 좀 해." 바이올렛은 괜스레 보이한테 짜증을 냈다.

보이는 무안해서 얼굴이 붉어졌다. 어깨를 으쓱하고는 콘크리트 창턱 너머로 집 안을 살펴봤다.

"네 아빠가 어떻게 생겼더라?" 소년은 다시 창턱 밑에 쪼그리고 앉으며 말했다. "안에 남자가 하나 있긴 해. 비슷하게 생긴 것도 같은데 내 기억보다 많이 말랐어. 네 아빠일 수도 있고 아닐 수도 있어."

"무슨 말이 그래?" 답답해진 바이올렛이 창턱 너머를 살펴보았다.

그곳은 바이올렛이 지금까지 살펴본 주택 단지의 다른 집들과는 달랐다. 병원에서 볼 수 있는 바퀴 달린 스테인리스 카트가 가득했고 각 카트마다 빨간 전등 아래 눈동자 풀이 하나씩 심어져 있는 유리 상자가 있었다. 또 실내 한가운데에는 책상으로 쓰이는 듯한 넓은 탁자가 보였는데, 서류 더미가 수북하게 쌓이다 못해 밑바닥까지 줄줄이 떨어져 주위가 몹시 어지러웠다. 게다가 그 뒤편 벽에는 빨간 화살표들과 복잡한 계산식이 적힌 화이트보드도 보였다.

그리고 흰 가운을 입은 남자가 난감한 표정으로 그 화이트보드 옆에 서 있었다.

"아빠!" 바이올렛이 놀라 소리쳤다.

유진은 뺨이 움푹 들어갈 정도로 깡말라 있었고 눈 밑에는 다크

서클이 짙었으며 눈두덩은 부어 있었다. 아빠는 몹시 지치고 괴로워 보였다. 도대체 아처 형제가 어떻게 했기에?

소녀가 막 창문을 두드리려는데 안쪽 귀퉁이에서 누군가 그곳으로 들어왔다. 에드워드 아처였다. 소녀는 얼른 쪼그려 앉았다.

"아빠 옆에 에드워드 아처가 있어. 어떻게 하지? 이대로 있을 수는 없어!" 소녀는 마음이 급해졌다.

"난 모르겠어, 바이올렛. 지금은 제대로 생각할 수가 없어. 조지 아처가 나를 기절시킬 때 쓴 약 때문인가 봐. 머리가 띵해."

"어서 아빠를 구해야 하는데." 소녀가 조바심을 냈다.

"어디 가서 조금만 있다 오면 안 될까? 좀 쉬고 나면 머리가 제대로 돌아가서 작전을 세울 수 있을 것 같아. 괜히 이대로 서둘렀다가는 우리 둘 다 잡힐 거야. 몇 집 건너에 왓처들이 자는 숙소가 있어, 바이올렛. 까딱 어리석게 굴었다가는 일을 그르칠 수 있어."

"지금 내가 어리석다는 거니?" 소녀가 흥분해서 살짝 큰 소리로 쏘아붙였다.

"제발, 내 말대로 좀 해. 지금은 너무 위험해." 보이는 앙 다문 입으로 나직하게 속삭였다.

"싫어! 당장 어떻게든 해야 돼! 저 안에서 무슨 일이 벌어지고 있는지 어떻게 알아? 그자들이 아빠한테 어떤 짓을 하는지 모르잖아?" 바이올렛이 고집을 피웠다.

"바이올렛, 제발 조용히 좀 해. 안에 에드워드 아처가 있다며, 잊었어?"

"너는 내가 아빠를 구하는 게 싫은 거지? 너한테는 엄마도 아빠도 없으니까. 나도 부모님이랑 떨어져 중간 지대에 살았으면 좋겠지?"

"뭐?" 보이는 어이가 없어서 바이올렛을 멍하니 바라보았다.

하지만 애타는 마음에 바이올렛은 남의 마음을 헤아릴 정신이 아니었다.

소녀는 화가 치밀어서 입을 꽉 다물었다. 잠자코 앉아 있던 보이가 무슨 생각을 했는지 슬그머니 뜰을 가로질러 아스팔트가 깔린 도로로 올라가더니 주택 단지 입구 밖으로 멀리 가 버렸다.

바이올렛은 고개조차 돌리지 않았다. 이제 보이 따위 필요 없었다. 소년을 구해 낸 뒤 자신감이 붙어서인지 소녀는 혼자서도 괜찮다고 생각했다. 눈물이 차올랐지만 꾹꾹 울음을 참았다.

소녀는 바들바들 떨리는 몸을 끌고 옆쪽으로 돌아가서 벽에 등을 기대고 앉았다. 지금 아빠에게는 바이올렛이 필요했다.

어떻게 하면 아빠를 구할 수 있을까? 소녀는 일어나서 살금살금 뒤뜰로 돌아갔다. 그 집은 다른 집들과는 달리 거의 다 지어진 상태였다. 창문도 문도 다 달려 있어서 바이올렛이 안으로 들어갈 수 있는 길이라고는 빠끔 열린 위층 창문뿐이었다. 사다리가 있어야 했다. 사다리가 있는 곳이라면 소녀가 잘 알고 있었다.

보이가 잡혀 있었던 집으로 돌아간 소녀는 뒤뜰로 숨어들었다. 아까 두고 온 대로 사다리가 벽에 기대 세워져 있었다. 새벽이 스멀스멀 밝아 오고 있었다. 소녀는 집 안에 있는 왓처들이 다 잠들어서 어스름한 새벽빛 속에 돌아다니는 자기 모습을 보지 못하기를 빌었다.

막 사다리를 들어 옮기려는데 누군가 헛기침을 했다. 소녀는 그대로 얼어붙었다. 뒷덜미의 털이 모두 곤두섰다. 고약한 입냄새가 훅 코에 닿았다.

"이것 좀 봐라? 내가 뭘 잡았다냐?" 피스츠가 소녀의 귀에 대고 속삭였다.

바이올렛은 얼른 돌아섰다. 몸이 뻣뻣하게 굳어서 말을 잘 듣지 않았다. 뒤쪽은 사다리로 막혔고 앞과 옆은 피스츠가 나무처럼 굵은 팔로 사다리 양쪽 기둥을 붙잡고 있어서 달아날 길이라고는 없었다.

소녀의 코앞에서 불처럼 빨간 피스츠의 턱수염이 오락가락했다. 소녀는 그 수염을 홱 잡아당겼다. 피스츠가 아파하며 제 얼굴을 감싸 쥐었다. 소녀는 그 틈을 타서 달아났다. 집 옆으로 돌아가서 막 아스팔트 도로를 건너려고 하는데, 피스츠가 소녀의 머리채를 확 잡아챘다. 이리저리 몸을 비틀어 봤지만 그의 손아귀에서 빠져나올 길이 없었다.

"이래서 에드워드 아처가 나를 아끼는 거야!" 피스츠가 킬킬 웃으며 이글거리는 횃불을 소녀의 눈앞에 들이밀었다.

소녀는 눈이 부셔서 아무것도 보이지 않았다. 열심히 발길질을 하고 몸을 뒤틀어 봤지만 다 헛수고였다.

"숙여!" 그때 누군가 불쑥 소리쳤다.

바이올렛은 순간적으로 시키는 대로 움직였다. 커다란 돌멩이가 피융 날아와서 소녀의 머리 위를 지나 왓처의 콧잔등에 정통으로 맞았다. 피스츠는 비명을 지르며 땅에 쓰러졌다. 바이올렛이 돌아보았다. 도로 위에 어슴푸레하게 보이가 보였다. 소녀가 막 무슨 말을 하려는 데 소년이 달려와 소녀의 손을 잡고 냅다 뛰었다.

소년과 소녀가 간신히 녹지까지 달아났을 때 잠이 덜 깬 왓처들이 그들을 잡으려고 숙소 밖으로 몰려나왔다. 보이와 바이올렛은 주택 단지 입구에 서 있는 대형 간판 쪽으로 도망치려고 이랑을 따라 줄줄이 심어져 있는 식물들 사이를 전속력으로 달렸다.

뛰어가던 바이올렛이 휘청했다. 식물 하나가 소녀의 다리를 휘감았다. 소녀는 발버둥을 치다가 반투명한 꽃잎 아래서 소녀를 노려보는 눈동자와 눈이 딱 마주쳤다. 그 식물들 역시 눈동자 풀이었다. 크기만 컸을 뿐. 소녀는 속이 울렁거렸다.

보이는 소녀한테서 눈동자 풀을 떼어 내려고 했다. 하지만 그럴수록 눈동자 풀은 미쳐 날뛰는 동물처럼 더 매달렸다. 왓처들에게 잡히기 직전에 소년이 있는 힘을 다해서 맥박이 뛰고 있는 식물의 줄기를 끊었다. 그 자리에서 사방으로 피 같은 액체가 솟구쳤다. 보이는 왓처들이 더 이상 다가오지 못하게 왓처들에게 그 피를 마구 뿌려 댔다. 그런 다음 그 식물 줄기를 주머니에 찔러 넣었다.

갑자기 천 마리쯤 되는 고양이들이 한꺼번에 울부짖는 듯한 무시무시한 소리가 밤하늘에 울려 퍼졌다. 잠잠하던 식물들이 꽃잎을 뒤로 젖혀 핏발이 선 눈동자들을 번뜩이며 비명을 내지르는 소리였다. 눈동자 풀들은 죽어라고 달아나는 보이와 바이올렛에게 무섭게 달려들었다.

가까스로 녹지를 벗어난 소녀와 소년은 단란한 가족의 모습을 담은 색 바랜 간판 옆을 지나쳐 주택 단지를 벗어났다. 황량한 들판 한가운데로 바닥이 움푹움푹 패인 도로가 뻗어 있었다.

"어서 가자. 바로 저 강 건너가 중간 지대야." 보이가 앞장서 달려가며 말했다.

이른 아침 햇살에 다리가 모습을 드러냈다. 강 양쪽으로 세워진 가늘고 높은 쇠기둥에 굵직한 쇠밧줄을 연결하고 거기에 가는 쇠밧줄과 나무판자를 엮어 만든 출렁다리였다. 처음에는 공들여 만들어졌지만, 오랜 세월 그 자리를 지키다 보니 이제는 늘어지고 끊어져 가느다란 철사 수천 가닥이 강물 속에서 흔들리고 있었다. 당연히 제대로 된 발판도 몇 개 남아 있지 않았다. 게다가 한 사람만 겨우 건널 정도로 다리 폭도 좁았다.

"저길 어떻게 건너? 밟을 데도 별로 없는데!" 바이올렛이 꽥 소리를 질렀다. 다리 밑으로 무섭게 강물이 흘렀다.

"다른 길이 없어. 가자. 우린 가벼워서 괜찮아." 보이가 점점 가까워지는 왓처들을 힐끔 보면서 재촉했다.

보이가 먼저 훌쩍 뛰어 첫 번째 나무판자를 밟고 섰다. 판자가 좀 꿀렁댔지만 소년은 양쪽에 난간처럼 있는 쇠밧줄을 꽉 잡고 몸의 균형을 잡았다.

"빨리 오라니까!"

바이올렛은 빠르게 흘러가는 강물을 내려다보았다.

"못하겠어." 소녀의 입에서 생각보다 말이 먼저 나와 버렸다.

"건너야 돼." 보이가 자꾸 재촉했다.

소녀는 뒤를 흘끔 보았다. 왓처들한테 잡히는 건 시간문제였다. 소녀는 눈앞에 보이는 나무판자를 보면서 콸콸 흐르는 강물에 대한 두려움을 털어내려고 애썼다. 일단 그 판자까지 건너뛰어 보려고 했지만 다리가 말을 듣지 않았다. 다시 해 보려 했지만 도무지 발이 떨어지지 않았다. 엄마와 아빠 모습이 떠올랐다. 엄마 아빠를 위해서라도 소녀는 그 강을 건너야 했다. 소녀가 잡혀 버리면 아무도 그들을 구할 수 없었다.

소녀는 첫 번째 발판을 향해 뛰었다. 영화에서처럼 시간이 느려졌다. 뭔가 단단한 것에 첫발이 닿을 때까지 정말 기나긴 세월이 흐른 듯했다. 그때부터 시간이 다시 제대로 흘러갔다. 소녀는 양손으로 쇠밧줄을 잡고 균형을 잡았다. 보이는 이미 앞으로 나아가고 있었다. 소녀는 소년을 따라 기우뚱기우뚱하며 다 허물어진 출렁다리를 건넜다. 소녀의 다리가 불이 난 듯 욱신거렸다.

갑자기 출렁다리가 요동치기 시작했다. 왓처들이 다리에 올라온 것이다. 그때 와지끈 하는 요란한 소리와 함께 비명이 아침의 고요를 깼다. 소녀가 돌아보니 왓처 하나가 굵은 쇠밧줄에 대롱대롱 매달린 채였고, 동료들이 그를 끌어올리려고 낑낑대고 있었다.

이미 강 건너에 내려선 보이가 소녀를 재촉했다. 소녀는 마지막 발판에서 뛰어내려서 풀이 웃자란 강둑을 데굴데굴 굴렀다. 마침내 중간 지대 땅이었다. 소년이 소녀를 일으켰다. 둘은 함께 달려갔다.

보이가 왼쪽에 있는 길로 쑥 접어들었다. '위켐 테라스'라는 표지 판이 붙어 있는 그 길 양쪽에는 정말이지 다 쓰러져 가는 집들이 다 닥다닥 붙어 있었다. 소녀는 그 길의 이름을 어디선가 본 것 같았다. 하지만 어디서 봤는지 통 기억나지 않았다.

"열려 있는 문이 있나 확인해 봐. 하나쯤은 열려 있을 거야." 소녀 의 친구가 숨을 헐떡이며 말했다.

바이올렛은 몇 개의 문고리를 돌려보았다. 하지만 다 잠겨 있었 다. 뒤에서 왓처들이 씩씩대며 달려오는 소리가 들려왔다. 앞쪽에 '맞춤 제작 안경 공방'이라고 적힌 낡은 간판이 길 쪽에 튀어나오게 걸려 있었다. 소녀는 그 가게의 문고리를 돌려 보았다. 문이 쉽게 열 렸다.

"여기!" 바이올렛이 말했다. 둘은 급하게 안으로 들어가서는 문을 살그머니 닫았다. 소년과 소녀는 낡은 나무문짝에 등을 기대고 잠깐 숨을 돌렸다. 바깥에서 왓처들이 우르르 몰려 지나가는 소리가 들려왔다.

"거기 누구야?" 어둠 속에서 웬 남자가 버럭 소리를 질렀다.

"저희는 나쁜 짓하려는 게 아, 아니에요. 그냥 쫓기다가……." 바이올렛이 소년을 보면서 더듬더듬 변명을 했다.

"너 그거 어디서 났지?" 한동안 말을 하지 않고 살았던 듯 남자의 목소리가 걸걸했다.

바이올렛은 보이를 보았고 소년은 어깨를 으쓱했다.

"어서 대답해!" 남자가 다그쳤다.

"뭘 어디서 나요?" 바이올렛이 떨리는 목소리로 되물었다.

"네 안경, 그거 어디서 났어?"

"이거, 그냥, 생겼어요." 소녀가 말했다.

"거짓말 마! 그거 어디서 났는지 똑바로 말해!"

"그냥 우연히 찾았어요. 맹세해요. 제 침대 매트리스 밑에 있었어요." 소녀가 주장했다.

"그거 이리 내." 그 남자가 손을 내밀었다.

바이올렛은 보이를 다시 쳐다봤다. 소년이 고개를 끄덕였다. 소녀는 천천히 안경을 벗어서 떨리는 손으로 내밀었다. 남자는 안경을 낚아챘다.

"이게 어떻게 네 침대 매트리스 밑으로 들어갔지?" 남자가 퉁명스럽게 말하며 어둠 속에서 걸어 나왔다. "꼬마야, 허튼 소리 작작해. 내가 이 안경을 마지막으로 봤을 때, 이 안경은 내 형들 손에 들어가 있었어. 너 그 쌍둥이들 심부름꾼이지, 맞지? 나를 다시 궁지에 몰아넣으려고 그들이 보낸 거지?"

남자가 창가로 가더니 꼬질꼬질한 레이스 커튼을 슬쩍 걷어 거리를 살폈다. 그의 얼굴에 아침 햇살이 떨어졌다. 바이올렛은 그의 얼굴을 알아보았고 그가 그런 의심을 하는 까닭이 이해가 되었다.

소녀는 눈이 휘둥그레져서 보이를 쳐다보았다. 그러고는 그 남자를 보며 더듬더듬 말을 했다.

"저는…… 제 생각에는 누구신지 알 것 같아요. 아저씨, 아저씨는 윌리엄 아처 씨지요?"

# CHAPTER 21

# 윌리엄 아처

보이는 바이올렛을 머리가 열 개쯤 되는 괴물을 보듯 바라봤다. 소년은 다짜고짜 소녀의 옷소매를 잡고서 문 쪽으로 가자고 눈치를 주었다.

"그러는 너는 누구지?" 그 남자가 물었다.

"바, 바이올렛 브라운이에요. 그리고 얘, 얘는 제 친구 보이예요." 소녀가 더듬더듬 말했다.

윌리엄 아처는 조지 아처보다는 작았지만 꽤 훤칠했다. 또 에드워드 아처만큼은 아니었지만 꽤 다부졌다. 그러니까 비율이 딱 좋았다. 하지만 그들처럼 말쑥하지는 않았다. 한 천 년쯤 그 옷을 입고 살았던 듯 꼬질꼬질했다. 새치가 꽤 많은 텁수룩한 머리칼과 수염을 마치 목도리처럼 목에 두르고 있었다.

표정은 온화했지만 눈빛이 남달라서 감히 그의 눈길을 피하는 게 어려울 정도였다. 게다가 눈동자 하나는 검은색에 가까웠고 다른 눈동자는 얼어붙은 겨울 아침 하늘처럼 차가운 파란색이었다. 바이올렛은 전에 양쪽 눈동자 색깔이 다른 사람들이 더러 있다는 말을 아빠한테 들은 적이 있었다. 하지만 직접 보는 것은 처음이었다.

앞쪽 창문 근처에 놓여 있는 탁자 위에는 뭔가 물건이 많았다. 윌리엄 아처는 그 위를 치우고서 소년과 소녀에게 와서 앉으라고 권했다. 바이올렛과 보이는 서로 마주보고 앉았다.

창문에 걸린 그물 짜임의 커튼은 먼지가 앉아서 뻣뻣했고 그 사이로 탁한 갈색빛이 들어와 파이고 닳은 나무 탁자를 비췄다. 녹슨 용수철, 금이 간 돋보기 그리고 누렇게 바랜 신문지에 싼 수많은 작은 부품들이 모서리가 찍히고 닳아 버린 흰색 창틀 아래 쌓여 있었다. 윌리엄 아처가 앉을 자리를 마련하느라 책을 치우자 몇 년 동안 차곡차곡 쌓여 온 먼지가 빛 속에서 춤을 추었다.

"좀 지저분해도 이해해라. 손님을 맞아 본 지 오래됐어." 윌리엄 아처가 기침을 했다.

"괜찮아요. 딱 제 방 같은 걸요." 바이올렛이 예의바른 목소리로 대꾸했다.

윌리엄 아처가 어색하게 웃었다. 아이들을 상대하는 게 익숙지 않은 것 같았다. 아니, 사람을 상대하는 것 자체가 어색한 것 같았다.

"여기 산 지 오래되었어요?" 바이올렛이 어색한 침묵을 깨려고 물었다.

보이가 제 친구를 보면서 미친 듯이 문 쪽을 가리켰다.

"괜찮아, 보이. 이 아저씨는 쌍둥이 형제하고는 달라."

"내가 형들하고 다르다는 걸 네가 어떻게 알지?" 윌리엄 아처가 사뭇 다정한 투로 물었다.

"학교에서 제 책상 밑에 아저씨가 적어 놓은 글을 봤거든요. 그리고 아저씨 어머니도 만났거든요. 그 할머니가 아저씨는 착한 아들이었다고 했어요."

"그랬어?" 윌리엄 아처의 눈이 촉촉해졌다. "우리 어머니, 아이리스 아처 여사는 어떠시냐? 건강하시든?"

"그런 것 같아요. 근데 아주 잠깐 뵈어서."

"나는 여기 아주 오래 살았다. 그래서 이제는 어머니 모습도 흐릿하구나." 윌리엄 아처는 혼잣말처럼 중얼거렸다.

"자기 엄마 모습은 누구나 기억해요. 아무리 오래 떨어져 있어도. 그분이 아저씨 어머니 맞죠?" 바이올렛은 별 생각 없이 불쑥 말해 버렸다.

소녀는 흘깃 보이의 눈치를 살폈다. 그러고는 제 손을 쳐다봤다. 어쩌면 누구나 다 엄마의 모습을 기억하는 것은 아닐지도 몰랐다.

"너는 나이에 비해서 슬기롭구나!" 윌리엄 아처가 껄껄 웃었다.

다정한 웃음소리가 허름한 공방 안을 채웠다. 순간 바이올렛은 알았다. 아니 이미 알고 있었는지도 모른다. 윌리엄 아처가 좋은 사람이라는 사실을. 보이도 비로소 긴장을 풀기 시작했다.

"그럼, 이제 네가 정말로 내 안경을 어떻게 찾게 되었는지 말을 해보렴." 윌리엄이 자기 손에 들린 안경테를 어루만지면서 물었다.

"아! 근데 제가 그 안경을 안 쓰고도 눈이 보이네요!" 바이올렛이 화들짝 놀라서 말했다. "눈이 멀어 버린 게 아닌가 봐요!"

윌리엄이 또 웃음을 터트렸다. 호탕하고 시원시원한 웃음소리가 공방 안을 뒤흔들었다. 그의 웃음은 전염성이 있어서 보이와 바이올렛까지 덩달아 웃게 만들었다.

"그러니까 너는 퍼펙트 출신이로구나." 살짝 진정을 한 윌리엄이 물었다.

"아뇨, 그게 아니라 저는 거기 잠깐 살았어요. 거기 출신은 절대 아니에요." 바이올렛은 굳이 그렇게 말했다.

"얘는 퍼펙트에서 왔어요. 하지만 저는 아니에요. 저는 여기 출신이에요." 보이가 바이올렛을 놀리는 투로 말했다.

바이올렛이 팩 토라져서 보이를 째려봤다.

"원래 거기 출신은 아니더라도 아무튼 너는 거기 살았겠지. 그렇지 않고서야 눈이 멀어 버릴 리가 없잖아?" 윌리엄이 이야기를 이어 갔다.

"근데 지금은 눈이 보여요. 제가 하고 싶은 말은 그거예요." 바이올렛이 말했다.

"그래, 나도 안다, 바이올렛. 내가 너한테 그 비밀을 알려 줄까? 너는 눈이 멀었던 적이 없단다. 그들이 네가 눈이 멀었다고 믿도록 꾸몄을 뿐이야."

"왓처들이요?" 바이올렛이 물었다.

"아니. 내 형들. 왓처들은 하수인일 뿐이야. 너희 둘은 여태 그것도 몰랐니?"

바이올렛이 보이를 보고 씽긋 웃었다.

"대충은 알고 있었어요. 하지만 확신이 서지는 않았어요. 퍼펙트에서는 누구나 아처 형제를 사랑하니까요." 보이가 말했다.

"안다. 내 형들이 퍼펙트의 모든 사람들을 눈이 멀게 만들었어. 그래서 이제는 그들 모두 자기들이 어떻게 해서 눈이 안 보이게 되었는지조차 알아볼 수 없게 되었지. 그게 참 수수께끼야."

"근데 아처 형제는 왜 사람들을 눈이 멀게 만드는 걸까요?"

"그건 이야기가 좀 길다, 바이올렛. 그건 그렇고 너는 아직도 어떻게 내 안경을 구하게 되었는지 대답해 주지 않았구나." 윌리엄이 말했다.

"저는 이게 아저씨 안경인 줄 몰랐어요. 그냥 침대 속에서 발견했어요." 소녀는 보이한테 도와 달라는 눈빛을 보냈다.

"그럼 그 안경이 어쩌다 거기 들어가게 됐지?" 윌리엄은 아직도 뭔가 석연치 않은 듯 다시 물었다.

"제가 거기다 갖다 놨어요." 보이가 말했다.

"아하!" 윌리엄이 싱긋 웃었다. "그럴 수도 있겠다고 생각은 했다. 중간 지대 아이들은 다들 손이 재빠르니까."

"훔치지 않았어요. 그건 원래 제가 갖고 있던 거예요." 보이가 팩화를 냈다.

바이올렛은 제 손을 내려다보았다. 괜히 자기가 보이를 곤란하게 만든 것 같아서 마음이 불편했다.

"그건 내가 원하는 답이 아니야." 윌리엄이 보이를 뚫어져라 쳐다봤다.

"맹세해요. 전 훔치지 않았어요. 태어나면서부터 쭉 갖고 있었다고요! 보육원에서 애들이 제가 안경을 쓰고 태어났다고 놀리니까 어떤 보모 아줌마가 제가 보육원에 버려지던 날 저를 싸 놓았던 담요에 그 안경이 숨겨져 있었다고 했어요."

"그렇단 말이지." 윌리엄이 말했다.

그는 미간을 찌푸렸다. 그러고는 깊은 침묵에 빠져들었다. 바이올렛과 보이는 차마 그 침묵을 깰 엄두가 나지 않아서 힐끔힐끔 서로 눈치만 봤다.

"보육원 보모들이 다른 말은 하지 않았고?" 윌리엄이 물었다.

"아뇨, 아무 말도 안 했어요."

보이는 잠자코 고개를 숙이고 손을 탁자 밑으로 슬그머니 내렸다. 소년은 뭔가 찾는 듯 주머니를 뒤적거렸다.

"한 가지는 있어요. 이게 안경하고 같이 들어 있었대요. 저는 이게 엄마가 남긴 쪽지일 거라고 생각했는데……." 소년은 주머니에서 꼬깃꼬깃한 종이쪽지를 꺼내서 펼쳤다.

소년은 그 쪽지를 윌리엄에게 내밀었다. 바이올렛은 놀라는 표정을 지었고 소년은 그걸 보고 얼굴을 붉혔다.

원래는 흰 종이였을 텐데 이제는 손때가 묻고 너덜너덜하기까지 했다. 아마도 오래전에 공책을 찢어서 쓴 것 같은 쪽지였다. 윌리엄이 그 쪽지를 읽는 동안 바이올렛은 보이를 빤히 쳐다보았다. 쪽지를 다 읽은 윌리엄이 조심스럽게 종이를 도로 접어서 잠자코 소녀의 친구에게 돌려주었다.

"나도 좀 읽어 봐도 돼?" 소녀가 물었다. 소녀는 좀 전에 싸웠던 일이 아직도 생생해서 소년이 싫다고 할까 봐 슬쩍 걱정됐다.

보이는 천천히 쪽지를 바이올렛에게 건넸다. 바이올렛은 쪽지를 펼치며 보이의 엄마가 이 수수께끼 같은 메시지를 쓰는 모습을 상상했다. 거기엔 이렇게 적혀 있었다.

이렇게 하면 네가 눈에 보이지 않게 되는 일은 결코 없을 거야.

그런데 이상하게도 뭔가 낯이 익었다. 소녀는 물끄러미 쪽지를 바라보다가 소중한 쪽지를 조심조심 접어서 다시 친구에게 내밀었다.

"뭔가 아름답다, 보이."

소년은 해맑게 웃으며 쪽지를 한 번 더 보고는 조심스럽게 제 주머니에 도로 넣었다.

"근데 저 쪽지가 아저씨한테 무슨 의미가 있긴 해요?" 바이올렛이 물었다.

"어…… 아니. 아니, 바이올렛. 뭐 별로." 윌리엄이 탁자에서 일어났다. "집주인이 되어서 내가 손님 대접이 너무 소홀했구나. 차라도 한 잔 하겠니? 나는 차 한 잔 마시면서 마음을 좀 가라앉혀야겠다."

"저도 마시고 싶어요! 여기도 퍼펙트 같은 그런 차가 있어요? 한동안 그 차를 안 마셨는데 지금은 한 잔 마시고 싶어요!" 바이올렛이 살포시 웃었다.

"아니, 바이올렛. 미안하지만 여기는 보통 차밖에는 없단다."

윌리엄은 소년과 소녀를 남겨 두고 컴컴한 안쪽으로 들어갔다.

훌륭한 차 맛을 한껏 기대했던 바이올렛은 실망이 컸다. 꽤 오래 퍼펙트의 차를 마시지 못해서 그 맛이 몹시도 그리웠다. 입안에는 군침이 돌았고 머릿속은 그 차에 대한 간절한 아쉬움으로 가득했다. 때마침 보이가 불쑥 끼어들었다.

"윌리엄 아처는 어디로 갔을까?" 소년이 속삭였다.

"부엌으로 갔겠지." 바이올렛이 어깨를 으쓱했다.

"바이올렛, 너는 그 많은 일들을 겪고도 아직 정신을 못 차렸구나. 너 정말 저 사람을 믿어? 저 사람도 어쨌거나 아처 가문의 아들이야. 우리 여기서 나가자."

"아니야, 보이. 저 아저씨는 좋은 사람이야. 난 알아. 좀 두고 보자. 게다가 만약 저 아저씨가 못된 사람이라면 어째서 퍼펙트 사람이 현실을 다시 볼 수 있게 해 주는 안경을 만들었겠어? 저 아저씨가 자기 형들하고 닮았다면 그렇게 하지는 않았을걸. 그리고 가장 명백한 증거가 있잖아." 바이올렛은 탁자 위로 몸을 쑥 내밀고 속삭였다. "저 아저씨는 어쨌거나 여기 살잖아. 이 중간 지대에. 누가 일부러 여기 와서 살겠어?"

"말도 참 예쁘게 한다." 보이가 툴툴댔다.

"너는 사정이 좀 다르지. 너희 엄마가 일부러 너를 여기서 살게 했으니까. 하지만 너희 엄마한테도 분명 그만한 이유가 있었을 거야. 나는 너희 엄마가 좋은 사람이었을 것 같아."

"그게 무슨 뜻이야?"

"너희 엄마는 분명히 퍼펙트에서 무슨 일이 벌어지고 있는지 알았을 것 같다고. 만약 나한테 아기가 있다면 나는 그 아기가 거기서 자라게 하기 싫었을 것 같아. 나라도 중간 지대를 선택했을 거라고. 대부분의 퍼펙트 사람들은 마음의 눈까지 멀어서 아무것도 모르잖아. 게다가 내가 보기엔 말이야, 너희 엄마는 퍼펙트에서 무슨 일이

232

벌어지고 있는지 네가 알아내서 그걸 어떻게 해 주기를 바라는 뜻에서 너한테 그 안경을 남겼을 것 같아. 자기가 이루지 못한 일을 자기 아들이 이뤄 주기를 바라면서 말이야."

"그런 생각은 못해 봤어. 그렇지만 그 쪽지를 적은 사람이 내 엄마인지 아닌지 누가 알아? 내가 말했지만 나한테는 엄마도 아빠도 없어. 암튼 바이올렛, 너 상상력 하나는 참 대단하다. 쪽지 한 장을 보고 그런 생각까지 하다니!"

소년과 소녀는 어색한 침묵에 빠져들었다.

"아까 내가 한 말, 미안해." 바이올렛은 탁자 위에 있던 녹슨 용수철을 만지작거리면서 말했다.

"됐어." 보이는 피식 웃었다. "어쨌든 네 엄마 아빠는 너를 보육원으로 보내지는 않았잖아." 소년이 장난스럽게 말을 하는데, 마침 윌리엄이 돌아왔다. 그의 손에는 이가 빠진 머그잔과 찻주전자, 손잡이가 떨어져 나간 우윳병이 놓인 쟁반이 들려 있었다. 바이올렛은 머그잔들을 보자 다시 퍼펙트에서 마셨던 차가 떠올랐다. 예쁜 잔에 마셨던 환상적인 차 맛을 며칠이나 못 봤다는 생각에 입안에 또 군침이 고였다. 그런데 그때 소녀에게 퍼뜩 어떤 생각이 떠올랐다.

"맞다, 차!" 소녀가 소리치며 벌떡 일어나는 바람에 윌리엄의 손에 들린 쟁반이 뒤집어질 뻔했다.

"진정해, 바이올렛. 차가 그렇게 마시고 싶었어?" 보이가 피식 웃었다.

"그게 아냐, 보이. 너는 아무것도 몰라. 내가 안경을 쓰지 않고도 다시 앞이 보이는 이유가 바로 거기 있었어! 내가 한동안 차를 한 방울도 마시지 않았거든. 원래 나는 퍼펙트에 오기 전에는 차라고는 마셔 본 적이 없어. 그런데 우리가 퍼펙트로 이사 온 첫날 아처 형제가 우리 집에서 기다리고 있다가 차를 준비해 줬어. 퍼펙트에서는 누구나 차를 마신다면서 우리에게 차를 따라 줬거든. 근데 한 번 맛을 보고 나자 그 말이 무슨 뜻인지 알겠더라고. 내가 원하는 모든 맛이 다 들어 있었어. 소프트 아이스크림, 탄산이 톡톡 터지는 콜라, 사과맛 사탕 등등. 내가 좋아하는 맛이 다 났다고. 그날 밤에 그래서 내가 차를 두 잔이나 마셨어. 엄마랑 아빠도 같이 마셨지. 그런데 그 다음 날 아침에 일어나 보니까 우리 모두 눈 뜬 장님이 되어 버렸더라고. 그때는 생각도 못했는데……. 내 말은 퍼펙트에서는 모두 그 차를 마시잖아! 학교에서도 차 마시는 시간이 따로 있을 정도니까. 근데 지난번에 아이리스 할머니를 만났을 때, 내가 그 할머니 집에 들어갔을 때, 할머니가 나더러 차를 마시지 말라고 하시더라고. 그래서 그날 저녁부터 차를 마시지 않았어. 한 모금도 안 마셨다고. 그런데 이제 눈이 다시 잘 보인단 말이지. 그게 우연일까?"

"형들이 더 교활해졌군. 내가 있을 때는 안약을 이용했는데." 윌리엄은 한숨을 내쉬며 쟁반을 탁자 위에 내려놓았다. "눈에 좋은 온갖 영양소들을 다 들먹이면서 모두에게 증상하고는 상관없이 그 안약을 처방해 줬다. 심지어는 남들이 보지 않을 때 음료에 타서 주기도 했지. 지금 생각해 보면 더러운 사업이었어. 아무튼 그 안약이 눈동자 뒤쪽에 있는 망막에 왜곡되게 작용해서 사람의 눈을 거의 보이지 않게 만들기 때문에 안경을 쓸 수밖에 없게 만들었던 거야. 네가 눈이 안 보이게 되어서 찾아갔을 때 내 형들이 준 안경은 그러한 왜곡 작용을 해소시키는 역할을 해. 하지만 그게 다가 아니란다. 그 '현조 안경'에는 내 형들이 보여 주고 싶은 것만 보게 하고, 보여 주기 싫은 것들은 보이지 않게 만들어 버리는 기능이 들어 있어. 그뿐이 아니란다. 그들이 들려주기 싫은 소리들도 모두 걸러 주는, 소리 차단 기능도 있지. 진짜 천재적이야."

"근데 현조가 무슨 뜻이에요?" 보이가 물었다.

"아, 미안. 내가 알아듣기 쉽게 설명했어야 하는데. '현조'는 '현실 조작'의 줄임말이다. 형들이 만든 안경의 역할이 바로 현실을 조작

하는 거니까. 그 안경을 쓴 사람들은 내 형들이 원하는 것들만 경험하고 내 형들의 말을 고분고분 따르게 되어 있어. 하지만 청력은 안경을 썼을 때만 통제가 된단다. 아마도 그건 여전히 그럴 거야. 그건 내 형들도 도저히 해결할 수 없는 그 안경의 결점이니까."

"그래서 그랬구나." 바이올렛이 고개를 끄덕였다. "제 안경이 벗겨졌을 때마다 보이의 목소리가 들렸어요. 처음엔 내가 미쳤나 했다니까요! 그래서 퍼펙트에 통행금지 시간이 있는 거군요? 밤에는 퍼펙트 사람들이 안경을 벗어 놓으니까 중간 지대에서 나는 소리를 못 듣게 하려면 통행금지가 필요하기도 하겠어요."

"그래서 퍼펙트에서는 아무도 나를 보거나 내 말을 듣지 못했구나. 나뿐만 아니라 중간 지대 사람들을 아무도 볼 수 없었던 거야. 아처 형제 마음대로였어!" 보이는 화가 치밀어 올라 얼굴이 벌겋게 달아올랐다.

"바로 보았다." 윌리엄이 말했다. "이제는 너희도 깨닫게 되었구나!"

"근데 아저씨는 다 알면서 왜 그들을 막지 않으셨어요?" 바이올렛이 물었다.

"처음에는 나도 막으려고 해 봤다. 나를 지지하는 사람들도 있었어." 윌리엄이 이야기를 시작했다. "처음에는 사람들이 변하는 데 시간이 좀 걸렸어. 그 안약에 허점들이 있었고, 변하지 않은 사람들은 내 형들이 무슨 일을 꾸미고 있는지 알아챘지. 그래서 그에 대항하여 뭔가 하려고도 했고. 하지만 대부분의 사람들에게는 그 안약이 통했어. 그들에게 그 도시는 완벽하게 보였고, 결국 우리들의 이야기를 외면하게 되었지. 그때 왓처들이 등장했단다. 에드워드 형이 감옥에서 갓 나온 범죄자들을 고용해서 남아 있는 저항 세력을 찾아냈어. 결국 내 형들은 퍼펙트에서의 삶이 완벽하다는 것에 뜻을 같이 하지 않는 사람들을 모조리 몰아내기로 결정해 버렸지. 그래서 도시 한쪽에 담장을 세우고 지금 우리가 중간 지대라고 부르는 이곳에 나 같은 사람들을 몰아넣었단다. 그리고 왓처들을 시켜 갖은 방법을 다 동원해서 우리가 감히 저항하지 못하도록 만들어 버렸지." 윌리엄은 결국 분통을 터트리고 말았다.

윌리엄이 격해진 감정을 추스르는 동안, 그의 공방 안에는 침묵이 흘렀다. 되살아난 기억의 무게가 그의 표정에 고스란히 드러났다.

"그래도 나는 포기하지 않았다." 그가 마침내 다시 이야기를 계속했다. "여기에 공방을 열고 퍼펙트 사람들에게 현실을 보여 줄 수 있는 안경을 개발하기 시작했지." 그러면서 그는 탁자에 놓여 있는 나무테 안경을 집어 들었다.

"아저씨가 마지막으로 그 안경을 봤을 때 아저씨 형들이 그 안경을 갖고 있었다고 했지요?" 보이가 물었다.

윌리엄은 자기 손에 들린 안경집을 쳐다보았다. "그래." 그는 고개를 끄덕였다. "나는 어머니와 마큘라마저 다른 퍼펙트 사람들처럼 변했다고 믿었어. 그들은 중간 지대로 쫓겨나지 않았으니까. 그래서 나는 이 안경을 갖고 퍼펙트에 잠입했다. 그들에게 이 안경을 씌울 수만 있다면 내가 떠난 게 아니라는 것을, 내가 사라져 버린 게 아니라는 것을 알릴 수 있을 거라는 기대를 품고. 하지만 그들을 만날 수가 없었어. 어떤 왓처한테 잡혀서 형들에게 끌려갔거든. 그때 에드워드 형과 조지 형에게 내 안경을 빼앗겼다. 그러고는 죽도록 흠씬 두들겨 맞았지."

분위기가 침울해졌다. 바이올렛은 윌리엄의 과거 이야기가 몰고 온 긴장감을 풀어 줄 만한 말을 찾아 바삐 머리를 굴렸다.

"마큘라가 누구예요?" 소녀가 물었다.

"내가 한 때 알았던 소중한 사람." 윌리엄은 손사래를 쳐서 눈물을 가렸다. 바이올렛은 괜히 화제를 바꾸려고 했구나 후회를 했다. 윌리엄은 얼른 눈물을 훔쳐 내고서 차를 따랐다.

"그런데 그 안경은 어쩌다 제게 왔을까요?" 보이가 나직하게 말을 했다.

월리엄과 바이올렛은 소년을 쳐다봤다. 그들은 또다시 침묵에 빠졌다.

"나 알 것도 같아!" 상상력이 다시 발동한 듯 바이올렛이 바짝 다가앉으며 말했다. "너희 엄마는 아마 아처 형제 밑에서 일했을 거야. 그러던 어느 날 우연히 그들의 나쁜 계획을 알게 되었겠지. 그리고 우연히 그들의 안경점에서 저 안경을 발견하고 써 봤겠지. 겁이 난 너희 엄마는 사랑하는 아들을 구하려고 너를 싼 담요에 그 안경을 함께 넣어서 너를 보육원에 보냈을 거야. 나중에 네가 너희 엄마를 구해 주기 바라는 마음으로. 물론 자라서 말이야. 아기는 아무도 구할 수 없을 테니까."

보이는 이런 이야기를 믿어도 되나 하는 얼굴로 월리엄을 쳐다보았다.

"그럴싸하구나. 몇 년 동안 마을 부인들에게 안경점 청소를 맡겼었으니까 그럴 수도 있어, 보이. 그들의 음모를 알게 된 사람들이 있을 수도 있단다." 월리엄이 고개를 끄덕이며 보이에게 찻잔을 내밀었다.

"저는 차 됐어요." 보이가 사양했다.

"이건 안전해. 나는 형들하고 달라. 나는 결코 형들처럼 되지는 않을 게다." 윌리엄이 씽긋 웃었다.

그의 믿음직스러운 말에 보이는 찻잔을 받았다. 바이올렛은 친구를 바라보며 차를 한 모금 마셨다.

# CHAPTER 22 #

# 상상력 복원기

"좋은 생각이 있어요." 바이올렛은 찻잔을 내려놓으며 말했다.

"아, 됐어! 또 무슨 소리를 하려고? 아까 주택 단지에서 너의 그 좋은 생각 덕분에 왓처들한테 잡혀서 죽을 뻔했잖아!" 보이가 장난스럽게 말했다.

"하하, 너 좀 웃긴다, 보이!" 소녀가 맞받아쳤다. 그러고는 생각에 잠긴 윌리엄을 보고 자기 생각을 꿋꿋하게 말했다. "그 차 때문에 모두들 눈이 멀었다면 그걸 없애 버리면 되잖아요! 퍼펙트 사람들이 그 차를 안 마시면 그들도 다시 눈이 잘 보이게 될 거잖아요. 안 그래요, 아저씨? 윌리엄 아처 아저씨?"

"아, 그래, 미안하구나, 바이올렛, 뭐라고 했지?"

"그 차요. 그 차를 없애면 모두 시력을 되찾을 수 있지 않을까요?"

"그게 그렇게 간단할 것 같지가 않구나, 바이올렛. 내 형들이 만든 안경은 쓴 사람이 세상을 바라보고 받아들이는 인식만 바꿔 놓는 게 아니란다. 그보다 훨씬 뛰어나지." 윌리엄은 목소리를 가다듬었다. "퍼펙트 사람들이 남의 말을 순순히 잘 믿는다는 것 너도 눈치챘니? 하늘이 무너진다고 해도 그들은 네 말을 믿을 거야! 그게 다 내 형들이 만든 안경이 쓴 사람의 상상력을 빨아들이기 때문이란다. 귀에 걸리는 안경다리 끝부분에 들어 있는 아주 작은 금속판이 자석처럼 안경 쓴 사람의 상상력을 끌어당겨 저장을 한단다. 안경을 쓰고 있는 동안 말이지. 내가 거기 있을 때는 그런 식이었어. 그러면 밤에 왓처들이 사람들 집에 몰래 숨어들어 가서는 안경을 흡입기라고 하는 특수 기계에 넣고는 그 속에 저장된 상상력을 뽑아 내지. 왓처들은 그렇게 뽑아 낸 상상력을 내 형들의 상점으로 가져가서 보관해."

"그게 그거였어, 바이올렛! 우리가 아처 형제의 비밀 창고에서 본 갖가지 색깔의 유리 단지들! 거기 든 게 상상력이었구나!" 보이가 흥분해서 소리쳤다.

"하지만 왜요?" 보이가 그러거나 말거나 바이올렛은 윌리엄에게 질문을 했다.

"단순해. 상상력이 없는 사람은 다루기가 훨씬 쉽거든. 상상력이 없으면 질문도 하지 않고 남의 말을 곧이곧대로 믿는다. 그러니 상상력이 없는 인간은 아무것도 아니란다."

"그럼 그들은 빼낸 상상력들을 그냥 없애 버리지 왜 보관할까요?" 보이가 도무지 모르겠다는 표정으로 물었다.

"다행스럽게도 상상력은 훔치고 감출 수는 있지만 파괴할 수가 없단다, 보이!" 윌리엄이 보이를 보고 다정하게 웃었다. "그래서 조금만 도와주면 상상력은 언제라도 제 주인에게 돌아갈 수 있지."

"그럼 저는요? 어째서 그 안경이 저한테는 통하지 않았을까요?" 바이올렛이 물었다. "어째서 저는 아직도 상상력을 갖고 있을까요?"

"그건 나도 잘 모르겠구나, 바이올렛. 가끔 그런 일이 있기는 했어. 형들이 아무리 애를 써도 통제할 수 없는 사람들이 더러 있었단다." 윌리엄이 기억을 되짚으며 말해 줬다.

잠시 잠자코 있던 바이올렛이 다시 말을 했다. "엄마가 저한테 노란 알약을 주었어요. 그 약을 먹으면 한동안 생각이 이상하게 흘렀어요. 제가 저답지 않게 변하는 거예요. 저한테는 감기불아 증후군이라는 병이 있어서 그 약을 먹어야 한다고 했어요. 풀어서 말하면

243

감정 조절 기능 장애적 불복종 아동 증후군이라고."

윌리엄이 차를 마시다 말고 푹 하고 웃음을 터트렸다. 그는 사레가 걸릴 정도로 심하게 웃었다. "감기불아 증후군? 그것 참 독창적이군. 하여튼 형들은 가끔 나를 배꼽 잡게 한다니까. 형들이 집요하긴 하지. 그건 인정해. 아마도 그 약은 네 상상력을 훔쳐 내기 쉽도록 만드는 촉진제 같구나. 형들은 원하는 만큼 빠르게 변하지 않는 사람이 있으면 얼른 변하게 하려고 약에 그 촉진제를 넣곤 했었어. 하지만 효과는 크지 않다. 안경이 너를 통제하지 못한다면 다른 것들도 별 효과가 없을 거야."

"안경이 효과가 없고 알약도 효과가 없으면 그 사람은 어떻게 되나요?" 바이올렛이 불안해하며 물었다.

"그럴 땐 여기로 오게 되지, 이 중간 지대로. 내 형들이 네 상상력을 훔칠 수 없다면 너를 통제할 수 없을 테니까. 그러면 자기들이 원하는 완벽한 사회를 만들 수 없어. 내 생각에 바이올렛 네가 좀 더 퍼펙트에 있었더라면 말이야, 너도 여기로 쫓겨났을 게다. 그러고 나서 그들은 네 가족에게 이런저런 이야기를 지어내서 둘러대겠지. 그럼 네 가족은 그 말을 곧이곧대로 믿을 테고."

"맞아요. 쌍둥이 아처 형제가 우리 엄마한테 아빠가 출장 갔다고 둘러댔는데 엄마가 그 말을 그대로 믿더라고요. 아빠는 우리한테 말도 없이 출장을 갈 분이 아닌데도 말이에요." 바이올렛이 말했다.

"바로 그거야, 바이올렛. 네 어머니는 소위 말하는 퍼펙트의 완벽한 시민이 된 거란다."

"그렇지만 왜 그 말이 저한테는 통하지 않았는지 아직도 이해가 되지 않아요." 바이올렛이 다시 말했다.

"너무 많은 사람들의 경우에 그렇게 되는 것 같다."

"뭐가 너무 많으면 그렇게 돼요?" 보이가 물었다.

"상상력이 너무 많으면. 방대한 이야기들을 품고 있거나 상상력을 빼앗겨도 쉽게 다시 만들어 낼 수 있는 사람들이 있어. 반면에 대부분의 사람들은 정해진 양의 상상력만 갖고 있어서 빠르고 쉽게 모조리 빼앗을 수 있지. 그런 경우에는 추가로 생겨나는 양도 아주 적어서 일 년에 한 번 정도만 후딱 흡입해 주고 보완하면 돼. 하지만 바이올렛, 너 같은 사람은 항상 처리할 수 있는 양보다 더 많이 상상력을 만들어 내기 때문에 제아무리 훔쳐 내도 항상 독립적인 생각을 할 수 있단다."

"거봐, 내가 너보다는 상상력이 풍부해!" 바이올렛이 으스댔다.

"그래, 너는 좀 비정상이야." 보이가 웃었다.

"내가 연구한 바에 따르면 그건 대물림 될 수 있어." 윌리엄이 말을 이었다. "네 아버지도 중간 지대로 끌려왔다고 했지, 바이올렛? 그렇다면 내 연구 결과가 맞아 떨어져."

"아뇨, 저는 그런 말 안 했는데요." 바이올렛은 아빠 생각에 울컥해서 목소리가 갈라져 나왔다. "아처 형제가 아빠를 잡아갔어요. 유령 주택 단지에 잡혀 있어요. 우리가 아빠를 구해 보려고 해요."

"어디라고?" 윌리엄이 물었다.

"유령 주택 단지요. 강 건너에. 낡은 출렁다리 건너편에 있어요." 보이는 대충 방향을 가리키면서 말했다.

"그게 어딘지는 나도 안다. 그냥 내가 제대로 알아들었는지 확인하고 싶었을 뿐이야." 윌리엄이 대꾸했다.

"거기 유령도 나와요." 바이올렛이 흥분해서 말했다.

"말도 안 되는 소리." 윌리엄이 껄껄 웃었다. "누가 지어낸 소문인지는 모르겠지만, 나도 듣긴 했다. 아무튼 그 소문 덕에 왓처들만 편해졌지. 강둑 순찰을 자주 돌지 않아도 되니까. 유령이 나온다는데 감히 어떤 중간 지대 사람이 그리로 도망을 치겠어? 그 주택 단지를 개발한 래시스 씨는 내가 아는 사람이야. 여러 해 전에 그곳에서 죽은 채로 발견되었지. 퍼펙트가 생기기 전의 일이다. 그가 어떻게 해서 죽었는지는 밝혀지지 않았어. 건설업자들이 그곳에 유령이 나온다면서, 해묵은 공동묘지 바로 옆에 건물을 지어서 저주를 받았다면서 집을 짓다 말고 도망쳤다. 비극적인 사건이었지." 윌리엄은 그때의 일이 생각나는 듯 고개를 절레절레 저었다. "하지만 나는 그런 소문은 믿지 않아. 아무튼 그런데 거기에 사람들이 있다고?"

"예. 왓처들이 바글바글해요." 보이가 대답했다.

"거기서 뭘 하고 있지?" 윌리엄은 영문을 모르겠다는 듯 물었다. "우리가 탈출하지 못하게 강둑을 지키러 가 있는 게 아니고?"

"그건 아니에요. 확실해요. 정말 왓처들이 바글바글해요. 아까 바이올렛 아빠를 찾으려고 갔다 와서 잘 알아요." 보이가 윌리엄을 보고 말했다.

"네 아버지는 거기서 무엇을 하고 있었니?" 윌리엄이 바이올렛을 보고 물었다.

"저도 자세히는 모르겠어요." 소녀는 어깨를 으쓱했다. "하지만 무슨 실험을 하는 것 같기는 해요. 아빠가 잡지 〈아이 스파이〉에서 주는 상을 받고 난 뒤 아처 형제가 아빠에게 여기로 와서 일해 달라고 부탁했거든요."

"머리가 좋은 분 같구나." 윌리엄이 다정하게 미소를 지었다.

"맞아요." 바이올렛이 자랑스레 말했다. "아처 형제는 아빠한테 사람들 눈이 보이지 않게 되는 이유를 연구해서 그런 증상을 고칠 방법을 연구해 달라고 했어요."

"그런데 다 새빨간 거짓말이었어요!" 보이가 콧방귀를 뀌었다.

"근데 퍼펙트에 온 뒤로 아빠가 이상한 행동을 하기 시작했어요. 엄마처럼 '퍼펙트식'으로 변한 건 아니에요. 아빠는 늘 딴생각에 잠겨 있었고 힘들어 했고 집에도 잘 들어오지 않았어요. 맨날 일에만 빠져 있는 것 같았어요. 그러다 어느 날 갑자기 사라졌어요. 아처 형제는 엄마한테 아빠가 회의에 갔다고 말했지만, 저는 믿지 않았어요. 그래서 보이하고 제가 직접 안경점에 몰래 들어갔고……."

"아하!" 윌리엄이 고개를 절레절레 저으며 씽긋 웃었다. "내가 짐작을 해 볼까? 너희들, 그 굴을 찾아냈구나? 내가 왜 미처 그 생각을 못했을까? 역시 내 형들은 머리가 좋아. 그 굴을 통해서 아무도 모르게 주택 단지에 드나들었던 거로군!"

"그 굴에 대해서 어떻게 아세요?" 보이가 물었다.

"원래 안경점 주인은 우리 어머니셨다. 어머니는 이 지역에서 만든 갖가지 수공예품을 그곳에서 파셨지. 하지만 형들은 그걸 무척이나 창피해 했어. 그들은 어머니가 하시는 일을 하찮게 생각했어. 형들이 나이가 들자 어머니는 그 상점을 형들한테 물려주셨고, 안경점을 차릴 수 있게 해 주셨다. 아무튼 그 굴은 해묵은 공동묘지로 통해 있단다. 퍼펙트가 원래 중세 때 만들어진 도시라서 사람들은 그런 굴이 많이 있다고 생각하지. 하지만 나는 아직까지 다른 굴은 찾지 못했다. 아무튼 간에, 네 아버지를 데려다 거기서 무엇을 하고 있든?"

"눈동자를 키우고 있어요." 바이올렛이 대답했다.

"뭘 키워?" 윌리엄은 놀라서 사레가 걸렸고 차를 뿜었다.

"눈동자들이요. 눈동자를 품은 식물을 재배하고 있었어요. 딱 이런 거요." 보이가 주머니에서 반쯤 죽은 식물을 꺼내 윌리엄 앞에 떨어뜨렸다. 눈동자 풀이 잠시 꾸물꾸물 꿈틀댔다. 끊어진 핏줄에서 엉긴 핏덩어리가 탁자 위로 흘러나왔다. 눈동자가 순서대로 천천히 바이올렛과 윌리엄 그리고 마지막으로 보이를 훑어보았다. 그러고는 파르르 떨더니 그대로 죽어 버렸다. 얼굴에서 핏기가 사라진 윌리엄이 생전 처음 보는 식물을 연필로 건드려 봤다.

"믿어지지 않아……." 그는 말을 하다 말고 벌떡 일어나서 창밖을 살폈다. "너희 둘, 뒤로 피해. 당장! 저리 가면 문이 있어. 그리로 들어가서 내가 데리러 갈 때까지 기다려." 그가 명령했다.

그의 태도가 갑자기 무뚝뚝하고 엄해졌다.

"무슨 일인데요? 뭐가 잘못됐어요?" 바이올렛이 물었다.

"왓처들이다. 거리를 수색하고 있어. 너희 둘을 찾으러 온 것 같아. 내가 해결할 테니 어서!"

바이올렛과 보이는 윌리엄이 시키는 대로 상점 뒤쪽의 어두운 곳으로 들어갔다. 너무 캄캄해서 부딪히지 않도록 두 팔을 앞으로 뻗어 더듬더듬 움직여야 했다. 먼저 문에 부딪힌 보이가 툴툴댔다.

"아무 소리 내지 말래도!" 윌리엄이 상점 저쪽에서 호통을 쳤다.

바이올렛이 더듬더듬 문손잡이를 찾아서 돌렸다. 문을 열고 들어간 소년과 소녀는 살그머니 그 문을 닫았다.

그곳은 사무실이었다. 다만 정돈이 되지 않아 말도 못하게 너저분했다.

천장에서부터 늘어진 전선에 먼지를 두툼하게 뒤집어쓴 전구 한알이 누르스름한 빛으로 그곳을 밝히고 있었다. 앞쪽에 보이는 탁자위에는 공책과 종잇장이 산처럼 쌓여 있었다. 낡은 회전의자에도 종이 몇 장이 떨어져 있었다. 바닥에는 갖가지 색의 필기구들이 마구 뒹굴고 있어서 소년과 소녀의 발에 밟혀 빠작빠작 소리가 났다. 바이올렛은 어질러진 것들을 피해서 살금살금 탁자로 가서는 공책 한권을 집어 들었다. 그때 보이가 소녀를 불렀다.

"이리 와서 좀 들어 봐." 보이가 말했다.

보이는 문에 귀를 대고 있었다. 소녀는 조심스럽게 다가갔다.

"반 시간쯤 전에 그것들이 이 길로 달려갔다니까!" 누군가 버럭 소리쳤다.

"내가 말했잖소. 나는 못 봤다니까. 밤새 사무실에 틀어박혀 있다가 이제 막 자러 가려던 참이라고."

"또 실험을 하고 있었나 보군." 왓처들 중 하나가 낄낄 웃었다.

"이것들 보시오, 그건 이미 오래전에 포기했소. 당신들도 잘 알잖소. 요즘에는 그냥 고분고분 순하게 사는 데 재미를 붙였다고."

"그건 당신 이야기고. 그렇다면 우리가 안에 들어가서 둘러봐도 괜찮겠군. 응?"

바이올렛의 눈이 휘둥그레졌다. 소년과 소녀는 두리번거리며 숨을 만한 곳을 찾았다.

허둥대던 바이올렛의 발이 카펫의 튀어나온 곳에 걸렸다. 소녀는 다 해진 카펫을 살펴봤다. 밑에 무언가 있는 듯 살짝 올라와 있었다. 소녀가 카펫을 치우자 바닥에 비밀 문이 드러났다. 해묵은 나무판에 박힌 낡고 동그란 쇠 손잡이가 소녀의 발에 걸린 것이었다. 소녀는 얼굴이 시뻘겋게 되도록 끙끙대며 손잡이를 잡아당겼다.

"보이, 빨리!" 소녀가 낑낑대며 속삭였다.

소년은 얼른 소녀에게로 와서 함께 비밀 문을 당겨 열었다. 캄캄한 지하실에 녹슨 쇠사다리가 놓여 있었다. 바이올렛이 먼저 내려갔다. 사다리에 내려선 보이는 카펫을 비밀 문 위에 잘 덮고 밑에서 손잡이를 잡아당겨 문을 꼭 닫았다. 위에서 발자국 소리가 들려왔다. 소년과 소녀는 사다리에 서서 숨을 죽였다.

"우리 소리가 들렸을까?" 바이올렛이 속삭였다.

보이는 고개를 저었다.

순간 무언가 바이올렛의 귀를 스쳤다. 소녀는 깜짝 놀라 사다리를 잡은 손을 놓을 뻔했다. 전깃줄 한 가닥이 소녀 옆에서 흔들리고 있었다. 소녀가 손을 뻗어 그 줄을 잡아당겼다.

들릴 듯 말 듯 딸깍 소리가 났다. 치직하는 소리가 들리더니 지하실이 환하게 밝아졌다. 제법 깊은 지하실이었다. 그 한가운데 사다리가 있었고 그 사다리 중간쯤 소년과 소녀가 있었다.

돌을 쌓아 만든 벽에는 군데군데 짙은 갈색 나무 기둥이 서 있고, 천장에는 기둥보다는 가는 서까래가 촘촘히 박혀 있었다. 바닥에는 울퉁불퉁한 돌판이 깔려 있었다. 그리고 그 지하실은 바이올렛의 입김이 하얗게 보일 정도로 썰렁했다.

둘은 사다리를 타고 바닥으로 내려갔다.

지하실 벽에 수백 장의 종이가 붙어 있었다. 안경 그림들이었는데, 화살표로 이쪽 그림에서 다른 쪽 그림으로 표시가 되어 있어, 조각을 다 이어 붙이면 퍼즐이 맞춰질 것 같았다. 손으로 갈겨쓴 메모들이 각 그림에 곁들인 무늬처럼 보였다. 윌리엄이 안경을 만드느라 이런 식 저런 식으로 실험을 하면서 작성한 메모들이 분명했다. 메모마다 날짜가 적혀 있었는데, 대부분 못 되어도 10년이 넘은 것들이었다.

안경 그림들 말고도 상상력에 대한 이론들을 적은, 누렇게 바랜 종이들도 있었다. 그중에 '상상력 복원기'라는 제목을 붙인 그림이 눈에 띄었다. 가운데 유리 상자가 있고 그 주위로 파이프 같은 게 뻗어 나와 있는 기묘한 기계 그림이었다.

"바이올렛." 보이가 속삭였다.

소녀는 그 그림에 푹 빠져서 친구가 불러도 대꾸조차 안 했다.

"바이올렛." 소년이 조금 더 크게 소녀를 불렀다.

하지만 소녀는 여전히 그 그림에 적힌 메모를 읽느라 정신이 팔려 있었다.

"바이올렛, 이건 꼭 봐야 돼!"

"왜 자꾸 불러?" 소녀가 홱 돌아서면서 짜증을 냈다.

순간 바이올렛은 너무 놀라 숨을 쉴 수가 없었다. 보이가 서 있는 낡은 나무 작업대 위에 그림과 똑같은 '상상력 복원기'가 실제로 떡 하니 놓여 있었기 때문이었다.

높이는 보이의 키만 하고 모양은 괴상한 악기 같았다. 길이가 각기 다른 여덟 개의 금빛 파이프들이 교회의 파이프 오르간처럼 기계 뒤쪽에 솟아 있었다. 그리고 각 파이프 끝은 각기 다른 갈색 가죽 자루에 연결되어 있었다. 또한 그 가죽 자루들은 상상력 복원기의 중심체인 금테 두른 유리 상자 양쪽에 마치 거대한 폐처럼 네 개씩 붙어 있었다. 그림 속 유리 상자는 갖가지 색깔의 기체로 채워져 있었지만 실제 유리 상자는 비어 있다는 게 다를 뿐이었다.

"이게 뭐지?" 보이가 소곤소곤 물었다.

"상상력 복원기." 바이올렛이 느릿느릿 또박또박 말해 줬다.

"상, 뭐?"

"사람들한테 상상력을 되돌려 주는 기계야." 바이올렛이 말했다.

위쪽에서 갑작스런 움직임 소리가 들려왔다. 보이가 얼른 줄을 잡아당겼다. 딸깍 소리와 함께 지하실은 다시 어둠에 잠겼다.

# CHAPTER 23 #

## 퍼펙트의 비밀

"내 지하실을 찾아냈구나." 윌리엄이 비밀 문을 열고 아래를 굽어보며 말했다.

"예." 바이올렛은 왓처가 아닌 윌리엄이라서 참 다행이라고 생각했다. "아저씨 그림들, 정말 신기해요!"

"다 옛날이야기일 뿐이란다." 윌리엄이 손사래를 쳤다. "이제 그만 올라오거라. 여기서 나가는 게 좋겠어. 왓처들을 구슬려서 돌려보내느라고 애를 먹었다. 아무래도 다시 올 것 같구나."

"어떻게 돌려보냈어요?" 바이올렛이 비밀 문을 통해 사무실로 올라가면서 물었다.

255

"나는 아무것도 모르겠다고 딱 잡아뗐지. 하도 오래 얌전하게 살았더니 요즘은 왓처들도 내 말을 믿는단다." 윌리엄은 건성으로 미소를 지었다. "그때 그 시절이라면 어림도 없는 이야기였겠지만."

"왜요?"

"내 연구 결과물들을 봐서 알겠지만, 처음 여기 왔을 때 나는 고분고분하지 않았거든. 하지만 그 일이 있은 뒤로 나는 착해졌단다. 심지어 '완벽한 퍼펙트 사람 같다'고 불러도 될 만큼." 그는 농담처럼 말했다.

"근데 왜 다 그만두었어요?" 바이올렛이 물었다.

"맞서 싸워야 할 이유가 사라졌어." 윌리엄은 한숨을 지으면서 비밀 문을 닫고 카펫으로 덮어놓았다. "너희 둘, 이제 그만 가는 게 좋겠다. 난 이제 다시는 곤란한 일 겪고 싶지 않다."

"하지만 제발요, 아저씨는 도와줄 수 있잖아요. 아까 밑에서 상상력 복원기 봤어요. 우리가 힘을 합하면 퍼펙트를 바로 세울 수 있어요." 바이올렛이 말했다.

"바이올렛." 보이가 바이올렛을 말렸다.

"제발요. 제발, 윌리엄 아저씨! 우리는 할 수 있어요. 퍼펙트 차의 비밀도 알게 됐으니까 아저씨 발명품과 연구 결과를 잘 활용하면 퍼펙트를 구할 수 있어요. 함께 우리 엄마 아빠를 구해 주세요." 바이올렛이 열심히 졸라댔다.

"바이올렛, 그만 가자." 보이가 소녀를 잡아끌었다.

"제발, 윌리엄 아저씨."

"그만해라, 바이올렛!" 윌리엄이 버럭 소리쳤다. "퍼펙트는 지금 그대로 괜찮아. 오래전에 나는 모든 것을 포기했고 그래서 지금은 그때보다 행복해졌다. 네 아버지 일은 유감이지만 나는 도와줄 수 없구나. 너도 우리들과 같은 운명을 견뎌 내고 이 중간 지대에 익숙해져야 할 게다. 빨리 적응할수록 편하다."

"그래도 아저씨는 도와줄 수 있잖아요, 아저씨는 할 수 있잖아요. 아저씨, 지금 이대로 정말 행복해요?"

"바이올렛, 말이 심하구나. 네가 나에 대해서 뭘 안다고. 제발, 어서 둘 다 가. 이만하면 나는 너희들을 충분히 도와줬다고 본다."

그는 소년과 소녀를 공방 밖으로 내몰았다. 길가에 덜렁 남은 바이올렛은 충격에 휩싸였다. 윌리엄이 좋은 사람일 거라고, 그만은 다를 거라고 굳게 믿었었는데.

어느새 아침 식사 때가 훨씬 지나 있었다. 소녀와 소년은 지친 몸을 이끌고 장터를 가로질러 골목을 지나 포가튼 로드 중간쯤으로 나왔다.

거리가 텅 비어 있어서 중간 지대 사람들이 나다니지 못하도록 순찰을 돌고 있는 왓처가 있기라도 하면 들키기 십상이었다. 하지만 보이는 숨을 만한 곳들을 모조리 알고 있어서 왓처들을 요리조리 잘도 피했다. 물론 가끔은 아주 아슬아슬한 순간도 있기는 했다. 소년과 소녀는 잠자코 잰걸음으로 걸었고, 포가튼 로드 끄트머리쯤에 있는 돌로 지은 건물 앞에서 멈춰 섰다.

"다 왔어." 보이가 말했다. "곧 모두들 자러 갈 거야. 그러니까 너도 오늘은 여기 있을 수 있어. 오늘밤에 무엇을 어떻게 할지 작전을 다시 세워 보자."

"여기가 어딘데?" 바이올렛이 졸음에 겨운 목소리로 물었다. 눈꺼풀이 무거워 눈을 뜨고 있기도 힘들었다.

"우리 집." 보이가 해맑게 웃었다. "보육원. 내가 너를 몰래 데리고 들어갈 거야. 너는 놀이방에서 자. 왓처들이 너를 찾고 있을 수도 있으니까 아직은 아무한테도 말하지 않는 게 좋겠어. 며칠 지나 다 사그라지면, 그때 내가 보모 아줌마들한테 말할 게. 분명히 너한테 잠자리를 내줄 거야."

"하지만 나는 여기 살기 싫어, 보이!" 바이올렛이 펄쩍 뛰었다.

"나는 우리 엄마 아빠하고 살 거야. 집에 가고 싶다고!"

"쉬잇, 바이올렛, 제발." 보이가 친구를 안고서 다독였다. "우리끼리 방법을 궁리해 보자. 그래도 오늘은 여기 있는 수밖에 없어."

보이는 현관문 옆 대리석 물그릇을 살짝 들고서 녹슨 열쇠를 꺼냈다. 그러고는 잠긴 문을 열쇠로 살며시 열었다.

아무도 없는 걸 확인한 소년과 소녀는 대리석이 깔린 어마어마하게 넓은 홀을 살금살금 지났다. 보이가 왼쪽에 있는 문으로 쓱 들어갔다.

"들어와." 소년은 소곤소곤 말했지만 워낙 조용해서 그 소리마저 웅웅 울렸다.

휑하니 싸늘한 방이었다. 천장이 하늘에 닿을 듯 높았고 군데군데 무늬 없는 흰 벽지가 뜯겨져 나간 자리에는 페인트가 벗겨진 벽이 세월의 흔적을 고스란히 드러내고 있었다. 있는 거라고는 금세라도 폭삭 주저앉을 것 같은 책꽂이에 꽂힌 책 몇 권과 해진 낡은 장난감들이 들어 있는 구석에 있는 작은 상자 하나가 전부라 참 쓸쓸했다. 넓지만 텅 빈 그곳은 소녀의 집과는 달라도 너무 달랐다. 아늑하지도 않을 뿐더러 사람을 주눅 들게 했다.

보이는 창문 양 옆에 달려 있는 커다란 나무 덧문을 꼭꼭 닫아 되도록 빛이 새어 들어오지 않게 막고서 담요를 가지러 갔다. 그래도 틈새로 간간히 새어 들어온 빛 때문에 바닥은 은색 실을 늘어놓은 듯 보였다.

바이올렛은 그 휑뎅그렁한 방에서 그나마 덜 무서울 것 같은 구석진 곳을 둥지 삼아 쪼그리고 앉았다.

천장에서 발자국 소리들이 종종종종 들려왔다. 아이들이 잠을 잘 준비를 하는 듯했다. 목소리도 어슴푸레 들려왔다. 하지만 텅 빈 방에 그런 소리들이 울려 퍼지니 으스스한 것이 등골이 오싹해졌다.

소녀는 기분을 바꿔 보려고 다시 집 생각을 했다. 하지만 그건 실수였다. 수많은 기억 속에서 하필 완벽하게 꾸민 엄마가 노란 알약 두 알을 내미는 모습이 퍼뜩 스쳤다. 어쩌면 엄마도 소녀를 사랑하지 않게 되었을 수도 있었다. 눈물이 핑 돌았다. 그 눈물 너머로 살금살금 그 방으로 들어오는 보이의 모습이 번져 보였다.

"바이올렛." 보이가 나직이 불렀다.

"여기야, 보이."

"거기서 뭐 하고 있어?" 소년은 귀퉁이에 웅크리고 있는 소녀를 발견하고는 해맑게 웃었다.

"몰라. 여기 있으면 좀 덜 무서울 것 같아서." 소녀는 억지로 웃음을 지어 보였다.

"걱정 마, 여기는 안전해. 이 놀이방은 잘 쓰지 않는 곳이라 아무나 불쑥 들어오지 않아. 내가 밤이 되기 전에 내려와서 깨워 줄 테니 편히 자. 그리고 이거 받아."

소녀에게 자기 몫의 다 해진 담요와 베개를 건넨 소년은 따뜻한 물 한 잔과 사과 한 알도 챙겨 주었다.

"이거 네 거니?" 소녀가 담요를 보며 물었다.

"나는 괜찮아. 나는 감기도 걸린 적 없어." 소년이 대꾸했다.

"됐어, 가져가." 바이올렛은 그것을 도로 내밀며 고집을 피웠다.

"추위에도 끄떡없어." 소년은 해맑게 웃으며 문 쪽으로 가 버렸다.

"보이." 막 빠져나가려는 소년을 소녀가 불러 세웠다.

소년이 돌아서서 소녀를 보았다.

"우리가 아빠를 구할 수 있을까? 우리가 그곳에 갔던 거 이미 아처 형제가 다 아는데, 그 사람들이 아빠한테 나쁜 짓이라도 하며 어떡해?"

"네 아빠는 괜찮을 거야, 바이올렛. 아처 형제한테는 너희 아빠가 꼭 필요하거든. 또 그들은 우리가 어리다고 얕볼 거야! 그러니까 걱정 마. 우리는 방법을 꼭 찾을 수 있어. 너희 아빠도 꼭 구해 낼 거야." 보이는 야무지게 말했다.

바이올렛은 조용히 그 방을 나가는 친구를 보며 씽긋 웃었다. 소녀는 아닌 척했지만 사실 소녀에게는 소년이 꼭 필요했다.

소녀는 담요를 바닥에 펼쳤다. 그러고는 그 위에 누워 담요 귀퉁이를 붙잡고 데굴데굴 굴렀다. 몸에 담요를 돌돌 감으니 바람이 들어올 틈이 없어 나름 괜찮았다. 버릇처럼 자기 전에 안경을 벗으려다 이젠 그럴 필요가 없다는 걸 깨닫자 소녀는 기분이 묘해졌다.

소녀는 베개에 머리를 대자마자 잠이 들었다. 지쳐서.

❋　　❋　　❋

바다에서 올라온 찬기가 바이올렛의 잠을 깨웠다. 덧문 틈새로 새어 들어오는 실 같은 빛이 침침해져 있었다. 그 넓은 집 어디에서도 아무 소리도 들리지 않았다. 아직 다들 자는 듯했다. 머릿속에서 온갖 걱정들이 소용돌이치는 바람에 소녀는 다시 잠들 수가 없었다. 그냥 누워서 몽실몽실 피어오르는 자기 입김을 멍하니 바라보는 수밖에.

결국 소녀는 잠자는 것을 포기하고 일어나 앉아 방 안을 둘러보았다. 책꽂이가 눈에 띄었다. 소녀는 얼음장 같은 타일 위를 날듯이 달려가서 무슨 책들이 있나 보았다. 대부분 어린 아이들이나 보는 책들이었다. 무심코 그중에 한 권을 뽑아 들었는데 뒤에 또 다른 책이 꽂혀 있었다.

너덜너덜해진 그 책의 제목은 《살기 좋은 애디퀴트의 역사》였다. 애디퀴트라. 적당하고 알맞은 곳? 표지에는 퍼펙트의 에드워드 스트리트와 비슷한 곳의 사진이 실려 있었다. 소녀는 그것을 고이 들고 담요가 있는 곳으로 쪼르르 달려갔다. 바이올렛은 보이가 주고 간 사과를 먹으며 책을 펼쳤다.

'우리의 완벽한 작은 도시 애디퀴트에 오신 것을 환영합니다.'

소녀는 책장을 휘리릭 넘겼다. 애디퀴트는 분명 퍼펙트였다. 거리, 상점, 심지어는 몇 사람의 얼굴까지도 다 알아볼 수 있었다. 딱한 가지만 달랐다. 애디퀴트에는 완벽한 것이 하나도 없었다. 그곳은 그렇게 번드레하지 않아도 나름 괜찮은, 심지어 그것이 아름답기까지 한 평범한 도시였다. 사람들도 평범했다. 전혀 완벽하지 않고 그냥 괜찮게 평범했다.

책장을 넘기던 소녀는 헉 하고 놀라고 말았다. 결혼식 장면을 담은 사진 탓이었다. 아름답고 젊은 한 쌍이 가족과 함께 퍼펙트 시청 앞에 서 있었다. 그 사진 밑에는 이런 설명이 있었다. '아이리스 아처와 고 아놀드 아처의 아들인 윌리엄 아처의 결혼식 기념사진. 윌리엄 아처와 마큘라 래시스가 결혼식 당일 가족에 둘러싸여 있다.'

"까꿍!"

화들짝 놀란 바이올렛이 벌떡 일어나며 책을 떨어뜨렸다.

"놀랐지?" 보이가 쿡쿡 웃었다.

"보이! 내가 소리라도 질렀으면 어쩌려고 그랬어?" 바이올렛이 한숨을 푹 쉬며 핀잔을 주었다.

"미안." 보이는 좀 머쓱해 했다. "하지만 네 표정이 너무 웃겼단 말이야!"

바이올렛은 마지못해 웃어 주고는 다시 책을 들었다.

"너 글도 읽을 줄 알아?" 보이가 또 놀렸다.

"보이, 쓸데없는 말 그만하고 이것 좀 봐봐. 윌리엄 아저씨가 우리를 돕게 만들 방법을 찾은 것 같아." 바이올렛이 말했다.

"포기해, 바이올렛." 보이가 갑자기 진지하게 말했다. "아저씨는 그럴 마음이 없어. 어제 아저씨 태도 못 봤어? 아무리 졸라도 소용없을 거야. 우리끼리 해결할 방법을 찾아보자."

"제발, 내 말 좀 들어! 아저씨 마음을 바꿀 방법이 여기 있다니까." 바이올렛은 소년의 코앞에 책을 들이밀면서 말했다. "봐."

"그 윌리엄 아저씨라고?" 보이가 손가락으로 사진을 짚으며 물었다. "결혼식 기념사진? 웃기는걸, 조지와 에드워드 아처의 표정 좀 봐, 전혀 기쁜 것 같지 않아."

"그래? 그건 미처 못 봤어. 결혼식에 참석하기 되게 싫었나보다!" 바이올렛도 사진을 보며 씽긋 웃었다. "근데…… 이 여자……. 이분은!" 소녀가 윌리엄의 신부를 가리키며 말했다.

"그 여자가 뭐?"

"나 이분을 만났어."

"누구? 네가 언제?"

"네가 붙잡혀 있었던 유령 주택 단지에 있는 그 집, 내가 너를 구하러 들어갔을 때 말이야."

"나도 너 구해 줬다, 잊지 마!"

"알고 있다고! 아무튼, 그때 이 여자분이 안쪽 방에 있었어. 왜 내가 말했잖아. 그 사람 맞아. 이 사진보다는 나이가 들었지만 분명히 같은 사람 맞아!"

"진짜? 너 확실해? 그 여자분이 윌리엄 아저씨 부인이라면 거기서 뭘 하고 있는 거야?"

"내가 그걸 어떻게 알아? 아처 형제한테 잡혀 있는 건지도 모르지. 아니다. 방에만 갇혀 있는 건 아니었어. 그냥 그 방을 떠나는 게 싫은 것 같았어. 자기 입으로 그곳을 떠나야 할 이유가 없다고 했거든. 윌리엄 아저씨도 비슷한 말을 했잖아. 기억나지? 그들이 모든 것을 빼앗아 가서 맞서 싸워야 할 이유가 없어졌다고. 혹시 그들이 빼앗아 갔다는 '모든 것'이 이 여자분 아닐까?"

"그렇다고 아저씨가 선뜻 우리를 돕겠다고 나설까?"

"그래도 이 여자분이 있는 곳을 알면 구하려고 하지 않을까? 어쩌면 아빠를 구하는 걸 도와줄 수도 있잖아. 우리가 옆구리를 살짝 찔러 주면 아저씨도 다시 용기를 낼 거야."

"다시 용기를 내게 한다! 그거 괜찮은 방법이군. 겁쟁이 바이올렛, 너 달라졌다! 얘가 아주 괴물이 되었어!" 보이가 소녀를 놀려 댔다.

소녀는 보이의 옆구리를 쿡 찌르고는 일어섰다.

"가자. 윌리엄 아저씨가 다시 용기를 내게 만들러!"

# CHAPTER 24

# 설득

"또 너희들이냐?" 윌리엄은 문을 빠끔 열고 한숨을 내쉬었다. 열린 문틈으로 새어 나온 불빛이 컴컴한 거리를 밝혔다.

"제발, 윌리엄 아저씨, 저희 좀 들어가게 해 주세요. 꼭 해야 할 말이 있어서 그래요."

"바이올렛, 내가 아침에 말했잖니. 나는 너를 도와줄 마음이 없어. 그러니까 제발 나를 좀……."

"마큘라 아주머니에 대한 이야기예요."

그 말 한 마디에 윌리엄의 표정이 달라졌다. 그는 길 양쪽을 흘깃 살피고는 얼른 두 아이를 안으로 들어오게 했다. 그는 문을 닫고 마음을 가다듬으려는 듯 잠시 그 문에 기대어 서 있다가 소년과 소녀 쪽으로 돌아섰다.

"네가 마큘라에 대해서 뭘 아는데?" 그는 엄한 목소리로 다그치듯 물었다. "쓸데없는 소리 할 거면 그만둬라. 더 이상은 못 봐줘."

바이올렛은 보이를 흘긋 보았다. 그런 다음 스웨터 속에 숨겨 온 책을 꺼냈다.

"이걸 찾았어요. 여기 표시해 놓았어요." 소녀가 책을 건넸다.

윌리엄은 책을 받아 탁자로 가서 앉았다. 사진을 보는 순간 그의 몸이 휘청했다. 그러고는 자기도 모르게 책장을 손으로 쓰다듬었다.

"그날 당신 참 아름다웠지." 그가 중얼거렸다.

바이올렛이 얼른 탁자로 가서 앉았다. 보이도 소녀를 따라갔다.

"보육원에서 이 책을 찾았어요. 전에는 퍼펙트를 애디퀏라고 불렀어요?" 소녀가 대뜸 물었다.

윌리엄이 고개를 끄덕였다.

"언제 바뀌었어요?" 보이가 물었다.

"단번에 바뀐 것은 아니야. 하지만 12년쯤 전에 내 형들이 중간 지대를 만든 것이 결정적이었지." 윌리엄은 한숨을 쉬었다. 그리고 비로소 책에서 눈길을 뗐다. "애디퀏는 살기 좋은 도시였어. 물론 부족한 점도 있었지만, 전체적으로는 행복한 곳이었다. 두루두루 괜찮았지."

"그런데 무슨 일로 그렇게 됐어요?" 바이올렛이 물었다.

"당연히 내 형들 짓이지." 사진을 어루만지던 손으로 윌리엄이 불끈 주먹을 쥐었다. "형들의 자만심은 늘 하늘을 찔렀다. 물론 형들은 학교에서도 집에서도 완벽했어. 하지만 또래들이나 선생님들이 자기들을 떠받들지 않는다고 늘 불만이었지. 물론 어머니한테도 불만이 많았다. 반면에 나는 형들처럼 완벽하지 못했어. 오히려 실없는 소리를 해서 사람들을 웃기는 편이었지. 나는 친구들도 많았고 막내라서 어머니의 사랑도 독차지했어. 어머니가 형들을 사랑해 주지 않은 건 아니야. 어머니는 형들도 사랑했어. 하지만 무슨 이유에서인지 어머니는 나를 무척이나 감싸고돌았다. 어쩌면 완벽한 형들한테 내가 치일까 봐 그러셨는지도 몰라. 한 번도 어머니께 물어본 적이 없어서 나도 어머니 속마음은 모른다만. 어쨌든 그런 모든 것들이 형들의 증오심과 질투심에 불을 붙였어."

"아이리스 할머니가 아저씨만 예뻐했기 때문에요?" 바이올렛이 물었다.

윌리엄은 고개를 끄덕였다. "나는 완벽하지 않았지만 인기가 많았어. 그게 형들을 비뚤어지게 만들었지. 학교 성적도 나쁘고 교칙도 자꾸만 어기는 나를 사람들이 좋아하는 게 형들은 이해가 안 되었겠지. 형들은 전 과목 만점에 교칙도 따박따박 지키는 완벽한 학생인데도 사람들은 진심으로 좋아해 주지 않았어. 또 갖은 애를 썼지만 어머니가 나를 미워하게 만들지도 못했다. 그래서 형들은 점점 삐뚤어져 갔어. 하지만 그때는 그래도 속만 끓였을 뿐 겉으로 드러내지는 않았다. 그런데 어느 날 마큘라가 이사를 왔지."

"참 아름다운 분이에요!" 바이올렛이 사진을 보며 말했다.

"그녀는 먼 나라에서 날아온 한 마리 새 같았다. 이곳에 주택 단지를 지으러 온 아버지를 따라왔더랬지. 그 유령 주택 단지 말이다. 그러다 마큘라의 아버지가 비극적으로 돌아가시고 갈 곳을 잃게 되었다. 그런 그녀를 우리 어머니가 받아 주셨고 그길로 우리는 그녀에게 반해 버렸어. 삼 형제 모두. 사실 당시 애디쿼트의 청년들이라면 누구나 마큘라 래시스에게 마음이 있었어. 형들은 그녀의 마음을 얻어 보려고 갖은 수를 다 썼어. 조지 형은 꽃을 바치고, 에드워드 형은 시를 바쳤지. 하지만 다 헛수고였어. 근데 나는 아무것도 못했어. 워낙에 숫기도 없었고 그녀가 나 같은 녀석을 좋아할 리가 없다고 미리 단념을 했거든. 근데 그 무덤덤한 태도에 끌렸나 봐." 윌리엄이 말하다 말고 보이를 보며 씽긋 웃었다. 그걸 본 보이는 괜히 얼굴을 붉혔다.

"그렇게 우리는 사랑에 빠졌지. 나에 대한 감정이 좋지 않던 형들이 그 일로 폭발해 버렸어. 아무튼 내가 보기엔 그랬다. 그 뒤로 형들은 나를 비롯해서 자기들이 꿈꾸는 완벽한 세상에 어울리지 않는다고 여겨지는 모든 것들을 없애려는 음모를 꾸미기 시작했다."

"그래서 그들이 개발한 게 그 차군요!" 바이올렛이 말했다.

"내가 있을 때는 안약을 썼다. 차를 개발하기 전이지."

"그러니까 아저씨 형들은 안약으로 사람들 눈을 멀게 했고, 눈이 먼 사람들은 아처 형제를 찾아가서 안경을 맞췄겠네요. 아처 형제는 자기들 뜻대로 사람들을 다루기 위해 안경으로 상상력을 훔쳐 냈고요. 오직 자기들 마음에 드는 세상, 자기들 보기에 완벽한 세상을 만들겠다고! 미쳤군요!" 보이가 분통을 터트렸다.

"너 말 한 번 잘했다." 윌리엄이 한숨을 내쉬었다. "그렇게 해서 애디쿼트가 퍼펙트가 되었다. 형들은 조금씩 우리들의 도시를 자기들 것으로 만들었다. 모두 다 자기들 뜻대로 바꾸었지. 그들은 퍼펙트의 권력자가 되었고, 심지어 인기도 얻었어. 그러면서 자기들을 따르지 않는 사람들은 중간 지대에 가두고 왓처들의 위협 아래 살게 만들었다. 엎어지면 코 닿을 곳에 있는데도 가족들은 우리가 존재하는 줄도 모르고 살아. 그보다 잔인한 짓이 어디 있니? 차라리 어디 머나먼 곳에 갇혀 있다면 덜 괴로울 거야. 하지만 형들은 그런 식으로 우리를 괴롭히는 걸 즐기는 것 같아."

"어떻게 그런 식으로 괴롭힐 수 있지!" 바이올렛이 중얼거렸다.

윌리엄은 고개를 절레절레 저었다. "내가 안경을 만들어서 퍼펙트에 들어갔다가 잡혔을 때, 형들은 나를 몇 년 동안이나 밖으로 나갈 수 없게 혼자 가뒀다. 손바닥만 한 이 중간 지대도 자유로이 돌아다닐 수 없었지. 형들은 내 인생을 송두리째 빼앗았어." 윌리엄의 목소리가 파르르 떨렸다. "내가 피폐해졌다는 판단이 서자 그제야 풀어줬지. 그 뒤로 나는 지금처럼 살게 되었다. 그나마 갇혀 있을 때는 풀려나기만 하면 어떻게든 복수를 하겠다고 칼을 가는 척이라도 했는데, 결국은 이렇게 다른 중간 지대 사람들처럼 모든 것을 운명이려니 받아들이고 그냥 이 공방 안에 숨어 근근이 살아가게 됐어. 그런데 말이다…… 중간 지대 사람들이 엄연히 존재하는데, 나도 엄연히 존재하는데, 이 담벼락 바깥의 삶이 어떤 형태로든 우리들 없이도 멀쩡하게 굴러간다니 참 묘하구나."

"이게 그녀다." 그는 서랍에서 흑백 사진 한 장을 꺼내 소년 소녀에게 보여 주었다.

"정말로 아름다워요." 바이올렛이 한마디 했다.

"아름다웠지." 윌리엄은 들릴 듯 말 듯하게 중얼거리며 한숨을 내쉬었다. "그녀는 퍼펙트를 떠나 다른 남자를 만나 결혼했다고 조지 형이 그러더구나. 하지만 신혼여행을 떠났다가 열기구가 추락해서 둘 다 세상을 떠났대."

"쿡!" 바이올렛이 웃음을 터트렸다.

그윽하게 사진을 바라보던 윌리엄이 고개를 들고 버럭 화를 냈다. "그게 웃겨?"

"아뇨. 그냥 조지 아저가 꾸며 낸 이야기가 웃겨서요. 그 사람한테 그런 상상력이 있을 줄 몰랐어요. 그 사람은 상상력을 싹 다 빼서 유리 단지에 넣어 두고 다니는 줄 알았어요."

"바이올렛, 너 자신 있어? 난 도무지 모르겠어." 맞은편에 앉은 보이가 불안한듯 속삭였다.

"뭐를 꾸며?" 윌리엄이 바이올렛을 매섭게 노려봤다.

"마큘라 아주머니는 다른 남자랑 열기구를 타지도 않았을걸요." 바이올렛이 말했다.

"무슨 뜻이지?" 윌리엄이 탁자에서 벌떡 일어섰다.

"제가 마퓰라 아주머니를 만났거든요. 어젯밤에 유령 주택 단지에 갔을 때." 바이올렛이 씽긋 웃었다.

바이올렛을 바라보는 윌리엄의 얼굴은 숨이 넘어갈 듯 창백해졌다. 그는 천천히 사진을 내려놓더니 컴컴한 상점 뒤쪽으로 가서는 문을 열고 사무실로 들어가 버렸다.

"거봐. 괜히 왔어. 가자. 아저씨한테 혼쭐나기 전에." 맞은편에 앉은 보이가 몸을 앞으로 쑥 빼고서 바이올렛에게 소곤소곤 말했다.

소녀가 막 뭐라고 대답하려는데 뒷문이 벌컥 열리며 윌리엄이 어두운 데서 불쑥 나타났다. 그는 뚜벅뚜벅 몇 걸음 걸어와서는 탁자 위로 뭔가를 내던졌다. 금반지 하나가 또르르 굴러가다가 좀 뱅글뱅글 돌더니 죽은 듯 멈췄다.

"결혼반지다. 죽은 그녀의 손가락에서 뺀 것이라고 하더라. 이제 제발 허튼소리 말고 내 집에서 나가! 더는 참지 못하겠구나!"

바이올렛은 예쁘게 세공된 금반지를 집어 안쪽을 들여다보았다.

내 사랑, 당신과 있을 때는 모든 것이 또렷해. - 윌리엄

"하지만⋯⋯." 소녀는 미처 말을 잇지 못하고 머뭇거렸다.

보다 못한 보이가 벌떡 일어나 소녀의 손을 잡아끌었다.

"가자. 가야 돼. 죄송합니다, 아저씨. 일부러 그런 건 아니⋯⋯."

"그분 눈동자, 눈동자가 초록색이었어요." 바이올렛이 불쑥 말했다. "풀빛처럼 푸릇푸릇한 초록색이었어요."

윌리엄은 뚜벅뚜벅 걸어가서 공방으로 들어오는 문을 열었다.

"그, 그리고 목걸이도 하고 있었어요." 보이가 더듬더듬 말을 이어가는 바이올렛을 끌고 열린 문으로 나갔다. "초록색 보석이 박힌 금목걸이. 그분은 내내 그걸 만지작거렸어요."

하지만 문은 쾅 닫혔고 바이올렛과 보이는 결국 위켐 테라스 거리에 덩그러니 남겨졌다.

"그분 맞아, 보이. 맹세한다고!" 결국 바이올렛은 길모퉁이쯤에서 훌쩍훌쩍 울기 시작했다.

그때 또다시 거리가 쩌렁쩌렁 울리도록 요란한 쾅 소리가 났다. 뒤를 돌아보니 윌리엄이 공방 앞에 나와 있었다. 컴컴해서 어떤 표정인지는 알 수 없었다.

"다시 말해 봐라, 바이올렛!" 그가 소리쳤다.

소녀는 보이의 눈치를 살폈다. 보이가 소녀를 쿡 찔렀다. "이야기해." 보이가 속삭였다.

"눈동자가 초록색이었어요."

"그다음."

"목걸이! 금목걸이를 하고 있었다는 거요?"

"들어오는 게 좋겠다." 윌리엄은 공방으로 쑥 들어갔다.

바이올렛은 어찌해야 좋을지 몰라서 보이를 쳐다봤다. 소년은 어깨를 으쓱했다. 둘은 가던 길을 거슬러 다시 그의 공방으로 갔다.

윌리엄은 창가에 놓인 의자에 앉아 있었다. 소년과 소녀는 아까 앉았던 자리에 앉았다. 한동안 어색한 침묵이 흘렀다. 윌리엄은 마큘라의 결혼반지를 새끼손가락에 끼고 빙글빙글 돌렸다.

"마큘라가 그 목걸이를 내내 만지작거렸다고?" 마침내 윌리엄이 바이올렛을 쳐다보았다.

"계속해서 그걸 매만졌어요. 목걸이가 예뻐서 분명히 기억해요."

윌리엄의 눈빛이 촉촉해졌다. 그는 두 손에 얼굴을 파묻었다.

바이올렛은 어찌해야 좋을지 몰라서 보이를 흘끔 보았다. 소년도 소녀만큼이나 당황한 듯 보였다. 그렇게 조금 있으려니 윌리엄이 입을 뗐다.

"우리는 떨어져 있을 때가 많았다. 그래서 그 문제로 다퉜어. 나는 형들에게 저항하는 사람들을 한데 모아 세력을 만들기 바빴다. 마큘라는 그걸 '미친 십자군 전쟁'이라고 했지, 내가 하는 일 중에 오직 그것만은 서로 뜻이 어긋났다. 그녀는 형들이 어떤 음모를 꾸미는지 제대로 몰랐어. 지금 돌이켜 보면 마큘라는 내가 미쳐 간다고 생각했던 것 같아. 나는 오직 그 일에만 빠져 있었어. 그 에메랄드 목걸이는 내가 그녀한테 준 화해의 선물이었어. 지금부터 12년 전 12월 31일, 결혼기념일이었다. 하지만 새해 초에 나는 형들한테 붙잡혔고 다시는 마큘라를 못 보게 되었다. 그날이 우리가 함께 웃었던 마지막 날이었어." 윌리엄은 목이 메어 더 이상 말을 잇지 못했다.

"미안해요. 괜히 그런 이야기를 하시게 해서." 보이가 말했다.

"아니다, 보이. 나는 아직도 늘 그녀를 생각한단다. 바이올렛, 네가 그 목걸이에 대한 말을 하자마자 나는 네가 정말 그녀를 만났다는 걸 알아차렸다." 윌리엄이 떨리는 두 손에 파묻었던 얼굴을 들었다. "마큘라는 어떻게 지내든?" 그가 물었다.

"괜찮았어요." 바이올렛이 대답했다. "그분이 절 도와줬어요. 왓처들한테서 저를 구해 줬어요. 제가 거기서 나가고 싶지 않느냐고 물어봤는데 그분은 이제 자기한테는 남은 게 없다고 했어요. 도망치기 두려워하는 것 같았어요."

"그 목걸이를 내내 만지작거렸다고?"

바이올렛이 고개를 끄덕였다.

"마큘라도 아직 내 생각을 하고 있을지도 모르겠구나. 잘 지내는 것 같았어? 건강은?" 윌리엄이 쑥스러운 듯 씨익 웃었다.

"건강한 것 같았어요. 하지만 행복해 보이지는 않았어요." 바이올 렛이 말했다.

윌리엄은 일어나서 방 안을 오락가락했다. 입을 꽉 다물고 있었지 만 눈동자가 불안하게 움직였다.

"형들은 내게 그녀가 죽었다고 했는데!" 그가 핏대를 세우며 분통 을 터트렸다. 그러고는 손가락 마디에 핏기가 사라지도록 꽉 쥔 주 먹으로 탁자를 사납게 내리쳤다. 그 바람에 모든 것이, 바이올렛과 보이까지도, 들썩했다.

"내 형들! 그들이 더 이상 안경을 만들어 사람들을 속이지 못하게 만들겠어!" 윌리엄이 이를 갈았다.

그는 캐비닛으로 가서 공책과 연필을 꺼냈다.

"이제 너희들이 아는 걸 다 말해 봐라. 세세한 것까지 모두 알아 야겠다." 탁자로 돌아온 윌리엄이 말했다.

바이올렛은 보이와 윌리엄을 차례로 쳐다보며 씽긋 웃었다.

"그러지 않아도 제가 보이한테 말했어요. 아저씨가 다시 용기를 내게 만들면 될 거라고."

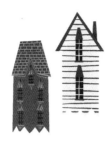
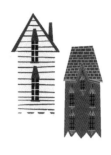

# CHAPTER 25 #

## 지금은
## 작전 타임

바이올렛과 보이는 그동안 일어났던 일들을 윌리엄 아처에게 빠짐없이 이야기했다. 바이올렛이 엄마 아빠와 퍼펙트에 와서 차를 마신 일부터 엄마가 달라지고 아빠가 사라진 이야기, 보이, 나무테 안경, 중간 지대, 왓처, 흡입기, 굴, 유령 주택 단지, 마큘라, 눈동자 풀, 아빠를 찾은 일, 윌리엄 아처를 만난 일 그리고 상상력 복원기를 보게 되기까지의 모든 일들을 꼼꼼하게 되짚었다.

윌리엄도 대충 듣지 않고 사이사이 예리한 질문들을 했다. 그가 자잘한 것까지도 빼놓지 말고 기억해 내라고 다그치는 바람에 아이들은 이야기를 다 마치자 기운이 쏙 빠져 버렸다.

"이렇게 열심히 머리를 써 보기는 처음이에요." 보이가 이마를 문지르며 하품을 했다.

"하나도 빠짐없이 적어 둬야 돼, 보이. 내 형들은 만만치 않은 상대야. 엉성하게 준비해서는 제대로 싸워 보지도 못하고 질 수 있어."

"싸워요?" 바이올렛은 눈이 휘둥그레졌다.

"그래." 윌리엄은 씽긋 웃었다. "아수라장을 만들어서 미쳐 날뛰게 만들 거야. 형들은 무엇이 자기들을 덮칠지 까맣게 몰라야 돼. 그동안 나는 자기 연민에 빠져 있었다. 하지만 너희 둘이 그런 나를 정신 차리게 해 줬어. 가만히 앉아서 다른 사람이 그들한테 맞서 주기를 기다리고 있을 수는 없어. 내 손으로 그 일을 해내야 돼. 겁쟁이들이나 죽치고 앉아서 기다리는 법이다. 원하는 것이 있으면 싸워서 얻어야지."

"저는 가족을 되찾길 원해요." 바이올렛이 자세를 고쳐 앉으며 말했다.

"나도 그렇단다, 바이올렛." 윌리엄이 대꾸했다.

보이는 잠자코 앉아 손가락만 꼼지락거렸다. 바이올렛은 아차 싶어 얼굴을 붉혔다.

"보이, 상상해 봐. 내가 엄마하고 아빠를 되찾으면 너도 좋을 거야. 더 이상 나한테 시달리지 않아도 되잖아." 바이올렛이 일부러 장난스럽게 말했다.

소녀의 말에 소년이 피식 웃었다. 하지만 진짜 웃겨서 웃는 것 같지는 않았다.

"형들이 유령 주택 단지를 본부로 쓰고 있는 게 분명해." 윌리엄이 탁자에서 일어나며 말했다. "어쩐지 처음부터 그들의 근거지를 찾을 수가 없더라니. 유령이 나온다는 소문 때문에 내가 주택 단지를 빼놓고 생각했던 거야. 나는 거기 딱 한 번 가 봤거든. 그것도 마큘라의 아버지가 세상을 떠나기 전에. 애들아, 주택 단지의 지도를 자세히 그려 줄 수 있겠니? 정확하게 어디에 무엇이 있는지 알 수 있도록. 말하자면 눈동자 풀들, 마큘라, 왓처들 등등 모두 다."

"우리 아빠가 있는 곳도." 바이올렛이 덧붙였다.

"당연하지." 윌리엄은 컴컴한 공방 뒤편으로 들어가면서 중얼거리듯 말했다.

바이올렛과 보이가 주택 단지에 있는 집의 숫자에 대해 옥신각신하고 있을 때 윌리엄이 돌아왔다. 그는 끈적이는 액체 속에 죽은 눈동자 풀이 둥둥 떠 있는 유리병부터 줄줄이 연결된 종이 다발들과 이런저런 잡동사니 장비까지 한아름 들고 있었다.

"우욱!" 바이올렛 앞에 그 유리병이 턱 놓이자 소녀가 질색을 했다. "이건 진짜 징그러워요. 그나마 더 작은 식물들은 이 정도까지 끔찍하지는 않았는데!"

"더 작은 식물들?" 윌리엄이 물었다.

"예, 몇몇 집에서 빨간빛을 쪼여 주며 키우고 있었어요. 큰 것들은 바깥에 있는 녹지에서 자라고 있었고!"

"그 작은 것들은 묘목이겠구나. 녹지에 옮겨 심어서 크게 키운 다음에 적당히 자라면 추수를 하려고 그랬겠지."

"거기 그런 눈동자들이 아주 많아요." 보이가 말했다.

"퍼펙트엔 사람도 많으니까. 한 사람당 눈동자가 두 개씩 필요할 테니!" 윌리엄은 쓸쓸한 미소를 지었다. "형들이 남모르게 거대한 음모를 꾸미고 있어. 사실 고백하자면 어젯밤에 너희들이 가고 나서 내가 조사를 좀 했단다. 하다 보니 다시 옛날 생각이 나더구나." 윌리엄이 유리병에서 흐물흐물한 눈동자 풀을 꺼내 들고 씨익 웃었다. "내 형들이 이 귀여운 것들을 갖고 무슨 짓을 하려는지 내가 밝혀 낸 것도 같다."

그는 죽은 식물을 바이올렛과 보이에게 차례로 보여 주면서 눈동자 가운데에 자기가 내어 놓은 칼집을 가리켰다.

"이걸 봐라." 그가 눈동자에서 얇은 장밋빛 막을 조심스럽게 분리해 내서 아이들에게 보여 주었다. "형들이 만든 안경에 끼운 렌즈와 같은 소재로 만들어졌어. 내가 말했던 현조 기능, 즉 현실 조작 기능을 하는 소재 말이야. 퍼펙트 사람들 모두 안경잡이라면 그런 곳을 어떻게 완벽한 도시라고 할 수 있냐고 에드워드 형이 짜증을 냈던 일이 생각났거든. 하지만 이런 새 눈동자들을 이식한다면 그 문제가 싹 해결되겠지? 역시 형들은 천재적이야. 비뚤어진 게 문제지만."

"그럼 멀쩡한 눈동자를 저런 새 눈동자들로 갈아 치울 거란 뜻이에요?" 보이의 얼굴이 하얗게 질렸다.

"바로 그거야, 보이." 윌리엄이 미소를 지었다. "물론 형들은 사람들에게 다르게 둘러대겠지. 퍼펙트 주민들에게는 바이올렛의 아버지가 문제를 해결했고, 이제는 주민들이 눈이 보이지 않게 된 원인을 밝혀냈다고 대대적인 발표를 할 거야. 그럴싸한 설명을 덧붙이면서. 하지만 누구도 의문을 제기하지 않을 거야. 형들은 해결책으로 시력을 교정할 수 있는 레이저 수술을 받으면 된다고 하겠지. 전세계적으로 시력 교정 수술이 대유행이라면서. '안경 없는 삶을 상상해 봐요!' 라는 광고를 해댈 거야. 자기들이 상상력을 다 뺏어가서 상상이라고는 할 수 없는 사람들한테 그렇게 말한다면 그거 웃기는 일 아니냐?" 윌리엄이 차가운 미소를 지었다.

"안경이 없으면 상상력을 어떻게 훔칠까요?" 바이올렛이 물었다.

"형들이 지독히 영악하다는 점은 어쩔 수 없이 인정해야 해. 수술을 받으면 병원 검진도 여러 차례 가야 할 거야. 그럴 때 해치우겠지. 서너 번 정도면 요즘 기술로는 아마 상상력을 싹 빼낼 수 있을걸? 그러고 일 년에 한 번 정도 추가 검진, 그러니까 말하자면 찔끔찔끔 쌓이는 나머지 상상력도 그때 해결될 거다."

"그런 짓은 반드시 막아야 해요! 눈동자를 바꿔 버리면 다시는 현실을 제대로 볼 수 없게 되잖아요." 바이올렛은 숨이 막혔다.

"그러니까 빨리 움직여야 해." 윌리엄의 생각도 같았다.

"작전이 뭐예요?" 보이가 물었다.

"대대적인 공격을 퍼부어야지. 주택 단지로 몰려가서 마큘라와 바이올렛의 아버지를 구하고 눈동자 풀들을 싹 없애 버리는 수밖에."

윌리엄이 종이에 정신없이 메모를 하는 사이 보이가 맞은편에 앉은 바이올렛에게 눈짓을 했다.

"그게 정말 최선의 방법일까요?" 보이가 침착하게 말을 꺼냈다.

윌리엄이 메모를 하다 말고 고개를 들었다.

"어째서?" 그가 물었다.

"우선, 강을 어떻게 건널 거예요? 방법이……."

"그까짓 것 별것 아니야." 윌리엄이 딱 잘라 말했다.

"왓처들은 바보가 아니에요. 제가 열두 살 먹도록 겪어 봐서 잘 알아요. 그들은 우리가 바이올렛의 아빠가 있는 곳을 알고 있다는 것도 알아요. 눈동자 풀의 존재를 알고 있다는 것도 알지요. 어리다는 이유로 우리를 만만하게 보기는 하겠지만, 이제부터는 주택 단지에 사람들이 드나들지 못하게 물샐틈없이 지킬 거예요. 그런데 어떻게 들어가요? 출렁다리는 너무 낡아서 우리가 우르르 몰려가면 무너지고 말 거예요. 게다가 안경점으로 통하는 굴로 가는 것도 너무 위험해요." 보이는 윌리엄과 바이올렛을 차례로 바라보았다. "아저씨는 마큘라 아주머니를 구하고 싶고 바이올렛은 아빠를 구하고 싶어 하는 거 제가 다 알지만, 왓처들이 미리 지키고 있을 거예요. 우리 발로 함정에 걸어 들어가는 꼴이 될 거라고요."

그렇게 셋은 생각에 빠졌고 공방 안에는 침묵이 흘렀다.

"보이 생각이 맞아요." 바이올렛이 자세를 고쳐 앉으면서 말을 꺼냈다. "저도 아빠를 너무나도 구하고 싶어요. 근데 이제까지 보이랑 같이 다니면서 깨달은 건데, 보이의 판단은 대개 옳았어요. 성공하지 못하면 아빠는 더 큰 위험에 빠질 거예요."

윌리엄은 자리에서 일어나 공방 안을 왔다갔다했다.

"보이, 감동했다! 내가 마구 밀어붙일 생각만 했구나. 마큘라를 구할 생각에만 눈이 멀어 있었다. 내 욕심을 앞세웠어. 네가 아니었더라면 돌이킬 수 없는 실수를 저지를 뻔했구나. 맞다. 퍼펙트를 먼저 생각해야 돼."

"우리 어떤 문제들이 있는지 목록부터 적어 봐요. 그러면 계획을 세우는 데 도움이 될 거예요." 보이가 말했다.

"너 되게 신중하다! 제법 말도 똑똑하게 하는걸." 바이올렛이 장난스럽게 말했다.

윌리엄은 흐뭇하게 웃으며 소년의 머리카락을 헝클었다. "나중에 훌륭한 과학자가 되겠어!"

"가장 뚜렷한 문제는 퍼펙트 사람들이 하나같이 앞이 보이지 않는다는 거예요." 바이올렛이 말했다.

"상상력이 없어서 통제를 받고 있다는 것도." 보이가 말했다. 윌리엄은 아이들 말을 열심히 받아 적었다.

"그렇다면 우리가 사람들 시력을 되찾아 주고, 상상력 복원기로 상상력을 돌려주면 다 해결되겠네!" 바이올렛이 벌떡 일어나며 소리쳤다.

"훌륭해, 바이올렛! 하지만 조금만 되짚어 보자구나. 어째서 모두 눈이 멀게 됐지?" 열심히 받아 적던 윌리엄이 참견을 했다.

"그 차 때문이지요." 소녀가 씽긋 웃었다. "그러니까 한동안 차를 마시지 못하게 만들면 그 사람들도 다시 현실을 똑바로 볼 수 있게 될 거예요. 제가 그랬던 것처럼요!"

"그게 그렇게 쉬울까? 사람들은 그 차에 중독되어서 자꾸 마시고 싶어 할 텐데? 게다가 집으로도 차가 배달되고, 학교에서도 차를 나눠 주고, 또 사람들이 가장 자주 가는 곳도 바로 찻집이야." 보이가 한숨을 쉬며 고개를 절레절레 흔들었다.

"차를 마시지 못하게 만들지 않아도 방법은 있단다." 윌리엄이 연필 끝을 잘근잘근 씹으며 말했다.

"무슨 뜻이에요?" 바이올렛이 물었다.

"내가 몇 년 전에 형들이 만든 안약의 해독제를 발명했어. 그 해독제가 차에도 통할 거야. 제조법을 좀 찾아봐야겠구나."

"굉장해요! 그것으로 사람들이 현실을 다시 볼 수 있게 하고 나면 아저씨가 만든 기계로 상상력을 되돌려 주면 다 되잖아요!" 바이올렛이 신나서 떠들었다.

"그런데 상상력 복원기가 실제로 작동이 돼요?" 보이가 물었다.

"내가 작동하게 만들면 되지." 윌리엄이 큰소리를 쳤다.

"하지만 우리가 무슨 수로 사람들을 달라지게 하지요? 사방에 왓처들이 지키고 있어서 퍼펙트에 들어갈 수도 없을걸요." 한껏 들떴던 마음을 가라앉힌 바이올렛이 물었다.

"도대체 왓처들이 몇 명이나 되냐?" 윌리엄이 물었다.

세 사람은 각자 생각하는 왓처들의 숫자를 이야기했다. 하지만 제각기 달랐다.

"그냥 꽤 많다고 쳐요." 보이는 그렇게 언쟁을 끝내려고 했다.

"그런데 누가 왓처들을 맡아요? 우리는 겨우 세 명뿐인데요?" 바이올렛이 물었다.

"중간 지대 사람들이 우리를 도와주러 나설 수도 있지. 하지만 그전에 우리 편으로 만들어야 해. 우리 작전을 들려주고 상상력 복원기도 보여 주면 그들도 확신을 가질 거다." 윌리엄이 혼잣말처럼 중얼거렸다.

"그렇지만 그들은 이미 패배감에 젖어 있어요. 중간 지대 사람들은 더 이상 싸울 마음이 없을걸요." 보이가 윌리엄을 똑바로 바라보며 말했다.

"보이, 싸울 의지를 되찾게 될 거다." 윌리엄은 다정하게 미소지었다. "그들 안에 싸울 의지가 잠들어 있다는 것을 알려 주기만 하면."

"정말로 우리가 이 일을 해낼 수 있을까요?" 바이올렛이 물었다.

메모를 하던 윌리엄이 말했다. "나는 너무 오래 갇혀 있었다, 바이올렛. 그냥 이렇게 사느니 도전하다가 죽는 게 낫지."

그렇게 그들은 '퍼펙트 프로젝트'를 위한 큰 그림을 짰다. 그다음 윌리엄은 '작전 하나', 즉 퍼펙트 주민들에게 시력을 되찾아 줄 작전을 위해서 소년과 소녀를 사무실로 불러들였다. 보이와 바이올렛은 바닥에 앉아서 그가 책상과 바닥에 정신없이 펼쳐 놓은 종이 다발들을 뒤적거리는 걸 지켜보았다.

"내가 그걸 여기 어디다 써 놨는데……. 형들의 안약에 대한 해독제를 내가 분명히 개발했거든. 그러다 다 무슨 소용이랴, 미친 짓 그만하자 싶어서 내팽개쳐 뒀단 말이지. 그 해독제가 차에도 효과가 있을 거라고 확신을 할 수는 없지만. 아무튼 내가 퍼펙트에 있던 시절에는 형들이 차를 쓰지 않았거든." 윌리엄은 메모해 놓은 종이 뭉치들을 어깨너머로 던지며 인상을 썼다.

"안약에 넣은 물질과 같은 물질을 차에도 넣고 있을 수도 있잖아요. 어쩌면 양을 더 늘렸을지도 몰라요." 바이올렛이 씽긋 웃었다.

"좋은 지적이야, 바이올렛. 아하, 여기 있다!" 윌리엄이 소리치면서 어느 종이에 동그라미 표시를 했다.

과학자 윌리엄 아처가 드디어 생기를 되찾았다. 그는 메모를 해 놓은 종이들을 한쪽에 잘 놓은 다음, 나머지 서류들을 책상에서 번쩍 들어 공방 문 앞바닥에 수북하게 쌓아서 입구를 막았다.

책상 위를 치운 그는 한쪽 벽을 가렸던 판자를 접었다. 그러자 그 뒤에 숨어 있던 실험 공간이 모습을 드러냈다. 하필 유리 플라스크며 온도계가 높은 곳에 있어서 윌리엄은 구시렁대며 까치발을 하고 그 물건들을 내렸다.

그 밤은 길었고 아이들은 지쳐 갔다. 보이가 먼저 바이올렛 옆에서 스르르 잠이 들었다. 소녀는 졸린 눈을 비비며 윌리엄이 일하는 모습을 좀 더 지켜보았지만, 결국 까무룩 잠들고 말았다.

❋　　❋　　❋

동이 틀 무렵, 윌리엄이 꿈나라를 헤매는 두 아이를 조심스럽게 흔들어 깨웠다. 그는 입이 귀에 걸리도록 활짝 웃으며 초록빛이 감도는 분홍 액체가 담긴 플라스크 하나를 소년과 소녀에게 내밀었다.

"내가 제대로 만들었다면 이게 차를 해독해 줄 거다." 윌리엄은 씨익 웃으며 이마의 땀을 닦았다. "너희들 우리 작전 똑똑히 기억하고 있지?"

"예?" 아직 잠이 덜 깬 보이가 플라스크를 받아들었다. "공장으로 가서는……."

"공장은 조지스 로드에 있어." 한잠도 못 잔 탓에 윌리엄의 눈이 시뻘겋게 충혈되어 있었다.

"알아요." 보이는 한숨을 쉬었다. "전에 가 본 적 있어요. 거기 쳐들어가서……."

"몰래 들어가야지, 몰래!" 윌리엄은 영 마음이 놓이지 않는다는 표정을 지었다. "눈을 멀게 하는 약물이 든 탱크를 찾아. 아마도 카멜레온 풀에 약물을 뿌리기 쉽게 작업장 위쪽에 탱크가 설치되어 있을 거다. 그렇게 규모가 큰 작업장이라면 다른 방법이 없을 것 같거든. 아무튼 탱크에다 이걸 부어."

"알아요, 벌써 백만 번은 작전을 점검했잖아요. 걱정 마세요!" 보이가 윌리엄에게서 플라스크를 받으며 대꾸했다.

아무리 어른이지만 윌리엄도 긴장되는 건 어쩔 수 없었다. "너희 둘이 오늘 저녁까지 돌아오는 걸로 알고 있겠다. 그때까지 나는 우리와 함께 일할 사람들을 모아 보마."

"좋아요." 씩씩한 척했지만 바이올렛도 가슴이 두근거렸다. "이제 그럼 우리는 왓처들 눈을 피해 중간 지대를 빠져나간 다음, 퍼펙트의 차 공장으로 들어가기만 하면 되잖아요! 쉽겠네!"

"중간 지대에서 자란 사람한테는 쉽고말고." 보이가 자기만 믿으라는 듯 당당하게 씨익 웃었다.

둘은 윌리엄과 포옹을 하고 공방을 빠져나와 이른 아침 햇빛이 비치는 거리에 나섰다. 보이의 자신감이 전염되었는지 바이올렛도 별로 떨리지 않게 되었다. 소녀는 해독제가 든 플라스크를 단단히 품고 퍼펙트와 가족을 구하겠다는 간절한 소망을 이루기 위해 출발했다.

# CHAPTER 26 #

## 아처 차 공장

"가끔은 어른들이 싫거든. 근데 좋을 때도 있어. 어른들이 안아 주면 마음이 편안해지거든." 바이올렛은 위켐 테라스를 따라 걸어가면서 속삭였다.

"난 누구한테 안겨 본 건 이번이 처음이야." 보이는 길모퉁이 너머를 조심스럽게 살펴보면서 담담하게 말했다.

'전에는 안겨 본 적이 없다는 말이네!' 바이올렛은 소년의 뒤를 따라 칙칙하고 적막한 거리를 걸어가면서 그 기분이 어떨지 상상해 보았다. 그들은 곧 텅 빈 중간 지대 거리들을 통과해 포가튼 로드로 접어들었다. 그리고 그 길 중간에서 오른쪽으로 접어들어 래그 레인으로 통하는 아치 쪽으로 갔다.

문지기는 가고 없고 문도 단단히 잠겨 있었다.

"어쩌지?" 바이올렛이 살짝 당황해서 물었다.

"내가 맨날 하던 대로 하면 돼." 보이가 해맑게 웃었다.

바이올렛은 소년을 따라 다시 포가튼 로드로 나가서 오른쪽으로 갔다. 소녀는 마음이 조마조마했다. 자꾸만 순찰을 도는 왓처가 상상되었고, 아침이라 사방이 환한 것도 불안했다.

보이가 앞쪽에 있는 높다란 집의 문간으로 쑥 들어갔다. 바이올렛은 보이를 따라 경첩이 한 개만 남아서 비스듬하게 대충 걸린 현관문 밑으로 허리를 숙이고 들어갔다.

"여기 위로." 소년이 속삭였다.

소년은 곧 무너질 듯한 계단의 중간쯤에 서 있었다. 바이올렛은 앞에 놓인 낡은 등받이 없는 의자를 빙 돌아서 계단 쪽으로 갔다. 중간에 쥐 한 마리가 쪼르르 지나가서 소녀를 질겁하게 만들었다. 좀먹은 갈색 카펫이 깔려 있는 계단은 밟을 때마다 삐걱거렸다. 꼭대기까지 올라갔는데도 소년이 보이지 않았다.

"여기 위야." 보이가 다시 소녀를 불렀다.

소녀가 둘러보니 반대쪽에 그 위층으로 이어진 계단이 또 있었고 부서진 난간 옆에서 보이가 내려다보고 있었다.

바이올렛은 계속해서 계단을 오르고 또 올라가 다음 계단참에 발을 디뎠다. 그곳에는 주황색 벽지가 발라져 있었는데, 군데군데 찢어진 데다 온통 낙서투성이였다.

"여기도 사람이 살아?" 소녀가 물었다.

"때때로." 보이가 어깨를 으쓱했다. "우리 중간 지대에는 사실상 자기 집이 따로 없어. 누군가 머물 곳이 필요하면 여기로 와. 우리는 뭐든 나눠 써. 퍼펙트하고는 다르지?"

"아." 바이올렛은 자기 집을 낯선 사람들과 함께 쓰는 기분이 어떨지 상상해 봤다.

보이가 갈색 문을 밀었다. 바이올렛이 소년을 따라 들어간 곳은 커다란 욕실이었다. 벽에서부터 화장실과 세면대까지 모든 것이 푸르뎅뎅해서 속이 다 느글느글했다.

보이는 자연스럽게 욕조 위에 있는 열린 창문으로 기어 나가 지붕을 디디고 섰다. "어서 와, 서둘러야 돼." 보이가 재촉했다.

바이올렛이 빼꼼 내다보니 지붕이 비탈져 있었다. 소녀는 진저리를 쳤다.

"바이올렛, 서둘러." 보이는 벌써 이웃집 지붕 꼭대기로 건너가 있었다. "저기까지 가야 돼. 저 담장 너머가 퍼펙트야."

소년이 가리킨 곳은 조금 더 떨어진 또 다른 집의 지붕 뒤쪽으로 빠끔 보이는 돌담 꼭대기였다.

소녀는 머리가 어지러웠다.

"바이올렛!"

"간다고." 소녀가 쏘아붙였다.

소녀는 숨을 깊이 들이쉬고서 욕실 창문으로 기어 나가 기왓장에 올라섰다. 그러고는 조심조심 옆으로 걸어 지붕 끄트머리까지 갔다. 잔뜩 겁이 난 소녀는 아예 눈을 딱 감고 이웃집 지붕으로 건너뛰었다. 그런 다음 보이가 기다리는 지붕 꼭대기까지 엉금엉금 기다시피해서 올라갔다. 떨어질까 무서워 지붕 모서리를 꼭 붙잡고 가쁜 숨을 몰아쉬었다.

"거봐, 멀쩡하잖아." 소년은 해맑게 웃으며 재빨리 나머지 지붕들을 가로질렀다.

소녀는 기우뚱거리며 아슬아슬 소년을 따라갔다. 마침내 그들은 목적지에 도착했다.

소년은 다시 그곳에서 밧줄을 집어 들더니 한쪽 끝을 어느 집 굴뚝에 매고 다른 끝은 담장 너머 퍼펙트 쪽으로 던졌다.

"나 하는 거 잘 봐." 소년은 그렇게 말하고 사라졌다.

보이가 담을 타고 내려가는 걸 보려다가 몸이 기우뚱하는 바람에 바이올렛은 하마터면 그 높은 담장 꼭대기에서 떨어질 뻔했다. 소년은 밧줄을 꼭 잡고 몸을 뒤로 뉘어 담장에 발을 딱 붙이고 섰다. 그러고는 천천히 담장을 내려갔다.

"네 차례야." 바닥에 발을 디딘 소년이 소리는 내지 않고 입 모양으로 말했다.

바이올렛은 밧줄을 잡았다. 몸이 떨렸다.

"밑을 보지 마. 앞만 보면서 내려와." 소년이 들릴 듯 말 듯 말했다.

소녀는 소년이 일러 준 대로 담을 타고 내려가기 시작했다. 살아야겠다는 생각만 했더니 떨리지 않았다.

"잘했어." 드디어 바닥에 발을 디딘 소녀를 보며 소년이 해맑게 웃었다. "처음치고는 제법인데!"

바이올렛은 담장에 등을 기대어 떨리는 마음을 잠깐 가라앉혔고, 그 사이 보이는 밧줄을 담장 너머로 던졌다.

"여기가 어디야?" 소녀가 속삭였다.

"퍼펙트지!"

"그걸 누가 몰라? 정확하게 어디냐고? 처음 온 동네라 그래."

"아처스 애비뉴의 끄트머리. 담장 중에서 사각 지대. 여기저기 다 시도해 봤는데 시계탑에 있는 왓처들한테 들키지 않을 곳은 여기뿐이더라고. 내가 퍼펙트로 몰래 드나드는 비밀 통로지."

"멀쩡한 문을 놔두고 이게 뭐람."

"한가한 소리 하지 마라." 보이가 쿡쿡 웃었다.

바이올렛이 소년의 옆구리를 팔꿈치로 쿡 찔렀다.

"야! 너 왜 그래?"

"얕보지 말라고." 소녀가 걸어가면서 말했다.

에드워드 스트리트까지 나온 소녀와 소년은 잠깐 멈춰 서서 지키는 자가 없나 확인을 했다. 그런 다음 조지스 로드 쪽으로 접어들었다. 그 길 입구에 '아처 차 공장'이라고 적힌 커다란 화살표 모양의 표지판이 보였다.

길 한쪽에는 멋스러운 3층 건물들이 자리잡고 있었다. 사람들이 막 일어난 듯 창문 커튼들이 들썩였다.

"브라운 박사님 딸 바이올렛이구나, 안녕?" 웬 목소리가 들렸다. 슬리퍼를 신은 체크무늬 가운의 남자였다. 현관에 갓 배달된 차 상자를 가지러 나온 참이었다.

"안녕하세요?" 소녀의 목소리가 떨렸다.

"자연스럽게 행동해. 그들은 너를 볼 수 있다는 거 기억하고." 보이가 속삭였다.

"나도 애쓰고 있거든! 넌 보이지 않으니까 쉽게 말할 수 있겠지!" 바이올렛은 누가 보면 그냥 미소를 짓고 있는 줄 알도록 이를 악문 채 입술도 움직이지 않고 말했다.

바이올렛은 되도록 그늘진 자리를 골라서 걸었다. 마침내 왼쪽에 회색 돌담이 나타났다. 보이가 해맑게 웃었다.

"다 왔다."

앞쪽에 검은색 철 대문이 달린 입구가 있었다. 그곳으로 사람들이 줄을 지어 차례차례 들어가고 있었다.

바이올렛과 보이는 바깥에 멈춰서 입구 안쪽을 살폈다.

"괜찮니, 바이올렛?" 누군가 물었다.

바이올렛은 화들짝 놀라서 뒤를 돌아보았다. 심장이 마구 뛰었다. 남색 모자를 쓰고 위아래가 붙은 남색 작업복 차림의 여자가 소녀를 쳐다보고 있었다. 모자에도 작업복에도 금색의 아처 차 상표가 자랑스럽게 박혀 있었다.

"예. 괜찮아요." 바이올렛은 일단 공손하게 대답했다. 그런 다음 재빨리 머리를 굴렸다. "반 아이들을 기다리고 있어요. 공장 견학을 하는 날이거든요."

"아, 훌륭하구나." 여자는 미소를 지었다. "유익할 거야. 너도 나중에 어른이 되면 여기서 일하게 될 수도 있단다. 꼭 그렇게 되어서 퍼펙트의 자랑이 되어 주렴! 그런데 너, 안경을 안 쓰고 있구나?"

"아, 저기……." 바이올렛은 당황한 티를 내지 않으려고 애썼다. 안경을 가져오는 걸 깜빡하다니! "망가졌어요. 그래서 엄마가 오늘 고쳐다 주신다고 했어요."

"잘됐구나, 애야." 여자는 바이올렛의 머리를 쓰다듬어 주고는 일을 하러 공장 안으로 들어갔다.

"퍼펙트 사람들은 의심할 줄 모르니 참 다행이야." 보이가 옆에서 쿡쿡 웃었다.

"하마터면 큰일 날 뻔했어. 더 많은 사람들 눈에 띄기 전에 어서 안으로 들어가자." 바이올렛이 한숨을 쉬고는 두리번거리며 말했다.

출입구 맞은편에 슬레이트로 지은 거대한 창고가 있었다.

보이는 출입구 아치를 지나 콘크리트 마당을 가로질렀다. 그런 다음 트럭도 드나들 수 있을 만큼 크게 뻥 뚫린 입구를 통해 창고 안까지 곧장 들어갔다. 하지만 바이올렛은 보는 눈이 없는지 확인을 하고 나서야 보이를 따라갈 수 있었다.

창고 안은 어마어마하게 넓었다. 한쪽에는 아처 차 상표가 찍힌 나무 상자들이 빼곡했고, 맞은편에는 처음 보는 이상한 말린 풀이 수백 묶음 쌓여 있었다. 바이올렛이 전에 보았던 지푸라기나 건초와 는 전혀 생김새가 달랐다.

호기심이 발동한 소녀는 그 말린 풀 더미로 가서 몇 가닥을 뽑아서 흔들어 봤다. 은빛이 나는 풀이었는데, 움직일 때마다 주위 사물들이 풀에 고스란히 비쳤다. 심지어 소녀의 모습까지도 반사가 되었다.

"이게 그 카멜레온 풀이라는 거구나. 맛만 원하는 대로 변하는 게 아니라 색깔도 그러네!" 소녀가 속삭였다.

"퍼펙트 밖에서 추수해서 여기로 실어 오나 봐." 보이가 엄청나게 큰 컨테이너 트럭을 가리켰다.

"근데 공장은 어디야? 여긴 그냥 창고잖아." 소녀가 물었다.

쌓여 있는 차 상자 바로 앞에 커다란 입구가 하나 더 보였다. 소녀 와 소년은 살금살금 다가가서 그곳을 살폈다.

맞은편에 기다란 직사각형 모양의 빨간 벽돌 건물이 보였다. 공장 이라기보다는 호텔처럼 보였다. 본관 건물 앞의 계단 끝에 하얀 기 둥이 지붕을 떠받치는 입구가 있었고, 그 양쪽에 둥그스름한 신사 모자를 쓴 쌍둥이 아처 형제의 청동상이 버티고 있었다. 그들 쌍둥이의 허세가 하도 어처구니없어서 바이올렛은 소리를 지를 뻔했다.

창문을 통해 보이는 공장 안은 수증기인지 연기인지 모를 것이 자욱했다. 길쭉한 공장 지붕을 따라 우뚝우뚝 늘어선 여섯 개의 굴뚝에서도 하얀 기체가 모락모락 피어올랐다. 입구 바로 위에는 '아처 차 공장'이라는 커다란 금색 글자가 박혀 있었다.

"보이, 봐봐." 소녀가 속삭였다.

공장 입구에서 왓처 두 명이 시시덕거리며 나오는 게 보였다. 그들은 입구에서 양쪽으로 갈라져서 각자 동상 옆에 버티고 섰다.

"저자들 뭐하는 거야?" 소녀가 물었다.

"경비를 맡은 왓처들 같아. 공장에도 왓처들이 있는 줄 몰랐어." 보이가 말했다.

"그럼 우리 어떻게 안으로 들어가지?"

그때 갑자기 요란한 소리가 울려 퍼졌다. 공장 옆쪽에서 나온 노란색 지게차가 덜컹거리면서 창고로 오는 게 보였다.

"바이올렛, 숨어." 보이가 급하게 속삭였다.

둘은 카멜레온 풀 더미 쪽으로 달려가 컨테이너 트럭 뒤로 숨었다.

조금 전 소녀와 소년이 공장 입구를 엿보던 곳을 통해 노란 지게차가 창고로 들어오더니 상자들 쪽으로 다가갔다. 그러고는 포크를 내리고 상자들을 번쩍 들어올렸다. 차는 다시 요란한 삐삐 소리와 함께 짐을 실은 채 창고를 빠져나갔다.

"상자를 공장 안으로 들여갔어. 저 상자들 안에 차를 담을 거야. 그러니까 우리 각자 상자에 들어가서 숨어 있으면 들키지 않고 공장 안으로 들어갈 수 있어!"

"보이, 괜찮을까? 상자가 무겁다고 이상하게 생각하면 어떡해?"

"사람이 아니고 지게차잖아, 바이올렛! 쉬워, 해 보자." 소년이 다음번 지게차에 실릴 차 상자 더미로 올라가면서 말했다.

소년은 상자 가운데 하나의 뚜껑을 열었다.

"충분히 넓어. 웅크리면 상자 하나에 한 명씩 들어갈 수 있어."

상자 더미 위로 조심스럽게 올라간 바이올렛은 소년이 열어 놓은 상자 안을 들여다보았다. 비좁고 갑갑해 보였다. 한 번 들어가면 관 속에 들어가듯 영영 나오지 못할 것 같다는 생각이 들었다. 소녀는 선뜻 들어가지 못하고 머뭇거렸다.

"어서. 시간이 없어." 보이가 입구 쪽을 흘깃거리며 재촉해 댔다.

소녀는 마지못해 상자 안으로 들어가 웅크리고 누웠다. 양쪽 무릎이 뺨에 닿았다. 소녀가 보이를 올려다보았다. 뚜껑을 닫자 온 세상이 캄캄해졌다.

"내가 꺼내 줄 때까지 기다려." 소년이 말했다.

소녀는 가만히 누워서 귀를 쫑긋했다. 보이가 자기 상자의 뚜껑을 닫는 소리가 들렸다.

그렇게 몇 십 년쯤 흐른 것 같았다. 마침내 삐삐 소리가 다시 시작되었다. 지게차가 창고에 가까워질수록 그 소리는 더 커졌다. 철커덩하고 포크가 내려가는 소리가 들렸고, 맨 아래까지 내려갔는지 짧게 쿵 소리가 났다.

곧이어 소녀가 들어 있는 상자가 덜컹거렸다. 바이올렛은 심장이 튀어나올 것 같았다. 소녀는 상자에 몸이 닿지 않게 더욱 웅크렸다. 머릿속에서는 온갖 끔찍한 생각들이 제멋대로 날뛰기 시작했다. 마음을 차분히 하려고 했지만 자꾸만 상자가 작아지는 느낌이 들었다. 후끈 몸이 더워졌다. 이마에서도 등줄기에서도 진땀이 줄줄 흘렀다. 기절할 것만 같았다. 하지만 정신을 잃으면 안 된다. 그래서 소녀는 아빠 생각을 했다. 아빠를 실망시키지 않을 거라고 다짐했다. 도무지 어떻게 해 볼 수 없게 머리가 빙빙 돌았다.

그런데 그때 갑자기 지게차의 움직임이 딱 멈췄다. 소녀가 든 상자가 아래로 내려가기 시작했다. 포크가 바닥에 닿는 순간 짧게 덜컹하는 느낌이 왔다. 그러더니 잠잠해졌다. 소녀는 어둠 속에서 보이를 애타게 기다렸다. 하지만 소년은 좀처럼 오지 않았다. 견디다 못해 혼자 힘으로라도 나가려고 하는데 마침 상자 뚜껑이 열렸다.

"나와." 소녀의 친구가 속삭였다. 얼굴이 나타났다. "다 갔어."

소년의 얼굴도 새파랗게 질려 있었고 온몸이 땀범벅이었다.

"괜찮아?" 바이올렛이 상자에서 나오며 물었다.

"멀쩡해." 보이가 얼른 맞받아쳤다.

"근데……."

"멀쩡하다고 했잖아, 바이올렛!"

"아하! 나만 좁은 공간을 무서워하는 게 아니었네, 그치?" 갑자기 기분이 훨씬 좋아진 소녀가 떠들어댔다.

보이는 애써 못 들은 척했고 바이올렛은 터져 나오려는 웃음을 꾹꾹 참으며 바닥으로 내려왔다.

그들이 들어온 곳은 작업 준비실이었고 옆쪽에 차 상자가 세 무더기 쌓여 있었다. 앞쪽에는 공항의 짐 찾는 곳에 있는 것과 비슷한 컨베이어벨트였다. 그 위에는 차 상자들이 줄줄이 늘어서 있었다.

바이올렛은 콘크리트 바닥에 노란색으로 그려진 동선을 따라서 하얀 문으로 갔다. 문 위에는 빨간 글씨로 큼직큼직하게 '작업장'이라고 쓴 안내판이 걸려 있었다.

"이거 입어." 보이가 불쑥 소녀에게 위아래가 붙은 작업복과 모자를 내주었다. 아까 공장 입구에서 만난 여자의 것과 똑같았다.

"어디서 났어?"

"옷걸이에 걸려 있더라고." 소년은 상자 뒤쪽을 가리켰다. "커서 헐렁하겠지만, 이거 입으면 사람들 틈에 섞일 수 있을 거야."

"그건 걱정하지 않아도 돼. 저렇게 수증기가 자욱한데 누가 우리를 알아보겠어?" 바이올렛은 문틈으로 하얗게 새어 나오는 증기를 보며 말했다.

소녀는 작업복 소매를 둘둘 걷었다. 그때 귀를 먹먹하게 만드는 사이렌 소리가 공장 안에 울려 퍼졌다. 컨베이어벨트가 움직이기 시작했다. 벨트 위의 차 상자들이 벽에 뚫린 구멍을 통해 작업장으로 실려 나갔다. 작업장에서는 온갖 시끄러운 소리들이 들려왔다. 보이가 하는 말이 바이올렛에게 한마디도 들리지 않았다.

보이가 문을 가리켰다.

"우리 저기로 나가야 돼!" 소년이 버럭 소리를 지르는 데 때마침 모든 소음이 딱 멈췄다. 적막한 실내에 소년의 목소리가 메아리쳤다. 보이와 바이올렛은 기겁을 했고 그대로 얼어붙었다. 이번에는 꼼짝없이 잡히겠구나 싶었다.

# CHAPTER 27

# 윌리엄의 해독제

바이올렛은 소름이 오싹 돋아서 진저리를 쳤다. 하지만 두려움을 얼른 털어 내고 문 쪽과 소년을 번갈아 보았다. 둘 다 꼼짝하지 않았다. 잠시 뒤에 바이올렛은 마음을 놓고 긴 숨을 내쉬었다.

"사람들이 네 목소리를 못 들었나 봐." 소녀가 속삭였다.

보이는 그제야 푸우 하고 숨을 내쉬었다. 창백했던 얼굴에 핏기도 돌아왔다. 소년이 막 어떤 말을 하려는데, 두 번째로 사이렌이 울렸고 컨베이어벨트 위의 상자들이 다시 움직이기 시작했다.

"일정한 주기로 움직이는 게 확실해." 소음이 다시 멈추자 보이가 속삭였다. "다음에 움직이기 시작하면 우리도 저 문을 열고 작업장으로 들어가자. 시끄러운 소리 때문에 우리가 들어가도 눈치채지 못할 거야. 그런 다음 윌리엄 아저씨가 말했던 탱크를 찾아서 그 안에 해독제를 넣고 여기서 나가면 돼!"

"흩어져서 찾는 게 더 빠를 거야." 바이올렛이 말했다.

"좋아. 나는 오른쪽을 살펴볼게. 너는 왼쪽을 맡아. 10분 뒤에 여기서 다시 만나."

둘은 이제나저제나 사이렌이 다시 울리기만을 기다렸다. 사이렌 소리에 맞춰 보이가 문을 열었다.

작업장에는 수증기가 자욱했다. 앞이 잘 안 보이는 것도 모자라 열기에 눈까지 쓰라렸다. 보이는 이미 오른쪽으로 사라져 버리고 없었다. 소녀도 조심스럽게 차 상자가 있는 준비실에서 작업장으로 들어섰고 왼쪽으로 향했다.

사람들은 각자 맡은 일을 하느라 바빴고, 수증기 커튼에 가려져 바로 옆에 있는 사람도 아련한 그림자처럼 보였다. 그들은 하나같이 똑같은 차림이었다. 바이올렛은 모자를 푹 눌러쓰고 사람들 사이에 끼어들었다.

소녀의 오른쪽에 또 다른 종류의 컨베이어벨트가 보였다. 그 컨베이어벨트 위로는 손잡이와 다이얼이 달린 기다란 파이프가 구불구불 뻗어 있었다. 파이프는 수시로 달가닥거리는 소리를 냈고, 압력을 낮추려는지 자꾸만 쉭쉭거리며 수증기를 뿜어 댔다.

한편, 컨베이어벨트 바로 위에는 길쭉길쭉한 카멜레온 풀이 넘쳐났다. 풀은 위쪽에 칼날이 달린 기계 쪽으로 실려 갔고, 기계는 빠른 속도로 움직이면서 풀을 잘게 다져 찻잎 크기로 만들었다. 바이올렛은 그 컨베이어벨트를 따라 앞으로 나아갔다.

온도가 올라가기 시작했고 소녀는 땀이 찬 작업복을 펄럭거리며 찻잎들을 바라보았다. 은빛 찻잎은 거대한 히터 밑을 지나면서 갈색으로 구워졌고 반짝임도 잃어버려서, 반대편으로 나올 때는 평범한 찻잎처럼 보였다.

윌리엄은 카멜레온 풀을 찻잎처럼 만드는 과정에서 아처 형제가 만든 약물을 뿌릴 것이라고 했지만, 아직까지 바이올렛은 아무것도 찾아내지 못했다. 소녀는 보이가 자기보다는 운이 좋았기를 빌었다.

다시 사이렌이 울리기 시작했다. 소녀는 맡은 일에 집중하고 싶었다. 하지만 너무 더웠다. 흘러내린 땀이 눈에 들어갔다. 소녀는 남색 작업복 소매로 흐르는 땀을 연신 닦아 냈다. 숨을 쉬기도 벅찼다. 소녀는 머리가 어지러워서 잠시 쉬려고 멈추었다.

"괜찮아요?" 뒤에서 누가 말을 걸었다.

"헉, 예." 소녀는 얼른 찻잎을 손으로 떠서 확인하는 척하면서 대꾸했다. "그…… 거, 검사를…… 밀도 검사를 하고 있어요!" 소녀는 엄마가 전에 케이크 반죽에 대해서 이야기한 것을 슬쩍 빌려다 둘러댔다.

남자는 고개를 끄덕이더니 다른 곳으로 갔다. 소녀는 그가 수증기 속으로 사라지기를 기다렸다가 서둘러 뱀처럼 구불구불 움직이는 컨베이어벨트를 따라서 오른쪽으로 갔다.

소녀가 갑자기 우뚝 멈췄다.

액체를 뿌리는 커다란 샤워기 아래로 찻잎들이 지나가고 있었기 때문이다. 그 샤워기는 천장 높은 곳에 설치된 깔때기 모양의 탱크와 연결되어 있었다. 윌리엄이 말했던 그 탱크가 분명했다.

소녀는 마음이 급해졌다. 어서 보이를 찾아야 했다. 그런데 갑자기 누군가 소녀를 붙잡더니 다짜고짜 입을 틀어막았다.

보이였다. "나야. 따라와!"

바이올렛은 소리가 나지 않게 안도의 한숨을 내쉬고 마음을 진정시켰다. 그러고는 친구를 따라 앞쪽에 보이는 문으로 들어갔다.

실내가 어두컴컴해서 소녀의 눈이 적응하는 데 시간이 좀 걸렸다. 오른쪽으로는 기다란 창문이 있어서 작업장 모습이 한눈에 보였고 왼쪽 벽에는 금색 액자에 담긴 조지 아처와 에드워드 아처의 사진들이 수도 없이 걸려 있었다.

그중에는 아처 형제가 공장 건물을 배경으로 당당하게 서 있는 사진도 있었고, 쌍둥이 형제를 중심으로 공장 직원들 전체가 질서정연하게 서서 활짝 웃는 표정으로 찍은 사진도 있었다. 그리고 사진 액자들 위에는 '직장 동료는 인생 동료, 아처의 일꾼은 퍼펙트의 일꾼'이라는 글귀가 떡하니 붙어 있었다.

실내 한가운데 놓여 있는 반질반질한 나무 탁자 위에는 머그잔들과 차들이 여기저기 놓여 있었고, 맞은편 벽에는 그날의 일과가 적힌 화이트보드가 걸려 있었다.

"너도 탱크 봤어?" 보이가 물었다.

소녀가 고개를 끄덕였다.

"약품이 거기 들어 있을 거야. 위로 올라가는 철 계단이 있기는 한데 올라가는 사람은 없더라고. 섣불리 올라갔다가는 들키고 말 거야." 보이가 말했다.

"그럼 눈길을 딴 데로 끌면 되지." 바이올렛은 자신감이 붙었다.

"그게 그렇게 쉽지 않아, 바이올렛. 온 사방에 작업자들이 있어. 게다가 그 사이사이를 감시하며 돌아다니는 왓처들이 몇 사람 더 있더라고. 우리가 여기 왔다 간 걸 들키면 안 돼. 그랬다가는 작전 전체가 다 엉망이 돼 버려!" 보이가 말했다.

"차 상자들은?" 바이올렛이 창문 밖을 가리켰다. "봐!"

액체가 뿌려진 찻잎은 두 번째 히터 밑을 지나면서 말려진 다음, 아래쪽 컨베이어벨트에 실린 차 상자로 쏟아져 들어갔다. 차 상자 하나가 가득 차면 밀려 나가고 다른 상자가 그 자리에 들어왔다. 그 모든 것이 질서 있게 착착 이뤄졌기 때문에 살짝만 어긋나도 작업 전체가 엉망이 되는 구조였다.

"우리가 차 상자가 있는 곳으로 가서 상자가 작업장으로 들어오지 못하게 막아 버리면 어떨까? 그럼 전체 작업이 다 멈추겠지? 모두 연결되어 있으니까 말이야. 찻잎이 바닥으로 쏟아지면 난리가 날 거야. 왓처들도 와서 도와줘야 할걸. 아마 스스로 생각할 힘이 없는 작업자들은 그럴 때 어떻게 해야 할지 몰라서 쩔쩔맬 테니까." 바이올렛이 꾀를 내었다.

"좋은 생각이야. 그러면 되겠어. 이제 너 중간 지대 사람이 다 되었는걸! 퍼펙트로 돌려보내기 아깝다!" 보이가 짓궂게 웃었다.

"우리가 이번 일에 성공하면 퍼펙트도 없어지길 바랄 뿐이라고!"

공격 계획을 꼼꼼히 짠 둘은 때를 기다렸다. 모든 것이 정확하게 딱딱 들어맞아야 하니까.

보이는 차 상자를 운반하는 컨베이어벨트를 막아 소란을 일으키는 일을 맡았다. 차 상자들이 안 움직이면 찻잎들이 그냥 바닥으로 쏟아져 버릴 테고 그러면 작업자들이 당황해서 쩔쩔 맬 테니까. 그 틈에 바이올렛은 윌리엄이 만들어 준 해독제를 약품이 들어 있는 탱크에 쏟아 넣으면 되었다. 그러면 컨베이어벨트에 놓인 찻잎에 해독제가 들어간 액체가 뿌려질 것이고, 하루 정도만 지나면 퍼펙트 사람들도 다시 눈이 보이게 될 터였다. 간단했다.

"잊지 말고 신호할 때까지 기다려." 사이렌 소리에 맞춰 보이가 회의실을 나가면서 말했다.

혼자 남은 바이올렛은 회의실 안을 왔다갔다하면서 때를 기다렸다. 쌍둥이 아처 형제의 사진이 소녀를 내려다보고 있었다. 작업장은 보통 때와 다름없어 보였다. 상자들은 계속해서 들어왔고 기다리는 시간이 길어질수록 바이올렛은 더 조바심이 났다.

보이가 나가고 두 번째 사이렌 소리도 멈췄지만, 차 상자들은 꾸준히 들어왔다. 세 번째 사이렌 소리가 멈출 때까지도 아무런 변화가 없었다. 심장이 마구 두근거렸다. 소녀는 불안한 마음에 윌리엄이 준 플라스크를 만지작거렸다.

그때 날카로운 소리가 메아리쳤다. 소녀는 창문으로 작업장을 살폈다. 보이가 행동을 개시한 것이다. 소녀는 허리춤에 플라스크를 안전하게 끼워 넣고서 숨을 가다듬은 다음 작업장으로 몰래 숨어들었다.

작업자들이 자욱한 수증기를 헤치고 컨베이어벨트로 우르르 몰려갔다. 보이가 무엇을 어떻게 했는지 모르겠지만 아무튼 효과가 있었고 찻잎들이 바닥으로 좌르륵 쏟아져 내렸다. 사람들이 양동이를 들고 우왕좌왕했다. 분위기 파악이 끝난 소녀는 침착하게 그 아수라장을 헤치고 나아갔다. 소녀는 걸음을 재촉했다. 깔때기처럼 생긴 약품 탱크로 올라가는 철 계단이 바로 앞에 보였다. 계단에 막 첫발을 디딘 순간 누군가 소녀를 붙잡았다.

"찻잎이 다 떨어지고 있어, 찻잎이 다 떨어지고 있다고." 어떤 남자가 허둥지둥 소녀의 손에 양동이를 쥐어 주면서 소리쳤다.

소녀는 얼떨결에 그 양동이를 받았다. 순간 허리춤에 끼워 놓았던 플라스크가 소녀의 바짓가랑이 속으로 미끄러져 내려갔다. 소녀는 플라스크가 바닥에 떨어지기 직전에 아슬아슬하게 양동이를 내동댕이치고 플라스크를 잡았다.

"찻잎이 다 떨어지고 있다니까! 찻잎이 다 떨어지고 있다고! 난리

났다고, 난리 났어." 남자는 여전히 고래고래 소리를 질러대며 소녀를 잡아끌었다.

하지만 정작 컨베이어벨트 주위에 모인 작업자들은 우두커니 서서 찻잎이 바닥으로 쏟아져 내리는 걸 지켜보고만 있었다.

어디선가 왓처 두 명이 불쑥 나타났다. 바이올렛은 혹시라도 그들이 소녀를 의심할까 봐 얼른 고개를 돌렸다. 소녀는 자꾸만 퍼펙트 사람들 눈에는 왓처들이 보이지 않아야 맞는다는 것을 깜빡했다.

소녀는 부들부들 떨리는 손으로 플라스크를 허리춤에 다시 한 번 단단히 끼워 넣은 뒤, 안경 쓰지 않은 걸 들키지 않기 위해 모자를 더 깊숙이 눌러 썼다.

"가끔 보면 이 사람들 되게 한심하다니까." 왓처 하나가 어떤 사람의 양동이를 낚아채서는 떨어지는 찻잎을 받으면서 툴툴거렸다.

그에게 양동이를 빼앗긴 작업자가 자기 빈손을 멍하니 내려다봤다. "봤어?" 그가 옆 사람에게 말했다. "양동이가 저절로 움직여!"

"자동으로 움직이는 양동이니까." 옆에 있던 남자가 말했다. "아처 사장님이 발명했겠지. 우리가 여기 서서 기다리다 보면 양동이들이 다 알아서 처리할 거야!"

바이올렛은 듣고도 믿을 수가 없었다. 윌리엄의 말이 옳았다. 상상력이 없는 사람은 정말 아무것도 아니었다.

소녀는 어서 그 자리를 빠져나가서 계단으로 가야 했다. 하지만 왓처에게 걸릴까 봐 섣불리 움직일 수 없었다. 소녀는 보이를 찾아 주위를 두리번거렸다. 소년은 보이지 않았다.

"그거 이리 내 놔, 이 한심한 바보야!" 왓처가 또 다른 의심할 줄 모르는 작업자에게서 양동이를 빼앗았다.

"야, 나를 도울 거야, 말 거야?" 그가 옆에 한가로이 서 있는 다른 왓처를 보고 신경질을 부렸다. "계속 넋 놓고 구경만 할 거야? 이 한심한 작업자들하고 네가 다를 게 뭐 있어?"

"네가 다해. 나한테 이래라저래라 하는 네 잔소리 이제 지긋지긋해!" 다른 왓처가 짜증을 냈다.

"너 지금 뭐랬어?" 첫 번째 왓처가 버럭 소리를 지르며 양동이를 내던지고 주먹을 꽉 쥐었다.

찻잎들이 바닥에 다시 쏟아지자 주위에 있던 작업자들이 당황해서 웅성거리기 시작했다.

"양동이가 이상해, 양동이가 이상하다고." 그중에 한 여자가 꽥꽥 소리를 질러대며 작업장을 뱅글뱅글 뛰어다니기 시작했다.

바이올렛은 그 틈에 탱크로 가는 철 계단으로 뛰어올랐다. 고함

소리가 높아졌다. 소녀는 혹시 들켰나 싶어서 뒤를 돌아봤다.

왓처들이 엎치락뒤치락 바닥을 뒹굴며 싸우고 있었다. 그 싸움을 말리려고 다른 왓처들이 달려왔다. 작업자들은 그 주위에 둘러서서 입을 쩍 벌린 채 보이지 않는 힘에 의해 튕겨져 나가는 양동이와 사방으로 튀는 찻잎들을 멍하니 지켜보았다.

바이올렛은 더 빠른 속도로 계단을 올라갔다. 마침내 계단 꼭대기에 다다른 소녀는 플라스크를 꺼냈다. 탱크 둘레에 쇠로 된 발판이 붙어 있었다. 발판에 올라가 탱크 둘레를 한 바퀴 빙 돌면서 미친 듯이 찾아보았지만 해독제를 넣을 틈은 없었다.

그때 탱크 꼭대기에 붙은 원통 모양 투입구가 보였다. 사다리가 그곳까지 놓여 있었다. 누군가 올려다보았더라면 틀림없이 들켰겠지만, 다행히 왓처들은 싸움에 정신이 팔려 있었다.

소녀는 플라스크를 입에 문 채, 양손으로 사다리를 잡고 단숨에 그 꼭대기까지 올라갔다. 소녀는 무심결에 밑을 내려다보았다. 작업장 바닥이 까마득하게 보였다. 팔이 후들거리고 머리가 어지러웠다. 소녀는 잠시 정신을 가다듬었다.

탱크 꼭대기에는 자동차 핸들 같은 작은 손잡이가 있었다. 소녀는 손잡이가 있는 곳으로 기어가서 있는 힘을 다해 손잡이를 돌렸다.

가슴이 방망이질 쳤다. 처음에는 좀 **빡빡**했지만 이내 잘 돌아갔다. 그리고 마침내 투입구가 열렸다.

플라스크의 코르크 마개를 뽑은 소녀는 뿌연 액체가 든 플라스크에 입맞춤한 다음, 플라스크 안에 든 것을 탱크 속에 부었다. 그러고는 투입구 뚜껑을 닫고 사다리를 내려왔다.

그때까지도 왓처의 싸움은 끝나지 않아서 소녀는 철 계단을 다 내려와 보이가 기다리는 회의실까지 무사히 들어갔다.

소녀는 말없이 소년에게 까딱 고갯짓을 했고 곧바로 친구를 따라 수증기를 헤치고 작업장 주 출입구 쪽으로 갔다. 왓처들이 모두 안에 들어가 있었기 때문에 보이와 바이올렛은 아처 형제의 청동상 사이를 지나 유유히 빠져나갈 수 있었다.

둘은 공장 뜰을 후다닥 가로질러 일단 창고로 갔고, 작업복과 모자를 숨겼다.

"해독제는 탱크에 제대로 넣었어?" 보이가 허리를 숙이고 숨을 헐떡이면서 물었다.

"응." 바이올렛도 헉헉대며 대꾸했다.

"아무도 못 봤지?"

"응. 내 생각엔. 다들 싸우느라 바빴거든."

"그럼 우리가 해낸 거겠지? 퍼펙트 사람들도 이제 곧 시력을 되찾을 수 있겠다!"

바이올렛은 뭐라 말해야 좋을지 몰라서 그냥 고개만 끄떡였다. 소녀는 아직 얼떨떨했다.

그 아침에 이뤄 낸 작전의 성공으로 한껏 들뜬 소년과 소녀는 씩씩하고 당당하게 조지스 로드를 따라 퍼펙트 시내로 들어섰다. 에드워드 스트리트는 벌써 오가는 사람들로 분주했다.

보이는 퍼펙트 시민들 눈에 보이지 않아서 괜찮았지만, 바이올렛은 혹시나 누가 알아볼까 봐 내내 고개를 푹 숙이고 걸었다.

마침내 아처스 애비뉴에 접어들자 소녀는 심장이 마구 뛰어서 자기도 모르게 래그 레인으로 들어갔다. 보이가 소녀를 잡아끌었다. "그쪽이 아냐. 이쪽이야, 바이올렛!"

소녀는 소년을 따라 아이리스 아처의 집을 지나쳐 길 끄트머리까지 갔다. 마침내 그들은 그날 아침 일찍 밧줄을 타고 내려왔던 담벼락 앞에서 걸음을 멈추었다.

보이는 도마뱀처럼 돌과 돌 사이의 작은 틈과 패인 자국들을 이용해서 담을 타고 올라갔다. 담장 꼭대기까지 올라간 소년은 해맑은 웃음만 남기고 담장 너머로 사라졌다. 조금 있으려니 밧줄이 소녀 옆으로 툭 떨어졌다.

"어서, 붙잡아." 보이가 말했다.

바이올렛은 잠자코 시키는 대로 했다.

"이제 두 발로 담장을 디디고 걸어 올라와. 쉬워!"

"쳇! 퍽이나 쉽겠다!" 바이올렛은 뾰로통한 표정으로 밧줄을 붙잡은 손에 힘을 주었다.

소녀는 두 팔에 힘을 주어 밧줄을 당기면서 천천히 담을 타고 올라갔다. 꼭대기까지 올라가니 힘이 쭉 빠졌다. 소녀는 보이를 째려봤다. 그러고는 담장 아래를 흘깃 굽어봤다. 순간 소녀의 몸이 휘청했고 소년이 소녀의 팔을 잡았다.

"고마워." 질겁한 소녀가 말했다.

그들이 올라서 있는 담장은 꽤나 높아서 중간 지대도 퍼펙트도 두루두루 내려다보였다. 겨우 담장 하나로 나뉜, 한 도시 안에 숨겨진 또 하나의 도시. 아침에는 너무 긴장을 해서 그런 경치가 하나도 보이지 않았다. 그런데 지금은 달랐다. 둘로 나뉘지 않았더라면 정말 아름다운 도시였을 텐데!

# # CHAPTER 28 #

## 두려움과
## 패배감

바이올렛과 보이는 퍼펙트로 들어오기 위해 지나 왔던 곳을 다시, 조심조심 지붕을 건너고 또 건너서 욕실 창문까지 갔다. 그 창문을 넘어 욕실을 지나 세 층을 한달음에 내려가 포가튼 로드로 나갔다.

거의 한낮이 다 되었기 때문에 그 큰 길도 적막하기만 했다. 둘은 왓처들의 눈을 피해 뒷골목을 따라 이리저리 움직였다. 위켐 테라스에 다가오자 사뭇 분위기가 다르게 느껴졌다. 뭔가 심상치 않았다. 허름한 집에서 웬 여자가 부랴부랴 튀어나왔다.

"저 계집애야! 저 계집애!" 그 여자는 바이올렛을 가리키면서 소리쳤다.

바로 그 집에서 바이올렛의 엄마와 나이가 비슷할 것 같은 또 다른 여자가 뛰어나오더니 소녀의 윗도리를 잡고 거칠게 뒤로 당겼다.

"네가 왓처들을 부추겨서 우리를 괴롭히지 않아도 우리는 이미 충분히 고달프게 살고 있다고, 이 뻔뻔한 것아!" 두 번째 여자가 호통을 쳤다.

"놔 주세요! 제가 뭘 잘못했다고 이러세요?" 바이올렛은 여자의 손아귀에서 빠져나오려고 몸부림쳤다.

"아직은 잘못을 저지르지 않았을지도 모르지, 하지만 네가 그러려고 하고 있잖아, 너하고 네 친구가! 우리 좀 그냥 내버려 두란 말이야! 조용히 좀 살자!"

"얘는 아무 짓도 안 했어요." 보이가 중간에 끼어들어 바이올렛을 뒤로 빼냈다.

"윌리엄 아처의 공방에서 혁명을 일으키자는 이야기들을 하고 있어. 벌건 대낮에 중간 지대 사람들이 슬금슬금 돌아다니면 왓처들이 의심하지 안 해? 그 배후에 너희들이 있다고 벌써 온 동네에 소문이 쫙 돌았어. 이래도 모른다고 잡아뗄래?" 여자는 보이에게 얼굴을 바짝 들이밀고 씩씩댔다.

보이는 바이올렛의 손을 잡고서 윌리엄의 공방이 있는 곳까지 있는 힘을 다해서 달렸다. 그들은 좁은 골목을 이리저리 빠져나와, 금방이라도 무너질 것 같은 공방 문을 노크도 없이 벌컥 열었다.

처음엔 후끈 열기가 느껴졌고, 다음에는 땀 냄새가 코를 찔렀다. 공방 안에는 사람들이 바글바글했다. 소녀와 소년은 안쪽으로 들어가기 위해 수많은 다리들 사이를 뚫고 지나가야 했다.

바이올렛이 중간 지대에서 오고가며 마주쳤던 얼굴들도 몇 있었지만 나머지는 처음 보는 사람들이었다. 윌리엄은 높이가 맞지 않아 덜커덕거리는 낡은 받침대 위에 올라서서 사람들을 마주 보고 있었고 모인 사람들은 대부분, 드문드문 만족스러운 표정을 짓고 있는 사람들을 빼고는 그를 향해 불평불만을 터트리고 있었다.

"왓처들은 어쩌고? 우리 중간 지대 사람 숫자가 그자들을 누를 만큼 많지 않잖아!" 한 남자가 소리쳤다.

"퍼펙트 주민들을 원래대로 바꾸면 충분합니다! 그런 다음에 싸워야죠. 여러분이 함께해 준다면 나는 이 한 몸 기꺼이 바칠 수 있습니다!" 윌리엄이 말했다.

"우리는 그자들을 못 이겨!" 또 다른 남자가 외쳤다.

"행운의 여신이 우리 편에 서 줄 것입니다! 퍼펙트에 있는 가족 친지들이 우리가 이렇게 멀쩡히 살아 있다는 것만 깨닫게 되면 그들도 우리와 함께할 겁니다, 두고 보십시오!" 윌리엄이 대꾸했다.

"그 사람들이 무슨 수로 우리를 알아본다는 거야? 이제까지 그게 제일 큰 문제였잖아, 윌리엄? 나는 이미 오래전에 자네가 이런 말도 안 되는 주장을 접은 줄 알았는데. 자네가 이러는 건 우리들 그 누구한테도 도움이 되지 않아. 우리는 결국 이 중간 지대를 벗어나지 못할 거고. 그쯤 했으면 이제 자네도 그 사실을 받아들일 때가 되지 않았나?"

"프레드릭, 자네 같이 상상력이 뛰어난 사람이 그런 패배감에 젖은 소리를 하다니!" 윌리엄이 상대방을 똑바로 쳐다보면서 말했다. "그들은 우리를 다시 볼 수 있게 될 걸세! 약속하네!"

"윌리엄, 지킬 수 없는 약속은 하지 말게!"

"볼 수 있어요." 바이올렛이 사람들을 헤치고 앞으로 나섰다.

"바이올렛!" 윌리엄이 받침대에서 펄쩍 뛰어 내려오며 소리쳤다. "정말 다행이다! 무사히 돌아왔구나! 보이는? 같이 왔지?"

"저기 있어요." 바이올렛은 사람들 틈에 있는 소년을 가리켰다.

"어떻게 됐어?" 윌리엄이 걱정스럽게 속삭였다.

바이올렛은 빈 플라스크를 허리춤에서 꺼내서는 그에게 전했다. 윌리엄은 두 손으로 그것을 고이 받아 꼭 끌어안고서 깊은 숨을 오래오래 들이마셨다.

"우리들의 가족들은 반드시 우리를 보게 됩니다!" 윌리엄이 다시 받침대 위로 뛰어 올라가서 소리쳤다.

그는 누구나 볼 수 있게 플라스크를 높이 치켜들었다. "어린 친구 둘이 그렇게 되도록 하고 왔습니다!"

사람들이 웅성거리기 시작했다. 윌리엄은 분위기가 좀 진정되기를 기다렸다가 그간의 일들을 설명했다.

"아처 형제가 만든 차가 우리의 가족들 눈을 멀게 만들었지만, 내가 만든 해독제를 그 차에 넣었으니 곧 효과가 나타날 것입니다. 이 자리에 있는 용감한 두 친구가 오늘 아침 아처 차 공장에서 생산되는 찻잎에 이 해독제를 뿌리고 왔습니다. 내 형들은 매일 갓 우려낸 차를 집집마다 직장마다 공급하는 걸 자랑이며 기쁨으로 여긴다고 들었습니다. 그 덕분에 내일쯤, 우리가 한때 누볐던 퍼펙트의 그 길을 다시 걷는다면 가족들도 우리를 다시 볼 수 있게 될 것입니다. 하지만 아직은 우리를 기억하지 못할 것입니다. 그래서 우리는 다음 작전을 시작해야 합니다. 상상력 복원기로 그들에게 상상력을 주입하는 일을 말입니다. 우리가 거기까지 해내면 퍼펙트는 무너지게 되어 있습니다."

"상상? 뭐?" 방 끝에 있던 누군가 어이없다는 듯 웃었다.

"상상력 복원기." 윌리엄은 또박또박 다시 말했다. 그러고는 자기 형들이 만든 장밋빛 안경이 상상력을 훔쳐 낸다는 사실과 그 안경에 적용된 현실 조작 기술이 안경을 쓴 사람에게 아처 형제가 원하는 것만을 볼 수 있게 만든다는 사실, 그리고 윌리엄 자신이 발명한 상상력 복원기가 그 모든 것을 어떤 식으로 되돌리는지에 대해서 차근차근 설명해 나갔다.

"그럼에도 불구하고 우리 가족들은 왜 내 형들에게 맞서 싸우지 않으며, 왜 우리가 사라졌으며, 왜 퍼펙트가 그렇게 돌아가고 있는지에 대해 전혀 의문을 갖지 않느냐? 지금과는 다른 삶을 상상할 능력을 잃어버려서, 그 무엇도 이상하게 보이지 않기 때문입니다. 그들은 독립적인 생각을 할 수 없게 되어 버렸습니다." 윌리엄이 긴 설명을 끝맺었다.

공방 뒤쪽에서 누군가 코웃음을 쳤다. "끝까지 여기 남아서 우리의 궁금증에 대한 자네의 대답을 듣기 잘했네, 윌리엄. 덕분에 나는 자네가 돌았다는 걸 확실히 알게 됐거든. 나는 빠지겠네." 붉은 수염을 기른 남자였다. 남자는 사람들을 헤치고 문으로 갔다.

"샘, 자네도 한때는 돌았다는 소리를 듣지 않았나? 자네도 한때는 좋아하는 일을 위해 거침없이 덤벼 보지 않았나? 사람들에게 몽상가라고 손가락질 받았던 때를 돌이켜 생각해 보게. 바로 그랬기 때문에 자네도 이 중간 지대에 들어오게 되었잖아! 우리 모두 다 그래서 여기 있는 게 아닌가? 우리는 모두 한때 몽상가들이었네. 우리 다시 함께 꿈을 꿀 수는 없겠는가?"

"나는 이제 혈기 왕성했던 그때의 내가 아니네, 윌리엄. 자네도 좀 철이 들게. 현실을 받아들이고 적응을 해. 여기에 뿌리를 내리고 살아. 이제 자네한테 남은 것은 그것뿐이야!"

다른 사람들도 묵묵히 붉은 수염을 따라 윌리엄의 공방을 나가기 시작했다.

"왜 이제 와서 이러는가, 윌리엄?" 또 다른 남자가 물었다. "애초에 우리는 함께 싸웠네. 그러다 자네가 갑자기 사라졌고, 결국 우리도 모두 포기하고 말았어. 도대체 무슨 일이 있었기에 다시 싸우겠다고 나서게 되었나? 무엇이 숨어 있던 자네를 끌어냈는가 말이네."

윌리엄이 고개를 돌려 그를 보고 말했다. "마큘라 때문이라네, 메릴. 내 형들이 그녀를 데리고 있어. 그때의 나는 싸워서 되찾고 싶은 게 사라져서 포기했어. 그녀가 죽은 줄 알았으니까. 그런데 여기 있는 바이올렛과 보이의 도움으로 그녀가 아직 살아 있다는 것을 알게 됐네. 그래서 이렇게 나서게 되었네."

그래도 사람들은 여전히 하나둘씩 공방 문을 나섰다.

"여러분! 우리는 다르기 때문에 지금 중간 지대에 있습니다!" 윌리엄은 공방을 빠져나가는 사람들을 향해 외쳤다. "여러분의 상상력은 어디로 갔습니까? 투지는 어디로 갔습니까? 여러분은 지금 모두 퍼펙트 주민들처럼 행동하고 있습니다! 우리에게는 퍼펙트에 있는 가족들에 대한 책임이 있습니다. 누가 그들에게 길을 보여 주고, 그들을 일깨울 수 있겠습니까? 모든 것이 우리 추방자들에게 달렸습니다! 시도조차 해 보지 않는다면, 우리도 아처 쌍둥이의 뜻에 따라 조종당하는 게 아니고 뭡니까? 퍼펙트 주민들은 보이지 않는다는 핑계라도 댈 수 있지만, 여러분은 보고도 못 본 척하실 겁니까?"

"철 좀 들어, 윌리엄 아처! 중간 지대는 이제 우리 고향이야. 우리가 왜 싸워야 하는데? 나는 반란을 일으켰을 때의 일들을 똑똑히 기억해. 매 맞고 피 흘리던 기억이 생생하단 말이야! 나는 그때로 돌아가고 싶지 않아. 또 왓처들의 탄압을 받게 되면 내가 당신을 가만두지 않겠어!" 어떤 여자가 공방을 나가면서 고래고래 소리쳤다.

계속해서 사람들은 등을 돌리고 밖으로 나갔다. 윌리엄도 받침대에서 내려섰다.

"소용없어. 저들은 우리와 함께 싸워 주지 않겠어!" 윌리엄이 두 손으로 머리를 감싸 쥐며 괴로워했다.

바이올렛이 앞으로 나섰다. "괜찮아요. 우리끼리 하면 돼요. 힘들기는 하겠지만 우리는 해낼 수 있어요!"

"바이올렛." 윌리엄이 소녀를 보며 미소를 지었다. "넌 참 사랑스런 아이구나. 열정이 대단해. 하지만, 봐라. 그 많은 사람들을 상대하려면 우리 셋으로는 모자라."

"넷은 어때?" 그때 컴컴한 공방 귀퉁이에서 누가 나섰다.

"메릴! 가 버린 줄 알았는데?"

"솔직히 고백하자면 나도 그러려고 했지. 근데 우리 함께 자네 형들한테 맞섰던 그 시절, 그 패기가 그립더라고. 그냥 여기서 장난감이나 만들면서 근근이 살아갈 수도 있겠지만, 가족의 빈자리까지 채워지는 건 아니기도 하고. 이제 나도 내 가족을 되찾아야겠어! 그러니 내게도 무슨 일이든 맡기게!"

# CHAPTER 29 #

# 특공대

윌리엄은 옛 친구를 얼싸안았다.

"저 사람은 누구야?" 바이올렛이 속삭였다.

"메릴 마르크스라고 장난감 공방 아저씨. 이 중간 지대에서 저 아 저씨 공방이 제일 좋아. 우리한테 장난감도 공짜로 나눠 줘." 보이가 해맑게 웃었다.

바이올렛은 보이의 말만 듣고도 메릴이란 사람이 좋아졌다. 하지 만 여전히 네 사람이 전부였다. 훨씬 많은 사람들이 힘을 합쳐야 왓 처들을 누르고 퍼펙트와 아빠를 구할 수 있을 텐데.

"이곳 중간 지대 사람들에게 헤어진 가족과 다시 합칠 수 있다는 걸 보여 줄 수만 있으면 그들도 우리 편에 서서 싸워 줄 텐데." 윌리엄이 말했다.

"그걸 어떻게 해내지? 말은 그럴싸한데 그건 그냥 꿈일 뿐이잖나, 윌리엄." 메릴이 물었다.

"상상력 복원기를 써야지. 퍼펙트 주민들에게 상상력을 되돌려 주고 우리 중간 지대 사람들을 보게 해야지. 그러면 그쪽에서도 이리 넘어와서 우리 편이 되어 줄 걸세. 틀림없어!"

"과거에 우리가 반란을 일으켰을 때 겪어 봐서 알지 않나? 왓처들을 물리치려면 그 정도로는 어림없네, 윌리엄." 메릴이 말했다.

"그렇기는 하지만 우리밖에 없는 것은 아닐 걸세. 여기서 일단 소란을 일으켜서 왓처들이 이곳에 신경 쓰느라 정신없는 틈에 퍼펙트로 숨어들어 가서 시민들을 변화시켜야 해. 그러면 우리 고향을 되찾을 만큼의 많은 사람들을 모을 수 있을 거야!"

"근데요, 상상력 복원기를 쓰려면 우선 빼앗긴 상상력이 있어야 하잖아요. 그래야 사람들한테 상상력을 돌려줄 수 있죠. 어떻게 하면 아처 형제한테 들키지 않고 상상력이 들어 있는 유리 단지를 빼내 올 수 있을까요?" 바이올렛이 물었다.

잠자코 창가에 앉아 있던 보이가 벌떡 일어났다. "제가 사람들을 좀 모아 올게요. 좀 어리긴 해도 에너지는 넘치는 사람들이에요." 소년은 해맑게 웃었다. "그들 도움을 받으면 상상력이 담긴 단지들을 빼낼 수 있을 거예요."

"그게 누군데, 보이?" 윌리엄이 물었다.

"보육원에서 함께 지내는 제 친구들이요!"

"안 돼." 윌리엄과 메릴이 동시에 고개를 저었다.

"아직 어린아이들이잖니, 보이!" 메릴이 소년을 똑바로 쳐다보면서 말했다.

"위험해서 안 돼." 윌리엄도 덧붙였다.

"아직 모르시나 본데 얘랑 저도 어려요." 바이올렛이 허리에 양손을 짚고서 따지듯 말했다.

"얕잡아 보지 마세요. 우리는 이 중간 지대에서 자랐어요. 제가 아는 그 어떤 어른보다 용감해요." 보이가 해맑게 웃었다.

"그래서, 보이. 네 계획을 말해 봐." 바이올렛이 물었다.

"상상력 단지를 가져오려면 손이 많이 필요하잖아? 근데 우리는 굉장히 잽싸고 빠르단 말이지. 어림잡아 한 번에 스무 개쯤은 가져올 수 있을 거야. 아저씨들, 그 정도면 이 중간 지대 사람들한테 우리 작전이 성공할 수 있다는 믿음을 줄 수 있겠죠?" 보이가 물었다.

윌리엄이 천천히 고개를 끄덕였다. "그래, 그럴 것 같구나. 퍼펙트 주민 스무 명을 일깨워서 이리로 데려올 수만 있다면 아무도 우리 작전에 대해 군소리를 하지 않겠지."

"네. 다들 몸집도 작고 가벼우니까 출렁다리를 건너가도 괜찮을 거예요. 눈동자 풀을 돌보는 왓처들이 자는 동안 유령 주택 단지와 공동묘지를 지나서 굴로 들어간 다음, 아처 쌍둥이의 비밀 창고로 들어가서 상상력 단지들을 챙겨서 돌아오면 돼요."

"그렇지만 보이, 상상력 흡입팀 왓처들은 어떡해? 지하 숙소에 그들이 있으면?" 바이올렛이 물었다.

"그러니까 때를 잘 맞춰야지. 순찰을 나가고 없을 때를 틈타서."

"보이, 아무래도 위험해서 안 되겠다." 윌리엄이 말했다.

"알아요. 하지만 이번 작전이 성공하면 제 친구들도 집으로 돌아갈 수 있어요. 보육원에 있으면 맨날 애들 우는 소리가 들려요. 집에서 가족들과 있는 꿈을 꾸다가 깨어 보면 중간 지대라 우는 거예요. 처음에 제가 바이올렛의 아빠를 찾아갔던 것도 그것 때문이에요. 저는 그분이라면 제 친구들을 가족 품으로 돌아갈 수 있게 도와주실 줄 알았어요. 암튼 그러니까 제 친구들은 그 정도 위험은 겁내지 않을 거예요."

"네가 그렇게 자신이 있다면 알겠다. 듣고 보니 그렇겠구나 싶다." 윌리엄은 그렇게 말하고 메릴과 바이올렛을 돌아보며 물었다. "두 사람 생각은?"

"저는요, 애들이 어른들보다 훨씬 똑똑하다고 생각해요!" 바이올렛이 씽긋 웃었다.

"찬성이라는 말을 뭐 그렇게 어렵게 하니, 바이올렛?" 메릴이 유쾌하게 말했다. "나도 찬성이네. 보이의 말이 무슨 뜻인지 나도 잘 알지. 내 장난감 공방에 거의 매일 와서 천진난만하게 노는 아이들을 보면 마음이 짠해. 그 아이들도 가족 품에서 자랄 권리가 있어. 그러니 아이들이 가겠다면 나도 막지 않겠네."

"상상력 단지를 빼내는 걸 형들이 알아서는 안 돼. 그들이 낌새를 챈다면 다 끝장이니까." 윌리엄은 보이를 똑바로 보고 진지하게 말했다.

"모르게 할게요. 창고에 상상력 단지가 하도 많아서 스무 개쯤 없어져도 티도 안 나요. 그리고 저희들은 유령 주택 단지 쪽으로 되돌아 올 거예요. 아마 우리들이 그 창고에 들어갔을 줄은 꿈에도 생각 못할 걸요. 우리가 들키지 않고 몰래 돌아다니는 거 하나는 진짜 잘하거든요!"

네 사람은 보이와 바이올렛이 밀려오는 잠에 눈이 감겨서 도저히 버틸 수 없을 때까지 열심히 작전을 짰다. 윌리엄은 그래도 버티려는 두 아이를 고집스럽게 재우고, 메릴과 함께 상상력 복원기를 점검했다.

※　　※　　※

어느새 해가 중간 지대를 둘러싼 높다란 돌담 너머로 지기 시작했다. 거리가 어둑어둑해지고 있었다. 윌리엄이 조심스럽게 두 아이를 깨워서 윙윙거리는 기계를 보여 주었다.

"살짝 손을 좀 봤더니 잘 돌아가는구나! 이제 상상력만 좀 있으면 된다!" 윌리엄은 뿌듯한 표정으로 기계를 반들반들하게 닦았다.

"그건 저희한테 맡기세요! 곧 아이들이 깨어날 시간이에요." 보이가 해맑게 웃었다.

"정말 이 작전이 성공할까?" 메릴이 물었다.

"당연하죠. 애들은 못하는 게 없거든요." 바이올렛이 대꾸했다. "원래 일을 복잡하게 만드는 건 어른들이니까요."

"윌리엄 아저씨, 만나는 장소 잊지 않았지요?" 보이가 중간에 끼어들었다.

"걱정 마라, 보이. 소중한 친구 같은 이 기계와 함께 래그 트리 옆에서 기다리고 있을 테니."

보이와 바이올렛은 두 어른에게 인사를 한 뒤, 작전을 위해 또다시 윌리엄의 공방을 나섰다. 바이올렛은 보이와 나란히 걸었다. 이제 중간 지대는 더 이상 소녀에게 수수께끼에 싸인 낯선 곳이 아니었다. 어느 모퉁이에서 어디로 돌아가야 할지 예상이 될 만큼 익숙했다.

그들은 포가튼 로드를 따라 보육원으로 갔다. 대리석 물그릇 밑에서 열쇠를 꺼내 문을 열었다. 둘은 탁 트인 홀로 들어섰다.

"이쪽이야." 소년이 대리석 타일 위를 살금살금 걸으며 속삭였다.

워낙 적막해서 소년의 목소리가 텅 빈 홀에 웅웅 울렸다. 그 소리가 마치 유령 소리 같아서 바이올렛은 등골이 오싹해졌다. 삐걱거리는 나무 계단을 타고 두 층을 올라간 둘은 복도를 따라가다 두 쪽짜리 나무문 앞에서 멈춰 섰다.

"아무 소리도 내면 안 돼." 보이는 입술만 달싹거려 말을 하고는 한쪽 문을 밀어 살짝 열었다.

소년이 먼저 열린 문틈으로 들어갔다. 바이올렛도 따라 들어갔다.

"넌 여기 있어." 소년이 소녀를 두고 가며 속삭였다.

덧문을 꼭꼭 달아 놓은 창문으로 간간이 새어 들어온 저녁 빛에 군데군데 녹이 슨 철제 이층 침대가 보였다. 침상에 덮인 해진 낡은 담요 밑에서 작고 가냘픈 아이가 꼼지락꼼지락 움직였다. 둘러보니 방이라고 하기엔 너무 큰 공간에 그런 침대가 적어도 스무 개쯤 더 있었다.

실내인데도 공기가 쌀쌀해서 콧김이 나오자마자 하얗게 변했다. 보이가 침대를 돌아다니며 조용조용 아이들을 깨웠다. 보이의 움직임에 따라 꿍얼대는 소리와 끙끙대는 소리가 돌림 노래처럼 따라다녔다. 마침내 보이가 바이올렛 옆으로 돌아왔을 때엔, 방 전체가 나직나직 합창을 하는 듯했다.

"벌써 일어나?" 어떤 아이가 불평했다.

"쉬잇. 그래, 밤이 다 됐어." 보이가 소곤소곤 말을 했다. "부탁할 게 있는데 제발 소리 내지 마. 그럼 보모 아줌마들이 달려올 테고 그럼 우리 모두 어떻게 될지 잘 알잖아."

쉬잇쉬잇 소리와 키득키득 소리가 방 안을 춤추며 돌아다녔다.

"좋아. 이제 불을 켤 거야. 찍소리도 내면 안 돼." 보이가 단단히 일렀다.

머리 위에서 희미한 불빛이 반짝했다. 그다음에 또 한 번 반짝했는데, 이번에는 조금 더 길었다. 그러고 나서야 마침내 불이 들어왔다. 꼬질꼬질한 이불 밑에서 스무 개의 작은 더벅머리가 고개를 내밀었다.

"보이, 무슨 일이야?" 위쪽 침대 중 한 곳에서 작은 여자아이가 녹슨 난간을 붙잡고 물었다. "산타가 왔어?"

"아니야, 애나." 보이가 쿡쿡 웃었다. "산타는 아니고 내가 부탁할 게 있어. 이게 잘 되면 가족이 있는 집으로 돌아갈 수 있어."

"나만 가?" 애나가 물었다.

"아니, 다들." 보이가 대꾸했다.

"진짜? 정말 집에 간다고?" 보이보다 조금 어려 보이는 남자아이가 벌떡 일어나며 말했다. "정말 우리 집? 보이, 장난 아니지, 응?"

"아냐, 장난 아냐. 진짜 너희 집으로, 너희 가족 품으로 돌아갈 수 있어. 내가 꼭꼭 약속할게."

"그럼 난 찬성, 뭐든 할게!"

"보이, 우리 집에 가서 같이 살자. 보이는 가족이 없잖아." 애나가 말했다.

"고마워." 보이는 해맑게 웃으며 그 아이를 번쩍 안았다. "이제 잘 들어. 너희들 모두 진지하게 잘 생각해야 돼. 왜냐면 되게 위험한 일이거든."

"우왓, 위험하대!" 한 아이가 좋아라 웃으며 침대 위에서 재주를 넘었다.

"어떻게 위험한데?" 조금 더 큰 아이가 물었다.

"쌍둥이 아처 형제가 퍼펙트 사람들의 상상력을 훔쳤어, 잭. 그래서 우리가 그걸 돌려주려고 해. 퍼펙트 사람들이 우리를 알아볼 수 있고 기억할 수 있게."

"그럴 줄 알았어, 난 그 쌍둥이가 못된 사람들일 줄 진작 알았다고." 어떤 아이가 말했다. "내가 학교에서 글짓기 시간에 그런 이야기를 썼다가 왓처들한테 여기로 잡혀 왔잖아!"

"맞아. 너는 다르니까. 여기 있는 우리들처럼. 그래서 왓처들이 너희들을 여기로 잡아 온 거야. 자기들의 힘으로 너희들의 상상력을 다 훔칠 수 없으니까."

"그런데 우리가 뭘 해야 하는 거야, 보이?" 애나가 물었다.

"쌍둥이 형제가 사람들에게 훔친 상상력을 안경점 뒤쪽에 있는 비밀 창고에 모아 뒀어. 유리 단지에 넣어서. 우리는 유령 주택 단지를 지나가서 굴을 통해 거기까지 갈 거야. 가서 한 사람이 단지 한 개씩 가지고 돌아오면 돼. 이렇게 말하니까 쉬운 것 같지? 근데 꼭 알아 두어야 하는 게, 이게 아주 위험한 일이라는 거야."

"그럼 강을 건너야 하잖아?" 작은 여자아이가 눈을 동그랗게 뜨고 물었다. "게다가 거기는 유령이 나오는 데잖아. 나 무서운 이야기 많이 들었어. 거기 갔다가는 우리 다 죽을 거야!"

"유령이 정말 있는지는 모르겠고 유령 주택 단지에 왓처들이 있어. 그러니까 너희들 모두 진지하게 잘 생각해야 돼. 자꾸 말하지만 이건 위험한 일이야. 그러니깐 가기 싫으면 안 가도 돼." 보이가 말했다.

"모험이네! 난 모험 좋아." 또 다른 아이가 목소리를 높였다.

"맞다, 모험!" 아이들이 흥분해서 너도나도 몸을 들썩였다.

그 바람에 바이올렛과 보이는 아이들을 진정시키고 작전에 대해서 설명하느라고 혼이 쏙 빠졌다. 밤 10시쯤이 되어서야 겨우 모든 설명을 마치고 출발을 할 수 있었다.

"꼭 성공했음 좋겠다, 보이." 바이올렛이 속삭였다.

"성공할 거야." 보이가 자신 있게 말했다.

"우리 집에서 같이 살자. 물론 너만 좋다면. 알았지?" 소녀가 보이에게 말했다.

"고마워, 바이올렛." 보이가 해맑게 웃었다.

전등을 끄고 덧문도 열어 놓고 방 정리를 마친 보이가 마지막으로 한 번 더 아이들에게 일렀다.

"보통 때 밤에 하는 것처럼 자연스럽게 보육원을 나가면 돼. 보모 아줌마들이 말을 걸어도 쭈뼛대지 말고. 보육원 모퉁이를 돌면 나랑 바이올렛이 기다리고 있을 거야."

먼저 빠져나간 보이와 바이올렛은 보육원 옆에서 스무 명의 특공 대원들이 나오기를 기다렸다. 아이들이 모두 모이자 보이는 네 팀으로 나누었다. 나이가 많은 두 명의 아이와 보이, 바이올렛이 리더가 되어 한 팀씩을 맡았다. 보이의 팀이 제일 먼저 출발하고 바이올렛의 팀이 제일 마지막에 출발하기로 했다.

"유령 주택 단지로 가는 출렁다리에서 다시 모일 거야. 거기까지 어떻게 가는지는 다들 알지?" 보이가 대원들에게 속삭였다.

다들 고개를 끄덕였다. 중간 지대를 그 누구보다도 속속들이 잘 아는 아이들이었다.

한 팀씩 순서대로 가고 드디어 바이올렛이 맡은 팀의 차례가 왔다. 아무도 보는 사람이 없었다. 소녀는 아이들에게 가도 좋다고 손짓을 했다. 아이들은 포가튼 로드를 따라가다 왼쪽 길로 들어섰다.

그런데 거리 분위기가 좀 이상했다. 왠지 싸했다. 아이들과 어울려 장터를 달려가면서 소녀는 애써 걱정을 털어 냈다. 장사하는 노점상도 몇 없는 것이, 평소보다 훨씬 적막했다.

아이들은 되도록 벽에 붙은 채 그늘을 따라 움직였다. 한참 멀리 갔는지 앞서간 아이들이 하나도 보이지 않았다. 소녀는 약속한 대로 다른 팀 아이들이 출렁다리에서 기다리고 있기를 빌었다.

"어서 가야 돼." 소녀가 아이들에게 속삭였다.

아이들은 더 빨리 움직였고 강을 향해서 위켐 테라스를 따라 달려가기 시작했다.

저 앞쪽에서 강물 흐르는 소리가 들려왔다. 조금만 더 가면 강이 보일 무렵, 퍽 소리와 함께 비명이 거리를 채웠다.

"쟤가 나를 밀었어! 팔꿈치를 다쳤어! 아야아아아!" 작은 여자아이가 제 팔꿈치를 잡고서 앙앙 소리를 질러 댔다.

"쉿, 애나. 떠들면 안 돼." 바이올렛이 아이를 다독였다.

"아픈데 어떡해? 내 팔꿈치!" 아이는 으앙 하고 울음을 터트렸고 굵은 눈물을 뚝뚝 흘렸다.

"제발 울지 마." 바이올렛은 큰길 쪽을 흘끔거리며 아이를 달랬다.

"거기 누구야?" 굵직한 목소리가 들려왔다.

바이올렛은 얼른 애나가 두르던 숄을 자기 머리에 뒤집어썼다. 그런 다음 다른 아이들에게 주위에 있는 집들 문간에 숨으라고 손짓하고는 애나의 손을 꼭 잡았다.

"언니 말 잘 들을 거지, 우리 용감한 애나? 씩씩하게 굴어야 돼."

애나는 훌쩍훌쩍 울면서도 고개를 끄덕였고 바이올렛 옆에 딱 달라붙었다.

"거기서 뭣들 하는 거야?" 다그치는 목소리가 들려왔다.

"제 동생이 넘어져서." 바이올렛은 천천히 돌아서면서 대꾸했다.

근처 어둑어둑한 곳에 왓처가 하나 서 있었다. "그건 내 알 바 아니고, 묻는 말에 대답이나 해."

"자, 장터로 가는 길이었어요." 바이올렛은 더듬더듬 둘러대면서 숄로 얼굴을 더 꼭꼭 가렸다.

"장터는 반대쪽에 있어."

"길을 잃어서."

"집이 어딘데?" 왓처가 바짝 다가오면서 물었다.

바이올렛은 가슴이 철렁했다. 갑자기 중간 지대의 거리 이름이 하나도 생각나지 않았다. 얼굴이 화끈거렸다. 머릿속이 하얗게 변해서 아무 생각도 할 수 없었다.

"무어 레인에 있어요." 애나가 훌쩍훌쩍 울면서 대꾸했다.

바이올렛은 놀라서 순간적으로 아이의 손을 꼭 잡았다. 왓처는 잠자코 두 아이를 번갈아 보았다.

"그럼 집으로 돌아가. 오늘밤에는 중간 지대 사람들 모두 집 밖으로 나오지 말라는 명령 못 들었어?" 그가 침묵을 깨고 말했다.

"아뇨. 몰, 몰랐어요. 잘못했습니다, 아저씨. 갈게요. 다시는 안 그러겠습니다. 약속할게요." 바이올렛은 더듬더듬 말했다.

왓처 옆을 지나쳐서 장터 쪽으로 발걸음을 떼는데, 주위에서도 다 들릴 만큼 바이올렛의 심장이 무섭게 뛰어 댔다.

"어이!" 그 왓처가 소녀와 애나를 도로 불러 세웠다. 바이올렛은 몸이 뻣뻣하게 굳어 버렸다. 그대로 달아난다고 해도 뾰족한 수가 없었다. 하는 수 없이 소녀는 천천히 뒤로 돌아섰다. "길은 알고 가는 거냐?"

"예." 소녀는 다 기어드는 소리로 대답했다.

"무어 레인은 저쪽이다." 그가 손으로 길을 가리켰다.

"어, 네. 감사합니다!" 소녀는 얼른 대꾸하고 왓처가 가리킨 쪽으로 걸어갔다.

왓처는 아이들이 모퉁이를 돌 때까지 그 자리에 버티고 서 있었다. 두 아이는 왓처가 제발 뒤따라오지 않기를 빌며 고개를 푹 숙이고 종종걸음으로 걸었다.

조금 뒤에 안전하다는 확신이 생긴 바이올렛은 걸음을 멈추고 꽉 잡고 있던 아이의 손을 풀어 주었다. 바이올렛은 쪼그리고 앉아서 애나를 마주 보며 긴 한숨을 내쉬었다.

"미안해, 바이올렛. 나 때문에." 애나가 훌쩍훌쩍 울면서 소녀의 목을 감싸 안았다.

"아니야. 네 덕에 살았어." 바이올렛이 속삭였다.

둘은 한동안 더 어두운 곳에 숨어 있다가 두 배는 빠른 걸음으로 남의 집 문간에 숨어 다시 출발할 때만을 기다리고 있는 팀원들에게로 돌아갔다.

바이올렛의 팀이 강가에 다다랐는데도 다른 팀 아이들이 보이지 않았다. 강둑도 살펴봤지만 전혀 기척도 없었다. 결국 그들은 모두 앞장서 갔으려니 하고 그냥 자기들끼리 강을 건너기로 했다.

바이올렛이 먼저 다리에 올라서서 쇠밧줄을 잡았다. 그러고는 보이에게 배웠던 그대로 출렁다리 발판을 건너뛰는 방법을 아이들에게 일러 주었다. 여전히 다리가 후들거렸지만 소녀는 애써 씩씩한 척했다. 소녀가 강을 건너자 아이들은 겁도 없이 줄줄이 뒤따라 강을 건넜다.

마른 땅에 내려선 아이들은 곧장 풀밭을 가로질러 유령 주택 단지 입구의 기둥 쪽으로 이어진 아스팔트 도로로 올라갔다.

그곳에도 다른 팀 아이들은 없었다. 바이올렛은 마음이 조급해졌다. 벌써 멀리 갔을까? 소녀는 조금 전에 마주친 왓처가 집 밖으로 나오면 안된다고 말했던 게 생각났다. 혹시 모두 잡혀간 건 아닐까?

소녀가 불안감에 휩싸여 있는데, 주택 단지 입구 너머에서 뭔가 움직였다.

"얼른 숨어." 소녀가 팀 아이들에게 속삭였다.

소녀는 살금살금 시멘트 기둥들이 있는 곳으로 다가갔다. 심장이 튀어나올 듯 뛰었다. 바이올렛이 단란한 가족의 모습을 담은 간판 밑을 막 지나는데, 검은 그림자가 소녀에게 확 달려들었다.

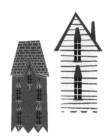
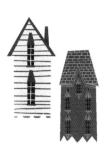

# # CHAPTER 30 #

# 다시
# 상상력 창고로

"보이!" 소녀는 놀란 가슴을 진정시키느라고 헉헉댔다. "다시는 그러지 마. 난 또 왓처한테 걸린 줄 알았잖아!"

"또? 무슨 소리야?"

"길에서 하나 만났어. 그래서 여기까지 오는데 그렇게 오래 걸린 거라고. 그래도 잘 둘러댔어. 길을 잃었다고 했거든. 내 말을 믿는 것 같더라고. 근데 오늘밤에 중간 지대가 너무 조용해. 너도 알아챘어? 그 왓처 말이 아무도 집 밖에 나오지 말라는 명령이 떨어졌대." 소녀가 설명했다.

"진짜? 왜 그랬을까?" 보이는 전혀 모르고 있는 듯했다.

"몰라. 우릴 잡으려고 그러나?" 바이올렛이 고개를 저었다.

"그러게. 너를 찾고 있을지도 모르지. 이제는 네가 사라진 줄 알았을 테니까." 보이가 대꾸했다.

"하여튼! 나한테 용기를 주지는 못할망정. 사람 겁나게!" 바이올렛은 두르고 있던 숄로 얼굴을 더 꽁꽁 가렸다.

"가자, 더는 꾸물거릴 수 없어. 그 왓처가 혹시 의심을 품었다면 여기까지 올지 몰라." 보이는 돌아서서 자기 팀에게 뛰어갔다.

네 팀의 아이들은 차례차례 유령 주택 단지로 숨어들어 갔다. 이번에도 바이올렛의 팀이 맨 끝이었다.

"여기서부터는 진짜 조용히, 그렇지만 용감하게! 이곳에는 왓처들의 숙소도 있어. 그러니까 소리 내면 절대 안 돼." 소녀는 아이들에게 단단히 일렀다.

아이들은 불안해하면서도 열심히 고개를 끄덕였다. 이미 저희들끼리 소곤소곤 유령 이야기를 하는 걸 바이올렛도 들었다.

"여기 유령은 안 나와. 얘들아, 너희들이 느끼고 생각하는 건 다 상상일 뿐이야. 세상에 유령 같은 건 없어." 소녀는 그렇게 아이들과 자신을 안심시켰다.

이번에도 아이들은 열심히 고개를 끄덕였다. 바이올렛은 씩씩하게 주택 단지 쪽으로 돌아섰다. "좋아. 가자." 소녀가 속삭였다.

이미 다른 팀들은 저 멀리 사라져 보이지 않았다. 바이올렛과 아이들은 단란한 가족이 그려진 간판 아래를 지나 두 개의 시멘트 기둥 사이로 들어갔다.

바이올렛은 아빠를 보았던 그 집 앞을 지나며 작전이고 뭐고 다 팽개치고 아빠를 구하러 달려가고 싶어서 머뭇거렸다. 하지만 참았다. 윌리엄의 말처럼 이기적으로 굴면 큰일을 그르치게 되니까. 더 큰 그림을 생각해야 했다. 이번 작전이 성공하면 아처 형제를 무찌를 수 있는 저항군을 모을 수 있을 테고, 그러면 소녀도 헤어진 가족과 만날 수 있을 테니. 그때까지 버텨야 했다.

주택 단지는 고요했다. 소녀와 아이들은 아스팔트 도로를 따라갔다. 녹지가 나왔다.

"저게 뭐야?" 눈동자 풀을 보고 애나가 쪼르르 달려갔다.

아이가 막 그 식물을 만지려는 순간 바이올렛이 애나의 손을 잡아당겼다.

"안 돼!" 맥박이 뛰는 시뻘건 줄기를 보자 소녀는 속이 울렁거렸다. "함부로 만지면 안 되는 꽃이야!"

"꽃이 뭐 이래?" 애나가 말했다. 반투명한 꽃잎에 싸인 눈동자가 고개를 돌려 그들을 올려다보았다.

바이올렛은 아이를 끌어당겨서 물러나게 했다. "가까이 가지 마!" 소녀는 지난번에 눈동자 풀을 건드렸을 때 들려왔던 소름 끼치는 비명이 떠올라서 자기도 모르게 아이한테 성을 냈다.

저 멀리 앞에 있는 외로운 가로등 하나가 자욱한 안개 속에서 노르스름하게 빛나고 있었다. 소녀는 아이들을 데리고 가로등을 향해 비탈길을 올라갔다.

멀리서 사람 그림자가 움직였다. 바이올렛은 손을 들어 아이들을 멈추게 했다. 가로등 옆으로 간 그 그림자는 잠깐 홀로 서 있다가 허리를 굽혀 땅에서 뭔가를 집었다.

"보이?" 바이올렛이 속삭였다.

"응. 나야. 서둘러. 다들 공동묘지에 모였어."

"넌 여기서 뭐해?" 소녀가 그 옆으로 가서 물었다.

소년의 손에는 횃불 자루가 들려 있었다. 전에 굴을 지나올 때 썼던 거였다. "혹시 다시 필요할지 몰라서 여기다 숨겨 놨지." 보이가 설명했다.

바이올렛은 그날 밤과 겁에 질려 쩔쩔매던 자기 모습을 잊으려고 애썼다. 소녀는 보이를 따라 공동묘지 입구로 갔다.

그들은 풀이 웃자란 오솔길을 따라 공동묘지 한가운데를 지났다. 묘비들이 안개 속에 둥둥 떠 있는 것처럼 보였다. 망령들이 지켜보고 있는 건지 분위기도 음침했다. 결국 아이들 중 하나가 훌쩍훌쩍 울기 시작했다.

"쉬잇! 울지 마. 마음 굳게 먹어. 진짜가 아니야." 하지만 그렇게 말하는 바이올렛의 팔에도 소름이 돋아났다.

앞장서 가던 보이가 땅속으로 쑥 꺼져 버리자 아이들은 또 기겁을 했다. 벽돌 담장 옆에 있는 풀밭에 굴의 입구가 감춰져 있는 걸 몰랐으니 그럴 만도 했다.

"우리도 저기로 들어가? 난 보이가 무덤으로 들어가는 줄 알았어!" 한 아이가 진저리를 쳤다.

"괜찮아." 바이올렛은 아이들을 달랬다. 하지만 무덤으로 들어가는 것 같은 기분은 어쩔 수 없었다.

"우리는 모험을 하는 거야, 그렇지?" 애나가 씩씩하게 말했다.

굴속은 쥐죽은 듯 조용했다. 한참 만에 캄캄한 어둠이 눈에 익숙해지니 드디어 앞쪽에 옹기종기 모여 있는 아이들 모습이 어렴풋하게 보였다. 네 팀의 특공대원들이 드디어 다시 뭉친 것이다!

그들은 잠깐 숨을 돌리고 보이의 지시에 따라 쌍둥이 형제의 창고로 출발했다. 굴 안의 공기가 너무 갑갑하고 축축하고 퀴퀴해서 숨 쉬는 것도 괴로웠다.

"나 겁나." 작은 사내아이가 바이올렛의 손을 잡았다.

소녀는 씽긋 웃으며 아이의 손을 꼭 잡았다. 소녀가 겁을 낼 때면 엄마가 늘 그렇게 해 줬는데, 이제는 소녀가 아이들에게 어른 역할을 하게 되었다. 소녀는 어른이 되고 싶지 않았다. 그럴 준비도 되어 있지 않았다. 무시무시한 생각들이 주위를 맴돌아서 소녀의 숨결이 빨라졌다. 늘 든든하게 감싸 주던 엄마 아빠의 품이 그리웠다.

"모두 멈춰." 보이가 갑자기 속삭였다.

괜한 두려움에 사로잡혀 있던 바이올렛도 정신이 번쩍 들어 아이들을 조용히 시켰다. 가슴이 조마조마했다. 아이들은 동상처럼 그대로 얼어붙었다. 보이가 모퉁이 너머를 살폈다.

"괜찮아." 소년이 나직이 알려 줬다. 그제야 아이들은 참았던 숨을 내쉬었다.

그들은 조금 더 빠른 걸음으로 아처 형제의 고품격 안경점 쪽으로 나아갔다. 드디어 왓처들의 지하 숙소가 나왔다. 아무도 없었다.

"잭, 네가 아이들을 데리고 있어. 우리가 먼저 가서 들어가도 되는지 살펴보고 곧 데리러 올게." 보이가 한 팀의 리더를 맡은, 그래도 나이가 좀 많은 아이에게 말했다.

바이올렛은 숨을 깊이 들이 쉬고서 친구를 따라 창고로 가는 나선형 계단에 발을 디뎠다. 캄캄했다. 보이는 두 계단 앞서 올라갔고 소녀는 열심히 소년을 따라갔다.

계단 꼭대기까지 후딱 올라간 보이가 주머니에서 성냥을 꺼내 챙겨 온 횃불을 밝혔다. 불빛이 썰렁한 계단을 따듯하게 밝혀 줬다.

"이거 문 가까이 들고 있어. 내가 볼 수 있게." 보이가 횃불을 소녀에게 넘겼다.

소년은 벽을 더듬었다. 역시 느슨한 벽돌이 있었다. 살짝 밀자 벽돌이 손잡이처럼 불룩 튀어나왔다. 보이가 그 손잡이를 돌렸다. 그런데 까딱도 하지 않았다!

"잠긴 것 같아." 소년이 소녀를 돌아보며 말했다.

"뭐? 그럴 리가. 전에는 잠겨 있지 않았잖아?"

소녀는 횃불로 벽돌 손잡이를 비추며 가까이 들여다보았다. 작은 열쇠 구멍 같은 게 있었다.

"머리핀 있어?" 말은 그렇게 했지만 보이도 적잖이 당황한 것 같았다.

바이올렛은 핀을 뽑아서 친구에게 주었다. 소녀는 열쇠 구멍을 핀으로 쑤시는 보이를 숨죽이고 지켜봤다. 하지만 손잡이는 꼼짝도 하지 않았다. 앞이 막막했다.

"이제 우리 어떡해?" 소녀가 물었다.

소년은 하던 것을 그만두고 벽에 등을 기댄 채 바닥에 털썩 주저앉았다.

"기다려야지 뭐." 소년은 머리핀을 떨어뜨리면서 한숨을 쉬었다.

"뭘 기다려?"

"아무 왓처나 돌아오길 기다려야지."

"그러다 잡히면?"

"잡히기 전에 우리가 먼저 잡으면 돼."

보이는 소녀가 들고 있는 횃불을 가리켰다.

"이거?" 바이올렛이 놀라서 물었다. "이거로 뭐하게?"

보이는 횃불을 받아 발로 밟아 불을 껐다. 사방이 다시 캄캄해졌다. 소년이 횃불 자루로 돌바닥을 내리쳤다. 쿵 소리가 메아리쳤다.

"때려 눕혀야지!" 보이는 두말할 것 없다는 듯 딱 잘라 말했다.

하지만 소녀는 찜찜했다. "왓처가 여러 명이 오면?"

"혼자 올 거야. 밤에는 왓처들이 혼자 다녔거든."

"제발 네 말이 맞아야 할 텐데." 소녀는 한숨을 쉬었다.

바이올렛은 잠시 밑에 내려가서 기다리는 아이들에게 상황을 알려 주고 다시 보이 옆으로 돌아왔다. 캄캄한 어둠 속에서 둘은 차가운 돌에 기대어 기다리고 또 기다렸다. 몇 시간은 된 기분이었다. 몸에 힘도 풀리고 머리도 어지러웠다. 마음만 먹으면 잘 수도 있을 것 같았다.

그때 갑자기 문 뒤쪽에서 찰랑거리는 소리가 들려왔다! 바이올렛은 화들짝 놀라서 벌떡 일어났다.

"빌어먹을 자물쇠 같으니!" 누군가 투덜댔다.

보이는 누가 나오든 한 방에 후려칠 수 있도록 재빨리 문 앞쪽으로 가서 횃불을 들고 자세를 잡았다. 벽돌 손잡이가 돌아갔다. 천천히 문이 열렸다.

창고 안의 단지들에서 뿜어져 나온 괴기스러운 빛 속으로 왓처 병갈로가 모습을 드러냈다. 그는 아무것도 모른 채 허리를 굽히고 열쇠를 만지작거리고 있었다. 보이가 그의 머리를 향해 횃불 자루를 휘둘렀다. 병갈로는 억 소리를 지르며 정신을 잃고 바닥에 엎어졌다.

"요 더럽고 지저분한 미꾸라지 녀석!" 빨간 머리 피스츠가 소리를 지르며 벼락같이 튀어나왔다. 꼼짝없이 그에게 붙잡힌 보이는 실랑이 끝에 횃불 자루마저 떨어트렸다.

바이올렛은 옴짝달싹할 수 없었다. 다행히 피스츠는 문 뒤에 있는 소녀를 보지 못했다.

"언젠가는 내 손에 걸릴 줄 알았어, 이 더러운 녀석! 내가 아주 혼쭐을 내 줄 테니 각오해!"

보이가 피스츠의 정강이를 냅다 걷어찼다. 피스츠는 도망치려는 소년을 붙잡아 벽에다 콱 내동댕이쳤다. 소녀의 친구는 그대로 풀썩 쓰러졌다. 바이올렛은 피스츠가 새파랗게 질려서 축 늘어진 보이를 우락부락한 어깨에 짊어지는 모습을 숨죽여 지켜볼 수밖에 없었다.

바이올렛은 떨어진 횃불 자루를 슬그머니 집어 들었다. 하지만 무작정 그것으로 피스츠를 공격할 수는 없었다. 자칫 잘못했다가는 소년이 다칠 수도 있었다.

피스츠는 열쇠 구멍에 열쇠가 그대로 꽂혀 있는 줄도 모르고 곧장 계단을 내려가 사라졌다. 바이올렛은 얼른 그 열쇠를 뽑아 그를 뒤쫓아 갔다. 피스츠의 거대한 몸이 왓처들의 지하 숙소로 쑥 들어가는 게 보였다.

남은 아이들마저 피스츠에게 잡혀 호된 일을 당하겠구나 생각하니 바이올렛은 가슴이 먹먹해지고 목이 메어 숨을 쉴 수가 없었다. 그런데 이상했다! 아무 소리도 나지 않았다. 소녀는 문틈 너머로 왓처들의 숙소를 훔쳐봤다.

피스츠는 방 한구석에 보이를 거칠게 내동댕이쳤다. 소년은 그대로 머리를 바닥에 찧었다. 바이올렛은 자기가 머리를 찧은 듯 움찔했다.

이대로 있을 수만은 없었다. 보이가 너무 걱정된 소녀는 용기를 내어 살금살금 왓처들의 숙소로 들어갔다. 오직 보이한테만 정신이 팔려서 피스츠가 돌아서는 줄도 몰랐다. 이건 또 뭔가 하는 표정으로 피스츠가 소녀를 물끄러미 쳐다봤다.

이내 악당의 관자놀이에 핏줄이 튀어나왔다. 그는 무시무시한 소리를 지르며 바이올렛에게 달려들었다. 소녀는 고양이 앞에 생쥐처럼 꼼짝달싹할 수가 없었다. 손도 다리도 말을 듣지 않았다.

그때였다! 굴 저쪽에서 작은 요정 같은 아이들이 우르르 떼로 몰려와서 피스츠의 발목을 붙잡고 늘어졌다. 피스츠가 마구 발길질을 해댔지만 아이들의 숫자와 날렵함은 당할 수 없었다.

아이들이 너도나도 바이올렛을 가리키며 뭐라고 소리쳤다. 하지만 얼이 빠진 소녀는 아이들이 하는 말을 알아듣지 못했다. 뭐? 왜? 가만 보니 아이들은 소녀의 손을 가리키고 있었다.

"횃불, 횃불, 바이올렛, 횃불!"

맞다, 횃불 자루! 소녀는 겁에 질려서 제 손에 무엇이 들려 있는지 깜빡했다. 정신이 번쩍 든 소녀는 그 횃불 자루를 다잡고 있는 힘을 다해 꽥 소리를 지르며 피스츠에게 달려들었다. 불길처럼 시뻘건 피스츠의 더벅머리에 횃불 자루가 맞았다.

피스츠는 억 소리를 내며 휘청대다가 바닥에 털썩 쓰러졌다.

"바이올렛이 우리를 구했어!" 결승골을 넣은 선수를 대하듯 아이들이 우르르 몰려와서 소녀를 끌어안았다.

바이올렛은 온몸을 와들와들 떨었다. 마치 전기가 흐르는 사람처럼. 스르르 맥이 풀린 소녀의 손에서 횃불 자루가 떨어졌다. "우리가 서로를 구한 거야." 소녀가 들릴 듯 말 듯 중얼거렸다.

소녀는 기뻐할 새도 없이 보이에게 달려갔다. 정신은 잃었지만 숨은 쉬고 있었다. "도와줘!" 소녀가 소리쳤다. "누가 좀 도와줘!"

아이들은 힘을 합쳐 보이를 들어올려 왓처들의 그물 침대에 뉘었다. 소년이 괜찮다는 것을 확인한 바이올렛은 혹시 왓처들이 돌아오더라도 쉽게 들키지 않게 소년을 담요로 폭 싸 놓았다. 그런 다음 조금 차분해진 아이들에게 앞으로 할 일을 알려 줬다.

"그물 침대를 하나 풀어서 써야겠어. 도와줘." 소녀는 매달린 그물 침대 중에 하나를 가리켰다. "저 밧줄로 왓처들을 꽁꽁 묶을 거야."

남자아이 두 명이 그물 침대를 푸는 사이, 바이올렛과 몇몇 아이들은 피스츠를 끌어다 옮겼다. 그런 다음 그물 침대를 매어 놓았던 밧줄로 피스츠의 손발을 꽁꽁 묶고, 고릿한 냄새가 풀풀 나는 두툼한 갈색 담요를 그 위에 덮었다.

"할 일이 더 있어. 담요 한 장과 밧줄을 좀 챙겨 가자." 소녀가 말했다.

소녀는 재빠르고도 조용하게 아이들을 모두 이끌고 계단을 올라갔다. 활짝 열린 창고 문 앞에 병갈로가 정신을 잃고 뻗어 있었다. 아이들은 얼른 병갈로의 손발을 꽁꽁 묶었다. 그런 다음 아처 형제의 비밀 창고의 선반 맨 아래 칸을 치우고 병갈로를 굴려 넣고 담요로 덮었다.

일을 다 마친 아이들은 비로소 방 안을 찬찬히 둘러봤다.

"저게 다 뭐야?" 잭이 괴기스러운 빛을 내며 비밀 창고 안을 밝히는 알록달록한 단지들을 가리켰다.

"보이가 말했던 그거. 퍼펙트 사람들의 상상력." 바이올렛은 모두가 들을 수 있게 큰 소리로 말했다. "한 사람당 한 개씩 가져가면 돼. 근데 진짜 조심해야 돼. 하나라도 깨지면 큰일이니까. 단지들 위에 이름이 적혀 있어. 그러니까 되도록 자기 가족이나 친구들 단지를 챙기면 좋겠지? 그리고 나중에 누가 보더라도 단지가 없어진 줄 모르게 뒷마무리 잘하는 것도 잊지 마. 아처 형제가 조금이라도 의심하면 안 되니까."

아이들이 머뭇거리자 제일 의젓한 잭이 앞장서서 창고 저쪽 끝에서부터 단지 뚜껑에 적힌 이름들을 살펴보기 시작했다. 한참 만에 발걸음을 멈춘 잭은 단지 하나를 내려서 아이들에게 보여 줬다.

"우리 아빠 거야." 잭이 말했다.

그러자 곧 다른 아이들도 소중한 사람들의 단지를 찾기 위해 선반을 살폈다.

할머니 단지를 찾는 어린 여자아이를 도와주던 바이올렛의 눈에 단지 하나가 들어왔다. 분홍빛과 자줏빛이 소용돌이치는 단지였다. 뚜껑에는 작은 인쇄체로 이렇게 찍혀 있는 딱지가 붙어 있었다. '로즈 브라운, 여성. 미완료. 마지막 흡입 시기, 2019년 9월 12일.'

"엄마." 바이올렛이 중얼거렸다.

소녀는 떨리는 손으로 엄마의 단지를 선반에서 조심스럽게 내렸다. 바이올렛이 속상해 할 때면 엄마가 이마에 해 주던 뽀뽀가 생각났다. 울컥 눈물이 났다. 하지만 소녀는 억지로 눈물을 삼켰다. 목이 메어 왔다. 보이라도 옆에 있으면 좀 나을 텐데.

소녀는 엄마의 단지를 고이 품고서 다른 아이들을 도와주었다. 각자 상상력 단지를 하나씩 챙긴 아이들은 병갈로가 그대로 있는지 확인한 다음, 비밀 창고 밖으로 나가 문을 잠갔다. 상상력 단지에서 나온 알록달록 고운 빛이 어둠을 밝혀 줘서 아이들은 어렵지 않게 계단을 내려올 수 있었다.

"떠들지 말고 조심해." 귀에 익은 목소리가 지하에서 들려왔다.

보이였다. 보이가 그물 침대에 앉아 있었다. "살아 있네." 바이올렛이 보이를 끌어안으면서 웃었다.

"바이올렛, 내 머리! 아직 욱신욱신하단 말이야!"

"미안. 너 잘못될까 봐 내가 얼마나······."

"내가 누군데 겨우 왔처 손에 죽겠어?" 보이는 말참견을 하면서 그물 침대에서 내려오려고 낑낑거렸다.

소년은 한 손을 뻗어서 벽을 짚었고 바이올렛이 다른 쪽을 부축해 주었다.

"나한테 기대." 소녀가 속삭였다.

소년은 해맑게 웃으며 소녀에게 기대어 중심을 잡았다.

"다 챙겼어." 소녀는 씽긋 웃으며 천천히 돌아서서 알록달록한 단지들을 하나씩 들고 있는 아이들을 가리켰다. "이제 윌리엄 아저씨한테 돌아가자."

"서두르자." 보이는 아직 몸을 제대로 가누지 못했다.

바이올렛은 출발하기 전에 그물 침대를 하나 더 풀고는 잭에게 맡겼다. 그런 다음 피스츠가 그대로 있는지 한 번 더 확인하고 다 함께 굴을 빠져나와 공동묘지 너머 유령 주택 단지로 들어섰다.

보이만 빼고 모두들 상상력 단지를 하나씩 품고 있었다. 바이올렛은 아빠가 붙잡혀 있는 집을 지날 때 엄마의 단지를 꼭 끌어안았다.

"좀 수상해." 주택 단지 입구쯤에서 보이가 속삭였다.

"무슨 뜻이야?" 바이올렛이 물었다.

"너무 조용한 것 같아."

하긴 어느 집에서도 움직임이 느껴지지 않았다. 으스스할 정도로 적막했다.

"왓처들도 다 자나 보지. 한밤중이잖아." 소녀가 속삭였다.

"아니, 조용해도 너무 조용해. 윌리엄 아저씨한테 꼭 돌아가야 하는데."

아이들은 더 빨리 걸어 주택 단지를 지나 강가로 갔다. 아이들이 다리 근처에서 멈춰 섰다.

"단지를 들고는 저 출렁다리 못 건너겠어." 애나가 바이올렛의 옷소매를 잡아당겼다.

"괜찮아." 바이올렛은 잭이 멘 그물 침대를 가리켰다. "그래서 우리가 저것을 챙겨 왔단다!"

잭은 그물 침대를 펼쳐서 단지들을 그 안에 고이 놓게 했다. 그런 다음 좀 큰 아이들의 도움을 받아서 그물의 네 귀퉁이를 조심조심 한데 모아 꽁꽁 잡아맸다. 단지들이 그물에 잡힌 물고기 같았다. 그물 침대를 맸던 밧줄은 잊지 않고 길게 빼 두었다.

그러고는 힘을 모아 이 소중한 짐을 강가로 옮겼다. 아직은 휘청 대는 보이가 맨 먼저 출렁다리를 건너 건너편 강둑에 내려섰다.

"밧줄 이리 던져." 소년이 강물로 첨벙첨벙 들어가더니 말했다.

잭이 밧줄을 힘차게 던졌다. 처음에는 밧줄이 강물에 빠져서 실패 했다. 잭은 다시 밧줄을 끌어다 던졌다. 이번에는 보이가 균형을 잃 고 흐르는 강물에 엎어지는 바람에 실패했다. 마침내 세 번째에 완 벽하게 성공했다! 보이가 밧줄 끝을 잡아당기자 단지들이 가득한 그물이 소년 쪽으로 끌려왔다.

잭이 잽싸게 다리를 건너가 보이와 함께 단지 꾸러미를 강둑까지 무사히 끌어올렸다. 바이올렛은 아이들을 먼저 보내고 마지막으로 출 렁다리를 건너 중간 지대로 갔다. 보이가 기다렸다가 소녀를 맞았다.

"영리한데!" 소년이 말했다.

"내가 원래 천재거든." 소녀는 장난스럽게 말하며 그물에서 엄마의 단지를 꺼냈다. "다 잘 될 것 같아!"

그런데 중간 지대의 분위기가 이상하리만치 칙칙했다. 외출금지령 때문인지 거리는 유령 도시처럼 썰렁했고, 그림자 하나 보이지 않았다. 한껏 들떴던 아이들은 풀이 죽어서 묵묵히 장터로 들어갔다.

래그 트리 옆에 누군가 혼자 서 있는 게 보였다.

"보이! 바이올렛! 해냈구나!" 가슴을 졸이며 아이들을 기다리던 윌리엄이 반색을 했다.

"무슨 일이 있었어요?" 보이가 물었다.

"가서 이야기하자." 윌리엄은 그렇게 말하고 부랴부랴 장터 건너편 골목으로 들어갔다.

윌리엄이 어른은 허리를 굽혀야 들어갈 수 있을 것 같은 어느 작은 문 앞에서 멈추어 섰다. 그러고는 아이들을 그곳으로 먼저 들여보냈다.

"얼른 조용히." 그가 속삭였다.

바이올렛까지 다 들여보낸 윌리엄은 마지막으로 들어와 한 번 더 거리를 살핀 다음 문을 닫았다.

그곳은 꼭 동화 나라 같았다. 바닥 여기저기에 작은 나무 인형들, 꼬마 자동차들 그리고 동물 장난감들이 널려 있었고, 천장에는 작은 비행기, 열기구 그리고 빗자루를 타고 날아다니는 마녀들과 날개 달린 요정들이 매달려 있었다.

"여기가 어디야?" 소녀가 속삭였다.

"메릴 아저씨네 장난감 공방." 빌리 주니어라는 아이가 그것도 모르냐는 듯 씽긋 웃었다. "우리 중간 지대에서 제일 멋진 곳이야!"

"무슨 일이 있었어요?" 보이가 재촉하듯 다시 물었다.

윌리엄은 대답 대신 메릴의 눈치를 살폈다. 연장들을 늘어놓은 작업대 옆에 메릴이 등받이가 없는 나무 의자에 앉아 있었다. 두 어른 다 선뜻 말이 없었다.

"어떻게 된 건지 말씀 좀 해 주세요." 바이올렛이 졸랐다.

메릴이 숨을 깊이 들이쉬었다. "아처 쌍둥이가 낌새를 알아챘다." 그는 바이올렛을 똑바로 바라보지 못했다. "중간 지대 사람 하나가 왓처한테 반란을 일으킬 기미가 있다고 찔렀어. 그래서 그들이 중간 지대를 폐쇄해 버렸다. 아무도 집 밖으로 나다닐 수 없게."

"그건 저희들도 알아요." 바이올렛이 대꾸했다.

"그냥 외출 금지령을 내린 정도가 아니란다. 왓처 수십 명을 퍼펙트로 배치시켰어. 이제는 담장 안팎에서 그들이 수시로 거리 순찰을 하고 있어." 메릴의 목소리는 힘이 없었다.

"근데 중간 지대 사람이 뭣 때문에 우리를 고자질해요?" 화가 난 바이올렛이 소리쳤다.

"두려우니까. 공포는 어처구니없는 일을 저지르게 만들지." 윌리엄이 대답했다.

"하지만 우리한테는 상상력이 있잖아요. 다 준비 됐다고요."

"나도 안다, 바이올렛. 하지만 이제는 가망이 없어. 사람들한테 상상력을 돌려주려면 우리가 퍼펙트로 들어가야 돼. 그러지 않아도 쉽지 않았는데 이제는 그게 불가능해졌어. 집 밖에 나가는 것만으로도 위험한데, 어떻게 그 일을 해낼 수 있겠니?" 윌리엄이 설명했다.

"처음부터 퍼펙트 사람 전부를 한번에 바꾸려고 한 건 아니잖아요. 몰래 숨어들어 가서 한두 사람 정도 변화시켜서 여기로 데려오는 건 할 수 있어요. 그러면 중간 지대 사람들도 자기 가족과 합칠 수 있다는 걸 깨달을 테고, 그러면 우리한테 힘을 보태 줄 거예요."

"그건 그렇다만, 우리는 이 집을 나갈 수가 없어, 보이!" 윌리엄이 딱 잘라 말했다. "왓처들이 벌써 두 번이나 쳐들어왔었다. 넌 이게 얼마나 위험한 일인지 몰라! 만약에 우리가 어찌어찌해서 퍼펙트에 숨어들어 간다고 해도, 낮밤을 가리지 않고 왓처들이 순찰을 하는데 어떻게 이 집 저 집 찾아다니며 그 일을 할 수 있겠니?"

"아처 형제가 우리 작전을 다 알아요? 상상력 단지에 대해서도 알아요?" 바이올렛이 물었다.

"아니. 내가 알아낸 바로는 중간 지대 사람들이 반란을 일으킬 준비를 하고 있다는 정도만 파악한 것 같다. 우리가 퍼펙트로 쳐들어 갈 거라고 생각하고 대비를 하겠지. 차에 해독제를 넣은 것이나 상상력 복원기에 대해서는 전혀 모르고 있을 거다." 메릴이 대답했다.

"잘됐네요. 어쨌든 기회는 남았으니까." 바이올렛이 말했다.

"기회?" 윌리엄은 헛웃음을 지었다. "가망이라고는 없다니까, 바이올렛!"

메릴은 낙심해서 다른 곳으로 가 버렸고, 윌리엄만 남아서 손바닥만 한 의자에 앉았다. 바이올렛은 자신이 든 단지와 보이를 번갈아 보았다. 기를 쓰고 해낸 일들이 물거품이 되어 버리다니. 세상이 무너져 내리는 기분이었다.

"이대로 끝낼 수는 없어, 보이." 소녀의 목소리가 애처로웠다.

소년은 대꾸가 없었다. 항상 씩씩했던 소년이 그런 태도를 보이는 건 처음이었다.

소녀는 바닥에 털썩 주저앉았다. 단지 안에서 아무것도 모르는 로즈 브라운의 상상력이 이리저리 떠다니며 소녀의 흙투성이 신발을 아름다운 빛으로 물들였다.

소녀는 이제 다시는 엄마를 못 만날 수도 있었다. 로즈 브라운은 기억에서 바이올렛을 깨끗이 지우고 새로운 퍼펙트식 가정을 꾸리게 될 수도 있었다. 그리고 소녀의 아빠는, 어쩌면 소녀가 그때 본 그 모습이 마지막이 될 수도 있었다. 소녀도 이제 보이나 윌리엄, 메릴과 아이리스처럼 되는 걸까? 홀로 남겨질까?

아이리스! 소녀가 갑자기 벌떡 일어나 앉았다.

"그런데요, 사람들을 변화시키기 위해서 퍼펙트에 있는 모든 집들을 찾아다니지 않아도 돼요. 그냥 한 집에 가서 퍼펙트 사람들이 그 집으로 찾아오게 해요. 그런 다음에 그들에게 상상력을 되돌려 주면 돼요!"

"그래, 바이올렛. 하지만 우리는 퍼펙트에 들어가는 건 고사하고 내 공방을 떠날 수조차 없단다!" 메릴이 말했다.

"근데요, 윌리엄 아저씨, 아저씨 어머니인 아이리스 할머니가 저 담장 너머에 살잖아요. 아처스 애비뉴 끄트머리에. 거기는 사람들이 잘 가지 않는 외진 곳 같던데." 바이올렛이 말했다.

"그건 맞아." 보이가 조금은 밝아진 표정으로 말했다. "아처스 애비뉴 끄트머리에는 사람들이 얼씬대지 않아. 퍼펙트 주민들이 할머니를 무서워하는 것 같더라고."

"이상하게 그 동네는 장밋빛 안경을 쓰고 봐도 다른 동네만큼 완벽해 보이지 않더라. 좀 낡고 허름해 보여." 바이올렛이 말했다.

"형들이 어머니 주위에 사람들이 다니지 않게 손을 썼겠지." 윌리엄은 한숨을 쉬었다. "내 형들이 독하기는 해도 어머니까지 해칠 위인들은 아니야. 아마 문제를 일으킬 수 없도록 어머니를 고립시켜 놓았을 거다. 그런데 도대체 우리 작전과 내 어머니가 무슨 관련이 있는지 모르겠구나."

"정말 모르겠어요? 우리가 들키지 않고 아이리스 할머니한테 가는 건 쉬울 거라고요." 바이올렛은 윌리엄을 똑바로 보면서 또박또박 이야기했다.

"바이올렛, 우리 어머니는 이 일에서 빼!" 윌리엄이 신경질적으로 말했다.

"아이리스 할머니는 우리를 도와줄 거예요. 제가 할머니를 만나봐서 알아요. 할머니는 퍼펙트 사람 같지 않았어요. 할머니는 달랐다고요. 살기만 거기 살 뿐, 우리들과 같았다고요."

369

"바이올렛 말이 맞아요. 아이리스 할머니는 제가 가끔 왔쳐들한 테 쫓길 때면 저를 집 안으로 들여보내 줬어요. 그 할머니는 우리를 볼 수 있어요." 보이도 열띤 목소리로 말했다.

"아니. 나는 싫다. 어머니를 위험에 빠뜨릴 순 없어." 윌리엄이 딱 잘라 말했다.

윌리엄이 그 자리를 벗어나려고 하자, 장난감 공방 바닥에 옹기종 기 모여 어쩔 줄 몰라 하는 아이들 틈에서 애나가 벌떡 일어났다. 애 나는 노르스름한 기체가 들어 있는 단지를 높이 들고 있었다.

"저기요, 윌리엄 아저씨. 옛날 집으로 갈 거면 저도 데려가 주세 요, 예?" 아이는 잔뜩 긴장을 해서는 말했다. "우리 집이 같은 동네 에 있어요. 엄마한테 이걸 주고 싶어요. 보이가 그러는데 엄마가 상 상력을 되찾으면 다시 저를 기억해 줄 거랬어요."

윌리엄은 머뭇거렸다.

"제발요, 윌리엄 아저씨." 바이올렛도 진심을 다해 부탁했다.

"아이 스물에, 너희 둘에, 나하고 메릴에, 상상력 복원기까지. 들 키지 않게 움직일 수 있는 규모는 아니잖아. 어머니 집에만 가면 된 다고 해도 이렇게 많은 사람들이 퍼펙트에 들어갈 길이 있어야 말이 지." 윌리엄은 혼잣말을 하듯 중얼거렸다.

"그건 그래요. 근데 보이 말처럼, 꼭 한꺼번에 스무 명을 다 변화시켜야 하는 건 아니잖아요? 한두 명이라도 달라진 걸 보여 주면, 중간 지대 사람들도 우리를 믿게 될 테고, 우리 편이 되어 줄 거예요!"

"어떻게 통과하려고?" 윌리엄이 물었다.

"거기로 나가지 않아도 돼요. 제대로 된 중간 지대 사람은 그 대문으로 다니지 않아요. 내 말 맞지, 보이?" 바이올렛이 씽긋 웃었다.

"맞고말고." 보이가 바이올렛을 보며 해맑게 웃었다. "할머니 집 바로 앞쪽 담장에 들키지 않고 넘어갈 만한 곳이 있어요."

"그렇다면 여기서 거기까지는 어떻게 갈 작정이냐, 바이올렛? 당장 이 집만 나가도 왓처에게 잡혀갈까 봐 걱정인데." 메릴이 말했다.

"왓처들이 중간 지대에 반란이 일어날 거라고 알고 있다면서요?" 보이가 갑자기 생각난 듯 메릴을 똑바로 올려다보며 물었다.

"그랬지." 메릴이 고개를 끄덕였다.

"어쨌든 원래 우리가 그럴 계획이었던 건 맞잖아요? 그럼 그냥 그들의 예상보다 조금 더 일찍 반란을 일으켜 주자고요!"

# CHAPTER 31

# 다시 만난 사람들

"우리는 괜찮을 거예요!" 잭이 아이들을 대신해서 목소리를 높였다. 아이는 윌리엄을 바라보았다. "우리는 왓처들을 피해 다니는 법도 알고요, 그 사람들을 골탕 먹이는 법도 알아요. 제가 보육원으로 가서 아이들을 더 데려올게요. 우리들끼리 몰려다니며 소란을 일으키면 왓처들이 정말 반란이 일어난 줄 알 거예요!"

"나중에 그게 애들 장난이었다는 걸 알면 어떤 표정을 지을지 꼭 보고 싶다!" 바이올렛이 짓궂게 웃었다.

"우리가 중간 지대 사람들이 뭔가 일을 꾸미는 것처럼 보이게 만들게요. 물건들을 들고 거리를 오락가락 뛰어다니고, 창문을 깨고,

말썽을 부릴게요. 우리가 멀찍이 떨어진 중간 지대에서 왓처들의 관심을 끌고 있을 테니까, 아저씨들은 애들을 데리고 담장을 넘어서 할머니 집으로 가요."

"너희들 정말 그래도 괜찮겠니?" 윌리엄은 진지하게 잭을 보았다.

"우리는 괜찮을 거예요." 아이는 자신 있게 말했다. "우리가 오래오래 왓처들을 붙잡고 있을 게요. 엄청 재미있을 거예요!"

그들은 긴 시간 동안 머리를 맞대고 작전을 짰다.

새벽이 밝아 올 무렵, 잭이 나머지 아이들을 데리고 더 많은 특공대원들을 모아 소란을 일으키러 보육원으로 돌아갔다.

윌리엄과 메릴은 상상력 복원기를 가지고 다니기 편하게 담요로 둘둘 쌌다. 그 사이 보이는 베갯잇에 애나가 가져온 상상력 단지를 넣고 깨지지 않게 감쌌다. 그렇게 이런저런 준비를 마친 뒤, 바이올렛과 보이, 애나와 빌리 주니어, 윌리엄과 메릴까지 이렇게 여섯 사람은 장난감 공방을 빠져나갔다.

포가튼 로드로 접어들자 바이올렛의 가슴이 또다시 두근거렸다. 혹시나 잡힐까 봐 자꾸 뒤도 돌아보게 되었다.

하지만 잭이 약속한 대로 왓처들은 정말 중간 지대 반대편에서 이리저리 뛰어다니느라 바빴다. 시끄러운 소리들이 점차 거리를 채

왔다. 멀리서 유리를 깨고 쾅쾅 문을 두드리는 소리가 소녀한테까지 들렸다.

마침내 보이가 퍼펙트로 넘어갈 때 이용하는 높고 허름한 집에 다다르자, 소녀는 그래도 조금 마음이 놓였다. 그들은 금세라도 무너질 듯한 계단을 올라가서 온통 푸르뎅뎅한 욕실로 한꺼번에 들어갔다.

"저기로 나가야 돼요." 보이가 창문을 가리켰다.

"지붕을 건너야 돼?" 메릴이 걱정스러운 듯 물었다.

보이가 고개를 끄덕였다. 윌리엄이 창문의 걸쇠를 만지작거렸다.

"그런데 기계가 나갈 수 있을 만큼 창문이 크지 않네. 아예 창틀을 떼어 내야겠어." 윌리엄이 사람들을 돌아보면서 말했다.

바이올렛은 뒤로 물러나서 아이들의 방패막이가 되어 주었고, 보이와 윌리엄, 메릴은 나무로 된 창틀을 밀기 시작했다. 한참 씨름 끝에 나무가 갈라지고 부러지더니 결국 창틀이 떨어져 나갔다.

보이가 제일 먼저 밖으로 나갔고 윌리엄이 그 뒤를 따랐다. 메릴이 안에서 조심조심 상상력 복원기를 들어 주고 보이와 윌리엄이 밖에서 그걸 받았다. 메릴도 밖으로 나가자, 바이올렛은 두 아이들을 무사히 밖으로 내보낸 다음에야 마지막으로 나갔다. 다시 뭉친 그들은 보이의 지시를 따라서 별 탈 없이 지붕들을 건너뛰어 마침내 담장까지 갔다.

보이는 상상력 단지가 들어 있는 솜 베개를 밧줄에 묶어서 담장 너머 길바닥까지 조심조심 내려 보냈다. 그러고는 밧줄을 잡고 자신도 아래로 내려갔다. 소년은 밧줄을 풀어 담장 위로 던졌다.

바이올렛과 두 아이 모두 밧줄을 타고 무사히 담장 밑으로 내려오자, 윌리엄과 메릴이 상상력 복원기를 천천히 땅으로 내려 보냈다. 드디어 마지막으로 메릴과 윌리엄도 바닥에 내려섰다.

그들은 담장에 기대어 잠시 마음을 가다듬었다. 그런 다음 주위를 살피고 아처스 애비뉴를 가로질러 아이리스 아처의 집으로 갔다.

아직 해가 뜨기 전이라 어두운데도 윌리엄이 얼마나 긴장했는지는 훤히 보였다. 윌리엄은 현관문으로 다가갔다. 나머지 사람들은 그늘진 벽에 붙어 몸을 숨겼다. 페인트칠을 한 나무문을 두드리는 윌리엄의 손이 덜덜 떨렸다. 바이올렛도 덩달아 가슴이 조마조마했다. 안에서는 아무런 인기척도 없었다. 윌리엄은 한동안 기다렸다가 다시 문을 두드렸다. 거리가 너무나 조용해서 문고리 풀리는 딸깍 소리가 유난히 크게 들렸다. 열린 문틈으로 흘러나온 불빛은 자갈돌이 깔린 길바닥을 밝혔고, 윌리엄의 얼굴도 밝혔다.

아이리스 아처의 입에서 짧은 탄성이 흘러나왔다. 어머니는 아들을 덥석 끌어안았고, 아들은 어머니의 품에서 팽팽했던 긴장의 끈을 놓아 버렸다. 바이올렛은 눈물이 핑 돌았다.

아이리스 아처는 놓으면 사라질까 걱정이 되는 듯 한참이나 그대로 아들을 꼭 안고 있었다. 그 사이 일행은 혹시 순찰을 도는 왓처가 나타날까 봐 불안하게 이쪽저쪽을 살펴야 했다.

"어머니, 도움이 필요해서 왔어요!" 마침내 윌리엄이 한걸음 뒤로 물러나며 말했다.

"어쩐지 뭔가 일이 벌어질 것 같더라니." 아이리스는 미소를 지으며 꾀죄죄한 손님들을 집 안으로 안내했다.

놀랍게도 아이리스는 손님들의 이름을 일일이 부르며 인사를 건넸다. 아이리스가 제정신이 아니라는 소문은 사실이 아닌 듯했다.

"바이올렛, 나는 네가 뭔가 해낼 줄 알았다." 할머니는 소녀에게 물을 한 잔 따라 주며 눈을 찡긋했다. "네 눈을 보면 알아. 장난기가 서려 있거든."

아이리스의 칭찬을 알아들은 바이올렛이 씽긋 웃었다.

"모두들 고맙네. 우리 윌리엄을 다시 찾게 해 줘서." 아이리스는 아들의 손을 꼭 잡으며 말했다.

"어머니, 제가 미안해요. 진작 뵈러 왔어야 했는데 그러지도 못하고……." 윌리엄은 감정이 북받쳐 목이 메었다.

"안다." 아이리스가 인자하게 말했다.

방 안에 숙연한 침묵이 감돌았다.

"언젠가는 네가 돌아올 줄 알았어. 너한테는 투지가 있거든. 사람의 의지라는 게 둔해질 때는 있어도 없어지지는 않으니까." 할머니가 침묵 끝에 말했다.

"형들이 마큘라를 데리고 있어요." 윌리엄이 더는 참을 수 없다는 듯 털어놓았다. "마큘라가 죽었다고 해서 저는 그동안 살아도 산 것 같지 않게 지냈어요. 그녀도 없는데 아등바등 살면 뭐하고, 행복해지면 뭐 하나 싶어 맞서 싸우기를 포기했습니다. 제가 잘못했어요, 어머니. 진작 어머니를 찾아왔어야 했는데. 모두를 위해 제가 주위에 얼쩡대지 않는 편이 나은 줄 알았습니다."

"괜찮다, 윌리엄, 이렇게 돌아왔으니, 달리 뭐가 중요하겠니."

아이리스는 탁자에 둘러앉은 얼굴들 너머로 허공을 물끄러미 바라보았다.

"그 아이들이 마큘라를 데리고 있다고?" 그녀는 조금 뜸을 들였다가 말을 이었다. "나도 혹시 그렇지 않을까 생각했었다. 그 아이들은 내 인생도 빼앗아 갔다. 그 둘은 어렸을 때부터도 독했다. 제 애비를 많이 닮았어. 그래도 설마설마했는데, 그렇게까지 할 줄은 몰랐구나." 아이리스는 아들 윌리엄의 눈을 지그시 바라보았다. "네가 사라지고 뒤이어 마큘라마저 사라졌을 때, 조지하고 에드워드가 너희 둘다 죽었다고 하더구나. 그래도 나는 그 말을 믿지 않았다. 여기서 받아들여지지 않았거든." 아이리스는 자기 가슴을 쳤다. "그때부터 난 죽은 듯 살았다." 그녀는 두 손으로 꼭 감싸 쥔 물잔을 내려다보았다. 물잔을 잡은 손에 어찌나 힘이 들어갔는지 하얗게 변해 버린 손마디에서 아이리스의 격한 감정이 드러났다. "여기서 나는 네 형들이 정한 규칙과 상관없이 살고 있다. 그 애들도 그건 눈감아 주더구나. 안경도 쓰지 않고 차도 마시지 않아. 가끔은 차라리 그 애들이 내 상상력까지 빼앗아 갔더라면 사는 게 좀 수월하지 않았을까 싶기도 했어. 그랬으면 어쨌거나 죄책감에 짓눌려 살지 않아도 되었겠지?"

그녀는 돌아온 막내아들을 보는 것이 떳떳하지 않았는지 고개를 들지 못했다.

"죄책감이라니요, 어머니? 어머니는 아무 죄 없어요." 윌리엄이 아이리스를 달랬다.

"다. 내 잘못이다. 윌리엄. 조지하고 에드워드가 저렇게 된 것은 다 내 탓이야. 내가 너를 너무 편애했어. 네가 어렸을 때 내가 너만 너무 감싸고돌아서 그래. 나로서는 그럴 수밖에 없었지만 그 애들은 시샘을 했어. 견디기 힘들어 했지. 나는 못된 어미다⋯⋯."

"아니에요, 어머니는 훌륭하세요." 윌리엄이 아이리스의 손을 꼭 잡았다.

그들은 말없이 함께 앉아 있었다. 바이올렛은 흘끔 보이를 보았다. 왠지 거기 있는 게 어색했다.

"우리가 형들을 막을 수 있어요. 그래서 여기 온 겁니다. 퍼펙트를 바꿀 수 있어요. 고향을 되찾을 수 있다는 말입니다." 윌리엄은 담요를 벗겨서 상상력 복원기를 아이리스에게 보여 주었다. "이 기계가 사람들에게 상상력을 돌려줄 겁니다."

아이리스가 일어났다. 이전보다 훨씬 강인해 보였다. 그녀는 천천히 기계 주위를 한 바퀴 돌아보면서 아들에게 이것저것 물어보았다. 바이올렛으로서는 들어도 이해가 안 되는 이야기들이었다. 그래도 아처 가의 아들들이 누구의 머리를 물려받았는지는 이해가 되었다.

"나는 저 할머니가 살짝 제정신이 아니라고 생각했거든." 바이올렛이 보이에게 속삭였다.

"원래 사람들은 제정신이 아니다 싶은 사람한테는 덜 빡빡하게

379

구는 법이란다, 바이올렛." 아이리스가 눈을 찡긋했다.

바이올렛은 얼굴이 홍당무가 되었고, 보이는 짓궂게 웃었다.

아이리스가 기계를 꼼꼼히 다 살펴보고 나자 그들은 작전을 설명해 주었다.

"이게 빌리 보빈스와 매들린 넌의 상상력이에요. 두 사람은 이 길 반대편 끄트머리에 살아요." 보이가 아이리스에게 유리 단지 두 개를 내밀었다. 아이리스는 그 단지들을 찬찬히 살펴봤다.

"저는 빌리네 집의 옆집, 그 옆집에 살아요. 그러니까 제 말은, 우리 엄마가 거기, 저는 전에 거기 살았고요." 애나가 말했다.

"그래, 기억난다, 아가야." 아이리스는 애나를 끌어다 무릎에 앉혔다. "네 이름이 애나 넌 맞지? 한 1년쯤 전에 그들이 너를 잡아갔지, 아마?"

아이는 잠자코 고개를 끄덕이더니 결국 훌쩍훌쩍 울기 시작했다.

"아이들의 가족들이 이 아이들을 볼 수 있게 됐으면 좋겠어요. 보이하고 제가 윌리엄 아저씨가 만들어 준 해독제를 차에 넣었어요. 오늘 아침이면 모두들 그 차를 마시게 될 거예요. 그리고 그 해독제가 효과가 있다면 사람들은 다시 현실을 볼 수 있을 거예요. 하지만 중간 지대 사람들을 바로 알아볼 수는 없대요. 그들에게 상상력을 돌려주어야 기억도 되찾을 수 있대요." 바이올렛이 설명했다.

"그러고 나면 엄마가 나를 알아볼 거라고 약속했지, 응?" 애나가 초롱초롱한 눈망울로 보이를 바라보았다.

"어머니가 매들린 넌과 빌리 보빈스를 좀 데려와 주시겠어요? 그렇게만 해 주시면 저희들이 이 기계로 상상력을 주입할 게요. 그러면 그들은 이 아이들을 알아보게 되고, 그러면 우리 이야기를 믿어 줄 테고……."

"이 혁명에 동참하라는 뜻이군." 아이리스가 미소를 지었다.

"맞아요. 그런 다음 우리는 그들을 데리고 중간 지대로 들어가서 그곳 사람들에게 확인을 심어 주고 저항군을 조직할 겁니다." 윌리엄이 마저 설명을 했다.

"최선을 다해 보마. 하지만 이곳 사람들이 나를 미친 노인네로 알고 있어. 더욱이 그 두 사람하고는 말 한 마디 나눠 본 적도 없는데 과연 그들이 나를 믿고 따라와 줄까?" 아이리스가 말했다.

"쌍둥이 아드님들이 만나고 싶어 한다고 말해 보세요. 그러면 와 줄 거예요. 모두들 아처 형제를 좋아하니까요. 게다가 퍼펙트 사람들은 다른 사람의 말을 의심할 줄 몰라요." 보이가 불쑥 끼어들었다.

그들은 더 꼼꼼하게 작전을 점검했고, 그 사이 아이리스는 모두에게 아침을 만들어 주었다. 퍼펙트 주민 모두가 처음으로 해독제가 들어간 차를 마셨을 만큼 시간이 넉넉히 지났다는 판단이 내려지자, 아이리스는 맡은 일을 하러 집을 나섰다.

"어머니, 안경을 벗고 들어오게 하셔야 합니다! 그래야 안으로 들어오면서 우리를 볼 수 있으니까요!" 윌리엄이 아이리스 등 뒤에 대고 소리쳤다.

윌리엄과 메릴은 상상력 복원기를 부엌 한가운데에 있는 탁자에 놓았다. 보이와 바이올렛은 유리 단지의 뚜껑을 조심스럽게 열어 안에 든 것을 기계 속 유리 상자에 부었다. 두 가지 상상력은 상자 안을 빙빙 돌면서 서로 어울려 자유로이 떠다녔다.

"둘이 섞이지 않을까요?" 바이올렛이 윌리엄의 옷소매를 잡아당기며 물었다.

"아니. 보거라, 바이올렛." 윌리엄이 유리 상자를 가리켰다. 어느새 두 상상력이 물과 기름처럼 층을 나누어 자리잡고 있었다. "생각이 완전히 똑같은 사람들은 없단다."

그때 바깥에서 사람들 목소리가 들려왔다.

"정말입니까? 그분들이 우리하고 이야기를 나누고 싶어 한다고요?" 남자가 들떠서는 떠들어댔다.

"제가 어린이들을 위한 케이크 바자회에 내놓은 빅토리아 스펀지 (주 - 스펀지케이크 사이에 잼과 크림을 바른 케이크. 영국의 빅토리아 여왕이 즐겼다)를 에드워드가 마음에 들어 하는 것 같더라고요. 제가 그 표정을 봤거든요. 제가 에드워드라고 불러도 그분이 싫어하거나 그러지 않겠지요? 이제 우리는 친구니까요?" 여자 목소리도 들렸다.

"그러지 않을 거예요, 매들린." 아이리스의 목소리도 들렸다. "그나저나 부탁이 있는데, 두 사람 다 안경 좀 벗어 줄 수 있어요? 그 안경은 우리 집 실내 장식하고 어울리지 않아서 그래요."

"그러면 아무것도 안 보일 텐데요?" 매들린 넌이 걱정을 했다.

"그렇지 않아요." 아이리스가 답답하다는 듯 한숨을 쉬었다. "아직 그 소식 못 들었나 보네. 새로 온 박사님이 우리 퍼펙트의 고민거리를 해결해 줘서, 이제는 다들 안경을 쓰지 않아도 눈이 잘 보이게 되었어요."

"어머나, 잘되었네요! 전 그분이 위대한 실적을 내실 줄 알았어요. 그 댁 부인은 얼마나 반짝반짝하는지!" 매들린 넌은 미소를 지었다.

"아름다운 분이지요." 빌리 보빈스도 고개를 끄덕였다.

그 둘은 아이리스가 열쇠로 현관문을 따는 사이 순순히 안경을 벗었다.

"손님들이 계셨군요." 빌리 보빈스가 부엌을 둘러보면서 말했다.

"네. 저들은……."

"아빠!" 빌리 주니어가 소리치며 빌리 보빈스에게 달려가려 했다.

하지만 보이가 아이의 옷을 잡았다. 보이는 아빠에게 가려고 몸부림치는 일곱 살짜리를 침착하게 달랬다.

"우리는 치, 친척들입니다." 윌리엄이 얼른 둘러댔다.

"어머, 그렇군요. 어디서 오셨나요?" 매들린 넌이 물었다.

"팀북투(주 - 서아프리카에 있는 도시. 아주 머나먼 환상의 도시를 지칭한다)에서 왔어요." 바이올렛이 끼어들어서 둘러댔다.

"너는 얼굴이 눈에 익구나." 매들린 넌이 말했다.

"아, 그런가요? 흔한 얼굴이라 그래요. 누구하고 닮았다는 소리 많이 들어요."

"팀북투가 그렇게 좋다면서요?" 마침 빌리 보빈스가 끼어들었다.

"모두들 차 한 잔 할까요?" 아이리스가 찻주전자 스위치를 켜면서 말했다.

"어머, 좋아요, 아이리스 아주머니. 이상하게 오늘 아침 차는 맛이 다르더라고요." 매들린 넌이 말했다.

보이가 바이올렛에게 눈을 찡긋했다.

"그런데 아처 사장님들은 어디 계십니까?" 빌리 보빈스가 두리번거리며 물었다.

"아, 형들은……. 위층에 있습니다. 곧 내려올 겁니다." 윌리엄이 대답했다. "기다리는 동안 우리가 가족사진을 찍어도 괜찮으시겠습니까? 휴가를 온 기념으로. 애들이 너무 빨리 자라서요."

"그럼요. 그 느낌 저도 알아요. 우리 막내도 벌써 아홉 살이 다 됐답니다." 매들린 넌이 말했다.

"막내는 난데. 그건 언니고. 난 겨우 일곱 살인데." 귀퉁이에서 애나가 울먹였다.

"오, 그래? 너는 우리 딸보다 좀 어리구나." 매들린 넌이 웃으며 말했다.

"빌리 보빈스 씨는 여기 앉으십시오. 매들린 넌 씨는 여기 앉으시고." 윌리엄이 상상력 복원기 앞에 의자를 마련해 주며 말했다.

"친척도 아닌데 우리까지?" 빌리 보빈스가 물었다.

"에이, 다 친척이죠. 우리 모두 친척이잖아요. 전에 팀북투에서 일가친척들이 모두 모였었잖아요. 잊으셨어요?" 바이올렛이 씽긋 웃으며 끼어들었다.

"하지만 난 팀북투에 가 본 적이 없단다." 매들린 넌은 일단 시키는 대로 기계 앞에 앉으면서 말했다.

"오셨었는데. 정말 기억 안 나셔요?" 바이올렛은 계속해서 떠들어 댔다. "우리 같이 거북들을 데리고 헤엄도 쳤잖아요. 그때 아주머니 가 거북들이 참 귀엽다고 했는데. 그다음에 해변으로 차를 타고 나 갔을 때는 커다란 코끼리를 보고 아주머니가……."

바이올렛이 말이 안 되는 이야기들을 해 대자 보이가 팔꿈치로 친 구의 옆구리를 쿡 찔렀다. "정도껏 둘러대라, 쫌!" 보이가 속삭였다.

"아, 그래, 기억이 나는 것도 같아. 내가 원래 거북을 참 좋아하거 든." 매들린 넌이 호기심 어린 눈으로 바이올렛을 바라보면서 목소 리를 높였다.

"거봐요, 우리 친척이잖아요!" 바이올렛이 말했다.

"저 사진기는 좀 재미나게 생겼습니다." 빌리 보빈스가 말했다.

"팀북투에서는 다들 이런 걸 써요!" 보이가 둘러댔다.

"좋습니다. 모두들 '치즈' 하고 외쳐 주세요!" 윌리엄이 소리쳤다.

윌리엄이 상상력 복원기에 달린 줄을 잡아당기자 기계가 작동하 기 시작했다. 백파이프의 가죽 부분처럼 생긴 공기 주머니들이 사 람의 허파처럼 부풀어 올랐다가 확 쭈그러졌다. 그러자 유리 상자에 든 두 사람 몫의 상상력들이 각각의 파이프로 훅 빨려 들어갔다. 기계는 숨을 깊이 들이마시듯 공기 주머니를 다시 빵빵하게 부풀렸다가 굉장히 큰 재채기 소리 같은 걸 내면서 기체를 뿜어냈다.

녹색이 감도는 기체는 빌리 보빈스의 코로 날아갔고, 갈색이 감도는 기체는 매들린 넌의 코로 날아갔다. 두 사람이 너무 놀라서 꼼짝도 못하는 사이, 각각의 기체가 각자의 콧구멍 속으로 쑥 들어갔다. 곧바로 두 사람 모두 눈을 감더니 빌리 보빈스는 의자에서 스르르 미끄러져 내려 아예 바닥에 뻗어 버렸고, 몸이 옆으로 기울어진 매들린 넌은 탁자에 머리를 기댔다.

"우리 엄마 괜찮을까?" 애나가 바이올렛의 손을 잡으면서 조심스럽게 물었다.

갑자기 매들린 넌과 빌리 보빈스 모두 코를 골기 시작했다.

"어떻게 된 거예요?" 바이올렛은 짐짓 괜찮은 척 윌리엄에게 물었다.

"그러게 말이다, 바이올렛. 미처 인체 실험을 해 볼 틈이 없어서. 하지만 나는 과학의 힘을 믿는다. 빌리와 매들린은 아마 새로 적응을 하는 중일 게다. 상상력은 우리가 잠들었을 때 가장 강력하게 활동하니까. 꿈이 그렇게 생생한 것도 다 같은 이유란다. 저 두 사람의 뇌가 꺼졌다가 다시 켜지는 과정이라고 보면 돼. 사람의 몸이란 참

신비해." 윌리엄은 싱긋 웃었다.

이내 코고는 소리가 뚝 끊어지면서 빌리와 매들린이 번쩍 눈을 떴다.

"여기가 어디예요? 어떻게 된 거예요?" 매들린이 똑바로 앉으면서 물었다.

"엄마!" 구석에 있던 애나가 벌떡 일어나서 제 엄마에게 달려갔다.

"애나니? 애나, 너 맞지? 나는, 나는 네가……. 내가 무슨 생각을 했는지도 통 모르겠구나." 매들린은 막내를 안고 눈물을 흘렸다.

빌리 주니어도 바닥에 주저앉은 아빠의 품에 달려들었다. 아빠 빌리와 아들 빌리 역시 얼싸안고 눈물범벅이 되었다.

윌리엄은 조금 기다렸다가 모두를 식탁에 둘러앉게 했다. 매들린과 빌리에게는, 당연히 궁금한 것이 많았다.

"그러니까 그 차가, 내가 매일 낮이고 밤이고 가족들에게 마시게 했던 그 차가, 우리를 눈멀게 했다고요?" 매들린은 애나를 더 꼭 끌어안으며 울먹였다.

"이 안경은 우리 정신력을 훔쳐 갔고." 빌리가 들고 있던 안경을 손으로 찌그러뜨리려고 했다.

"나라면 그러지 않겠네, 빌리." 윌리엄이 말렸다. "사람들 틈에 섞여 있으려면 그 안경이 필요할 걸세. 안경을 쓰고 있지 않으면 왓처들 눈에 띌 테니까."

"그러니까, 모든 것이, 우리가 그동안 믿었던 모든 것이 다 거짓이었다는 말입니까?" 빌리는 분을 참지 못하고 벌떡 일어섰다.

윌리엄이 고개를 끄덕였다. 그는 두 사람에게 그간 고향에서 벌어진 모든 일들을 다 말해 주었다. 아처 형제에 대한 두 사람의 분노는 하늘을 찔렀고, 따라서 그들에게 한 배를 타자고 굳이 설득하고 말고 할 것도 없었다.

"그러면 우리가 무엇을 하면 되나요?" 매들린이 물었다.

"우리는 저항군을 조직하려고 합니다. 두 사람이 우리와 같이 중간 지대로 들어가서 그곳 사람들에게 우리 작전이 허황되지 않았다는 걸 증명해 주면 됩니다. 가족들을 되찾을 길이 있다는 걸 알게 되면, 중간 지대 사람들은 틀림없이 일어나 함께 싸울 겁니다." 윌리엄이 말했다.

"그러면 퍼펙트 주민들은요? 윌리엄 당신이 여기서 더 많은 사람들을 변화시킨다면 더 많은 사람들이 우리 편에 서게 되지 않겠습니까?" 빌리가 물었다.

윌리엄은 보이와 바이올렛과 메릴을 돌아보았다.

"우리가 상상력 단지들을 좀 더 가져올게요. 그러면 여기 아이리스 할머니 집에서 그만큼 많은 사람들을 더 변화시킬 수 있어요." 보이가 말했다.

"그래. 남들의 의심만 사지 않을 수 있다면 계속 이렇게 해 보는 편이 나을 수도 있어." 윌리엄은 혼잣말처럼 말했다.

"내가 사람들을 이리로 더 데려올게요." 매들린이 목소리를 높였다. "나는 퍼펙트에 있는 사교 모임에 안 낀 곳이 별로 없거든요. 모르는 사람이 거의 없어요. 그러니까 내가 사람들하고 어울려 거리를 돌아다녀도 왓처들은 전혀 의심하지 않을 거예요. 또 차 마시며 수다나 떨려나 보다 짐작하겠죠!"

"그러면 나는 중간 지대로 넘어가겠습니다. 만남을 주선해 주세요. 몇 사람이라도 나를 알아보는 사람이 분명 있을 테고, 그러면 내 이야기가 사실이라는 걸 다들 똑똑히 알게 되겠지요. 사람들이 저항군에 참여하도록 설득할 자신이 있습니다." 빌리도 말했다.

"괜찮은 작전 같아요. 제가 아저씨를 중간 지대로 안내할게요. 그런 다음 아이들과 함께 단지를 갖고 여기로 돌아오면 되잖아요." 보이가 말했다.

"나도 같이 가. 나도 도움이 되고 싶어." 바이올렛이 나섰다.

메릴은 빌리를 보았다. "나도 같이 갑시다. 사람들을 불러 모으는 데는 나만한 적임자가 없소. 중간 지대 사람들은 당신들이 돌았다고 생각하니까!" 메릴은 같이 갈 사람들을 둘러보며 껄껄 웃었다.

"비밀 창고에서 나머지 상상력 단지들도 빼내기 시작해야겠군. 보이, 네가 아이들과 함께 상상력 단지들을 가져다가 안전한 곳에 보관해 줘. 대신 조심 또 조심해야 한다. 형들이 우리 작전을 눈치채고 단지들을 모두 감춰 버리면 다시는 못 찾는 사태가 벌어질 수도 있으니까." 윌리엄이 말했다.

보이가 고개를 끄덕였다.

점심때가 다 되었다. 매들린이 먼저 아이리스의 집을 나와 에드워드 스트리트 쪽으로 갔다. 보이와 바이올렛, 메릴과 빌리와 그의 아들은 중간 지대로 들어가는 담장 쪽으로 건너갔다. 각자 맡은 일을 하러 간 것이다.

윌리엄과 애나는 아이리스와 함께 집에 남았다. 애나는 아이리스의 무릎에 앉아서 할머니가 들려주는 애디쿼트, 그러니까 퍼펙트와 중간 지대가 나뉘기 전의 이야기를 들었다. 그 사이 윌리엄은 수시로 창을 통해 거리의 상황을 살피면서, 혹시라도 골치 아픈 문제가 생길 징조는 없는지 살폈다.

# CHAPTER 32

# 위기

"이런 곳이 있는 줄 까맣게 모르고 살았다니! 겨우 몇 미터 떨어진 곳에 내 아들이 있었는데도 그토록 몰랐다니!" 빌리는 돌아서서 중간 지대 지붕들에서부터 퍼펙트까지를 가리켰다.

"아빠만 그런 거 아니니까 괜찮아요. 엄마 아빠에게 잊힌 아이들이 나 말고도 엄청 많아요!" 빌리 주니어가 아빠를 위로했다.

그들은 뚫린 욕실 창을 통해 안으로 들어가서 아래층으로 내려갔다. 반대편 중간 지대에서 시끌벅적한 소리들이 들려왔다. 순찰을 돌던 왓처 무리가 소리 나는 쪽으로 달려가는 동안, 보이의 팀은 그 건물 입구 안쪽에 숨어서 기다렸다. 아이들이 여전히 성공적으로 소란을 일으키는 듯했다.

지키는 사람이 없다는 게 확인되자, 메릴은 일행을 이끌고 얼른 거리를 통과해서 자신의 공방으로 들어갔다. 보이는 장난감 공방 계단 밑에 숨겨 둔 상상력 단지 쪽으로 달려갔다. 소년은 바이올렛의 도움을 받아서 필요한 단지 네 개를 찾아냈다.

"나는 보육원에 들러서 잭에게 아이들을 이끌고 비밀 창고에 가서 나머지 상상력 단지들을 가져오라고 할게." 소년은 유리 단지들을 담은 불룩한 솜 베개를 들고 문으로 가면서 말했다.

"나도 같이 가."

"아냐, 바이올렛." 보이가 고개를 저었다. "너는 여기 남아서 메릴 아저씨를 도와. 우리가 했던 일에 대해서 의심하는 사람이 나올 수도 있잖아."

"알았어, 너 혼자 자신 있다면." 바이올렛은 따라가서 도와주고 싶었지만 일단 고개를 끄덕였다.

"나는 괜찮을 거야, 걱정 마." 보이는 힘차게 고개를 끄덕이고는 문을 열고 중간 지대로 나아갔다.

"좋아." 보이의 발자국 소리가 멀어질 때쯤 메릴도 공방을 나서려고 문 쪽으로 갔다. "나는 빌리 자네 말에 귀를 기울여 줄 사람들을 모으러 몇 집 돌고 오겠네."

빌리는 잠자코 고개를 끄덕였다. 상상력을 되찾은 뒤로 눈에 띄게 말수가 줄어든 빌리는 아들을 또 잃게 될까 봐 두려운 듯 아이를 내내 안고 있었다. 메릴마저 나가고 나자 그 침묵이 어색했던 바이올렛이 그에게 말을 걸었다.

"괜찮으세요? 물이라도 좀 드려요?"

"어떻게 이 지경이 되도록 내버려 뒀을까?" 빌리는 혼잣말을 하듯 중얼거렸다.

바이올렛은 뭐라고 해야 좋을지 몰랐다. 장난감 공방 안은 다시 어색한 적막에 휩싸였다.

"저는요, 엄마를 원망하지 않아요." 바이올렛은 조금 뜸을 들인 후 말했다. "엄마 탓이 아니니까요. 다 아처 형제가 저지른 일이에요. 그래서 저는 그 사람들이 미워요."

"고맙다." 빌리의 얼굴이 좀 밝아졌다. 그리고 그때 마침 문이 열리면서 메릴이 열 명쯤 되는 사람들을 몰고 들어왔다.

"별로 많이 오지 않았네요?" 바이올렛은 메릴이 공방 안쪽으로 들어오자 물었다.

"소문은 빨라. 저 사람들이 빌리 말을 믿으면 중간 지대에 삽시간에 얘기가 퍼질 거다." 메릴이 대답했다.

메릴은 두 손을 높이 들어 사람들을 주목시켰다.

"여기 이 친구는 빌리 보빈스일세." 메릴이 사람들을 향해서 연설을 시작했다. "그리고 이 아이는 그의 아들 빌리 주니어. 알다시피 이 아이는 몇 시간 전까지만 해도 중간 지대에서 고아로 살았고 아이 아빠인 이 친구는 그동안 퍼펙트에서 자기 아들이 있었다는 사실조차 잊고 살았지."

빌리는 부끄러움에 고개를 숙였다. 바이올렛은 메릴의 직설적인 표현에 빌리가 상처를 받았을까 봐 걱정이 됐다. 마침내 빌리가 그곳에 모인 몇 사람들을 향해 새빨개진 얼굴을 들었다.

"미안합니다. 몰라서 미안하고 여러분 모두를 저버려서 미안합니다!" 그는 눈물까지 글썽였다.

"당신이 퍼펙트 주민이라고?" 먼젓번 윌리엄의 공방에서 모였을 때 뒤에서 소리치던 붉은 수염이었다.

"이 친구는 퍼펙트 주민이 맞아, 샘." 메릴이 나섰다.

"메릴, 내가 자네한테 물어봤나? 나는 지금 저 남자한테 묻고 있어. 저자가 거짓말 하는 게 아니라는 걸 우리가 어떻게 믿지?" 빨간 수염이 다그쳤다.

"사기 치는 거 아니야." 사람들 무리에서 한 여자가 앞으로 나서며 말했다.

순간 빌리가 놀라서 벌떡 일어섰다. 검은 머리의 여자가 앞으로 달려 나와서 빌리를 와락 끌어안았다.

"루시 누나, 나는…… 누나가 여기 있는지도 몰랐어. 미안해, 너무 미안해, 누나!" 빌리가 울먹였다.

"괜찮아, 빌리. 이런 날이 올 줄은 꿈에도 몰랐다. 네가 와 줘서 난 그저 기쁠 뿐이야." 검은 머리의 여자도 울먹였다.

"루시, 이자가 당신하고 무슨 상관인데?" 붉은 수염 샘이 물었다. 사람들의 눈길이 모두 그에게로 쏠렸다.

"솔직히 메릴이 우리 집에 와서 빌리 얘기를 꺼냈을 때는 믿어지지 않았어. 그래도 혹시나 싶어서 직접 내 눈으로 확인하러 왔는데." 검은 머리 루시는 눈물을 주르륵 흘렸다. "빌리는 내 동생이야."

모두들 할 말을 잃었고 누나와 동생은 한 번 더 끌어안았다. 빌리는 모인 사람들을 향해 다시 입을 열었고, 루시는 옆에서 동생의 손을 잡고 든든하게 서 있었다.

"나도 설명을 잘하고 싶은데 사실 모든 것이 희미합니다. 그래서 제대로 이야기할 수 있을지 자신이 없습니다. 그렇지만 내가 일부러 아들이나 누나를 잊은 것은 아닙니다." 빌리는 잡고 있던 누나의 손을 더 꼭 잡았다. "나는 그동안 나한테 이런 아들과 누나가 있다는 것을 모르고 살았던 것 같습니다. 그런데 또 이렇게 찾고 보니 언제 그랬나 싶습니다. 마치 그동안 비눗방울 속에 갇혀 있다가 그게 터지면서 세상을 제대로 볼 수 있게 된 것만 같습니다. 횡설수설 이상한 소리를 하는 것처럼 들리겠지만, 부디 여러분도 저를 보고 퍼펙트에 있는 여러분 가족에게 무슨 일이 있었는지 이해해 주었으면 합니다. 그들이 여러분을 사랑하지 않게 된 것도 아니고, 여러분을 일부러 잊은 것도 아닙니다. 퍼펙트에서는 그보다 훨씬 더 무서운 일이 벌어지고 있습니다. 아처 형제가 이 모든 일의 뒤에 도사리고 있습니다. 그들이 더 이상 이런 짓을 하지 못하게 해야 합니다!" 빌리는 빨갛게 상기된 얼굴로 이야기를 토해 냈다.

"나는 네 아들이 여기 있는 줄도 몰랐어." 루시가 흐느꼈다.

"이 아이가 태어나기도 전에 누나가 잡혀왔으니까. 할 이야기가 너무나 많아, 누나." 빌리가 루시를 다시 끌어안으며 말했다.

"그러니까 다 사실이라는 거로군." 붉은 수염 샘이 아직도 얼떨떨한 표정으로 말했다. "아처의 차와 상상력 어쩌고 하는 기계 이야기가 다 진짜라는 말이지?" 사람들을 둘러보며 이야기하는 샘의 얼굴에 웃음이 피어났다. "그럼 혹시 우리들도 가족을 되찾을 수 있을까?"

"그럼! 어디 그뿐인가? 고향으로 돌아갈 수도 있어!" 흥분한 메릴이 작업대 위로 올라가서 소리쳤다. "누가 우리와 함께할 텐가?"

"나도 끼워 주게." 샘이 소리쳤다.

"나도. 우리가 뭘 하면 되겠나?" 또 다른 남자가 앞으로 나섰다.

메릴이 그 자리에 있는 사람들에게 알고 있는 중간 지대 사람들을 모두 설득해 달라고 이야기하는 사이, 바이올렛은 퍼펙트로 돌아가려고 살그머니 장난감 공방을 나왔다. 바이올렛은 공방의 열띤 분위기에 들뜬 마음을 안고 담장을 타고 내려와서는 아이리스의 집 문을 두드렸다.

보이는 진작에 보육원 아이들 넷을 데리고 퍼펙트에 와 있었다. 그리고 그 아이들은 이미 아이리스의 집 부엌에서 부모들을 다시 만나 부둥켜안고 감격의 눈물을 흘렸다.

"성공적이야." 소녀가 보이의 옆에 가서 속삭였다.

"그러니까! 굉장하지?" 소년은 자기 앞의 광경에 취해 해맑게 웃었다.

"그게 아니라 내 말은 빌리 아저씨 이야기. 사람들이 아저씨 이야기를 믿게 됐어. 정말로 저항군이 모이고 있다고!"

"진짜? 장난 아니지?" 보이는 기쁜 마음에 친구를 꽉 끌어안았다. 그 바람에 바이올렛은 숨이 막혀서 캑캑거려야 했다.

"바이올렛, 어떻게 되었니?" 그 소리에 소녀가 온 것을 알게 된 윌리엄이 물었다.

"빌리 아저씨의 이야기가 잘 먹혀들었어요. 중간 지대에 정말로 저항군이 모이고 있어요." 소녀는 부엌에 모인 사람들 모두가 들을 수 있게 큰 소리로 이야기했다.

모두들 환호성을 질렀고 바이올렛은 오랜만에 처음으로 꿈같았던 일이 실현되어 가고 있음을 느꼈다. 그들이 계획했던 것들이 하나둘 이뤄지고 있었다.

"몇 명이나 모였지?" 윌리엄이 물었다.

"아직까지 그렇게 많지는 않아요. 하지만 메릴 아저씨가 삽시간에 소문이 퍼질 거라고 했어요."

"기억을 되찾은 퍼펙트 주민들을 중간 지대로 더 보내면 더 빨리 그곳 사람들을 설득할 수 있을 게다. 보이, 네가 이 사람들을 중간 지대로 안내해 주겠니? 그리고 상상력 단지를 이리로 더 가져와 다오. 일단 시작했으니 어디 한 번 계속 밀어붙여 보자!"

"상상력 단지를 몇 개나 가져올까요?" 보이가 물었다.

"이 기계에 한꺼번에 여덟 명의 상상력을 넣을 수 있어. 그러니까 아이들 여덟 명을 데려오렴. 네가 가기 전에 명단을 미리 주면 매들린이 단지들의 주인들을 모아 오면 될 거야. 어때?"

"좋아요." 보이는 종이에 여덟 명의 이름을 더 써 내려갔다.

"여덟이나? 정말 그렇게 많은 사람들이 여기로 왔다가 또 거기로 넘어가도 들키지 않을까요?" 매들린의 표정이 떨떠름했다.

"괜찮을 겁니다, 매들린. 당신은 훌륭하게 잘 해내고 있어요. 아무도 당신을 의심하지 않을 겁니다." 윌리엄이 말했다.

"정 그렇다면." 그녀는 보이에게서 이름이 적힌 쪽지를 받았다.

윌리엄이 고갯짓을 하자 보이는 새롭게 달라진 퍼펙트 주민 네 명과 함께 중간 지대를 향해 아이리스의 집을 나섰다.

잠시 뒤에 매들린도 나갔다. 바이올렛은 식탁에 엎드려서 살짝 졸았다. 그런데 창문으로 매들린이 급하게 달려오는 게 보였다.

"하마터면 걸릴 뻔했네! 규칙을 깜빡하고 그만 왓처들을 보고 인사를 했지 뭐야!" 매들린이 현관문으로 들어오면서 소리쳤다.

"뭘 했다고요?" 윌리엄이 자리에서 벌떡 일어났다.

"미안해요, 윌리엄. 그 많은 사람들을 어떻게 데려오나 걱정하며 걷다가 그만 왓처들하고 눈이 마주치면 안 된다는 걸 까맣게 잊어버렸어요."

"천천히, 매들린. 정확하게 무슨 일이 있었는지 말해 봐요." 윌리엄이 그녀에게 의자를 내주면서 물었다.

"에드워드 스트리트에서, 순찰을 나온 왓처들 한 무리하고 마주쳤는데……."

"그런데?" 윌리엄이 이야기를 재촉했다.

"그게, 내가 무심코 안경 옆으로 곁눈질해서 왓처들 눈치를 살피다가 그중에 하나하고 눈이 딱 마주쳤지 뭐예요. 근데 내가 바보처럼 고개를 끄떡해 버렸어요. 나도 내가 왜 그랬는지 모르겠어요. 미안해요."

"퍼펙트 주민들 눈에는 원래 왓처가 안 보여야 정상인데! 그래서 그 왓처가 무슨 말은 안 했어요?" 바이올렛이 정색을 하고 물었다.

"그걸 누가 모르니! 그래도 내가 잘 넘어간 것 같아. 아무 일도 없는 척 계속해서 내 갈 길을 갔거든." 매들린이 말했다.

"그들이 당신을 따라온 건 아니고?" 아이리스가 물었다.

"그게, 내가……."

매들린이 막 말하려는데 현관문을 마구 두드리는 소리가 들려왔다. 모두들 숨을 죽였다. 아이리스가 곧바로 일어나며 모두에게 숨어 있으라고 손짓을 했다.

바이올렛, 윌리엄, 매들린 그리고 애나는 상상력 복원기를 가지고 골방에 숨어서 문틈으로 바깥을 훔쳐보았다. 또다시 문을 두드리는 소리가 나자 아이리스가 대답을 하며 현관문으로 갔다.

"이봐, 할망구, 그 여자가 나를 보고 고개를 끄덕였거든! 진짜야! 그래 놓고 나를 못 본 척하다니! 누굴 바보로 아는 거야 뭐야?" 왓처 하나가 아이리스를 밀치며 집 안으로 마구 들이닥쳤다.

"무슨 소리인지 통 모르겠네. 그게 무슨 말인가?" 아이리스는 시치미를 뚝 뗐다. 더 많은 왓처들이 우르르 들어오자 아이리스는 문 옆으로 비켜섰다. "여긴 나 밖에 없어. 늙은이 혼자야. 맨날 그래. 오죽 심심하면 내가 벽하고 얘기를 하겠어? 차라도 마시고 가겠나들? 손님이 와 주면 나야 말 상대가 생겨서 좋지? 사람하고 얘기를 해 본 적이 언제였더라?"

"이거 왜 이래? 다 알고 왔어, 아이리스 아처! 우리가 그 여자를 뒤쫓아 왔다고." 그 왓처는 가냘픈 아이리스의 멱살을 쥐고 색이 누렇게 바랜 벽으로 그녀를 몰아붙였다. "당신이 보기보다 멍청하지 않다는 거 우리도 다 알아. 누굴 속여 넘기려고?"

"내가 멍청하지 않구나? 그거 듣던 중 반가운 소리네." 아이리스가 히죽 웃었다.

윌리엄은 화가 치밀어 얼굴이 붉으락푸르락 하면서도 같이 있는 사람들에게 나가라고 신호를 보내고 그 자신도 상상력 복원기를 들고 뒷문을 통해서 뜰로 나갔다.

"집 안을 샅샅이 뒤져." 첫 번째로 들어온 왓처가 말했다.

이 방 저 방에서 우당탕, 쿵쾅, 철커덕거리는 소리들이 들려왔다. 사람들은 창문 밑에 웅크리고서 부디 왓처들이 뜰까지는 나오지 않기를 빌었다.

"아이리스 아처, 당신 뭔가 꾸미고 있지?" 첫 번째 왓처가 부엌에 있는 그녀에게 와서 다그쳤다.

"찾던 게 나왔나 보네. 아닌가?" 아이리스는 왓처들을 조롱했다.

바이올렛은 그 상황에서 아이리스가 그렇게 침착할 수 있다는 게 신기했다.

"누굴 속이려고? 그렇다고 뒤져서 나올 게 없다는 뜻은 아니잖아, 이 할망구야! 당신 입으로 털어놓게 만들고 말겠어! 같이 가자고!" 그 왓처가 으르렁댔다.

부엌 바닥에 의자 다리가 긁히는 소리가 들려왔다. 윌리엄은 당장이라도 뒷문을 열고 뛰쳐 들어갈 기세였다. 하지만 매들린이 그의 팔을 잡고 말렸다.

"그 할망구 다치게 하면 안 돼. 아처 쌍둥이의 엄마라고. 조지 아처하고 에드워드 아처가 알아서 하겠지." 현관문이 쾅 닫히고 왓처의 목소리가 멀어져 갔다.

"할머니한테 무슨 일이 생기면 어떡해요?" 바이올렛은 걱정이 되어서 쩔쩔맸다.

윌리엄이 고개를 저었다.

"형들은 어머니를 해치지 않을 거야. 내가 알기론 그래. 아무튼 우리는 어서 중간 지대로 돌아가야 돼!"

# CHAPTER 33 #

## 싸움의 시작

윌리엄과 그의 상상력 복원기, 바이올렛, 매들린 그리고 애나는 일단 중간 지대로 가는 통로인 건물 입구 안쪽에 숨어서 바깥을 살폈다. 포가튼 로드 쪽의 움직임이 수상했다. 왓처들이 우르르 아치 밑을 지나 퍼펙트로 통하는 대문으로 몰려가고 있었다.

"왓처들이 중간 지대를 빠져나가고 있어요. 무슨 일일까요?" 바이올렛이 속삭였다.

"일단 메릴한테 가서 알아보자." 윌리엄이 대답했다.

그들은 마지막 왓처까지 다 가 버리기를 기다렸다가 골목길을 이용해 메릴의 장난감 공방으로 갔다. 공방 안은 텅 비어 있었다.

장터에서 사람들 소리가 들려왔다. 그들은 조용히 소리가 나는 쪽으로 갔다. 래그 트리 주위에 수많은 아이들과 어른 여럿이 보였다.

그중에는 매들린이 아는 사람들도 있었다. 그녀는 애나를 데리고 달려가 그들에게 인사를 했다. 래그 트리 옆에 어리둥절한 표정의 보이와 메릴도 보였다.

"여기로 오셨네요." 보이는 윌리엄과 바이올렛을 보고 그나마 다행이라는 듯 말했다.

"무슨 일이 있었니?" 윌리엄이 물었다.

"모르겠어요. 왓처들이 우르르 가 버렸어요." 보이가 대답했다.

"그자들이 아이리스 할머니를 끌고 갔어. 우리 계획을 알게 된 거 아닐까?" 바이올렛이 얼른 말했다.

"그렇다고 그들이 중간 지대를 떠나?" 보이는 고개를 저었다.

"이 중간 지대 사람들은 자기들이 왓처를 몰아낸 줄 알아." 메릴이 천천히 말했다.

"메릴, 자네 생각도 그런가?" 윌리엄이 물었다.

장난감 장인은 고개를 저었다. "몇몇 사람들이 아이들과 같이 소란을 일으키기는 했어도 왓처들한테 위협이 될 정도는 아니었네. 저항군을 조직하려면 더 많은 사람들을 설득해야 하네. 왓처들은 지원

군을 더 몰고 오려고 퍼펙트로 넘어간 걸 수도 있어."

"제가 퍼펙트로 가서 살펴보고 올 게요. 어떻게 된 일인지 알아낼 수 있으면 알아보고요. 어쩌면 정말로 우리한테 겁을 먹고 달아났을 수도 있잖아요! 금방 돌아올게요." 보이가 나섰다.

"이번에는 나도 같이 갈래." 바이올렛이 말했다.

"알았다. 그럼 우리는 여기 남아서 계속 작전대로 하면서 더 많은 저항군을 모아 보마." 윌리엄이 목소리를 높였다.

윌리엄과 메릴은 래그 트리 옆에서 저항군을 모집하도록 남겨 두고 보이와 바이올렛은 포가튼 로드로 향했다. 퍼펙트로 통하는 대문이 그냥 열려 있었고, 문지기도 보이지 않았다. 둘은 그냥 그 길을 통해 빠져나갔다.

어느새 날이 어둑어둑해지고 있었다. 소년과 소녀는 래그 레인을 살금살금 지나 아처스 애비뉴로 접어들었다가, 곧 에드워드 스트리트 쪽으로 방향을 바꿨다. 거리는 텅 비어 있었다. 퍼펙트 주민들 모두 집 안에 있는 듯했다.

혹시라도 눈에 띌까 봐 소녀와 소년은 그늘진 곳을 골라 안경점 쪽으로 향했다. 하지만 이내 소녀와 소년은 움찔 놀라 멈춰 섰다.

어마어마하게 많은 왓처들이 도로를 꽉 메우고 있었다. 상점 앞

계단에서는 에드워드 아처가 왓처들에게 뭔가를 지시하고 있었다. 그리고 그 뒤에 조지 아처가 제 어머니의 팔을 꽉 잡고 버티고 서 있었다. 다행히 아이리스의 표정은 당당하고 근엄했다.

바이올렛은 마른침을 삼켰다. 왓처들이 어림잡아 2백 명은 되어 보였다. 소녀가 이제까지 상상했던 숫자보다 훨씬 많았다.

"중간 지대 것들이 너희들을 골탕 먹이는 줄도 모르고! 이 모자란 자식들! 왓처 대원들 모두 중간 지대로 들어간다! 거리를 돌아다니다 걸리는 것들은 무조건 잡아! 고통스러울수록 좋아. 앞으로 수십 년간 두고두고 반란의 결과가 어땠는지 잊지 못하게 해! 다시는 우리한테 맞설 엄두도 내지 못하게! 그동안 오냐오냐해 줬더니 그것들이 주제도 모르고. 오늘밤 그것들을 싹 짓뭉개 버려! 알았나?" 성난 에드워드 아처가 고래고래 소리를 질러댔다.

거리에 고함이 쩌렁쩌렁 울려 퍼졌다. 왓처들 몇이 무리에서 나와 명령을 전달하기 시작했다.

"왜 저래?" 바이올렛이 속삭였다.

"중간 지대를 총공격하려고 그래. 어서 윌리엄 아저씨한테 알려야 돼." 보이가 대답했다.

둘은 다시 래그 레인 쪽으로 가서 아무도 없는 대문을 지나 중간 지대로 들어갔다. 바이올렛은 내내 침착해지려고 무진 애를 썼다.

장터에서는 이번에 기억을 되찾은 퍼펙트 주민들 여섯 명이 중간 지대 사람들을 향해 이야기를 하고 있었다. 물론 그 옆에 윌리엄과 메릴도 있었다. 모인 사람들의 숫자는 처음보다 훨씬 많았다. 중간 지대 사람들이 싹 다 나온 것 같았다. 한때 그들의 작전을 쓰레기로 여기던 사람들까지 모두 갖가지 연장을 둘러메고 퍼펙트로 쳐들어 가기 위한 각오를 다지고 있었다.

바이올렛과 보이를 발견한 윌리엄이 달려왔다.

"우리 뜻대로 되어 간다." 윌리엄이 환하게 웃었다. "성공적이야. 중간 지대 사람들이 일어서고 있……."

"왓처들이, 쳐들어오고 있어요!" 보이가 가쁜 숨을 몰아쉬며 급하 게 말했다.

"몇이나?" 윌리엄의 표정이 확 굳었다.

"아주 많아요. 생각보다 훨씬. 줄잡아 2백 명? 우리 편보다 숫자가 훨씬 많아요. 게다가 우리는 절반이 아이들이잖아요!" 바이올렛이 설명했다.

"이대로 맞붙어서 이길 수 있을까요? 아직은 무리 같아요. 더 많 은 퍼펙트 주민들을 바꿔야 되겠어요." 보이가 이야기했다.

"우리가 더 많은 퍼펙트 주민들을 바꾸면 돼요. 우린 할 수 있어요!" 바이올렛의 말이 빨라졌다.

"어떻게? 왓처들이 쳐들어오고 있다며? 이미 할 수 있는 만큼은 다 바꿨다. 주위를 둘러보렴. 우리 작전이 성공했어! 우리 중간 지대는 맞서 싸울 준비가 되어 있다고! 형들한테 맞서 싸워야 돼! 시간이 별로 없다." 윌리엄이 말했다.

"계획했던 대로 그 두 가지를 다 하면 되잖아요. 왓처들과 맞서 싸우되 퍼펙트에 가서 싸워요. 에드워드 스트리트에서. 그자들이 우리 중간 지대로 넘어오기 전에." 바이올렛의 머리가 빠르게 돌아갔다. "왓처들이 중간 지대 어른들과 싸우느라 정신없는 틈을 타서 우리가 아이들과 나머지 상상력 단지들로 되도록 많은 퍼펙트 주민들을 바꿀게요. 각자 자기 집에서 나오게 한 다음 곧바로 상상력을 주입하면 되잖아요. 한 사람은 뛰어다니면서 상상력을 맞고 쓰러진 사람들의 안경을 벗기는 일을 맡고요. 그럼 조금 있다 깨어난 사람들이 거리에서 벌어지는 일들을 똑바로 보게 될 테고 자기 가족과 힘을 합쳐서 왓처들하고 싸워 주겠지요."

"훌륭해, 바이올렛! 꾸물댈 시간 없어요. 곧 왓처들이 들이닥칠 거예요. 어서 중간 지대 사람들을 모두 이끌고 퍼펙트로 움직여야 돼

410

요!"보이가 재촉했다.

❊　　❊　　❊

밤이 이슥해졌다. 공기는 서늘했지만 급하게 꾸려진 저항군이 윌리엄과 함께 포가튼 로드를 씩씩하게 걸어가는 걸 옆에서 지켜보면서, 바이올렛은 지금까지와는 사뭇 다른 열기를 느꼈다. 지금이야말로 잃어버린 삶을 되찾을 기회라는 걸 깨달은 중간 지대 사람들의 가슴에 뜨거운 투지가 불타오르고 있었다.

퍼펙트로 넘어가는 골목길에 다다르자 윌리엄이 계단 위로 올라가서 사람들에게 연설을 했다.

"바로 이 문입니다. 우리는 이 문을 통과해 계속 나아갈 것입니다. 우리 어른들이 아처의 안경점에 왓처들의 발을 묶어 두면, 그 사이 어린 친구들이 퍼펙트 주민들을 변화시킬 것입니다. 현실에 새로이 눈을 뜬 퍼펙트의 우리 친지들이 이 싸움에 동참해 줄 것이라고 나는 굳게 믿습니다."

한마음 한뜻으로 당당하게 서 있는 중간 지대 사람들의 눈에 뜨거운 눈물이 맺혔다.

"우리가 겪었던 고통을 기억합시다. 우리가 추방당해서 살아 온 시간들을 의미 없는 것으로 만들지 맙시다! 이 밤, 우리 퍼펙트를 되찾고, 우리 집과 가족과 자긍심을 되찾읍시다! 이제까지와는 다른 자유로운 인간이 될 권리, 한 사람만이 아닌 우리 모두가 그렇게 될 권리를 위해 온 마음을 다해 치열하게 마지막인 것처럼 싸웁시다!"

열정 가득한 사람들의 뜨거운 함성 소리가 우렁차게 울려 퍼졌다. 바이올렛은 보이를 쳐다보았다. 소녀의 눈에 눈물이 차올랐다.

"너를 위해서야." 소녀가 속삭였다.

"아니. 저 아이들을 위해서야." 영롱한 빛을 내는 단지들을 꼭 품은 아이들을 바라보며 소년이 말했다. "쟤들은 너무 오래 가족과 떨어져서 살았어."

바이올렛은 계단에 우뚝 서 있는 윌리엄을 다시 올려다보았다. "그래, 우리 모두를 위해서야." 소녀가 씽긋 웃었다.

보이는 소녀의 손을 꼭 잡고 눈을 지그시 감았다. 잠시 뒤에 다시 눈을 떴을 때 소년의 표정은 달라져 있었다. 다부지고 결연했다.

윌리엄이 활짝 열린 대문을 향해 돌아서서 손을 번쩍 들고 함성을 질렀다. 그는 고개를 숙이고 퍼펙트로 나아가는 출구를 향해 달려 나갔다. 도끼며, 삽이며, 손도끼며, 삼지창 같은 연장을 든 중간 지대 사람들이 그의 뒤를 이었다.

반대편에서 대문 쪽으로 어슬렁어슬렁 다가오던 한 무리의 왓처들이 첫 싸움의 희생자가 되었다.

한편 바이올렛은 아직 포가튼 로드 쪽에 남아 있는 나머지 사람들을 돌아보았다. 매들린이 긴장된 목소리로 상상력 단지를 하나씩 품은 아이들을 나누고 각자 할 일을 맡기고 있었다.

"너희 팀이 가장 먼저야. 너희가 가진 단지 주인들은 모두 에드워드 스트리트 끄트머리 동네에 살아. 그러니까 싸움터에서 한참 떨어진 곳이지. 그래도 들키지 않게 행동해야 돼." 매들린이 말했다.

"출발해야 돼요. 어서!" 대문으로 다시 들어온 보이가 소리쳤다.

소년은 얼른 잭과 함께 상상력 복원기를 들고 아처스 애비뉴 쪽으로 나갔다.

모든 일이 너무나 빨리 벌어졌다. 래그 레인 거리에는 상처 입은 왓처들이 뒹굴었다. 바이올렛은 쓰러진 왓처들과 마주칠 때마다 몸이 움츠러들었다.

아처스 애비뉴 끝에서 멈춰 선 보이가 에드워드 스트리트 쪽 모퉁이를 살피고 있었다.

"어떻게 되어 가고 있어?" 바이올렛이 아이들과 그 뒤에 멈춰 서면서 물었다.

"시청 근처에서 우리 편과 왓처들이 대치하고 있는 것 같아. 아직 본격적인 싸움은 시작되지 않았어." 보이가 어깨너머로 속삭였다.

"나도 좀 보자." 바이올렛은 소년 옆으로 가서 고개를 내밀었다.

사람들 머리 위로 에드워드 아처의 머리가 보였다. 그는 시청 옆 벤치에 올라서서 윌리엄이 이끄는 저항군을 노려보고 있었다. 그 뒤로는 왓처들을 거느린 채 버티고 선 조지 아처도 보였다.

"윌리엄, 오랜만이구나. 그러지 않아도 너와 네 친구들을 손봐 주러 갈 참이었다. 우연치고는 참 묘하군." 에드워드 아처가 소리쳤다.

"내가 그렇게 보고 싶었어, 에드워드 형?" 윌리엄은 여유만만하게 씽긋 웃었다.

"뭐 그다지. 네 그 투지가 가상하지만 너와 네 뒤에 있는 오합지졸은 이렇게 우리와 다시 만난 걸 후회하게 될 거다." 에드워드 아처가 대꾸했다.

모두의 시선이 두 형제의 팽팽한 기싸움에 쏠려 있는 사이, 아이들 한 무리가 아처스 애비뉴에서 에드워드 스트리트 끄트머리로 움직였다. 하지만 아무도 눈치채지 못했다.

서점 근처에서 멈춰 선 바이올렛은 아이들의 도움을 받아 여덟 단지의 상상력을 복원기 중앙의 유리 상자에 부어 넣었다.

"형들 손에 마큘라가 있다면서!" 윌리엄이 분노에 차서 소리쳤다.

에드워드 아처가 조지 아처를 돌아보았다. 그러자 껑다리 쌍둥이가 인상을 썼다.

"조지 형, 이제 나도 다 알게 됐어. 형들 때문에 그동안 나는 그녀가 죽은 줄로만 알았어. 형들은 어떻게 우리가 서로 죽은 줄 알고 살게 만들 수가 있지?"

"곧 죽을 녀석이 말이 많군." 조지 아처가 말했다.

윌리엄 뒤에 있던 사람들이 야유를 보내며 앞쪽으로 몰려나왔다. 에드워드 아처의 목소리를 들은 퍼펙트 주민들도 무슨 일인가 싶어 현관문을 열고 하나둘 나오기 시작했다.

"듣는 귀가 있군." 윌리엄이 다시 여유만만하게 씽긋 웃었다.

"저것들 말이야?" 에드워드 아처는 코웃음을 쳤다.

"퍼펙트 주민들을 그렇게 함부로 깔보면 안 되지, 형." 윌리엄이 경고했다.

"무슨 헛소리야? 저것들은 내가 시키는 대로 움직여! 도대체 왜 반란을 일으킨 거야? 먹을 것이 모자라서 그래? 아니면 낮에 햇빛을 한두 시간이라도 더 쪼일 수 있게 해 달라는 거야?" 에드워드 아처는 여전히 의기양양했다.

"먹을 것이 확실히 더 필요해지긴 하겠지." 윌리엄은 저항군에게 신호를 보내며 씽긋 웃었다.

맨 앞줄에 있던 중간 지대 사람들이 옆으로 비켜서자 상상력을 되찾은 퍼펙트 주민 다섯 명이 앞으로 나섰다. 그들은 장밋빛 알을 끼운 안경을 벗어 땅에 내던지고 짓밟았다.

"당신들이 우리 가족을 몇 년 동안이나 갈라놓았잖아! 앞으로는 당신들한테 아무것도 빼앗기지 않겠어. 당신들한테서 이 도시를 되찾을 때까지 나는 목숨을 다해 싸울 거야!" 빌리가 소리쳤다.

갑자기 표정이 어두워진 에드워드 아처가 조지 아처를 돌아보았다. 꺽다리 쌍둥이가 주먹을 불끈 쥐고는 중간 지대 사람들 쪽으로 움직였다. 그쯤 되자 왓처들도 자기들끼리 흘끔거리며 수군대기 시작했다.

"빌리 보빈스, 어째 네 뇌는 덜 짓뭉개진 것 같군." 에드워드 아처가 입을 떼자 다들 다시 조용해졌다. "처음부터 너한테는 상상력이 별로 없었다. 그래서 우리가 너를 너무 쉽게 생각했나 보군."

"이런 몹쓸 놈들!"

상상력을 되찾은 다른 퍼펙트 주민이 금방이라도 무슨 사고를 칠 것 같이 흥분한 빌리의 팔을 잡고 진정시켰다.

"보자 보자 하니까 아주 가관이군." 에드워드 아처는 마음을 진정하고 막냇동생에게 설교를 했다. "기껏 퍼펙트 주민들 몇 명 납치해서 저렇게 말하라고 시켜 놓고 다 이긴 줄 아나 본데, 그렇다고 내가 눈 하나 깜짝할 것 같아? 저 바보들을 데리고 돌아가! 그러면 내가 이번만은 눈감아 주지."

"바보라고? 지난 몇 년 동안은 비록 내가 너희들한테 속아 바보처럼 살았지만 이젠 달라, 에드워드 아처! 다시는 나와 내 가족을 너희들 마음대로 조종할 수 없을 거다! 더는 당하고만 있지 않아!" 빌리가 야멸차게 쏘아붙였다.

"허, 제법 자기주장을 하네? 어떻게 된 거야? 우리 흡입기가 오작동을 했나? 이 반란을 잠재운 뒤에 그 문제를 해결해야겠군. 빌리 보빈스, 네 덕분에 좋은 정보를 얻었다." 에드워드 아처가 말했다.

"생각하는 것보다 문제가 더 클 수도 있어." 윌리엄이 짓궂게 웃었다. "아직 상상력 창고를 확인해 보지 않았나 봐? 좀 허전할 텐데."

에드워드 아처가 시뻘겋게 달아오른 얼굴로 조지 아처를 다시 한 번 돌아보았다.

"윌리엄, 너는 네가 제법 똑똑한 줄 아는데 말이야, 넌 늘 그랬어.

친구들에 둘러싸여 인기를 한몸에 받으며 유세를 떨고 규칙을 마구 어겼다. 하지만 지금은 그게 안 통해. 여기는 우리 쌍둥이의 세상이고 너는 우리가 만든 규칙에 따라서 움직이는 수밖에 없어. 네가 저 몇 안 되는 퍼펙트 주민들을 어떻게 꾀어내서 저런 말을 시켰는지는 몰라도 나는 그까짓 것 상관없다. 이 도시 사람들은 곧 안경을 쓰지 않고도 우리 말에 고분고분 따르게 될 테니까! 우리가 저들의 눈동자를 완벽한 것으로 아예 바꿔 끼우고 나면, 너나 너 같은 놈들도 다시는 손을 쓸 수 없을 거다!"

윌리엄이 형들과 말다툼을 벌이는 사이, 에드워드 스트리트 끝트 머리에 사는 퍼펙트 주민들은 하나둘 잠깐씩 잠에 빠졌다.

매들린이 명단을 보고 다음 집으로 달려가 문을 두드렸다. 그 집에서 한 남자가 대답을 하며 나왔다. 그녀는 다짜고짜 그의 안경을 벗기며 소리쳤다. "래리 도일!"

매들린은 급히 다음 집으로 달려갔고 상상력 복원기를 미리 갖다 놓고 서 있던 보이가 단추를 눌렀다. 기계에서 뿜어져 나온 자주색 기체가 아무것도 모르는 남자의 코로 쑥 들어갔다. 그도 동네 길가에 쓰러진 다른 사람들처럼 그대로 잠이 들었다.

보이는 정신을 잃은 래리 도일을 그대로 두고 다음 목표를 향해 매들린을 뒤따라갔다.

"엘렌 스모울즈." 매들린이 소리치며 여자의 안경을 홱 벗겼다.

엘렌 스모울즈는 얼떨결에 주위를 둘러보다 길바닥에 쓰러진 사람들을 발견하고 비명을 질렀다.

"살인이다! 사람이 죽어요! 살려 주세요!"

그녀의 처절한 외침에 에드워드 아처와 조지 아처를 비롯한 모든 사람들의 눈길이 그쪽으로 쏠렸다. 바이올렛은 가슴이 철렁했다.

"무슨 일이야?" 에드워드 아처가 소리쳤다.

"형들은 뭐 그렇게 똑똑한 줄 알아? 아침에 차를 마셨으면 오늘 차 맛은 좀 다르다는 것을 진작 깨달았어야지!" 윌리엄이 빈정댔다.

"사람들이 죽어 가고 있어요, 아처 사장님들! 우리 동네 사람들이!" 엘렌 스모울즈가 소리치며 미친 듯이 달려왔다.

당황한 에드워드 아처가 주위를 둘러봤다. 뒤에 버티고 서 있던 조지 아처가 왓처들을 이끌고 중간 지대 사람들에게 달려들었다.

"공격!" 윌리엄도 앞으로 나서며 소리쳤다.

무기도 차림새도 허름했지만 중간 지대 사람들은 두려움을 모르는 지도자를 따라 용맹하게 돌진했다. 중간 지대로 쫓겨나 갇혀 살았던 세월의 서러움이 그들의 눈에 불꽃을 튀게 했고 그들의 팔다리에 힘을 실어 줬다.

진짜 싸움이 시작되었다.

거리에 고함과 비명이 넘쳐났다. 윌리엄이 이끄는 저항군은 닥치는 대로 던지며 왓처들에게 대항했다. 삼지창, 삽, 심지어 나무판자도 무기로 쓰였다. 그 사이 바이올렛과 보이, 잭, 매들린 그리고 보육원의 아이들은 더 많은 퍼펙트 주민들을 바꾸기 위해서 그 싸움판 속을 뛰어다녔다. 바뀌지 않은 퍼펙트 주민들을 찾아내는 일은 그리 어렵지 않았다. 그 혼란 속에서 길에 나와 어찌할 바를 모르고 멍하니 서 있거나 입을 헤벌리고 있는 사람이라면 틀림없었다. 바이올렛은 매들린이 이름을 외친 여자를 향해 곧장 달려갔다. 그녀는 몇 미터 앞에 있었다.

"시니드 크리비츠!" 소녀가 그 여자를 가리키며 소리쳤다.

"내가 가졌어요! 내가!" 한 아이가 소리치며 희뿌연 기체가 들어있는 단지를 들고 상상력 복원기 쪽으로 달려갔다.

기체를 넣자마자 보이가 기계의 단추를 눌렀다. 그 난장판 속에서 시니드 크리비츠는 정신을 잃고 곯아떨어졌다.

맞붙어 싸우는 사람들을 이리저리 피해서 바이올렛은 다른 퍼펙트 주민을 찾아 달리고 또 달렸다. 상상력 단지들이 하나둘 줄어들고 있었다. 그들의 작전은 순조롭게 진행 중이었다.

잠들어 쓰러졌던 퍼펙트 주민들도 하나둘 깨어났다. 엉거주춤 일어난 그들은 곧 자기 눈앞에 펼쳐진 상황을 이해하고 중간 지대 사람들과 한편이 되어 싸우러 나섰다.

바이올렛이 막 또 한 명의 놀란 구경꾼을 가리키는데, 보이가 컥 소리를 지르며 바닥에 털썩 쓰러졌다. 조지 아처가 쓰러진 소년을 내려다보고 있었다.

"감히 퍼펙트를 차지하겠다고 설쳐?" 그는 손에 든 골프채를 흔들흔들하며 소름끼치게 웃었다. "이 따위 기계만 없으면 너희들도 끝이야!" 꺽다리 쌍둥이가 골프채로 상상력 복원기를 후려쳤다. 유리 조각이 사방으로 튀었다.

성난 보이가 비틀비틀 일어나서 거인 같은 조지 아처를 뒤에서 덮쳐 주먹으로 마구 때렸다. 하지만 윌리엄이 만든 기계는 이미 박살이 난 뒤였다.

조지 아처가 어깨너머로 손을 뻗어 보이를 잡고는 길바닥에 패대기를 쳤다. "이 자식! 넌 처음부터 이곳의 골칫거리였어!"

그는 비틀비틀 일어서는 보이를 향해 골프채를 높이 쳐들었다. 바이올렛의 친구는 비명을 지르며 아스팔트 길바닥에 털썩 쓰러졌다.

"안 돼!" 소녀는 소리를 지르며 그 못된 거인을 향해 달려갔다.

심장이 뛸 때마다 분노가 핏줄을 타고 소녀의 온몸을 돌았다. 소녀는 조지 아처의 손을 꽉 깨물었다. 그가 비명을 지르며 무기를 떨어뜨렸다. "이 버러지 같은 게!"

조지 아처가 바이올렛의 머리채를 잡고는 고약한 입냄새가 느껴지도록 확 끌어당겼다. "내가 이 자식을 박살낼 테니 똑똑히 지켜봐!"

바이올렛은 몸을 비틀며 조지 아처의 장대 같은 다리를 미친 듯이 걷어찼다.

"내 골프 실력이 이런 데서 쓰일 줄은 몰랐네. 내가 한 손으로도 스윙을 대단히 잘 하거든!" 조지 아처가 쓰러져 신음하는 보이를 보며 씨익 웃었다. 바이올렛은 그의 손아귀에서 어떻게든 빠져나오려고 몸부림을 쳤다. "내가 말이야, 비명을 지르는 골프공이 있었으면 훨씬 경기가 재미있겠다는 생각을 자주 했어!"

골프채가 보이의 머리를 향해 날아가자 바이올렛은 꺅 비명을 질렀다. 그때 갑자기 소녀의 몸이 옆으로 떠밀리더니 바닥에 나뒹굴었다. 저 앞에 비틀비틀 일어나는 보이가 보였다. 소녀는 아픔도 잊고 일단 소년에게로 달려갔다.

"어떻게 된 거지?" 소년은 끙끙거리며 말했다. "정말 조지 아처 손에 죽는 줄 알았어.”

“윌리엄 아저씨야!” 바이올렛이 가리켰다. “아저씨가 너를 구했어. 우리를 구해 줬다고.”

정말 조금 떨어진 곳에서 윌리엄이 제 형과 바닥을 뒹굴며 몸싸움을 하고 있었다.

바이올렛은 얼른 보이를 부축해서 보도로 몸을 피했다. 둘은 잠깐 숨을 가다듬으며 놀란 마음을 진정시켰다. 주위는 아수라장이었다.

이제 싸움은 전면전이 되었다. 퍼펙트 사람들이 중간 지대에서 온 가족들, 친구들과 한편이 되어 싸우고 있었다. 현실에 새로이 눈을 뜬 퍼펙트 주민들은 그동안 잃어버린 줄도 모르고 살아온 자유를 되찾기 위해서 맹렬하게 싸웠다.

“바이올렛!” 보이가 다급하게 말했다. “봐!”

길 건너편에 침통한 표정의 에드워드 아처가 보였다. 그 작달막한 남자는 자신이 꿈꿔 온 완벽한 세계가 와르르 무너져 내리는 모습을 공포에 질려서 바라보고 있었다. 그의 눈길이 문득 싸우고 있는 윌리엄과 조지 아처에게서 멈추었다. 순간, 에드워드의 표정이 싹 바뀌었다. 뭔가 생각한 게 있는 듯 그가 잽싸게 사람들 틈으로 사라졌다.

# CHAPTER 34 #

# 선택의 갈림길

"에드워드 아처한테 무슨 꿍꿍이가 있는 것 같아. 따라가 보자."
보이가 비틀비틀 일어섰다.

"그게 무슨 뜻이야?" 바이올렛이 물었다.

"우리가 이기고 있어! 그러니까 에드워드 아처는 남은 것들을 필
사적으로 지키려고 할 거야. 그 눈동자들! 네 아빠하고 마큘라 아줌
마도! 분명 유령 주택 단지로 갔을 거야!" 보이가 급하게 말했다.

"근데 어느 길로 가야 할까, 보이?" 바이올렛이 물었다.

보이는 자기도 모르겠다는 듯 어깨를 으쓱했다. "갈라져서 가자.
나는 안경점 쪽으로 갈 테니까 너는 중간 지대 쪽으로 가. 에드워드

아처를 발견해도 그냥 뒤쫓기만 해. 그리고 우리는 주택 단지 입구에서 만나자. 그런 다음에 어떻게 하면 좋을지 의논하자." 보이의 말이 빨라졌다.

바이올렛은 몸도 성치 않은 보이를 말리고 싶었다. 하지만 소년의 말이 다 옳았다. 소녀는 보도에 서서 아처의 상점 쪽으로 길을 건너가는 보이를 지켜보았다. 소년은 여전히 조지 아처에게 맞은 한쪽 어깨를 붙잡고 있었다. 막 돌아서서 다른 방향으로 가려는데 소년이 돌아보며 소녀를 불렀다. "바이올렛, 조심해, 알았지?"

소녀는 간신히 고개만 끄덕였다. 말을 했다가는 울음이 터질 것만 같았기 때문이다. 소녀는 보이에게 약한 모습을 보이기 싫었다. 적어도 그 순간만큼은. 소녀는 마음을 가다듬고 돌아서서 중간 지대를 향해 달려갔다.

싸움터로 변한 에드워드 스트리트는 그야말로 아수라장이었다. 소녀는 날아오는 의자를 간신히 피해 아처스 애비뉴로 접어들었다.

바이올렛은 보이에게 행운을 빈다는 말을 하지 않은 게 후회가 되었다. 그리고 소년에게 무슨 일이라도 생길까 봐 걱정이 되었다. 막 래그 레인으로 접어들었을 때 앞에 사람이 보였다. 소녀는 재빠르게 모퉁이 뒤에 몸을 숨겼다. 작지만 다부진 체격의 남자가 중간 지대로 통하는 대문으로 쑥 들어갔다. 에드워드 아처였다!

소녀는 거리를 두고 그를 따라 포가튼 로드로 접어들었다.

중간 지대는 텅텅 비어 있었다. 거리는 난장판이었다. 집 안에 있어야 할 살림살이들이 길바닥에 다 나와 있었다. 몇 시간 전에 사람들이 싸움에 쓸 만한 것들을 마구 챙겨 가느라 그렇게 된 거였다. 바이올렛은 솥단지를 머리에 쓴 사람들도 더러 보았다. 높다란 돌담을 넘어 퍼펙트에서 들려오는 고함 소리와 와장창 깨지고 부서지는 소리 때문에 적막하지는 않았지만, 거리는 마치 방금 누군가 떠나 온기만 남은 빈자리처럼 쓸쓸했다.

에드워드 아처는 짤막한 다리를 부지런히 놀려서 포가튼 로드를 따라 보육원 쪽으로 갔다. 그런 다음 오른쪽으로 난 샛길 가운데 하나로 총총 들어갔다. 강 쪽으로 가는 듯 보였다. 그런데 그가 갑자기 왼쪽으로 홱 접어들었고 우중충하고 음침한 뒷골목 중간에서 딱 멈춰 섰다.

전에 보이가 들어가지 못하게 말렸던 바로 그 골목이었다. 보이는 그곳이 무서운 동네라고 했다. 창문이란 창문은 다 깨지고 벽에는 낙서가 그득했으며, 쓰레기가 무릎까지 쌓인 골목이었다. 시커먼 쥐들이 쓰레기 속을 놀이터라도 되는 듯 들락거렸다.

소녀는 코를 틀어쥐고서 썩은 냄새가 진동하는 쓰레기통 뒤에 쪼그리고 앉았다. 에드워드 아처는 어느 버려진 건물 안으로 사라졌다.

그가 들어간 찌그러진 철문에는 '에레보스(주 - 그리스 신화의 암흑의 신) 잡화점'이라는 글씨가 빨간 스프레이로 휘갈겨 씌어 있었고, 그 밑에는 뼈다귀를 엇갈려 놓은 해골 그림이 그려져 있었다. 또 창문마다 너덜너덜 찢겨 나간 포스터들도 붙어 있었는데, 제목들이 하나같이 '독을 향한 열정' 또는 '살인에 미친'처럼 섬뜩한 것들뿐이었다. 바이올렛은 심장이 마구 뛰었다.

조금 있으려니 끼익 하고 문 열리는 소리가 시끄럽게 났다. 에드워드 아처가 작고 가느다란 물건을 조심스럽게 들고서 골목으로 나왔다.

"귀여운 권총이군. 얘야, 너라면 치명타를 날릴 수 있겠지?" 그는 무시무시한 무기의 가늘고 긴 총구를 쓰다듬으며 씨익 웃었다.

그는 대체 그 총으로 무엇을 하려는 것일까? 목을 쭉 빼고 훔쳐보던 바이올렛이 몸의 균형을 잃고 쓰레기통에 부딪혔다. 쓰레기통이 덜커덕 흔들렸다. 에드워드 아처가 급히 권총을 주머니에 넣고서 텅 빈 골목을 두리번거렸다. 소녀는 잔뜩 웅크리고 기다렸다. 진땀이 흘러내려 눈으로 들어갔다. 소녀는 숨을 죽였다.

쓰레기통 뒤편에서 시커먼 쥐가 나와 골목길을 쪼르르 달려갔다. 에드워드 아처는 그제야 의심을 풀고 강 쪽으로 내려갔다. 분명 유령 주택 단지로 가고 있었다.

바이올렛에게도 무기로 쓸 것이 필요했다. 총을 가진 에드워드 아처를 맨손으로 따라갈 수는 없었다. 소녀는 돌아서서 포가튼 로드 쪽으로 다시 달려갔다. 길거리에 나뒹구는 살림살이를 뒤져서 뭔가 쓸 만한 것을 챙길 생각이었다. 소녀가 작은 삽들이 들어 있는 종이 상자를 마구 뒤지고 있는데, 뭔가 펄럭거리는 게 언뜻 보였다.

소녀는 덜컥 겁이 나서 뒤지던 걸 멈추고 돌아보았다. 텅 빈 길 한가운데에 로즈 브라운이 서 있었다. 그녀가 불안하게 서성일 때마다 앞치마 자락이 살짝살짝 펄럭였다.

"엄마?" 바이올렛은 떨리는 목소리로 나직이 불러 봤다.

하지만 로즈는 대답하지 않았다.

"엄마!" 소녀는 엄마에게로 뛰어갔다. "여기서 뭐해요?"

로즈는 멍한 눈으로 바이올렛을 바라보았다.

"나예요, 바이올렛!"

"어머, 나를 부른 거였어? 미안하구나, 난 또 네가 너희 엄마를 부르는 줄 알았지. 이 낯선 곳에 나 혼자만 있는 줄 알았는데." 로즈 브라운은 어리둥절한 표정으로 두리번거렸다.

"엄마, 제발! 바이올렛이에요." 바이올렛은 목이 메었다.

"미안하지만 사람을 잘못 본 것 같구나."

"벌써 나를 잊어버린 거예요? 그럼 안 돼요, 엄마! 제발! 내가 집을 떠난 지 며칠이나 됐다고!"

하지만 엄마는 바이올렛을 뿌리쳤다. "어쩌다 내가 이런 곳에 오게 됐을까?" 그녀는 더듬더듬 혼잣말을 하면서 딸에게 등을 돌렸다. "서점에 다녀오는 길에 어떤 사람하고 부딪히는 바람에 안경이 벗겨졌더란 말이지. 그러고 보니까 갑자기 주위에 싸우는 사람들이 보였어. 겁나서 쩔쩔매고 있는데 어떤 샛길에서 아이들이 나오더라고. 큰길보다 한적하게 보였어. 전에는 본 적이 없는 길이었지. 참 이상하지 않아? 그 샛길로 들어섰다가 여기까지 오게 되었는데……."

"여기는 중간 지대예요, 엄마. 나 그동안 여기 있었어요. 엄마가 얼마나 보고 싶었는데……."

"제발!" 로즈 브라운은 소녀의 말을 가로챘다. "나를 그렇게 부르지 말아 줄래? 네 진짜 엄마가 들으면 뭐라고 하겠니? 얘야, 혹시 너 머리를 다친 거니? 아니다, 어쩌면 여기가 이상한 곳이라서 그런지도 몰라. 뭐가 뭔지 통 모르겠네."

바이올렛은 그래도 혹시나 엄마가 자기를 어렴풋하게나마 기억하지 않을까 하는 마음으로 로즈의 표정을 살폈다. 하지만 그녀는 그냥 뒷걸음질을 치기 시작했다.

"너 혹시 여기서 나가는 길 아니? 장을 보러 가야 하는데. 달걀이 떨어졌어. 그게 없으면 마데이라 케이크(주 - 영국의 파운드 케이크)를 만들 수가 없거든." 그녀는 불안한 듯 자꾸 웃었다.

"윌리엄 아저씨를 데려와야겠어요. 맞아요. 그 아저씨라면 상상력 복원기를 고칠 수 있을 거예요. 아저씨라면 엄마를 원래대로 만들어 줄 수 있을 거예요. 엄마, 내가 엄마의 상상력 단지를 갖고 있어요. 메릴 아저씨네 장난감 공방에 두고 오긴 했지만. 아까는 엄마가 저 멀리 있어서 고쳐 줄 수가 없었어요. 정말 꼭 엄마를 고쳐 주고 싶었는데, 미안해요!" 바이올렛이 울먹였다.

"아무래도 어디다 머리를 심하게 부딪혔나 보구나, 얘야. 아무튼 만나서 반가웠다. 난 그만 가 봐야 돼서."

"내가 여기서 나가게 도와줄게요. 제발 나를 따라오세요!" 바이올렛은 간절한 마음에 불쑥 말해 버렸다.

로즈는 그래도 될까 싶은 표정으로 주위를 둘러보다가 머뭇머뭇 딸을 따라나섰다. 아치가 있는 곳에 거의 다다랐을 때 갑자기 탕 소리가 요란하게 거리를 뒤흔들었다. 바이올렛도 로즈도 화들짝 놀라서 그대로 얼어붙었다.

"어머나, 저건 총소리 같은데!" 로즈는 놀란 나머지 두 손으로 입을 가렸다.

에드워드 아처의 짓이 틀림없었다! 보이, 아빠, 마큘라, 윌리엄……. 그들의 얼굴이 소녀의 머릿속에 스쳐지나갔다. 소녀는 정신이 번쩍 들었다. 지금 뭐 하는 거야? 그 사람들 모두를 내팽개쳐 두고서? 멋대로 움직여서는 퍼펙트를 구하고 가족을 구할 수 없었다. 더 이상 이기적으로 굴어서는 안 되었다.

"엄마, 어디 가지 말고 여기 있어요. 지금 퍼펙트에 가면 위험해요. 나는 가야 돼요. 하지만 얼른 돌아올게요. 약속요." 소녀는 다부지게 말했다.

"나는 네 엄마가 아니란다. 제발 나를 그렇게 부르지 마!"

"미안해요, 미안해요." 바이올렛은 둘러댈 이야기를 찾느라고 말을 더듬었다. "그게 다 아처 형제 때문에. 그 아저씨들이 나한테 아줌마를 찾아오라고 했어요. 아줌마가 그걸 제일 잘 만든다면서. 그게 뭐냐면…… 맞다! 마데이라 케이크를 퍼펙트에서 제일 잘 만든다고. 파티를 할 건데 아줌마 보고 케이크를 만들어 달라고 하라고요."

"파티? 잘 됐네! 왜 진작 그런 말을 하지 않았어? 그렇다면 어서 가 봐야지. 달걀이 당장 필요하거든." 로즈 브라운은 서둘러 래그 레인으로 접어드는 계단을 올라가려고 했다.

"안 돼요!" 바이올렛이 소리쳤다. "잠깐만요! 그 계단 옆에서 딱 기다리고 있으라고 아처 사장님들이 그랬어요. 달걀을 여기로 배달시켜 준댔어요. 크리스마스 때라 상점들이 다 문들 닫았어요."

"크리스마스 때라서 문을 닫았어? 지금은 9월인데?"

"올해는 크리스마스가 빨리 왔대요." 바이올렛은 버려진 나무 상자를 끌어다 놓으며 둘러댔다. "여기 앉아서 기다리세요. 내가 돌아올 때까지 꼼짝 말고 있어야 돼요. 아처 사장님들 기대가 커요."

"알았다, 근데 꼭 달걀을 갖고 얼른 와야 한다, 알았지?"

바이올렛은 고개를 끄덕인 다음, 총알처럼 달려갔다. 출렁다리를 건널 때만 속도를 좀 늦췄을 뿐이었다.

소녀는 마침내 유령 주택 단지 입구에서 멈추었다. 그런데 거기서 만나기로 한 보이가 보이지 않았다. 너무 늦게 와 버렸나?

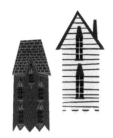

# CHAPTER 35 #

## 최후의 발악

바이올렛은 어둠 속에서 몇 분을 기다렸다. 그래도 보이는 오지 않았다. 더는 꾸물거릴 수가 없었다. 소녀는 주택 단지 안으로 숨어들었다. 저 앞에 마큘라가 있는 집이 보였다. 그때 또 한 발의 총소리가 울려 퍼졌다.

곧이어 수천 명의 아기들이 울어대는 듯한 소리가 들려왔다. 귀청이 찢어질 것 같았다. 눈동자들이 깨어난 것이다! 소녀의 살갗에 소름이 쫙 돋았다.

"에잇, 입 닥쳐!" 누군가 소리쳤다.

바이올렛은 얼른 달려가 마큘라가 있는 집 뜰의 쌓다 만 담장 뒤에 몸을 숨겼다. 그림자 두 개가 이쪽으로 오고 있었다. 에드워드 아처와 소녀의 아빠였다!

에드워드 아처가 유진을 풀밭 쪽으로 거칠게 밀었다. 그러더니 땅에서 눈동자 풀 두 뿌리를 뽑아서 비닐봉지에 담았다. 눈동자 풀들이 미쳐 흔들어 대기 시작했고 비명과 울음소리는 점점 더 커져 갔다.

아빠는 몹시도 힘들어 보였다. 끌려오면서 몇 번을 비틀거렸다. 아처 형제가 소녀의 아빠한테 무슨 짓을 한 걸까? 소녀는 차마 더는 볼 수 없어서 고개를 돌리고 애먼 땅바닥을 긁어 축축한 흙을 꽉 움켜쥐었다. 당장 뭐라도 하고 싶었지만 보이한테서 때를 기다리는 법을 배운 소녀는 함부로 행동하지 않고 꾹 참고 버텼다.

"빨리 움직이란 말이야, 유진! 여기서 나가야 돼! 빌어먹을 내 동생 윌리엄이 제멋대로 하게 둘 순 없지!" 에드워드 아처는 고래고래 소리를 질러댔다.

"나는 더 이상 빨리 못 움직입니다." 아빠가 쿨럭쿨럭 기침을 하다 풀에 걸려 넘어질 뻔했다. "며칠 동안 아무것도 못 먹었어요."

"지난주에 먹여 줬잖아!"

"나는 식물이 아닙니다. 일주일에 한 번만 먹고 움직일 수 없어요. 나를 어디로 데려가는 겁니까?" 소녀의 아빠가 저항했다.

"다른 곳. 윌리엄이 찾지 못할 곳에 나만의 퍼펙트를 새롭게 만들 거야." 에드워드 아처가 낄낄 웃었다. 그들은 점점 마큘라의 집과 가까워지고 있었다.

"내 가족은 어떻게 됐습니까? 잘 보살펴 준다고 약속했잖습니까?"

"잘 지내고 있어. 어쨌거나 당신 아내는. 그녀는 완벽하지. 근데 당신 딸은, 싸움터 한가운데에 버려두고 왔어." 에드워드 아처는 허세 가득하게 웃어 댔다. "지금쯤 왓처들이 알아서 처리했겠지."

"바이올렛이 맞서 싸우고 있다고? 그럴 줄 알았어! 그 누구보다 용감한 아이니까!" 유진은 반색을 하면서 말했다.

하지만 목소리에는 힘이 없었다. 바이올렛에게서 겨우 몇 미터 떨어진 마큘라가 있는 집 뜰에 아빠가, 비쩍 마른 아빠가 서 있었다. 더는 참고만 있을 수가 없었다.

갑자기 소녀가 벌떡 일어섰다.

"아빠!"

유진 브라운이 딸 쪽으로 고개를 돌렸다. 그는 어디서 그런 힘이 솟았는지 딸에게 달려와서는 그 앙상한 가슴에 딸을 꼭 끌어안았다. 그 어느 때보다도 꼭. 소녀는 다시 아빠의 어린 딸로 돌아가서 아빠 품에 폭 안겼다.

총소리가 또다시 울려 퍼졌다.

유진 브라운은 딸의 방패막이가 되어 에드워드 아처를 향해 돌아섰다. 땅딸보 에드워드가 아버지와 딸을 향해 총을 겨누고 있었다.

"유진! 돌아와! 어서!"

"당신 인생은 끝났어, 에드워드 아처. 난 당신한테 내 가족을 빼앗길 수 없어!" 소녀의 아빠는 단호하게 말했다. 늘 그랬듯이.

"네 가족 따위 필요 없어. 지옥에나 가 버리라고 해! 나한테는 너만 있으면 돼!" 에드워드 아처가 눈을 부라리며 소리쳤다.

"그렇게는 안 될걸! 이제 지긋지긋해! 내 연구 결과도 어차피 당신이 다 가졌잖아. 돌려 달라고 하지 않을 테니 이제 그만 우리를 놓아 줘! 당신의 그 역겨운 프로젝트는 다른 데 가서 계속하라고!"

"나는 원하는 건 뭐든 가질 수 있어. 손가락만 까딱하면 온 도시가 내 뜻대로 움직인다고!"

"전에는 그랬겠죠." 바이올렛이 앞으로 나서며 소리쳤다. "이제 이 도시는 더 이상 당신 것이 아니에요! 윌리엄 아저씨가 이 도시를 구했다고요!"

흘깃 보니 마큘라의 집 2층 창문에서 움직임이 느껴졌다. 그림자 하나가 잠깐 창가에 멈춰 섰다가 안쪽으로 사라졌다. 윌리엄 아처의 아내 마큘라 아처였다!

"당신들은 윌리엄 아저씨 발가락의 때만도 못해요!" 바이올렛은 일부러 관심을 끌려고 더 크게 소리쳤다.

"쳇! 그놈의 윌리엄! 그래 다들 윌리엄만 사랑하지. 원한다면 퍼펙트를 가지라고 해! 대신 나는 마큘라를 차지할 테니! 그녀는 내 여자야!" 에드워드 아처가 킬킬 웃었다.

"당신이 마큘라 아줌마를 가두고, 아줌마한테 윌리엄 아저씨가 죽었다고 거짓말까지 했죠? 어떻게 멀쩡한 사람을 죽었다고 믿게 만들어요?" 바이올렛은 마큘라에게까지 똑똑히 들리라고 일부러 고래고래 소리를 질러댔다.

"너, 그 입 닥치는 게 좋을 거다!" 에드워드 아처의 목소리에 독기가 서려 있었다.

마큘라가 살며시 위층 창문을 열었다. 이제는 유진 브라운도 그녀의 존재를 알게 되었다.

"에드워드 아처, 당신 혼자 꺼져! 굳이 막지 않을 테니! 퍼펙트는 무너졌어. 게임 끝이라고!" 아빠가 소리쳤다.

"마큘라 없이는 못 가!"

"아줌마는 당신을 사랑하지 않아요!" 바이올렛이 소리쳤다.

"그녀 없이는 떠날 수 없어! 윌리엄 그 자식이 나한테서 어머니를 빼앗아 가도, 나한테서 친구들을 빼앗아 가도 난 상관없었어. 그렇지만 그 자식이 마큘라를 훔쳐 갔을 때, 견딜 수가 없었어. 그 자식은 그녀를 지켜 주지 못했어. 윌리엄이 소중하게 여기는 걸 내가 빼앗을 거야! 바로 윌리엄의 눈앞에서! 유진 브라운, 너나 네 딸은 나를 막지 못해!"

한참 떠들어 대던 에드워드 아처가 홱 돌아서서 마큘라가 있는 집으로 달려갔다. 창문이 완전히 열려 있었다. 당장 그를 막아야 했다. 바이올렛은 몸을 날려 그를 뒤쫓았다.

"마큘라 아줌마는 당신을 사랑하지 않아! 아줌마는 아직도 윌리엄 아저씨를 사랑한다고!"

작달막한 에드워드 아처가 우뚝 멈춰 서더니 돌아서서 바이올렛을 노려봤다. 눈빛이 달랐다. 미움이 사악함으로 바뀌어 있었다. 소녀는 아차 싶었다. 그때 시간이 꼭 멈춘 것만 같았다. 에드워드 아처가 팔을 들어 권총을 뒤로 젖혔다. 아득하게 딸각 소리가 났다. 탕!

뭔가 묵직한 것이 바이올렛의 가슴을 때렸다. 소녀의 몸이 뒤로 붕 나가 떨어졌다. 땅바닥에 부딪히면서 허파에서 공기가 모두 빠져나갔다. 앞이 흐릿해지면서 몽롱해졌다. 아무것도 보이지 않았다.

검은 그림자들이 서서히 나타났다. 허공에 아빠의 얼굴이 어른댔다.

"바이올렛, 바이올렛, 괜찮니?" 웬 목소리가 왕왕 울렸다.

"어…… 저…….” 소녀는 말이 나오지 않았다.

답답했다. 뭔가 소녀의 가슴을 짓누르고 있었다. 분명 에드워드 아처가 소녀를 쏘았는데. 영화에서 보면 늘 그런 식이었다. 총을 맞은 사람이 자기가 다쳤다는 걸 깨닫기까지 한참 걸렸다. 총을 맞았으면 굉장히 아플 텐데. 소녀는 아픔을 느낄 수 없었다.

"이 소년이, 이 아이가 네 목숨을 구했다!" 소녀의 아빠가 더듬더듬 말을 해 줬다.

"예?" 바이올렛은 벌떡 일어나 앉았다. 가슴을 짓눌렀던 것이 치워졌다. 소녀는 죽어 가는 게 아니었다!

소녀가 벌떡 일어나면서 보이의 몸뚱이가 힘없이 미끄러져 풀밭에 나가 떨어졌다. 소년은 피스츠한테 두들겨 맞았을 때처럼 축 늘어져 있었다.

"보이! 보이! 제발 일어나!" 소녀가 소년의 몸뚱이 옆에 무릎을 꿇고 앉아서 울부짖었다.

"어디 내가 좀 살펴볼게." 유진이 바이올렛을 밀치며 말했다.

"아빠, 괜찮을까요? 저와 제일 친한 친구예요." 소녀는 홀짝홀짝

울었다.

마큘라의 집 현관문이 열렸다. 달려 나온 마큘라가 에드워드 아처의 손 옆에 떨어진 권총을 집어 들었다. 땅딸보 에드워드는 풀밭에 뻗어 있었다.

"네 친구 괜찮니?" 마큘라가 보이의 옆으로 숨차게 달려와서 말했다. "이 아이가 네 목숨을 구했어."

마큘라는 바이올렛을 보이한테서 떼어 냈고, 바이올렛은 울며불며 발버둥을 쳤다. 바이올렛의 몸이 부들부들 떨렸다. 너무나 마음이 아프고 쓰라려서 숨조차 쉬어지지 않았다. 소년을 보낼 수 없었다. 그 고생을 했는데 이렇게 죽다니.

마큘라의 뒤쪽으로 풀밭에 쓰러진 에드워드 아처 곁에는 무지막지하게 두꺼운 책이 한 권 펼쳐져 있었다. 제목이 《세계 최악의 안과 질환 천 가지》였다.

"내가 떨어뜨렸지." 마큘라는 바이올렛을 안고서 눈짓으로 열린 창문을 가리키며 씽긋 웃었다.

보이의 입술이 파리했다. 뺨에도 핏기가 없었다. 시간이 멈춘 듯했다. 바이올렛은 꼼짝 못하고 서 있었다. 소녀의 아빠는 허리를 굽힌 채 소녀의 친구를 이리저리 꼼꼼하게 살폈다. 유진 브라운 박사는 소년의 얼굴을 부드럽게 찰싹찰싹 때리며 소년의 이름을 불렀다. 소녀는 분노에 피가 끓었다. 소년을 그렇게 만든 에드워드 아처를 그냥 둘 수는 없었다. 소녀는 도저히 참치 못하고 마큘라의 손을 뿌리치고 의식을 잃은 에드워드 아처에게로 돌아섰다. 그런데! 그가 없었다.

소녀는 두리번두리번 주위를 살폈다. 그때 공동묘지를 향해 비탈길을 비틀비틀 올라가는 에드워드 아처의 모습이 눈에 띄었다. 화가 치민 소녀는 무작정 그를 뒤쫓았다. 다리도 미친 듯이 움직였다. 모든 게 그자의 탓이었고, 그자의 손에 소녀의 제일 친한 친구가 죽었다. 에드워드 아처는 벌을 받아 마땅했다. 그자는 자기가 저지른 일의 대가를 치러야 했다.

에드워드 아처는 비틀비틀 가로등 밑을 지났다. 그가 공동묘지로 들어가는 게 보였다. 달빛도 없는 캄캄한 밤이었지만 소녀는 겁도 없이 그를 뒤쫓아 공동묘지로 들어가는 문을 지났다.

공동묘지에는 오솔길을 따라 비석들만 줄지어 서 있을 뿐 에드워드 아처의 모습이 어디에도 보이지 않았다. 소녀는 비석 뒤에 쪼그리고 앉아서 귀를 쫑긋 세우고 기다렸다. 쿵쿵대는 소녀의 심장 소리만 커다랗게 울려 퍼졌다. 입김이 하얗게 피어났다. 공동묘지는 그야말로 쥐죽은 듯 적막했다.

"에드워드 아처, 여기 있는 거 다 알아. 당신은 도망 못 가. 우리 아빠하고 윌리엄 아저씨가 이리로 오고 있다고!" 소녀가 소리쳤다.

"너 혼자잖아, 꼬마 아가씨!" 에드워드 아처가 코웃음을 쳤다. 그의 목소리가 비석들에 부딪혀 웅웅 울렸다. "어때? 겁나지?"

소녀의 뒤쪽에서 움직임이 느껴졌다. 소녀는 재빨리 돌아서서 그 그림자를 뒤쫓았다. 에드워드 아처가 촘촘한 무덤들 사이를 달려가고 있었다. 서두르던 소녀는 그만 발을 헛디뎌 넘어지고 말았다. 손바닥에서 피가 났다. 에드워드 아처가 멈춰 서서 뒤를 돌아보았다. 캄캄한 밤에 보는 그의 그림자는 더 음침했다.

"바이올렛, 왜?" 그가 기분 나쁘게 웃으며 소녀 쪽으로 다가왔다.

그때 아빠 목소리가 울려 퍼졌다.

"바이올렛! 어디 있니?" 아빠가 공동묘지 담장까지 와 있었다.

"이번에는 운이 좋은 줄 알아, 바이올렛. 하지만 곧 다시 만나게 될 거다." 에드워드 아처가 이죽댔다.

돌이 돌을 가는 것 같은 이상한 소리가 들려왔다. 바이올렛은 벌떡 일어나서 조금 전까지 에드워드 아처가 있던 곳으로 뛰어갔다. 하지만 그는 묘비 뒤로 사라지고 없었다.

주변을 살폈지만 그는 없었다. 어디로 사라졌을까?

마지막에 서 있던 무덤은 두툼한 이끼로 덮여 있었다. 소녀는 비석에 새겨진 글자를 읽어 보려고 이끼를 긁어냈다. 하지만 세월에 패이고 깎여 도무지 알아볼 수가 없었다.

"바이올렛, 왜 그렇게 달아났어? 다시는 아빠한테 그러지 마라!" 소녀의 아빠가 숨을 헐떡이며 다가왔다.

"미안해요, 아빠. 에드워드 아처를 잡아야 한다는 생각 밖에는 없었어요. 보이한테 그런 짓을 저지른 나쁜 사람을 그냥 도망치게 놔둘 수 없었어요. 그런데 놓치고 말았어요. 홀연히 사라졌어요, 아빠! 없어졌다고요!" 소녀는 답답한 마음에 아빠에게 하소연을 했다.

"네 마음 다 안다, 바이올렛. 그자는 우리 어른들이 알아서 할 테니 걱정 마라. 아처 형제는 자기들 생각만큼 그렇게 똑똑하지 않아. 네 친구 보이는 괜찮아질 거다." 아빠가 소녀를 꼭 안아 주며 달랬다.

"보이가 살아 있어요?"

"살아 있는 정도가 아니라 아주 팔팔하단다. 마큘라가 그 무거운 책을 그자의 머리에 떨어뜨리는 바람에 총이 엉뚱한 데로 발사가 됐더라고. 네 친구는 너를 구하느라고 떨어지면서 잠깐 기절을 했을 뿐이었다." 소녀의 아빠가 껄껄 웃었다.

바이올렛은 행복했고, 마음이 놓였고, 그리고 피곤했다. 소녀는 아빠 품에 안겨서 펑펑 울었다. 서러워서 나오는 눈물이 아니었다. 보이 때문에 울었다. 기뻐서 울었다.

소녀와 아빠가 돌아가 보니 마큘라가 축축한 풀밭에 앉아 보이를 돌보고 있었다. 바이올렛은 쪼르르 달려가서 친구를 끌어안았다.

"뭐냐?" 보이가 피식 웃었다.

"네가 살아 있어서 기뻐서 그런다 왜!"

"내가 전에 말했잖아. 어지간해서는 나를 죽일 수 없다니까! 나는 중간 지대 사람이야!" 소년이 장난스럽게 말했다.

아빠가 보이를 일으켰다. 소년은 아직 어질어질해서 혼자 걸을 수가 없었다.

"가자. 집으로." 유진이 미소를 지었다.

보이가 있던 자리에 종이쪽지가 떨어져 있었다. 소년의 주머니에서 흘러나온 것 같았다. 바이올렛이 그 쪽지를 주워서 거기에 적힌 글귀를 읽었다.

이렇게 하면 네가 눈에 보이지 않게 되는 일은 결코 없을 거야.

소녀는 문득 그 쪽지를 처음 봤을 때 익숙한 느낌을 받은 이유를 깨달았다. 그 아름다운 손글씨. 마큘라의 방에서 본 것과 같았다. 마큘라의 책상 위에 있던 편지! 소녀는 이 귀한 쪽지를 살며시 쥐고서 마큘라에게로 뛰어갔다.

"이거 아줌마 글씨 같은데. 아주 오래전에 아줌마가 제 친구한테 써 준 것 같아요." 바이올렛은 마큘라의 옷소매를 잡아당겼다.

"그래? 고맙구나." 그녀는 좀 어리둥절해 하며 말했다.

마큘라가 막 그 쪽지를 읽으려고 펼쳤을 때, 멀리서 누군가 그녀의 이름을 불렀다. 유령 주택 단지 입구에 사람 그림자가 서 있었다.

"마큘라." 그녀를 부르는 윌리엄의 목소리가 사뭇 떨렸다.

마큘라는 그 자리에 우뚝 섰다. 뒤따라 걷던 바이올렛이 하마터면 그녀의 등에 부딪힐 뻔했다. 마큘라는 너무도 놀라 손으로 입을 가렸다. 스르르 다리에 힘이 풀려 버렸다. 윌리엄이 번개처럼 달려와서 휘청거리는 그녀를 두 팔로 안았다.

잠시 뒤에 정신을 차린 그녀가 그의 얼굴을 부여잡았다.

"당신이구나, 진짜 당신이야." 그녀는 소원을 이뤄 주는 마법의 주문을 외듯 자꾸만 같은 말을 되풀이했다.

바이올렛은 잠자코 그 둘을 지켜보았다. 아빠가 그런 딸을 손짓해서 불렀다.

"둘이 있게 두렴, 바이올렛." 유진이 다정하게 말했다.

소녀는 살금살금 그 둘 곁을 떠나 보이 옆으로 갔다. 아빠와 딸은 비틀거리는 보이를 부축해서 출렁다리 쪽으로 갔다.

"아빠." 소녀가 말했다.

"그래, 우리 딸?"

"엄마도 괜찮을 거예요."

"알고 있다, 우리 딸." 하지만 그의 목소리가 파르르 떨렸다.

❇    ❇    ❇

모두들 아이리스 아처의 집에 모여서 서로 손을 잡고 윌리엄이 어서 상상력 복원기를 고쳐 주기를 간절히 기다렸다.

유진도 바이올렛의 손을 꼭 잡았다. 나머지 한 손으로 아이리스가 만든 스튜를 허겁지겁 입에 퍼 넣고 있었다. 바이올렛은 아빠가 그렇게 많이 먹는 모습을 처음 봤다. 하긴 그렇게 깡마른 모습도 처음 보긴 했다.

또한 소녀는 다른 손으로는 보이의 손을 잡고 있었다. 소년은 아직도 몸이 온전하지 않았다.

그 옆에는 눈이 빨갛게 충혈된 마큘라가 앉아 있었다. 바이올렛은 아이리스와 매들린의 대화에 관심 있는 척 눈길을 돌렸다.

마큘라가 보이에게 쪽지를 내밀었다. "그때 일이 아직도 생생하게 기억난다. 글자 한 자 한 자 또박또박 힘주어 썼지. 이게 네가 나한테서 받은 전부라는 것도 잘 알아. 내가…… 네 엄마란다, 보이."

바이올렛의 손을 잡고 있던 보이의 손에 힘이 꽉 들어갔다. 소녀는 소년의 표정이 궁금해서 고개를 돌렸다. 소년은 아무 말도 하지 않았지만, 뺨에는 핏기가 사라지고 검은 눈동자는 휘둥그레졌다.

"나는 네가 자랑스럽구나, 보이. 내가 꿈꾸었던 모든 것을 네가 다 이뤄 줬어."

"하지만……. 왜 나를 보육원으로 보냈나요." 소년은 바이올렛의 손을 더욱 꼭 잡으면서 더듬더듬 말했다.

마큘라는 고개를 푹 숙였다. 바이올렛은 그녀가 울고 있다는 걸 알 수 있었다.

"아처 형제가 네 아빠, 그러니까 윌리엄이 죽었다고 했어. 나는 그들이 윌리엄을 죽였다고 생각했다. 그때 막 윌리엄의 아이를 가졌다는 걸 알게 된 나는, 그들이 너마저 죽일까 봐 겁이 났어. 윌리엄이 사라지고 마음도 더욱 나약해져 버린 나는 쌍둥이 형제가 만든 차를 마시고 장밋빛 안경도 쓰기 시작했다. 저항하는 것보다 그들이 만들어 낸 세상의 일부로 살아가는 편이 쉬웠거든. 저항은 내게 윌리엄을 떠오르게 했고, 그이를 떠올리면 못 견디게 괴로웠으니까. 그런데 그들은 나의 상상력을 빼앗아 가지는 못했어. 다만 슬픔이 나한테서 정신력을 앗아 갔을 뿐이었지, 한동안은 말이야. 그러다 어느 날, 나는 우연히 아처의 안경점에서 그 나무테 안경을 발견했다. 다른 안경들하고는 너무나 달랐어. 그래서 한 번 써 봤지. 그렇게 해서 나는 아처 형제가 만들어 낸 진짜 공포스러운 현실을 깨닫게 되었단다."

그때의 기억이 얼마나 처참했는지 마큘라는 계속 말을 잇지 못하고 부르르 떨었다. 바이올렛은 보이의 손을 힘주어 잡으며 소년이 제 엄마의 고통을 달래는 말을 좀 하기를 간절히 빌었다.

"그 길로 나는 중간 지대로 윌리엄을 찾아갔다. 하지만 아무도 그를 보지 못했다는 거야. 그래서 나는 결국 쌍둥이의 말을 믿게 됐다. 그이가 죽었다는 걸 말이야." 마큘라는 결국 흐느끼고 말았다. "그래서 나는 퍼펙트로 돌아와서 꽁꽁 숨어 지냈다. 아무도 내 안에서 네가 자라는 걸 모르도록. 그러고는 아무도 모르게 너를 낳았어. 너를 품에 안은 순간 내 인생은 의미를 찾았다. 너는 내 생명이었어. 그래서 나는 너를……." 마큘라는 말을 하다 말고 보이의 눈을 그윽하게 바라보았다. "중간 지대에서 보육원을 본 적이 있었던 나는 그들로부터 너를 지키는 길은 그곳에 맡기는 것뿐이라고 생각했어. 그래서 나는 너를⋯⋯." 마큘라의 눈에 다시 눈물이 맺혔다.

"그 뒤로 나는 그들에게 백기를 들었고 이곳에 반 강제로 갇혀 살았다. 그래야 내가 너를 찾아가지 못할 테니까. 나는 두려웠다. 네가 존재한다는 걸 알면 그들이 너를 죽일까 봐. 네 존재를 아무도 모르게 하려면 내가 원하는 삶을 포기하는 수밖에 없었어. 아무도 네가 누구인지 몰라야 안전하게 자랄 수 있을 테니까. 그렇지만 나는 단 하루도 너를 잊은 적이 없어. 그동안 나는 날마다 네게 편지를 쓰며 견뎠다."

"그건 맞아. 내가 그 편지들을 봤어." 바이올렛이 속삭였다.

"미안하구나, 보이." 마큘라의 뺨에 눈물이 줄줄 흘러내렸다.

마큘라가 보이에게 손을 내밀었다. 보이는 잠깐 머뭇거리다가 그 손을 잡았다. 마큘라는 아들의 손에 뽀뽀를 했다. 그리고 다가앉아서 아들을 포근히 안아 줬다.

보이는 바이올렛의 손을 꼭 잡았다 놓았다. 소녀는 친구의 눈에 맺힌 눈물을 보았다. 소년은 눈을 감고 엄마 품에 머리를 묻었다.

바이올렛은 눈시울이 뜨거워져서 고개를 돌렸다. 엄마가 보였다. 그녀는 부엌 한 귀퉁이에서 빵 굽는 법과 새로 발견한 요리법에 대한 수다를 떠느라 정신이 없었다. 매들린과 아이리스가 그녀를 상대해 주고 있었다. 바이올렛은 윌리엄이 어서 상상력 복원기를 고쳐 주기만을 잠자코 빌었다. 마침내 부엌문이 벌컥 열렸다. 윌리엄이 피곤에 지친 얼굴로 나타났다. 하지만 표정은 밝았다.

"로즈, 나를 좀 따라와 줄래요? 다음 독서 모임 때 읽으면 좋을 책이 있는데 의논 좀 합시다." 윌리엄이 미소를 지으며 말했다.

"어머나, 친절도 하셔라. 마땅한 책을 권해 주시면 우리야 고맙지요." 아이리스와 이야기하던 로즈가 뒤를 돌아보면서 말했다.

그녀는 앞치마를 탁탁 털면서 윌리엄을 따라 부엌을 나갔다. 바이올렛과 아빠는 서로 마주보았다. 둘 다 묵묵히 숨을 죽이고 기다렸다. 부엌문 밑으로 익숙한 상상력 복원기 소리가 들려오기까지의 시간이 너무나 길고 지루했다. 곧이어 코를 고는 소리가 요란하게 들려왔다. 바이올렛은 조바심이 났다. 그러고도 또 몇 백 년은 흐른 것 같았다. 마침내 부엌문 밖에서 움직임이 느껴졌다. 문이 열리자 식탁에 앉아 있던 바이올렛이 벌떡 일어났다.

문간에 로즈 브라운이 서 있었다. 그녀는 눈물을 흘리며 가족을 찾아 부엌 안을 두리번거렸다. 바이올렛은 엄마에게 달려갔고 유진은 의자에서 벌떡 일어났다.

로즈가 팔을 벌렸다. 바이올렛은 엄마 품에 날아들었다. 곧 아빠가 그 곁으로 와서 두 사람 모두를 그 넉넉한 품에 안았다.

"로즈, 당신이 돌아와서 기뻐." 유진이 아내의 이마에 뽀뽀했다.

"엄마, 보고 싶었어요. 나 다시는 엄마를⋯⋯." 바이올렛은 목이 메어 말을 잇지 못했다.

"바이올렛, 괜찮아. 이제 다시는 두 사람 곁을 떠나지 않을게." 엄마가 딸을 달랬다.

"엄마?" 바이올렛이 엄마를 올려다보며 말했다.

"응?" 로즈가 속삭였다.

"엄마, 이제 더는 독서 모임에 들지 않을 거라고 약속해 줘요."

바이올렛의 말에 모두들 웃음을 터트렸다. 덕분에 가라앉았던 부엌의 분위기가 싹 걷혔다. 모두들 다시 차분해지자 마큘라가 식탁에서 일어났다.

"윌리엄." 마큘라가 여전히 보이의 손을 꼭 쥔 채로 말을 했다. "인사시켜 줄 소중한 사람이 있어."

윌리엄은 마큘라와 보이를 번갈아 쳐다보았다. 바이올렛은 제 친구가 얼굴을 붉히며 엉거주춤 일어나서 제 엄마 옆에 가서 서는 모습을 흐뭇하게 지켜보았다.

꺅 하는 소리가 부엌에 울려 퍼졌다. "내 그럴 줄 알았어! 뼛속까지 내 새끼라는 느낌이 오더라니!" 아이리스가 보이와 윌리엄을 번갈아 보며 소리를 질렀다.

"보이는 우리 아들이야." 마큘라가 수줍게 말했다.

충격을 받은 윌리엄이 휘청하면서 식탁을 짚었다. 하지만 곧 마음을 가다듬고 성큼성큼 아들과 아내에게 다가가 그들을 감싸 안았다.

뒤에서 흐뭇하게 지켜보던 아이리스가 조심조심 다가가서 윌리엄의 어깨에 손을 얹었다.

"나도 끼워 주렴. 내 손자 한 번 꼭 안아 볼 수 있기를 얼마나 오래 기다렸는지 아니?" 아이리스는 행복하게 활짝 웃으며 그들 틈에 끼어들었다.

# CHAPTER 36

# 우리들의 도시,
# 타운

보이와 바이올렛은 에드워드 스트리트를 신나게 달려 새로 가꾼 화단을 지나쳤다. 지각이었다.

"조지 아처가 이번 주에 재판을 받는대. 너 알았어?" 보이가 숨을 헐떡이며 말했다.

"재판을 받고 나면 어떻게 돼?" 바이올렛이 물었다.

"피스츠, 벙갈로 같은 왓처들과 함께 벌을 받겠지?" 보이가 해맑게 웃었다.

"아무튼 그자들이 다시 나타날까 봐 걱정하지는 않아도 되겠네. 하지만 에드워드 아처는 걱정이야. 어떻게 되었는지도 모르고. 가끔 그 사람이 돌아오는 악몽을 꿔." 바이올렛이 몸서리를 쳤다.

"그자는 어른들이 꼭 찾아낼 거야, 바이올렛." 보이가 친구를 안심시켰다. "그리고 저렇게 눈을 시퍼렇게 뜨고 지키는데 아무리 에드워드 아처라고 해도 감히 몰래 돌아올 수는 없을걸?" 소년은 새로 만든 눈동자 풀 화단을 가리켰다.

"우욱! 나는 아직도 저 식물 끔찍해서 싫어." 눈동자 풀들을 본 바이올렛이 질색을 했다.

"저 섬뜩한 눈동자들이 너를 안전하게 지켜 주고 있다고, 바이올렛!" 보이가 짓궂게 웃었다. "저 풀들을 감시 시스템과 연결할 생각을 하다니 아무튼 윌리엄 아저씨, 아니 우리 아빠는 천재적이야. 그건 너도 인정하지? 제아무리 에드워드 아처라고 해도 이 도시에 나타났다 하면 곧바로 들통나게 돼 있다고!" 보이가 으스댔다.

"우리 아빠도 무지무지 굉장하거든!" 바이올렛도 지지 않고 제 아빠 자랑을 했다. "근데 있잖아, 보이, 나는 아직도 너한테 엄마 아빠가 있다는 게 어색해."

"네가 그 정도인데 나는 오죽하겠냐?" 보이가 쿡쿡 웃었다. "근데 좀 좋기도 해. 진짜야." 소년은 살짝 진지하게 말했다. "이제는 네가 왜 그렇게 엄마 아빠 걱정을 했는지 알겠어, 바이올렛. 엄마 아빠가 있으니까 되게 괜찮더라고."

"좀 더 있어 봐라, 숙제 안 한다고 잔소리 들으면 생각이 확 바뀔 거다." 바이올렛은 깔깔 웃으며 래그 레인을 쏜살 같이 달려갔다.

마침내 소년과 소녀가 도착했을 때는 중간 지대로 통하는 문 앞은 사람들로 발 디딜 틈이 없었다. 둘은 사람들을 헤치고 앞으로 나아갔다. 아이리스는 아이들에게 늦었다고 잔소리를 했고, 마큘라는 웃으며 보이를 끌어안고서 이마에 뽀뽀를 해 줬다. 소녀의 친구는 머쓱해져서 얼굴을 붉혔다. 바이올렛은 그 모습이 웃겨서 웃음이 나왔지만 특별한 날이니까 참아 줬다.

대문 근처 담벼락에 자그마한 빨간색 벨벳 커튼이 드리워져 있었고 윌리엄의 손에는 연설을 마치고 잡아당길 금색 줄이 쥐어져 있었다. 윌리엄은 그들의 도시를 구한 뒤로 영웅 대접을 받았고 사람들이 하도 아는 체를 해서 마음대로 거리를 돌아다닐 수도 없을 지경이었다. 보이는 종종 자기 아빠가 영화배우만큼이나 유명하다고 으스댔다.

"이제 우리를 갈라놓는 경계를 허물도록 합시다." 윌리엄이 자랑스럽게 말했다.

노란색 안전모를 쓴 남자가 거대한 망치를 들어서 대문 옆 담장을 세차게 때렸다. 바이올렛은 귀를 막고 돌담에 중간 지대가 들여 다보일 만큼 커다란 구멍이 뚫리는 광경을 지켜보았다.

사람들이 이 역사적인 순간을 축하하며 환호했다.

"이제 서로의 공통점뿐 아니라 다른 점까지도 귀하게 여기는 새로운 미래를 맞이합시다! 서로의 의견을 존중하는 사회, 자유로이 토론할 수 있는 사회, 모든 주민들이 한 사람 한 사람 있는 그대로의 가치를 인정받는 사회를 건설합시다! 우리의 불완전함 속에는 위대하고 치열한 아름다움이 있습니다." 마침내 윌리엄이 활짝 웃으며 잡고 있던 금줄을 힘차게 잡아당겼다.

커튼이 우아하게 양쪽으로 걷히면서 대리석 판이 드러났다.

'타운에 오신 것을 환영합니다.'

사람들이 또다시 도시가 떠나가라 환호성을 질러댔다.

"타운이라니? 무슨 이름이 저래?" 보이가 장난스럽게 말했다.

"그러는 네 이름은? 너는 그런 말할 자격 없거든! 그리고 여기는 그냥 타운이 아니야, 보이. 우리들의 도시 타운이라고!"